VIKTOR NOCHKIN

Jenny aus dem Nirgendwo: Die Gebieter des Feuers

FANTASY AUS DER UKRAINE

novum pro

www.novumverlag.com

Bibliografische Information
der Deutschen Nationalbibliothek:

Die Deutsche Nationalbibliothek
verzeichnet diese Publikation in
der Deutschen Nationalbibliografie.
Detaillierte bibliografische Daten
sind im Internet über
http://www.d-nb.de abrufbar.

Alle Rechte der Verbreitung,
auch durch Film, Funk und Fernsehen,
fotomechanische Wiedergabe,
Tonträger, elektronische Datenträger
und auszugsweisen Nachdruck,
sind vorbehalten.

Gedruckt in der Europäischen Union
auf umweltfreundlichem, chlor- und
säurefrei gebleichtem Papier.

© 2023 novum Verlag

ISBN 978-3-99146-047-3
Lektorat: Hannah Lackner
Übersetzung: Dorothea Kollenbach
Umschlagfoto: Viktor Nochkin
Umschlaggestaltung, Layout & Satz:
novum Verlag

www.novumverlag.com

Inhaltsverzeichnis

Prolog 7

TEIL 1 *Im Schatten des Vulkans* 13

Kapitel 1 Ein sehr langer Tag 14
Kapitel 2 Der Abend eines sehr langen Tages 38
Kapitel 3 Das Leben in der Hauptstadt 51
Kapitel 4 Die Kriegserklärung 65
Kapitel 5 Hundert Tempel 72

TEIL 2 *Der Fuß des Vulkans* 87

Kapitel 6 Auf der Hut 88
Kapitel 7 Erste Bilanzen 114
Kapitel 8 Der Mann mit der Narbe 126
Kapitel 9 Seltsame Vorfälle 139
Kapitel 10 Die Vertreter der Obrigkeit 164

TEIL 3 *Die Abhänge des Vulkans* 175

Kapitel 11 Die Geheimnisse der Familie Istrigsi 176
Kapitel 12 Der Rattenkönig 208
Kapitel 13 Der letzte Tag 236

TEIL 4 *Aufstieg auf den Vulkan* 251

Kapitel 14 Brodelnde Leidenschaften 252
Kapitel 15 Die erste Brücke von Bordojmogorkimbach ... 265
Kapitel 16 Etwas Klarheit in den Beziehungen 285
Kapitel 17 Die Rätsel der hundert Tempel 295

Epilog 307

Prolog

Die Pfütze war so kalt wie der Blick eines Geldverleihers. Jenny bemerkte benommen einige Eisstückchen, die in der Dunkelheit rot glänzten. In der glitschigen Oberfläche spiegelten sich die Flammen. Jenny, die in dem schmutzigen Wasser lag, spürte die Kälte kaum. Knisternd verbrannten die Trümmer des Planwagens, die Dutzende Schritte weit verstreut lagen. Berge von Bühnenkostümen qualmten, zitternde Flämmchen umrissen verkohltes Stroh, glimmende Bretter vergingen in Rauch, und der Widerschein des Feuers entriss der Dunkelheit bald ein Bild der Zerstörung, bald erlaubte er der tiefschwarzen Nacht, Jennys verbrennendes Glück zu verbergen.

In der rot beleuchteten Dunkelheit zeichneten sich Gestalten ab, die sich bewegten. Einige Menschen wanderten wie verloren umher und bedeckten ihre Gesichter mit den Ärmeln und Schößen ihrer Mäntel, auf denen poliertes Metall glänzte. Die Silhouetten zitterten und verschwammen in Rauchwolken. Hin und wieder sprachen die Leute und ihre Stimmen verrieten weder Erstaunen noch Schrecken angesichts dessen, was geschehen war. Die Stadtwache, verstand Jenny, das ist die Wache. Für die war das Geschehen auf dem Platz einfach nur Arbeit.

Jenny lag im eisigen Wasser und wollte nicht aufstehen. Würde sie aufstehen, die Soldaten herbeirufen und die Aufmerksamkeit auf sich lenken, so bedeutete das, sie müsste an diesem gleichgültigen Umhergehen zwischen den qualmenden Trümmern des Planwagens und den verbrannten Körpern teilnehmen. Auf irgendwelche Fragen antworten, die mit ruhiger Stimme gestellt wurden. Nein, das ist nichts für mich, besser in der Pfütze bleiben. Da blieb eine der dunklen Gestalten nicht weit entfernt von Jenny stehen. Der Wachsoldat bedeckte sein Gesicht mit seinem Mantel, während er mit der anderen Hand den Rauch von sich wedelte.

„Ich verstehe es nicht", sagte er heiser.

Wie klug er ist, dachte Jenny. Er hat sofort das Wesentliche erfasst. Der Wachsoldat ließ den Arm sinken und nieste. In dem purpurfarbigen Licht betrachtete Jenny sein Gesicht. Es war ganz jung, mit einem schmalen schwarzen Schnäuzer unter einer geröteten Nase. Seine Augen tränten vom Rauch und er rieb sie mit seinen Fäusten.

„Ich verstehe es nicht", wiederholte der Wachsoldat.

„Was kann so heftig brennen? Selbst jetzt kann man hier nicht atmen!"

„Wer weiß, was fahrende Künstler in ihren Wagen mit sich führen", antwortete ein anderer Soldat mit gepresster Stimme. Er stocherte mit dem Schaft der Hellebarde in dem Kohlehaufen, der Haufen fiel auseinander und ließ eine Funkenwolke aufstieben. Dem Wachsoldaten wehte glühende Hitze entgegen und er trat eilig zur Seite.

Neben Jenny schmolz der letzte Eisbrocken und drehte sich als sauberer runder Fleck inmitten des Wassers, auf dem feine schwarze Asche schwamm. Hufgeklapper erklang, im zitternden, rauchigen Dunst erschien eine wuchtige Silhouette, quietschend öffnete sich die Tür der Kutsche. Die Gestalten im Rauch bewegten sich schneller und sammelten sich an der Kutsche. Unter dem Huf des Pferdes zerbrach etwas mit lautem Knall, augenblicklich loderte eine Flamme auf, glimmende Trümmer flogen zur Seite. Im aufflammenden Licht kam die Seite der Kutsche zum Vorschein. Trübe glänzte dunkler Stahl, der von Nietenreihen durchschnitten wurde. Eines der herumfliegenden Trümmer klatschte auf die Pfütze neben Jenny. Sie sprang unwillkürlich hoch und tauchte sogleich in die erstickende Hitze ein. Solange sie in dem eisigen Wasser gelegen hatte, hatte sie nicht gespürt, wie heiß es war. Die mit Ruß gefüllte, glühend heiße Luft klebte förmlich auf den Wangen, die Augen tränten. Jenny bedeckte das Gesicht mit den Innenflächen ihrer Hände, die nach dem Eisbad noch kühl waren. Die Wachsoldaten hatten sich alle an der Kutsche versammelt. Am rechteckigen Türeingang, der von innen erleuchtet war, erschien ein Neuankömmling, ein mittelgroßer, stämmiger Mann. Er musste ein ranghoher Vorgesetzter sein, denn die Wachsoldaten wandten die Augen nicht von ihm ab. Offenbar bemerkte Jenny niemand, mit Ausnahme des jungen Wachsoldaten mit dem schwarzen Schnäuzer. Er schaute unsicher auf die Kutsche, dann aber entschloss er sich um und ging auf Jenny zu.

„Fräulein, sind Sie wohlauf? Sind Sie aus diesem Planwagen?"

„Ja", konnte das Mädchen nur heiser hervorbringen. Jetzt rieb auch sie sich die Augen mit den Fäusten, von denen schmutziges Wasser tropfte. Der Wachsoldat zog eilig seinen Mantel aus und warf ihn Jenny über die Schultern. Inzwischen hatte der bedeutende Herr sie nämlich bemerkt und gab den Soldaten den Befehl, zu einem entfernten Bereich der Brandstätte zu laufen, wo Hilfe notwendig wäre. Er selbst verließ den mit Stahlplatten gepanzert Wagen und eilte, mit dem Stock auf die Kohlen klopfend, zu Jenny. Unter seinen schweren Stiefeln stoben Funken und Asche drehte sich in winzigen trüben Wirbeln. Als er näherkam, schaute er sich verstohlen um, als wolle er sich davon überzeugen, dass seine Untergebenen, die von ihm fortgeschickt worden waren, Jenny auch nicht bemerkt hatten. Sie waren sehr schnell ausgerückt, woraus Jenny schloss, dass der kleingewachsene Herr über große Autorität verfügte. Wie alle sich beeilen, seinem Befehl nachzukommen, dachte sie.

„Sergeant, ist das das ein Mädchen aus der verunglückten Theatertruppe?"

„Jawohl, Herr Präfekt!"

„Bring sie in meinen Wagen. Und denk daran, du hast sie nicht gesehen! Niemand darf wissen, dass ein Augenzeuge bei uns ist ..."

Der Sergeant mit dem Schnurrbart legte vorsichtig seinen Arm um Jenny und geleitete sie zum Wagen. Sein Arm war fest, Jenny spürte die Berührung durch den nassen Stoff des Mantels gut. Unter anderen Umständen wäre es ihr wahrscheinlich angenehm gewesen, wenn ein so hübscher junger Mann, mit einem so schön glänzenden Brustschutz und schwarzem Schnäuzer sie zartfühlend gestützt hätte ... aber noch wahrscheinlicher wäre es gewesen, dass Jenny sich geniert und versucht hätte, sich freizumachen. Doch jetzt war ihr alles egal. Also, fast egal. Sie ging folgsam mit dem Sergeanten mit und das schmutzige Wasser, das von der Kleidung unter dem fremden Mantel auf die Kohlen strömte, zischte, warf Blasen und verwandelte sich sofort in Dampfwölkchen. Wenn diese kalten Ströme nicht gewesen wären, hätte sie nicht durch die rauchenden Kohlen zu dem Wagen gehen können.

Die vor den gepanzerten Wagen gespannten Pferde schnaubten und schüttelten die Köpfe in den Rauchschwaden. Eines von ihnen stampfte nervös mit den Hufen und der Wagen bewegte sich ein wenig fort. Der Sergeant mit dem schwarzen Schnäuzer griff Jenny unter den Arm und half ihr, einzusteigen. Aus dem Qualm tauchte der stämmige Präfekt auf und drängte Jenny zur Eile.

„Schneller, schneller, mein Fräulein! Niemand darf dich sehen! Sergeant, du auch! Schnell mir nach! Und mach die Tür zu! Tempo!"

Das Innere war beinahe leer, bis auf eine Öllampe an der Decke und lange Bänke, vom Alter nachgedunkeltes Holz unter einer groben Polsterung. Die Wände, derselbe Stahl, der unter dem Licht der Lampe trübe widerstrahlte, und gleichmäßige Reihen von Schrauben. Der Sergeant schloss krachend die Tür und sogleich wurde es kühler. Er setzte Jenny auf die Bank und nahm, auf ein Zeichen des Präfekten hin neben ihr Platz. Der

Vorgesetzte ließ sich auf die Bank gegenüber plumpsen, klopfte mit dem schweren Stock auf den Boden, beugte sich vor und betrachtete Jenny.

Erst jetzt blickte sie den Vorgesetzten der Wachsoldaten richtig an. Den Mann, der hier die Anweisungen erteilte. Der Präfekt war schon älter, man konnte sogar sagen, alt. Für Jenny waren alle Männer über vierzig alt und dieser ganz bestimmt. Grauhaarig, faltig, sehr breitschultrig, aber nicht groß. Außerdem hatte er eine merkliche Glatze, die im trüben Licht glänzte. Unter dem stechenden Blick des Präfekten wurde Jenny etwas unangenehm zumute, sie rutschte so weit zurück, wie es die Breite der Bank erlaubte und hüllte sich fester in den fremden Mantel, an dem schon feuchte Flecken erschienen.

„Ich bin der Präfekt des Nord-West-Bezirks, mein Name ist Eduard Kwestin", stellte sich der Mann vor.

„Die gesamte hiesige Wache untersteht mir und ich werde die Verbrecher suchen, die dich heute Nacht überfallen haben. Verstanden? Du musst mir die Wahrheit sagen und nichts verbergen. Denn ich vertrete das Gesetz und ich bin dein einziger Schutz. Hilf mir und ich werde dir helfen. Wie heißt du, mein Kind? Wer bist du und woher kommst du?"

„Jennifer", stammelte Jenny, „aus dem Nirgendwo."

Jennifer aus … woher kam sie? Jennifer aus dem Nirgendwo. Das hätte sie möglicherweise nicht laut sagen sollen. Für alle Fälle schielte sie auf den Sergeanten mit dem schwarzen Schnurrbart. Jedenfalls war er ein sympathischer junger Mann. Männer wie er kamen einem ins Unglück geratenen Mädchen immer zur Hilfe … und er hatte ihr ja schon den Mantel angeboten. Aber der junge Mann schwieg und blickte auf das vergitterte Fenster des Wagens. Doch den Präfekten stellte auch diese kurze Antwort zufrieden. Er nickte. Dann schwieg er und der stechende Blick seiner farblosen Augen durchbohrte die Zeugin unablässig.

„Also, Kind, erzähl, was dir gestern passiert ist", sagte der Präfekt und verlangte nach einer Pause.

„Ich will alles von Anfang bis Ende hören, vom Morgen an. Erzähl unverzüglich, solange die Ereignisse noch frisch in deinem Kopf sind."

Und Jennifer besann sich. Gestern war ein sehr langer Tag gewesen.

TEIL 1

Im Schatten des Vulkans

KAPITEL 1

Ein sehr langer Tag

Wohlerzogene Mädchen zeigen sich vor den Leuten nicht ohne Rock. Wohlerzogene Mädchen reisen nicht auf dem Dach eines Planwagens. Sie sitzen zu Hause und seufzen schwer, während sie aus dem Fenster starren. Jennifer kannte kein anderes Zuhause als den Planwagen von Papa Burmal. Sie liebte es, auf dem Dach des behäbigen Fuhrwerks zu liegen und die vorbeifliegenden Wolken anzuschauen, was natürlich einem so langweiligen Geschöpf wie einem wohlerzogenen Mädchen nicht in den Kopf käme. Und was Röcke anging, so hätte dasselbe wohlerzogene Mädchen schön ausgesehen, wenn es im Rock auf dem Seil getanzt hätte. Und die gesamte brüllende, lärmende Menge von unten hinaufgeglotzt hätte. Und gerade damit beschäftigte sich Jenny, mit Seiltanz über dem Platz, auf dem Papa Burmal mit seinen Zöglingen auftrat.

Jetzt war er unterwegs zum großen und berühmten Eweron, der Hauptstadt des Reiches. Jenny wird den Vulkan sehen, wird die Paläste der Gebieter des Feuers sehen, den Hafen, wo die Schiffe aus aller Welt anlegen. Ihr könnt mich mal, ihr wohlerzogenen Mädchen, dachte sie. Niemals im Leben werdet ihr die Wunder von Eweron durch eure dreckigen Fenster sehen. Zum Betrachten der Wunder ist das Dach eines Planwagens wesentlich besser geeignet. Auch Papa Burmals Fuhrwerk konnte einem wie ein Wunder erscheinen. Das sperrige, zwei Etagen hohe Konstrukt knarrte und schwankte im Fahren, aber rollte störungsfrei, gezogen von vier Pferden, eine Meile nach der anderen hinter sich zurücklassend. Dieser Wagen war Jennys Haus, solange sie sich erinnern konnte, und das galt auch für alle Übrigen. Der Wanderschauspieler Papa Burmal nahm unterwegs verlassene

Kinder auf und die Familie wurde immer größer. Jenny war die Letzte und Jüngste.

Sie waren eine Familie, sie waren die Truppe des Wandertheaters Burmal und ganz gleich, wen man fragte, jeder würde sagen, dass es kein schöneres Leben geben konnte. Die Vorstellungen gefielen dem Publikum, aber es kam niemals viel Geld dabei heraus. Nur gerade so viel, um sich mit allem Nötigen für den nächsten Platzwechsel zu versorgen. Aber jetzt versprach Papa, dass ihnen schließlich ein derartiger Erfolg lachen werde, dass sie Pausbacken bekommen würden. Er habe ein neues Theaterstück verfasst, das unbedingt Erfolg haben müsse. Dafür wäre es aber notwendig, in die Hauptstadt, nach Eweron, zu fahren. Denn dort würde leicht verdientes Geld in die Taschen fließen.

Auf dem Wagendach liegend und mit einem Bein wippend, das über den Rand herunterhing, betrachtete Jenny die Wolken und träumte von den Wundern der Hauptstadt, die schon bald vor ihr auftauchen würden. Unter ihr schwammen die Kronen der kurzgewachsenen Bäume vorbei, die Spitzen der Wegpfosten mit nachgedunkelten Brettern, auf denen man den Namen der Stadt schon nicht mehr lesen konnte. Ja, aber wozu lesen? Hier führten alle Wege nach Eweron. Jennys frei baumelnde Ferse wurde gekitzelt. In so einer Höhe konnte bestenfalls ein Troll ihren Fuß erreichen, aber Jenny schaute nicht einmal nach. Sie wusste auch so, wer dazu groß genug war.

„Na was!", sagte sie träge und zog das Bein hoch. An den frei gewordenen Rand der Bodenplatte klammerte sich erst eine Hand, dann noch eine und schließlich erschien das grinsende Gesicht Eriks. Er war nur etwas älter als Jenny, Papa hatte ihn einige Monate vor Jenny in die Familie aufgenommen. Erik und Jenny, die Jüngsten der Truppe, hielten immer zusammen. Der Bruder hatte sich hochgezogen und durch das enge Fensterchen der zweiten Etage des Wagens hindurchgezwängt. Genau so, wie Jenny es getan hatte. Er legte sich neben sie und schaute ebenso in den Himmel.

„Was denkst du?", fragte er.

„Gibt's bald Krieg?"

„Jungen haben nur den Krieg im Sinn", erklärte Jenny. „Was ist, träumst du davon, in die Armee einzutreten?"

„Ich würde schon gerne", sagte Erik seufzend. „Aber wie kann ich euch verlassen? Ohne mich seid ihr doch verloren! Außerdem schaffe ich es nicht, rechtzeitig auf dem Schlachtfeld zu sein. Unsere Truppen werden schnell mit den Südbarbaren fertig werden. Und ich lande in einer gottverlassenen Garnison und werde da hängen bleiben und vergammeln. Nein, das kommt für mich nicht in Frage. Warte ...", sagte er und hielt dann einen Moment inne, bevor er weitersprach: „Was ist das für ein Lärm?"

„Da schreien die Ausrufer, wo ist hier der große Held Erik, der Unbesiegbare? In der Armee wartet man auf ihn, ohne diesen mächtigen Krieger entschließen sich die Lords nicht, gegen die Antreiber des Windes vorzugehen", sagte Jenny spöttisch.

Erik setzte sich auf und starrte auf den Weg. Jenny richtete sich ebenfalls auf den Ellbogen hoch. Der Weg führte über ein Flüsschen, darüber war eine Brücke. Und unter der Brücke brüllten Trolle. Genauer gesagt, brüllte einer, laut und durchdringend. Er lärmte wie ein Steinfall im Gebirge, während ein anderer Troll unverständlich und hohl wie rollende Kiesel plapperte. Da erschienen die Streithähne unter der Brücke. Jenny verstand, dass der Lautere der Herr der Brücke zu sein schien und den anderen verjagen wollte.

„Hau ab!", knurrte der Riese.

„Das ist eine sehr kleine Brücke und ich komme hier sehr gut allein zurecht! Ich brauche keine Helfer! Das ist meine Brücke, die zuerst die meines Vaters war und davor die meines Großvaters. Ich halte sie selbst in Ordnung, kapiert?"

Papa Burmal zog die Zügel an und die Pferde blieben am Rand der Brücke stehen. Der Troll hatte nicht gelogen, er hielt seine Brücke in bester Ordnung, das Bauwerk sah stabil und sauber aus. Der ortsfremde Riese ließ den Kopf hängen und wich zurück, als der Herr der Brücke über die Böschung zum Wagen kletterte, um das Geld für die Überfahrt zu kassieren. Papa stieg vom Kutschbock, zog einen Brotfladen heraus, der in ein Handtuch gewickelt war. Er brach ihn in zwei Hälften, wog sie ab und reichte dem Brückenaufseher das größere Stück. Der Troll grunzte zustimmend, biss einen ordentlichen Happen ab, strich liebevoll mit dem Ärmel über das Geländer, wischte den Staub ab und stampfte auf, während er das Brot kaute. Burmal überlegte und brach das ihm verbliebene Brotstück in zwei gleiche Teile. Er reichte das eine Stück dem wandernden Troll und riet ihm: „Geh in die Hauptstadt, nach Eweron! Dort werden Männer für das Heer angeworben, man braucht Arbeiter als Ersatz für die Eingezogenen. Wenn es stimmt, was die Leute sagen, dann bricht der Krieg jeden Augenblick aus, das bedeutet, für starke Arme gibt es mehr Arbeit."

„Danke", sagte der Troll verlegen, der ein so unerwartetes Geschenk bekommen hatte.

„In Trochomors Namen", brummte Burmal.

Trochomor hieß der Gott der Wege, der Landstreicher und der Bettler. Im Wagen verehrte man ihn und Papa vergaß nicht, in seinem Namen mildtätig zu sein. Der Wagen fuhr krachend über die Brücke. Der Troll ging neben ihm her und führte ein höfliches Gespräch mit Papa. Zuerst sprachen sie über den baldigen Krieg, doch dann gingen sie zu langweiligen Themen über, wie dem Zustand der Straßen, der Regelung der Erhaltung der Brücken, die Aussichten auf die Ernte. Jenny hörte nicht mehr zu. Dann flammte über dem Horizont ein blutroter Feuerschein auf. Eweron kam näher. Jenny stieß Erik mit dem Ellbogen an und beide starrten auf den Vulkan, der sich über dem Punkt des Horizonts erhob, wo sich das graue Band des Weges zwischen den Feldern und Gehölzen verlor.

***

Die Vororte von Eweron enttäuschten Jenny. Sie sahen gewöhnliche Häuser und gewöhnliche Leute, in nichts besser als in den vielen anderen Städten, durch die Burmals Kinder gefahren waren. Dafür ging die Straße über einen Hang aufwärts. Zuerst war sie noch sanft, aber je weiter sie kamen, desto steiler wurde sie. Und voraus, dort, wo sie sich schlängelnd zwischen gelben und roten Ziegeldächern verbarg, erhoben sich die Abhänge des Vulkans.

Der Berg sah genau so aus, wie Jenny ihn sich vorgestellt hatte. Die grauen Felswände hielten den rubinrot glänzenden Villen der Gebieter des Feuers ihre Schultern hin. In malerischer Willkür über die Abhänge verstreut, zauberten von innen rot beleuchtetes Glas und Kristall ein wunderbares Bild. Düster, aber faszinierend. Ein wahres Wunder! Es lohnte sich, einen Weg von tausend Meilen zurückzulegen, um diese Schönheit zu bestaunen. Aber Papa Burmal brachte sein Theater ganz und gar nicht nach Eweron, um sich an den hiesigen Schönheiten zu ergötzen. Entgegen seiner Gewohnheit zeigte er sich fahrig und gereizt.

Er wies die Jüngeren an, vom Dach zu klettern und sich brav ins Innere des Wagens zu setzen, der gemächlich über die gewundenen Straßen am Stadtrand fuhr. Papa bog einige Male ab. Das war alles, was Jenny sehen konnte, als sie aus dem Fenster blickte. Vom Wagendach aus hätte sie viel mehr sehen können, aber jetzt war nicht der passende Augenblick, um dem Ziehvater zu widersprechen.

Schließlich machten sie Halt und die Passagiere stürzten nach draußen. Der Planwagen stand mitten auf einem großen Platz, der mit hohen Pfosten gespickt war. Von einigen hingen Seile herab, an anderen standen Nägel heraus, um das Hochklettern zu erleichtern. Jenny kannte die Bedeutung derartiger Pfähle genau. Sie standen dort, wo oft Jahrmärkte und alle möglichen Feierlichkeiten stattfanden, und zwischen ihnen wurden Seile gespannt. Nur dass hier sehr viele Pfähle standen.

„Der Platz der tausend Pfähle", erinnerte sie sich an den Namen.

„Ja, genau der ist es."

Das bedeutete, dass sie hier ihre Vorstellung geben würden. Jenny und Erik gingen los, um die Pfosten näher anzusehen, denn an ihnen würden sie öfters hochklettern müssen. Bur-

mals ältere Kinder, Pierre, Sejscha und Anna, kümmerten sich um die Pferde, während Papa unterwegs war, um mit dem örtlichen Aufseher handelseinig zu werden. Um auf dem Platz der tausend Pfähle auftreten zu dürfen, musste man zahlen.
„Hast du gesehen, wie wütend Papa ist?", fragte Erik.
„Wir sind ganz knapp, mit dem Geld. Er regt sich auf, ob er in seinem Beutel genügend Geld für die Platzmiete zusammenkratzen kann. Außerdem werden noch viele andere Ausgaben dazukommen!"
Der Troll wich nicht vom Wagen. Anscheinend war er ganz verwirrt inmitten einer solchen Menschenmenge, die um ihn herumwimmelte. Jetzt ging er zwischen den Pfosten hin und her, die natürlich weniger als tausend waren, aber trotzdem doch sehr viele. Dabei konnte er sich nicht entschließen, sich vom Wagen weiter als dreißig Schritte zu entfernen. Hin und wieder schielte er zu Papa herüber, dann schlug er schüchtern vor, ihm beim Aufbau zu helfen. Der Troll hatte Angst, allein unter Unbekannten zu bleiben. Wenn ihn die tausend Pfähle auf freiem Feld verwirrten, so versetzte ihn die Aussicht, zwischen tausend und abertausend kleinen Menschen zu sein, in Verlegenheit. Auf dem Weg hatte er mutig getan, aber hier stellte sich plötzlich heraus, dass er für das Leben in einer Großstadt noch nicht bereit war. Einfach noch nicht bereit. Er brauchte Zeit, um sich einzugewöhnen.

Burmal stand breitbeinig vor dem Troll und sah von unten in das einfältige Gesicht des Riesen. Der Chef der Truppe war ein ziemlich stämmiger Mann, er konnte Eindruck machen und wie eine bedeutende Persönlichkeit aussehen. Aber vor dem Troll, der doppelt so groß war, sah Burmal eher komisch aus. Dick, mit einem buschigen schwarzen Bart, in einem schlecht geschneiderten grellbunten Kostüm.
„Schon gut", entschied Papa.
„Du kannst bleiben. Also ein bis zwei Abende werde ich dir zu Essen geben, obwohl du über die Maßen groß bist. Ich werde versuchen, dir zu helfen, einen Verdienst zu finden, bevor mei-

ne Vorräte erschöpft sind. Ich würde dich wie die anderen adoptieren, nur passt du leider nicht in meinen Wagen."

Der Troll dankte ihm ungeschickt und versicherte, dass er sehr wenig essen würde. Burmal hob seine dicke Hand, die im Vergleich zur Pranke des Trolls fast zierlich aussah.

„Schon gut, schon gut. Ich sehe doch, dass du zu den Pferden rüber guckst, wenn ihnen Hafer hingeschüttet wird. Ich selbst esse gerne und sehe darin nichts Schlechtes. Man braucht sich nicht dessen zu schämen, was natürlich und richtig ist. Hilf den Jungs, die Seile zu spannen und die Fahnen aufzuhängen, deine Größe ist dafür bestens geeignet. Ich gehe, um etwas Geschäftliches zu regeln. Bis ich zurückkomme, höre auf Pierre und pass auf, dass du keines meiner Kinder zertrampelst. He, ihr Kleinen, mir nach!"

Er hatte Jenny und Erik gerufen. Die Älteren blieben auf dem Platz, um die Dekorationen für das Schauspiel aufzubauen, aber für die Kleinen, so dachte Papa, wäre es sinnvoll, die Hauptstadt anzusehen.

Zuallererst bogen sie an einem Häuschen am Ende des Platzes der tausend Pfähle ab. Unterwegs erzählte Papa, dass in der Hauptstadt alles etwas kosten würde, sogar ein leerer Platz. So gab es hier auch einen Aufseher, der Bezahlung für die Erlaubnis, Vorstellungen zu geben, entgegennahm. Zuerst musste man mit ihm sprechen. Mit einem zu einer Rolle zusammengewickelten Aushang wedelnd, begab sich Papa zu dem Häuschen.

Der Aufseher, ein dürrer, mürrischer Typ, hatte natürlich gesehen, dass Gäste auf dem Platz angekommen waren. Er stand schon vor seiner Wächterbude und wartete auf den Vertreter der Truppe. Burmal setzte eine äußerst souveräne Miene auf und rief: „Na, Verehrtester, du hast unwahrscheinliches Glück gehabt!"

„Du glaubst, dass mich deine Tricks vom Hocker reißen?", erkundigte sich der Aufseher missmutig.

„Weißt du, ich bin nicht blöd, ich habe auf diesem Platz so viele Schauspieler gesehen …"

„Klar", Papa unterbrach seine Nörgelei mit einer majestätischen Handbewegung. Das Lächeln verschwand auf seinem Gesicht, das augenblicklich nachdenklich und sogar traurig wurde.

„Du sitzt hier schon seit Jahr und Tag, hast viele unserer Zunft gesehen, Wanderschauspieler. Und du verstehst von unserem Handwerk mehr als alle Theaterkritiker. Ich meinte etwas anderes. Du hast Glück, dass ich kein Geld habe. Für mich die Sorgen, für dich der komplette Vorteil."

Der Aufseher war sprachlos, als er das erstaunliche Paradoxon hörte und starrte Papa Burmal an.

„Es ist nämlich so, dass", fuhr dieser in ernstem Ton fort, „ich auftreiben werde. Wenn nicht heute, so morgen. Aber ich bin genötigt, dich für deine Geduld zu bezahlen. Und das bleibt unter uns. Nimm für den Anfang das hier."

Erstaunt von einem derartigen Vorgehen, nahm der Aufseher ohne Murren einige kleine Münzen in Empfang. Dann reichte ihm Papa mit einer hoheitsvollen Geste ein Plakat.

„Sei so freundlich und hänge es an einem Ort auf, wo es am besten sichtbar ist. Je mehr Volk zur heutigen Vorstellung erscheint, desto schneller können wir beide voll abrechnen."

Der Aufseher sagte keinen Ton, was wohl Zustimmung bedeutete. Er entrollte den Aushang und betrachtete das Bild. Anna hatte es gemalt und Jenny fand großen Gefallen daran. Dort war die gesamte Truppe abgebildet, sogar sie, Jenny. Ganz klein und weit entfernt, auf dem Seil über allen. Aber es machte nichts, dass sie klein war, denn trotzdem war sie doch auf dem Bild.

„Ich dachte, du würdest vor ihm einen Spaßvogel spielen", sagte Erik, als das Häuschen des Aufsehers hinter ihnen lag und sie über die Straße gingen.

„Also lachen, Witze machen, Schulterklopfen und so etwas."

„Das fehlte gerade noch", erwiderte Papa seufzend.

„Neun von zehn spielen vor ihm den Spaßvogel. Rechne dir selbst aus, wie sie diesem Burschen auf die Nerven gehen, mit all ihren blöden Grimassen, Späßen und freundschaftlichem Schulterklopfen. Nein, nein, in unserem Beruf überleben nur

diejenigen, die dem Publikum etwas Neues vorstellen. Also, das Geld für den Stand auf dem Platz der tausend Pfähle zahlen wir später, der Aufseher wird warten ... Aber wir müssen in der Tat unbedingt Geld auftreiben. Heute werden nur wenige zur Vorstellung kommen. Wir müssen durchhalten, bis sich die Kunde von unserem fantastischen Schauspiel in Eweron herumgesprochen. Na, aber jetzt bleibt mir nur dicht auf den Fersen. Wer in dieser Stadt verloren geht, wird lebendig gefressen!"
Sie bogen in eine andere Straße ein und Jenny verstand den Sinn des letzten Satzes. Hier waren viele Menschen und ein besonderes Gedränge. Dutzende Leute huschten auf dem Straßenpflaster in beide Richtungen, sprangen vor den vorbeifahrenden Fuhrwerken im letzten Augenblick zur Seite, drehten sich um, beschimpften die Kutscher, die ihrerseits die Fußgänger anschrien, ... eine wahre Hauptstadt!

Die Häuser hier waren ganz anders als die, die Jenny aus dem Wagenfenster am Stadtrand gesehen hatte. Sie waren höher, prachtvoller und dennoch nicht besonders, solche konnte man überall sehen, sie waren des sie überragenden Vulkans nicht würdig. Jenny richtete hin und wieder ihren Blick auf den grauen Bergkoloss, der mit den rubinroten Villen übersät war. Der Vulkan, der sich über den Dächern erhob, faszinierte sie. Interessant, wie die Lords, die Gebieter des Feuers, lebten, wovon sie träumten, womit sie sich im Laufe des Tages beschäftigten, welche Gerichte die Hofköche für sie zubereiteten und welche Kleider man für ihre Damen nähte.

Jenny sah mehr auf den Vulkan als unter ihre Füße. Wer daran gewöhnt ist, auf einem Seil zu gehen, kann das Gleichgewicht halten, auch wenn er nicht nach unten starrt. Und diese Gewohnheit spielte ihr einen bösen Streich. Jenny träumte, als sie auf die glänzenden Fenster der Paläste über der Stadt sah, und schrie auf, als ihr etwas Lebendiges und Weiches unter die Füße geriet. Ein grau-orangefarbener, schmutziger Klumpen kam unter ihren Schuhen hervor, piepste, zirpte, fletschte seine winzigen Zähnchen und funkelte mit seinen runden schwarzen Äugelchen. Jenny sprang hinter Papas Rücken und betrachtete das seltsame Wesen. Gebückt, bedeckt mit einem grauen Fell, rieb es ärgerlich die gequetschte Pfote und bewegte die Schnurrhaare auf seiner vorgestreckten Schnauze. Die zottige Missgestalt maß, wenn sie keinen Buckel machte, mehr als drei Fuß. Erst jetzt bemerkte Jenny, dass auf der Straße nicht weniger als ein Dutzend der rattenähnlichen Kreaturen herumlief. Alle hatten orangefarbene Westen und sahen sehr geschäftig aus. Sie duckten sich tief, stöberten mit ihren dünnen Pfoten auf dem Pflaster herum, scharrten, sammelten auf, schleppten es zum Mund und kauten sofort, wobei die Schnurrhaare sich auf und ab bewegten.

„Jenny, nicht zurückbleiben!", rief Papa.

„Sonst gehst du verloren. Was ist denn das? Ah, Rattler. Nichts Besonderes, lass uns gehen."

„Ich wäre auch beinahe draufgetreten", redete Erik Jenny nach dem Mund, um seine Schwester zu trösten.

„Sie kriechen einem hier unter die Füße."

Hinter den Männern hertrippelnd, bemerkte Jenny, dass ab und zu jemand gegen die Rattler anrannte. Doch das störte niemanden. Sie gingen weiter und schenkten dem Piepsen der Nichtmenschen keine Beachtung. Dann erinnerte sie sich. Der Stamm der Rattler lebte seit langen Zeiten am Fuße des Vulkans, aber als Eweron unter der Herrschaft der Gebieter des Feuers gewachsen und eine große Stadt geworden war, waren die Wesen unter die Erde gezogen, in die städtische Kanalisation. Als Jenny zurückblickte, sah sie, dass der Rattler, dem sie ungewollt wehgetan hatte, schon zu seiner Arbeit zurückgekehrt war und ihr nicht hinterher sah. Das beruhigte sie etwas.

„Die Rattler dienen der Stadt, sie sammeln die Abfälle", erklärte Papa.

„Die Eweroner haben es sich angewöhnt, sie nicht zu beachten, Sie scherzen sogar, dass es heißt, dass du nicht von hier bist, wenn du auf der Straße einen Rattler gesehen hast. Die Armen tragen leuchtende Westen, aber das hilft ihnen nicht. Also, mach dir keine Gedanken und geh schneller. Ich wittere schon den Geruch des Geldes."

Während er diese Worte sprach, drehte er eifrig den Kopf hin und her und seine Nasenlöcher weiteten sich, als versuchten sie, unter allen möglichen Düften der Stadt den genannten Geruch aufzunehmen. Papa suchte ein Leihhaus. Jenny wusste das, ohne zu fragen, weil es öfters der Fall gewesen war. Im Wagen gab es einen einzigen Gegenstand von wirklichem Wert, eine goldene Platte an einer Kette mit einem schönen gravierten Stern aus Silber. Es war etwas ungewöhnlich, Gold mit weniger wertvollem Silber zu verzieren, aber dieses Juwelierstück war so gefertigt worden. Der Stern aus acht feinen, dünnen Strahlen, leuchtete förmlich auf dem Hintergrund des edlen Goldes und das Schmuckstück rief insgesamt einen starken Eindruck hervor. Etwas daran war faszinierend und hypnotisierend.

Papa hatte niemals erzählt, woher er ein derartiges Wunderding hatte. Erik behauptete, dass er dieses Medaillon bei einem der kleinen Kinder gefunden hätte, die er am Wegesrand auf seiner unendlichen Wanderung aufgesammelt hatte. Aber welchem Kind gehörte dieser Gegenstand eigentlich? Sie hatten niemals darüber gesprochen, weil alles ohnehin Eigentum der ganzen Familie war. Eben dieses sagenhaft teure Medaillon gab Papa stets als Pfand und wenn der Wagen an einen neuen Ort gelangte, bekam er dafür ein Darlehen. Wenn sie bei den Auftritten Geld verdienten, lösten sie den Silberstern aus, um ihn dann am nächsten Ort von neuem als Pfand zu versetzen. Papa nannte diesen Vorgang „Gewinnung von Kupfermünzen aus Gold". Und gerade das hatte er vor. Sie mussten jetzt nur noch ein anständiges Leihhaus finden, das Geld gegen Pfand gab. Deswegen strebten sie dem Zentrum zu, drängten sich durch die hin- und hereilenden Städter und wichen den herumwuselnden Rattlern aus. Burmal wollte Geld in einem ordentlichen, respektablen Leihhaus aufnehmen, zumal er solides Pfand hatte. Einmal hatte Pierre gefragt, warum es unbedingt ein reiches Pfandhaus sein müsse. In einem reichen wäre das Risiko kleiner, hatte Papa damals geantwortet. Die Eigentümer kleinerer Pfandleihen am Stadtrand könnten immerhin Komplizen der örtlichen Diebe sein. Außerdem ließe sich bei ihnen kein Geld für ein so teures Pfand finden.

Je weiter sie sich vom Stadtrand entfernten, desto steiler wurde der Aufgang, sauberer das Straßenpflaster und reicher die Fassaden der Häuser. Papa wandte den Kopf immer schneller von einer Seite zur anderen. Da sah er ein Schild, auf dem „Drejkenser und Compagnons. Geldleihe gegen Pfand" stand. Das Schild war in einen polierten grünen Stein eingelassen, eingemauert in die Fassade eines äußerst soliden Gebäudes. Die Buchstaben waren vergoldet. Um die Wahrheit zu sagen, ähnelte das Gebäude eher einer Festung als einem Stadthaus. Das gefiel Papa offensichtlich, er bog scharf ab und begab sich zum Eingang. Erik und Jenny beeilten sich und holten ihn gerade noch direkt an der Tür ein. Burmal stieß die Tür energisch auf und betrat einen halbdunklen Saal. Jennys Meinung nach war die Ausstattung hier reichlich pompös und sie schämte sich ein wenig über ihre bescheidene Kleidung. Der Fußboden, der aus Steinplatten bestand, war so sorgfältig poliert, als wären die Platten mit Wachs eingerieben worden. Dagegen waren die Wände aus grob behauenen Paneelen gefertigt. Sie sollten wohl an eine Höhle denken lassen. An einer entfernten Wand saß ein bärtiger Zwerg an einem massiven Tisch. Vor dem Angestellten waren die Instrumente seines Berufs ausgebreitet. Eine Waage, ein Satz Gewichte, eine Messschnur mit Knoten, dicke Bücher, Tintenfässer ... und um diese Vielfalt voll zu machen, fand sich dort auch eine mächtige Kriegsaxt mit sehr scharfer Schneide, die trübe das Lampenlicht spiegelte.

„Womit kann ich Ihnen dienen?", erkundigte sich der Zwerg unfreundlich.

„Womit kann ein Leihhausangestellter einer solchen Einrichtung dienen?" Burmal zuckte mit den Schultern und beugte sich über den Tisch. Erik stellte sich neben ihn und Jenny blieb hinter ihnen stehen. Denn der finstere Bärtige schaute sie schon unfreundlich an.

„Ich brauche ein Darlehen."

„Wieviel?"

Burmal nannte die Summe. Jenny schien es, als wäre Papa verlegen, er blickte zur Seite und murmelte leise. Er sah dem selbstsicheren, lauten Burmal überhaupt nicht ähnlich.

„Pfand?", fragte der Zwerg ebenso sauer. „Wir sind ein solides Geschäft, mit Mildtätigkeit geben wir uns nicht ab."

Mit einem tiefen Seufzer legte Papa seinen Schatz auf den Tisch. Er wusste, dass das Medaillon viel mehr wert war als das Geld, um das er das unfreundliche kleine Männlein bat. Dieses scharrte nun einen Haufen Messgeräte auseinander und zog eine große Glasscheibe heraus, die beidseitig gewölbt war. In aller Ruhe legte er den Gegenstand auf das Medaillon und prüfte es sorgfältig. Dann drehte die Kreatur es um und betrachtete die Rückseite. Der Zwerg schien nach einem Eichstempel zu suchen.

„Nun, gut", sagte er schließlich. „Wenn man unsere Gewohnheit beachtet, nämlich dem Kunden immer entgegenzukommen, dann... Also, der Wert dieses Stückes entspricht mehr oder weniger der erbetenen Summe. Aber wie soll ich wissen, dass es nicht gestohlen ist?"

Papa brummte ärgerlich in seinen Bart, raffte das Medaillon vom Tisch, steckte es in die Tasche und wandte sich zur Tür. Und zwar so ungestüm, dass Jenny unwillkürlich zur Seite sprang, um ihm nicht im Weg zu stehen. Erik erschien sofort neben ihr und zwinkerte ihr aufmunternd, aber verstohlen zu, damit der Zwerg es nicht bemerkte.

„Bleib stehen", flüsterte er Jenny ins Ohr. „Wir gehen doch nicht von hier weg."

Erik hatte Papa schon bei ähnlichen Aktionen begleitet, Jenny bisher nicht. Sie war sogar leicht verwirrt. Sie hatten doch so lange ein Leihhaus gesucht und Burmal machte sich schon daran, zu gehen? Hieß das, dass sie wieder über diese lärmenden Straßen wandern müssten? Aber Erik blinzelte ihr zuversichtlich zu. Tatsächlich, Papa schaffte es nicht, auch nur einen Schritt in Richtung Ausgang zu machen. Der Zwerg ließ seine unfreundliche Maske fallen, stürzte hinter dem Tisch hervor und fasste ihn am Ärmel.

„Bleib stehen, warte! So macht man keine Geschäfte!"

„Und wie macht man Geschäfte?" Jetzt schauspielerte Papa schon. Er tat so, als wäre er wütend. „Ich frage doch auch nicht, ob du vorhast, mir Falschgeld anzudrehen! Nein, ich beabsichtige nicht, mir Beleidigungen anzuhören! Gerade hier habe ich ein solches Benehmen nicht erwartet. In dem renommierten ‚Drejkenser und Compagnons'. Wie kann man jetzt dem Gerede glauben, dass das ein anständiges Unternehmen ist! Ob es nicht gestohlen sei! Das ist ein Erbstück meiner Familie, das schon seit zwölf Generationen bei uns liegt. Wenn mein Geschäft nicht stocken würde, würde ich es nicht einmal aus dem Haus tragen. Ich würde nicht einmal auf den Gedanken kommen, es aus der Truhe zu nehmen!"

Der Zwerg entschuldigte sich und brummte etwas über seine nervenaufreibende Arbeit, bei der er mit verschiedenen Leuten zu tun habe. Und dass nicht jedes Mal Kunden so ehrbar wären, wie Papa Burmal, der „Drejkenser und Compagnons" mit seinem Besuch beglücken würde. Aber Papa beruhigte sich nicht, seine Empörung kannte keine Grenzen. Es erforderte nicht wenig Zeit, bis der gekränkte Kunde endlich nachgab und bereit war, von Neuem über das Darlehen zu sprechen. Am Ende des Gesprächs war die Summe des Darlehens erheblich gewachsen, während die Frist bis zur Rückzahlung alle denkbaren Grenzen überschritt. Jedenfalls erschien es Jenny so. Der Zwerg bat Burmal einige Male, nochmals das Medaillon zu zeigen, drehte es hin und her, betrachtete es durch das gewölbte Glas, wog es ab, wischte mit seinen dicken Fingern darüber. Doch schließlich bekräftigten die beiden das Geschäft mit Handschlag und der Zwerg öffnete ein dickes Buch, um den Handel schriftlich festzuhalten. Während der Auseinandersetzung waren noch einige Leute in das Leihhaus eingetreten, aber sie mussten warten. Offensichtlich war der Zwerg in Eifer geraten und jetzt war es für ihn Ehrensache, den Vertrag abzuschließen. Das eben war auch der Grund, weswegen sich Papa auf das Spiel eingelassen hatte.

Auf der Straße atmete Burmal geräuschvoll aus und entspannte sich.

„Ein unfreundliches, selbstzufriedenes Völkchen! Eine extrem widerliche Art!", erklärte er. „Mit ihnen zu tun zu haben, ist reines Vergnügen. Die Zwerge sind durchschaubar."

Jenny hoffte, dass sie jetzt zum Wagen zurückkehren würden, denn sie hatten doch nun genug Geld, um den Aufseher des Platzes der tausend Pfähle zu bezahlen. Aber das geschah nicht. Burmal strebte wieder dem Zentrum zu. Jenny, die von der Menschenmenge schon ganz verwirrt war, wusste nicht, wohin sie schauen sollte. Die Fassaden der Häuser waren hier fantastisch geschmückt, die Kleidung der Passanten wunderlich und es herrschte größere Betriebsamkeit. Sänften waren zu sehen und der vor ihnen schreitende Ausrufer schrie die Fußgänger an, aus dem Weg zu gehen. Da hob eine Dame den Saum ihres prächtigen Kleides beim Überschreiten einer Pfütze. Da rannten Rattler zwischen den Füßen hin und her. Drei von ihnen waren mit einem Meißel versehen und dabei, eine flache Platte zwischen den Pflastersteinen der Straße hochzuheben. Unter der Platte gähnte ein abgrundtiefes, schwarzes Loch. Nur der Vulkan erhob sich wie zuvor über allem, fern, unerschütterlich und erdrückend riesig. Jenny spürte, wie der Rhythmus der Menge auf sie überging, sie kam sich wie ein Salzkörnchen vor, das ins Wasser geworfen war. Genau so löste sie sich in der Stadt auf, in der Menschenmenge, im Geschrei und Gedränge. Anscheinend empfand Erik etwas Ähnliches, denn er murmelte: „Wenn es hier auf den Straßen schon so voll ist, was wird dann erst auf dem Markt los sein?"

Die Wanderung schien kein Ende zu nehmen. Aber da bog Papa zu einem Gebäude ab, vor dem sich eine besonders große Menschenmenge befand.

„Aha!", sagte er über seine Schulter.

„Das da brauchen wir!"

***

Jenny eilte ihm nach und es gelang ihr kaum, einen Blick auf die Fassade des Gebäudes zu werfen, die Gelb angestrichen war und ein Schild aufwies: „Scharfäugiger Herold". Ein seltsamer Name, dachte sie, als sie mit Burmal und Erik zur Tür ging. Sie schaffte es gerade noch ihren zu Bruder fragen: „Was ist das, ein Hotel oder eine Schenke?"

„Das ist eine Zeitung! Eine Zeitungsredaktion!"

Jenny hoffte, dass es im Inneren ruhiger war als auf der Straße, aber sie täuschte sich. Auf den Fluren liefen Leute hin und her, es waren sehr viele, alle hatten es eilig, schlugen mit den Türen und stießen einander an.

Da hielt Jenny es nicht mehr aus, klammerte sich an Eriks Ärmel und schrie ihm ins Ohr: „Halt mich bloß fest! Wenn du mich loslässt, bin ich verloren! Man wird mich zertreten!"

Es war sinnlos, sich an Papa zu wenden, denn er schob sich zielstrebig durch das Gedränge auf der Suche nach etwas, das nur er allein wusste. Er fand eine Tür, stieß sie mit einem Fußtritt auf und stürzte hinein. Jenny machte sich auf das Schlimmste gefasst. Wenn es auf der Straße schon zu laut zuging und es auf den Fluren dieses merkwürdigen Hauses noch schlimmer war, dann würde sich hinter der Tür bestimmt etwas Schreckliches verbergen. Aber ... zu ihrem Erstaunen befand sich dort nur ein Mensch. Außerdem lief er nicht herum und brüllte, sondern saß ruhig an einem Tisch, der mit zerbrochenen Federn, Papieren und allen möglichen Kanzleiutensilien überhäuft war. Irgendwie erinnerte er entfernt an den Zwerg aus dem Leihhaus „Drejkenser und Compagnons", was seltsam war, denn dieser Unbekannte war dünn, hochaufgeschossen und vor ihm lag keine Kriegsaxt. Bald begriff Jenny, welche Gemeinsamkeit hier mit dem Zwerg bestand. Burmal war hierhergekommen, um ein Geschäft abzuschließen.

Es begann ein leidenschaftlicher Handel, dessen Sinn Jenny nicht verstand. Natürlich hatte sie von Zeitungen gehört und wusste, womit sich Redaktionen beschäftigten. Aber bis jetzt hatte sie sich nicht damit befassen müssen. Burmal verlangte, dass der Zeitungsmann einen Artikel über das Schauspiel veröffentlichte, das den kommenden Sieg Ewerons besang und rühmte. Aber alles, was Burmal ihm erzählte, begeisterte den Mann am Tisch nicht wirklich. Er stellte einige Fragen über den Inhalt der Aufführung. Schließlich entschied er laut: „Ich werde einen Mitarbeiter zur Vorstellung schicken, er wird sich das Schauspiel ansehen und den erforderlichen Text schreiben."

„Das wird teuer für mich, nicht wahr?" Papa war sofort auf der Hut.

„Eigentlich muss das extra bezahlt werden", stimmte der Zeitungsmann ihm zu. Es schien, als wäre ihm ein neuer Gedanke im Hinblick auf das Stück in den Sinn gekommen, und je weiter er darüber nachdenkt, desto mehr interessiert ihn diese Idee. „Aber für dich mache ich eine Ausnahme." Frischer Enthusiasmus flammte in ihm auf. „Ich werde selbst kommen, sieh mal an! Und werde persönlich dieser Vorstellung beiwohnen. Eweron braucht schon lange etwas dieser Art. Etwas Patriotisches und Herrliches! Kühnes und Aufrüttelndes! Ich sage schon lange, dass die Gebieter des Feuers in ihre Intrigen versunken sind und nicht an den Erhalt der Geistesstärke im Volk denken, das am Fuße des Vulkans umherwimmelt. Wir stehen an der Schwelle eines Krieges, doch das Volk hat seinen patriotischen Schwung eingebüßt."

„Naja", brummelte Burmal undeutlich.

„Das Volk ist so ein Ding, es büßt ständig etwas ein, während es am Fuße des Vulkans herumläuft ..."

„Die Kunst weckt in den Massen Kraft und Bereitschaft zur Selbstaufopferung im Namen des Vaterlandes!"

Die Stimme des hageren Zeitungsmenschen wurde lauter. Er hörte nicht auf die Antworten und redete, als würde er vor einer großen Versammlung auftreten.

„Wenn mir das Schauspiel gefällt, werde ich ihm eine ganze Serie von Reportagen widmen. Das Volk von Eweron erwartet neue Ideen von euch!"

„Und natürlich werden mich die Bedürfnisse des Volkes klingende Münzen kosten", stimmte Burmal zu.

„Interessant. Warum soll ich, der Ortsfremde, dafür zahlen?"

„Aus Patriotismus, ausschließlich aus Patriotismus!", brachte der Zeitungsmann begeistert heraus. Er stand hinter dem Tisch auf und veränderte sich zusehends. Auf den blassen, eingefallenen Wangen blitzte flammende Röte auf, seine Augen funkelten.

„Aber hör zu, jetzt nehme ich den üblichen Tarif von dir. Das Titelblatt, Illustrationen, Ehre und Aufmerksamkeit! Wenn das Schauspiel mir gefällt, dann garantiere ich dir einen Preisnachlass. Der ‚Scharfäugige Herold' ist eine einflussreiche Zeitung, wir werden erreichen, dass man dir das Recht zuspricht, deine Kunst im Stadttheater zu zeigen. Das ist nicht wie dein Platz der tausend Pfähle, dort wird Eintrittsgeld erhoben! Aber eine Bedingung ist dabei."

„Welche?", fragte Burmal sauer. Ihn begeisterten diese glänzenden Aussichten aus irgendeinem Grund nicht.

„Wir schließen eine Abmachung. Im Falle eines Erfolges schreibe nur ich über deine Vorstellung. Außer dem ‚Scharfäugigen Herold' sagst du niemandem ein Wort."

„Und ich bekomme einen normalen Tarif für einen Artikel?", präzisierte Papa.

„Noch einen Nachlass von fünf Prozent, wenn die Aufführung mir gefällt. Ich suche schon lange ...", sagte der Zeitungsmann und schnippte mit seinen trockenen gelben Fingern, „etwas Neues und Bedeutendes. Die Stadt ist faul geworden. Aber du bist ein neuer Mensch mit neuen Ideen."

„Ich bin ein neuer Mensch mit Geld", brummte Papa in seinen Bart und zog den Beutel hervor, den der Zwerg im Leihhaus gefüllt hatte.

„Jedenfalls war ich ein solcher, bis ich hierher in die Redaktion kam."

Jenny wurde von diesen Gesprächen ganz wirr im Kopf. Was waren denn frische patriotische Ideen? Welches Theater? Und, Trochomor, hilf mir, welche Intrigen der Gebieter des Feuers? Was hatten sie, die Wanderschauspieler, mit dieser ganzen Sache zu tun? Aber Papa sprach ganz ernsthaft. Jenny vermochte zu unterscheiden, wann er schauspielerte und wann er sich nicht verstellte. Jetzt sprach Burmal ganz offen.

Als der Handel geschlossen war und die Schauspieler die Redaktion verließen, stellte Jenny erstaunt fest, dass sie sich nicht mehr auf der Straße verirrte. Sie hatte sich schon so eingewöhnt, dass sie den Ärmel des Bruders losließ und den vor ihnen eilenden Burmal einholte. Nach der Hektik und dem Geschrei in der Redaktion konnte die Straße sie nicht mehr schrecken. Es sah so aus, als hätten die Eindrücke Jennys Wahrnehmungsschwelle überschritten, das Salzkörnchen hatte sich im Wasser aufgelöst, die Stadt hatte den Ankömmling aufgenommen.

„Papa?", fragte Jenny.

„Was hast du eigentlich gemacht? Du hast all unsere Münzen abgegeben! Es hätte für die Platzmiete und für die ganze Woche der Vorstellungen gereicht!"

„Ich habe fast alles abgegeben", stimmte Burmal zu.

„Aber wenn das Glück uns hold ist, dann habe ich mir einen Verbündeten gesichert. Hier haben die Zeitungen großen Einfluss und dieser Typ vom ‚Scharfäugigen Herold' hat vor, auf den Erfolg unseres Theaters zu setzen. Ich verstehe nicht, was er im Sinn hat, aber er hat sich für mich interessiert. Trochomor, unser höchster Schutzpatron, sei gelobt, jetzt wird nicht nur er, der Alte, auf uns achtgeben. Jetzt werden es zwei sein. Er und der ‚Scharfäugige Herold'."

Jenny hätte noch weiter gefragt, aber dennoch war die Straße, auch wenn sie ihr keinen Schrecken mehr einjagte, kein passender Ort für eine Unterhaltung. Burmal verharrte in freudiger Erregung, er hätte noch lange damit angeben können, welch geschickten Schachzug er gerade gemacht hatte. Er redete und redete, doch Jenny verstand trotzdem nicht, welchen Sinn die Sache mit der Zeitung hatte. Papa blieb plötzlich stehen und seine jungen Gefährten wären ihm fast in seinen stämmigen Rücken gelaufen.

„Kinder, ich denke, wir sind gut zurechtgekommen und haben uns eine kleine Erholung verdient!", erklärte er und eilte auf eine grün angestrichene Tür zu. Über der Tür prangte ein Schild, ebenfalls in grüner Farbe, mit der Abbildung eines vierblättrigen Kleeblatts, unter dem sich eine schwarze Katze mit erhobenen Pfoten räkelte. Das Haus hatte den schlichten Namen „Glück", so lautete die Überschrift über dem Kleeblatt und der

Katze. Zweifellos war es ein Wirtshaus. Gerade das entsprach Papas Vorstellung von einer kleinen Erholung.

Erik und Jenny sahen einander an und machten einen tiefen Seufzer. Weil sie noch sehr jung waren, tranken sie keinen Alkohol und Papas Leidenschaft für Zecherei ... sie verstanden es einfach nicht. Doch man musste es ertragen. Das Wirtshaus „Glück" war der erste und sogar einzige Ort in ganz Eweron, der Jenny nicht in Erstaunen versetzte. Eigentlich schien es ein ganz normaler Betrieb zu sein. Wanderschauspieler sahen viele Gastwirtschaften und diese hier unterschied sich kein bisschen von den anderen, an denen der Planwagen von Papa Burmal auf seiner endlosen Wanderung vorbeifuhr. Ganz normale Tische, an denen ganz normale Typen saßen, wie Jenny sie schon oft gesehen hatte. Trinker mit roten Nasen und Wangen, ein beleibter Wirt am Ausschank, Handwerker mit abgezählten Kupfermünzen in den schwarzen Händen ... und ein kleiner Dieb, auch eine den Wanderern gut bekannte Sorte Mensch. Das Leben auf der Fahrt hatte Jenny gelehrt, die Vertreter dieses Gewerbes sofort zu erkennen. Sieh dir den da an, dachte sie. Er hatte sich in die dunkle Ecke verzogen, schlürfte ganz langsam sein Bier und hielt nach einem Opfer Ausschau.

Eriks Augen funkelten. Er hatte beschlossen, sich zu amüsieren. Er zupfte Burmal am Ärmel, wies mit dem Blick auf den Typen in der Ecke und fragte: „Papa, darf ich?"

Sein Ziehvater blieb nur ungern stehen. Er strebte schon der Theke zu und wenn er, egal wodurch, aufgehalten wurde, so ärgerte ihn das.

„Gut", brummte er.

„Ihr habt euch gut benommen, Kinder. Amüsiert euch. Nur nicht lange, für uns gibt es jetzt noch viel zu tun."

„Er trinkt doch schon sein Bier aus", antwortete Erik fröhlich. „Jetzt geht es los!"

Er drehte sich zu Jenny um: „Machst du mit? Oder siehst du nur zu?"

Jenny nickte. Das hieß, dass sie ihm half. Sie gingen zur Seite, als Papa einen Krug Bier bestellte und nicht in ihre Richtung schaute. Währenddessen machte der Dieb seinen letzten Schluck und steuerte auf die Theke zu. Er hatte sein Opfer schon ins Auge gefasst. Einen behäbigen Mann mit verdreckter Schürze und kantigem Gesicht. Er arbeitete wohl in einem Laden in der Nähe und hatte beschlossen, sich eine Pause zu gönnen, ins „Glück" zu springen und ein Bier zu trinken. Die Wahl des Diebes lag auf der Hand. Denn der rotgesichtige Mann war in Eile und deshalb nicht so aufmerksam.

Als der Bösewicht die dunkle Ecke verließ, betrachtete Jenny ihn genau. Solche Typen sollte man sich merken, denn man konnte nie wissen, ob man noch einmal auf sie stieß. Besser war es, sich sein Gesicht einzuprägen, was in seinem Fall nicht schwierig war. Ein kleines spitzes Frätzchen, eingefallene Wangen und dünne blasse Lippen. Dazu noch tiefliegende kleine Äugelchen. Diese kleinen Augen beobachteten den rotgesichtigen Kraftmeier mit der Schürze nun ohne Unterlass. Dieser trank das Bier gierig mit großen Schlucken. Es war sein zweiter Krug und er musste im nächsten Augenblick die Schenke verlassen. Erik und Jenny gingen in verschiedene Richtungen, als würden sie nicht zusammengehören. Jenny schaute verwirrt um sich, als verstünde sie nicht, wo sie sich befand und wie sie an diesen Ort geraten war. Erik erschien hinter dem Rücken des Diebes gerade in dem Moment, als dieser den Geldbeutel herauszog, den der Rotgesichtige sich hinten unter den Knoten des Schürzenbandes gesteckt hatte. Nachdem er seinen Trick ausgeführt hatte, schlich sich der Dieb rückwärtsgehend zur Tür. Jenny tat einen ungeschickten Schritt zur Seite, rempelte ihn an, schrie erschrocken auf und presste ihre Hände gegen die Wangen. Der Dieb zuckte zusammen. Er war schon dabei gewesen, sich klammheimlich zum Ausgang zu stehlen, um von niemandem gesehen zu werden, solange der rotgesichtige Ladenbesitzer sein Bier trank.

Erik zog den Geldbeutel des Rotgesichtigen prompt aus der Tasche des Diebes, füllte geschickt die Münzen in die eigene Tasche und warf dem Gauner den leeren Beutel vor die Füße.

„Oh, entschuldigen Sie, ich bin so ungeschickt!" Jenny stellte sich verwirrt und fasste den Dieb am Ärmel. „Wegen mir haben Sie den Beutel fallen lassen! Da ist er, auf dem Boden!"

„Ah ... ähm ..." Der Dieb zerrte den Ärmel aus Jennys Fingern und sah dann, wie der rotgesichtige Ladenbesitzer seinen leeren Bierkrug krachend auf die Theke setzte und sich zu ihm umdrehte. Jenny stand direkt vor ihm und zeigte auf den Geldbeutel. Jetzt musste er doch seinen eigenen Beutel erkennen, dachte sie. Seine breite rote Hand fasste auf seinen Rücken, dorthin, wo der Beutel für gewöhnlich war. Als der Ladenbesitzer merkte, dass man ihn bestohlen hatte, brüllte er laut und warf sich auf den Dieb. Dieser versuchte zu entwischen, aber Jenny stand zwischen ihm und der Tür. Der Gauner warf sich zur Seite, hatte sich aus den Pratzen des Rotgesichtigen befreit und stolperte plötzlich, ohne zu sehen, woran sein Fuß hängengeblieben war. Der Ladenbesitzer packte den Gauner am Kragen und zog ihn mit einem Schwung hoch in die Luft, sodass seine Schuhe über den Boden schleiften. Einige Leute, die in der Nähe waren, schreckten zurück, andere traten näher heran oder standen an den Tischen auf, um besser sehen zu können, wie der Ladenbesitzer den gefangenen Bösewicht verprügeln würde. Der Bestohlene brüllte bereits so laut er konnte und schüttelte den erwischten Dieb: „Verdammtes Arschloch! Wo ist mein Geld, du Mistkerl?! Der Beutel ist leer! Wo hast du das Geld versteckt?"

Papa Burmal trank sein Bier aus, drängte die Neugierigen beiseite und steuerte dem Ausgang zu. Erik und Jenny holten ihn auf der Straße ein.

„Das Leben in der Hauptstadt gefällt mir", erklärte Erik und klimperte mit den Münzen in seiner Tasche.

„Hat er dir nicht stark wehgetan, als du ihm ein Bein gestellt hast?", fragte Jenny.

„Quatsch!"
Erik betrachtete die Schilder an beiden Straßenseiten, dann zwängte er sich geschickt zwischen den eilenden Städtern durch und strebte einem Laden zu. Als er zurückkam, reichte er Jenny eine ortstypische Leckerei. Ein rotes Lutschbonbon in Form einer Flammenzunge.

„Das nennt sich ‚Götterspeise der Gebieter des Feuers'", erklärte er und zeigte eine Tüte.

„Ich habe die Bonbons für uns alle gekauft."

***

Auf dem Platz der tausend Pfähle hatte sich schon eine Menschenmenge versammelt. Die Nachricht, dass eine neue Schauspielertruppe in Eweron angekommen wäre, hatte sich bereits in den umliegenden Stadtvierteln verbreitet und nach und nach stellten sich Gaffer ein. Von irgendwoher tauchten zwei Dutzend Wärter auf, alle in den gleichen grauen Leibröcken. Sie kreisten den Planwagen ein und hinderten das neugierige Publikum daran, näher zu kommen. Das war sehr gut, da man die Bühne ungestörter aufbauen konnte, wenn einem niemand vor den Füßen herumlief.

Zu Jennys Erstaunen befehligte die grauen Leibröcke kein anderer als der unansehnliche, bucklige Aufseher, dem Papa Geld zugesteckt hatte. Dieser bescheiden aussehende Mensch erwies sich als große Nummer. Wie kompliziert ist das Leben in der Hauptstadt, dachte Jenny.

Burmal ging mit seinen jungen Gefährten an der Schutzkette vorbei und trat an den Planwagen heran. Dort war schon alles für die Vorstellung vorbereitet. Der wortkarge und zurückhaltende Pierre, das älteste von Burmals Kindern, sprach wie immer wenig, schaffte aber viel. Die heruntergeklappte Seitenwand des Planwagens hatte sich in eine Bühne verwandelt, darüber waren Seile gespannt, die mit farbenprächtigen Fähnchen geschmückt waren. Anna richtete die Falten des Vorhangs und Sejscha blies Probetriller auf einem Kupferhorn. Sie bereitete sich darauf vor, das Auftreten der Schauspieler auf die Bühne musikalisch zu begleiten. Sie alle überragte der verlegene und bedrückte Troll. Den menschenscheuen Riesen erschreckte die Menge.

„Er hat uns prima geholfen." Pierre nickte in seine Richtung. „Folgsam, verständig und bescheiden. Ein prächtiger Kerl, dieser Bord!"

„Wer ist Bord?", fragte Papa. Obwohl er sich unterwegs lange mit dem Troll unterhalten hatte, war er nicht dazu gekommen, seinen Namen zu erfragen.

„Bordojmogorkimbach", erklärte der Troll.

„Aber Bord geht auch. Ich weiß, dass kurze Geschöpfe kurze Namen bevorzugen."

Der Riese lächelte verlegen.

Pierre wendete sich Jenny zu: „Denk nicht, dass wir es vergessen haben. Er hat nur geholfen, die Seile zu spannen, aber die Knoten haben wir selbst geknüpft. Aber besser wäre es, du überprüfst sie selbst."

„Alles klar", sagte Jenny nickend, zog die Schuhe aus und kletterte den Pfahl hoch, um zu prüfen, wie sicher die Trosse befestigt waren. Aus ihrem Mund ragte der Stiel der Götterspeise der Gebieter des Feuers und auf ihrer Zunge zerfloss der Lutscher mit dem süßen Geschmack der Hauptstadt. Erik reichte seinen Geschwistern die Tüte und sie ließen von den angebotenen Bonbons nichts übrig, während Burmal die Reste der Beute des Taschendiebes an sich nahm und sich zum Aufseher des Platzes der tausend Pfähle begab, um mit den Verhandlungen zu beginnen. Es wurde Abend und vom Pfosten aus sah Jenny, wie immer mehr Leute zum Wagen strömten, als hätten sich schon heute viele Zuschauer für die Vorstellung eingefunden. Normalerweise fand die erste Vorstellung nach der Ankunft an einem neuen Ort fast ohne Publikum statt, aber das hier war immerhin die Hauptstadt. Das berühmte Eweron, dachte Jenny.

KAPITEL 2

Der Abend eines sehr langen Tages

Der eiserne Wagen hielt an. Der Präfekt Kwestin erhob sich und befahl dem Sergeanten mit dem schwarzen Schnäuzer: „Bleib eine Weile mit dem Mädchen hier! Ich bin bald zurück." Er öffnete die schwere vernietete Tür und stieg aus. Jenny hörte, wie er zu jemandem sagte: „Ich fahre nach Hause. Sergeant Kuber fährt mit mir. Wenn die Dummköpfe vom Tatort zurückkehren, sollen sie sorgfältig Beweise sammeln und nichts beschädigen. Morgen werde ich mir alle Beweisstücke selbst ansehen. Ja, und am Morgen wird jemand zur Redaktion des ‚Scharfäugigen Herold' abkommandiert. Der Bericht über den Auftritt dieses armen Kerls, Burmal, soll nicht in der morgigen Ausgabe erscheinen. Bereitet alles über Burmals Geschäfte mit der Zeitung für mich vor. Die Quittung über die Bezahlung der Publikation, der Text des Berichts, das Geld für die Veröffentlichung. All das geht in die Verfügung der Stadtwache über. Wenn der Redakteur sich auf die Hinterbeine stellt, dann fackelt nicht lange. Alles Aufgelistete muss morgen schon bei mir auf dem Tisch liegen. Und quatscht mit niemandem darüber, was auf dem Platz passiert ist. Das meine ich ernst. Hast du mich verstanden?"

„Jawohl, Herr Präfekt", tönte eine tiefe Bassstimme.

Jenny sah den Sergeanten an, der dem Gespräch des Vorgesetzten wie sie gelauscht hatte.

„Alles wird gut", erklärte er mit vorgetäuschtem Optimismus, als er ihren Blick auffing.

„Das Schlimmste ist schon vorbei."

„Das glaube ich nicht." Jenny seufzte.

„Alles wird noch schlimmer werden."

Aber es tat ihr gut, dass dieser junge Mann versuchte, sie zu trösten. Im Licht der Lampe, die von der niedrigen Decke

des Wagens herabhing, betrachtete sie ihn aufmerksam. Er war sympathisch und männlich. In ihm fühlte man die Härte, die Erik immer fehlen würde, da er leicht und unbeständig wie ein Luftzug war. Aber Erik war noch ein Junge, während die Rußspuren auf dem Gesicht des Sergeanten nur seine erwachsenen Züge betonten. Der Präfekt kehrte zurück, nahm seinen Platz gegenüber von Jenny wieder ein und nickte.
„Fahren wir fort."

***

Über Eweron senkte sich der Abend. Der Himmel war hier nicht blau, sondern eher gelblich. Die Ausdünstungen des Vulkans machten sich bemerkbar. Der Sonnenuntergang färbte den Himmel über der Hauptstadt mit orangefarbenen Schattierungen und das Licht in den Fenstern der Villen beleuchtete den Berg, der einen riesigen Schatten auf die Stadt warf. Burmal betrat die Bühne. Er betrachtete die Zuschauer. Hier sind etwa dreihundert Menschen, nicht weniger, wunderte sich Jenny. Wenn sie in der Provinz auftraten, galt eine so hohe Zuschauerzahl als Erfolg. Und wie wird es erst morgen sein, wenn die Zeitung erscheint und wenn diese ersten Zuschauer in der Stadt von ihrem Theater erzählen?

„Sehr verehrtes Publikum, wir fangen an!", schrie Papa und der Lärm in der Menge verstummte.

„Heute werden Sie die ersten Zuschauer unserer atemberaubenden Aufführung sein! Ich garantiere, so etwas haben Sie noch nie gesehen. Ich werde Ihnen mein Schauspiel ‚Das triumphierende Feuer' zeigen und das ... wird zum unvergesslichen Erlebnis!"

Es folgte ein schwaches Händeklatschen. Die Menge war skeptisch veranlagt. Immerhin waren doch Hauptstädter und um sie in Erstaunen zu versetzen, musste der Jahrmarktsgaukler schon etwas wirklich Umwerfendes bieten. Sonst flogen Apfelgehäuse oder sogar Steine. Burmal wusste das sehr gut, aber er gab sich zuversichtlich.

„Wir warten die Dunkelheit ab und dann werden wir beginnen", fuhr er fort.
„Ich möchte, dass Sie, meine Freunde, das volle Vergnügen genießen und dafür sind Lichteffekte erforderlich. Ein wenig Geduld und Sie werden sehen, dass ich Recht habe und dass es sich lohnt, etwas zu warten. Aber in der Zwischenzeit und um unser verehrtes Publikum nicht zu langweilen, zeigen wir einige gewöhnliche Nummern. Nichts Besonderes, nur um keine Zeit zu verlieren. Pierre!"
Pierre trat auf die Bühne. Er jonglierte mit buntbemalten Keulen. Huschende bunte Flecken über der Bühne fügten sich zu seltsamen Mustern zusammen. Jenny, die inzwischen ein weites Hemd und eine Hose aus Leinen, die bis zur Mitte der Waden reichte, angezogen hatte, lief oberhalb der Bühne über ein Seil. Fast alle Zuschauer wendeten sich von Pierre ab und schauten sie an. Das war ein gutes Zeichen. Es bedeutete, dass sie sich, wenn erforderlich, von der Bühne abwenden würden.

Als es dunkler wurde, blies Sejscha lange in ihr Horn und Jenny kletterte wieder auf den Pfahl. In der Dämmerung konnte man sie schlecht von unten wahrnehmen und die Zuschauer legten die Köpfe in den Nacken, um sie besser zu sehen. Jenny durchlief den Raum zwischen den Pfählen und auf der Bühne flammte Licht auf. An Stelle der Keulen erschienen brennende Fackeln in Pierres Händen. Und das war schon viel interessanter. Sie tanzten in der Dunkelheit und im Zentrum des flammenden Reigens war das ruhige, unerschütterliche Gesicht des Jongleurs zu erkennen. Die Zuschauer murrten nicht in Erwartung der angekündigten Hauptdarbietung. Ihnen schien schon diese Vorstellung sehr zu gefallen. Als Papa meinte, dass es schon dunkel genug sei, gab er Pierre ein Zeichen. Wieder blies das Horn und im selben Augenblick erloschen die Fackeln auf der Bühne. Und alles geschah gleichzeitig.

Die Zuschauer riefen: „Ach!" Pierre schien nichts Besonderes getan zu haben, aber das plötzliche Verschwinden der tanzenden Flammen erzeugte einen beeindruckenden Effekt. Und sogleich erschien tanzendes Licht am Himmel über der Menge. Jenny hatte Lampions, die an Schnüren aufgehängt waren, angezündet und ging über den Zuschauern auf dem Seil. In der Dunkelheit über ein nicht sichtbares Seil schreitend, konnte sie nicht jonglieren, die Lampions schaukelten nur, wenn sie sich bewegte, aber auch das erwies sich als ein geschickter Schachzug, die Zuschauer lärmten beifällig. Jetzt klatschten sie bedeutend lauter und einträchtiger. Jenny ging langsam, aus Vorsicht und um Anna Zeit zu geben, die die Bühne vorbereitete. Endlich erreichte sie den Pfahl. Jenny löschte ihre Lampions und es flammte ein helles Licht über der aufgeklappten Seitenfläche des Wagens auf. Es ließ aus der Dunkelheit den Vorhang erscheinen, auf den ein Meeresufer gemalt war. Die schweren Falten schaukelten. Es war Anna, die sie zog und die Zuschauer sahen, wie das unechte Meer wogte, als es auf das öde Ufer auflief. Da erschien Papa. Er war eindrucksvoll geschminkt und stellte den „Antreiber des Windes" dar. Auf dem Kopf hatte er eine Perücke, mit nach allen Seiten abstehenden Zotteln, schmutzig und grau, als seien sie mit Sand bestreut. Ein dicker Bauch wölbte den Kittel vor, auf den hunderte Bänder genäht waren. Anna, die sich am Bühnenrand versteckte, wedelte mit einem Fächer und die Bänder flogen auseinander, als ob Burmal mit seinen Bewegungen Wind erzeuge. Die Zuschauer schrien auf vor Entzücken. Es war gar nicht so viel nötig, um das Publikum der Hauptstadt zu begeistern.

Papa brüllte heiser seinen Monolog: „Die Antreiber des Windes unterwerfen sich niemandem, sie nehmen alles, was sie wollen und sie wollen alles, worauf ihr Blick fällt! Und die Länder, die sie erreicht haben, werden ihnen gehören. Niemand kann sich dem Wind widersetzen!"

Die Dekorationen hinter dem Antreiber zuckten zusammen vor derartigen Aussichten. Jetzt bebte nicht nur das Meer, sondern auch das Ufer. Vor Furcht. Sejscha blies wieder ins Horn, nun war der Klang hoch und rein. Und Erik tauchte aus der Dunkelheit auf. Fein, biegsam und schlank erschien er leicht und gar nicht bedrohlich im Vergleich zum massiven Burmal. Er bewegte sich mit der Grazie eines Tänzers.

„Dieses Ufer gehört unserem großen Vaterland!", erklärte er. „Wir haben das stürmische Meer durchfahren und der Wind vermochte unsere Schiffe nicht anzuhalten! Wir, die Gebieter des Feuers, stehen hier! Das ist unser Land und der Wind soll dich möglichst weit forttragen!"

Erik schwenkte den Schoß seines Mantels, das Futter war rot, und ein blutroter Glanz hüllte seine Gestalt ein. Die Zuschauer stimmten lärmend zu. Der Monolog des Gebieters des Feuers ging weiter, er stellte klar, dass die Lords des Vulkans wegen des Wohlergehens des Volkes von Eweron ihre Siedlungen am Meeresufer Grandelins gebaut hatten. Und so beschloss das Schicksal, dass der Widerschein der roten Fenster aus ihren Palästen für immer auf diesen Ländern lag. Burmal empörte sich, aus der Menge kamen missbilligende Pfiffe, als er dem jungen Lord drohte. Erik antwortete stolz auf seine Drohungen. Jenny ergriff mit Sand gefüllte Säckchen und lief auf dem Seil zu ihrem Platz über der Bühne. Sie setzte sich, umschlang ihre Beine und fand ihr Gleichgewicht. Das Seil unter ihr zitterte und begann dazu noch zu vibrieren, als die Zuschauer in Applaus ausbrachen, wobei das Klatschen der steinharten Hände des Trolls besonders stark dröhnte. Bord schaute die Vorstellung mit allen zusammen an und war sehr zufrieden. Dann erklärte Erik, wenn der Streit sich nicht friedlich schlichten ließe, wie es sich unter zivilisierten Herrschern gehöre, würde es eben Krieg geben. Eweron sei dem Frieden zugetan, aber wenn die friedlichen Mittel ausgeschöpft seien, dann würden die Gebieter des Feuers ihre Stärke zeigen. Und die Schlacht brach aus.

Burmal schwenkte die weiten Ärmel, Anna wedelte mit dem Fächer, Sejscha blies, Jenny sprang in der Dunkelheit über den Köpfen der Zuschauer herum und verstreute Sand, während Pierre mit rotem Glas und einem Trichter aus poliertem Zinn hinter Eriks Rücken, dem Gebieter des Feuers, flammende Lichtstrahlen aufsteigen ließ. Und das Meeresufer bebte, solange der große Kampf andauerte und die Sandkörnchen wirbelten im Orkan, den Annas Fächer erzeugte, und verwandelten sich in feurige Funken, wenn sie in die roten Strahlen von Pierres Lampe fielen. Schließlich besiegte die erbarmungslose Flamme den Orkan des Antreibers, er fiel auf die Knie und begann jämmerlich heulend wegzukriechen. Erik schlug mit einer effektvollen Bewegung seinen Mantel wie ein Siegesbanner empor. Zuletzt erlosch die rote Flamme und Erik setzte seinen Fuß auf den besiegten Burmal. Der Kampf war beendet. Eweron hatte seine Herrschaft über seine Gebiete in Übersee verteidigt, die Südländer-Barbaren waren vernichtend geschlagen worden und die Hand der Gebieter des Feuers erstreckte sich über die Kolonien.

Papa wartete ein wenig, bis die Zuschauer ihrer Begeisterung freien Lauf gelassen hatten. Als der Beifall etwas abflaute, erhob er sich und schüttelte den Sand vom Kittel. Jenny rollte die leeren Säckchen zusammen und stand vorsichtig auf. Das war ein Erfolg gewesen! Papa hatte es richtig gemacht, dachte sie. Damit, alles, was die Truppe hatte, auf ein Pferd zu setzen. Wie ein Lauffeuer werden sich Erzählungen über das wunderbare Schauspiel in Eweron verbreiten. Morgen würde es noch mehr Zuschauer geben, dann noch mehr und noch mehr. Und wer weiß, vielleicht hatte der hagere Zeitungsangestellte nicht gelogen? Was, wenn er ihnen einen Auftritt im Theater verschaffte, wo Eintrittsgeld genommen wird? Als Jenny auf dem Seil zum Pfahl ging, sah sie von oben bestens, wie die Münzen in die Hüte flogen, die Sejscha und Anna durch die Reihen der Zuschauer trugen. Burmal und Erik hielten sich an den Händen, begaben sich zum Bühnenrand und verbeugten sich, wobei aus ihren Kostümen Sand rieselte. Papa hielt seinen üblichen abschließenden Monolog. Dass er immer davon geträumt habe, so ein Publikum zu finden und glücklich sei, hier auf Menschen zu treffen, die die wahre Kunst zu schätzen wüssten. Dann folgten einige Worte über die Geschichte der Truppe. Er erzählte, dass die Schauspieler Waisen seien, die er von der Straße geholt habe, und dass er selbst die begabten Kinder unterrichtet und ihnen alles beigebracht hatte, was er wusste. Dass er das Schicksal der Waisen der Freigebigkeit der Einwohner des ruhmreichen Eweron anvertrauen würde und hoffte, dass sie ihren Nachbarn von der Vorstellung auf dem Platz der tausend Pfähle erzählen würden.

Burmal, der nichts vergaß, erzählte zum Schluss von dem Troll, der auf dem Weg zur Hauptstadt zu ihm gestoßen war: „Er ist ein guter Kerl und ich bin davon überzeugt, dass aus ihm etwas wird! Ich würde ihn wie die Übrigen aufnehmen. Und am Ende wird sich dieser prächtige Riese sich zum größten Schauspieler der Welt entwickeln! Groß, damit meine ich die Körpermaße, versteht mich richtig. Aber, oh weh! Der gute Bord passt nicht in meinen Wagen. Ich wende mich an euch alle, lässt sich für diesen Burschen keine Arbeit finden? Er braucht nicht viel, nur Essen und einen Platz, wo er schlafen kann. Er benötigt nicht einmal ein Dach über dem Kopf. Wer möchte dieses gute Herz und diese kräftigen Arme nicht als Arbeiter gewinnen?"

Es kam wieder Leben in die Menge. Jemand schrie: „Ich habe schon lange die Absicht, einen Esel zu kaufen. Er sollte die Winde auf meinem Hof drehen. Aber für einen Troll muss man doch den Behörden gegenüber haften! Und dann, wenn er etwas Ungesetzliches tut?"

Das war die reine Wahrheit. Wenn ein Nichtmensch als Arbeiter eingestellt wurde, haftete der Arbeitgeber für ihn. Eben aus diesem Grund kamen Trolle nur mit großer Mühe in der Stadt unter und Kobolde nisteten sich am Stadtrand ein und führten kein besonders zivilisiertes Leben. Sie fanden nur schwer einen Platz in der menschlichen Gesellschaft.

„Etwas Ungesetzliches?" Burmal machte große Augen.

„Schaut doch nur diesen gutmütigen, fügsamen Troll an. Bord, lass dich sehen, komm ins Licht! Lächle, mein braver Freund, damit alle sehen, wie charmant du bist."

Pierre machte die Lampe an und beleuchtete den Riesen, der seinen Mund allerliebst zu einem breiten Lächeln verzog. Seine Hauer sahen nicht sehr friedlich aus, aber Burmal begann die Ehrlichkeit und den Gehorsam des Trolls zu beschreiben, der allein aus Liebe zur Kunst geholfen habe, die Dekoration aufzubauen. Dies, so sagte Papa, zeuge davon, dass er zivilisiert wäre.

„In Ordnung!", schrie der Mann, der sich für den Troll interessiert hatte, durch das Lachen der Menge hindurch. Er drängte sich zur Bühne und betrachtete Bord äußerst aufmerksam, der beflissen so breit lächelte, dass Jenny im nächsten Augenblick das Krachen seiner steinernen Wangen zu hören glaubte.

„In Ordnung", wiederholte der Städter.

„Ich bin schon fast einverstanden. Aber, wenn er doch etwas Ungesetzliches anrichtet, dann bin ich doch der Dumme."

„Mein voller Name ist Bordojmogorkimbach", brachte Burmal mit Mühe heraus.

„Sag mir, mein Verehrtester, kann denn jemand, dessen Namen so schwer auszusprechen ist, ein Gesetz übertreten? Bordojmogorkimbach!"

Das Lachen in der Menge wurde noch lauter, unwillkürlich lächelte auch der Arbeitgeber.

„Sei's drum, ich nehme ihn!", schrie er so, dass alle es hören konnten.

„Folge mir, Boro... Borod... Meine Güte! Megris, erbarm dich meiner, ich kann es nicht aussprechen!"

„Nenn mich Bord, Herr", dröhnte der Troll.

„Und du wirst nicht bereuen, dass du eingewilligt hast."

„Megris, das ist doch der Gott der Viehzüchter", wunderte sich Burmal.

„Moment mal, Verehrtester, ich hoffe, dass du meinen Schützling nicht als Schlachttier nimmst? Er ist sehr zäh, berücksichtige das!"

„Ich unterhalte doch einen Pferdestall!", sagte der Verehrer des Gottes der Viehzüchter wiehernd.

„Einen Pferdestall! Tomas Bir, Leihpferde und Lastentransporte, zu Ihren Diensten. Ich brauche einen Arbeiter für die Viehtränke und auch noch einen Esel, der die Pumpenwinde dreht und der Troll eignet sich für das eine, wie für das andere!"

Bord bat seinen neuen Herrn, ein wenig zu warten, um sich ausführlich von Burmal und seinen Kindern zu verabschieden.

Die Vorstellung war beendet, das Geld bezahlt und die Menge verlief sich. Beim Auseinandergehen lärmten die Zuschauer und ahmten die Deklamationen der Schauspieler auf alle Arten nach. Mit den Armen umherfuchtelnd, teilten sie ihre Eindrücke mit. Die Vorstellung hatte ihnen gefallen. Bord dankte den Schauspielern und bat sie, ihn nicht zu vergessen.

„Ich werde mich immer freuen, euch zu sehen!", versicherte er und presste seine Pranken an seine mächtige Brust, die an einen steinigen Abhang des Vulkans erinnerte.

„Wenn es dem Schicksal gefällt, werde ich euch meine Dankbarkeit beweisen. Falls es einmal notwendig sein sollte, sucht mich ... oder ich komme selbst vorbei, sobald ich mich auf meiner neuen Stelle eingerichtet habe. Ich werde euch besuchen, meine lieben Freunde!"

„Gut", sagte Burmal und winkte ab.

„Ich bin daran gewöhnt, Schicksal zu spielen. Wenn sich die Gelegenheit ergibt, wirst du dich erkenntlich zeigen, aber die Hauptsache ist, dass du dich mustergültig verhältst. Lass mich und diesen Viehzüchter nicht bedauern, dass wir dir vertraut haben. Vertrauen, darauf baut unsere Welt."

Da erschien in der Nähe der Redakteur des ‚Scharfäugigen Herolds', der Troll wurde verlegen und verschwand im Schatten. Er murmelte, es wäre Zeit für ihn, es gehöre sich nicht, den Herrn warten zu lassen. Im Gegensatz zu ihm genierte sich der Zeitungsmann kein bisschen. Er schwatzte ohne Unterlass. Jenny verstand nicht einmal die Hälfte von dem, was er plapperte. „Die Stadt braucht so etwas wie Ihre Vorstellung zur Förderung des patriotischen Gefühls! Haben Sie keine Zweifel, ich sage einen riesigen Erfolg voraus. Sie werden ‚Die triumphierende Flamme' auf den angesehensten Bühnen Ewerons zeigen! Ich garantiere, garantiere, dass die Lords des Vulkans sich für einen Logenplatz prügeln werden. Das ist eine so energiegela-

dene, den Geist erhebende Handlung, das ist so eine, so eine ...
so eine prächtige Vorstellung!"
Der Aufseher des Platzes der tausend Pfähle lief in der Nähe herum, aber ihm wurde klar, dass es sinnlos war, auf das Ende des Gesprächs zu warten. Er ging fort und nahm die Wärter in den grauen Leibröcken mit. Aber der Zeitungsmann spulte weiter seine Reden ab, die ebenso endlos wie verwickelt waren. Irgendwann aber machte sich auch dieser Mensch davon, nachdem er Annas Theateranschläge erhalten hatte. Er sagte, sie würden auf dem Titelblatt erscheinen. Was ein Titelblatt war, das verstand Jenny auch nicht, aber Papa strahlte und redete dem schwatzhaften Zeitungsmann nach dem Mund.

Dann zogen die Schauspieler die Kostüme aus, freuten sich, gratulierten einander zum Erfolg und schüttelten den Sand und den Flitter aus den Haaren. Sejscha blies ein paar falsche, aber äußerst fröhliche Triller mit ihrem Hörnchen, Anna tanzte und versuchte Pierre in den Tanz einzubeziehen, aber der lachte linkisch. Er war immer mürrisch und in sich gekehrt und entwand sich aus ihren Armen. Papa zog die heißersehnte Feldflasche heraus und brachte einen Toast auf das Theater aus. Erik schubste Pierre zur Seite und begann, sich graziös bewegend, mit Anna zu tanzen. Jenny betrachtete seine Tanzschritte und klatschte in die Hände. Dann ließ Sejscha das Horn sinken und Pierre, wie immer konzentriert und tatkräftig, ging und sah nach den Pferden. Er bemerkte die Fremden als Erster.

***

Dort, wo die Pferde angebunden waren, krachte etwas in der Dunkelheit. Der Eimer, den Pierre fallen gelassen hatte. Dann schrie er: „Papa! Alarm!"
Alle wurden augenblicklich still und horchten. Sie hörten Schnauben und Getrappel. Aus dem Dunkel der Nacht tauch-

ten schwarz gekleidete Männer auf. In der Finsternis konnte man sie nur schlecht erkennen und zudem waren ihre Gesichter mit schwarzen Tüchern verhüllt. Jenny konnte nicht einmal ausmachen, wie viele es waren. Ohne ein Wort zu sagen, warfen sie sich auf Papa und seine Kinder. Offenbar hatten die Angreifer nicht damit gerechnet, dass sie auf Widerstand stoßen würden. Aber auf ihren ständigen Reisen waren die Schauspieler an Überraschungen gewöhnt, sie gerieten nicht aus der Fassung. Dann begann die Rauferei. Papa gelang es, zwei der Angreifer mit Fausthieben niederzuschmettern, aber es waren zu viele. Sie setzten eine Menge Kämpfer auf Burmal an. Erik hielt nicht so lange durch wie Burmal, er war zu leicht und von seinen Schlägen ging keiner zu Boden. Sejscha und Anna kreischten und schleuderten von der Bühne aus alles auf die Angreifer, was ihnen in die Hände fiel. Aber das richtete kaum Schaden an. Dann kletterten einige Männer zu ihnen hoch und das Kreischen der Mädchen brach ab. Jenny konnte nicht genau sehen, was los war und sprang sofort vom Wagen, um wenigstens einen Gegner fortzulocken. Sie war zu vernünftig, um mit mehr zu rechnen. Einen hatte sie weggelockt, das war ihr gut gelungen. Der Gegner rannte, einen Knüppel schwingend, hinter ihr her. Jenny schlängelte sich zwischen den Pfosten durch. Nicht zu schnell, damit der Verfolger nicht von der Jagd abließ. Sie gestattete ihm sogar, sie fast einzuholen. In dem Moment, als sie das angestrengte Keuchen fast direkt an ihrem Ohr vernahm, duckte sie sich abrupt auf alle Viere und ihr Verfolger flog mit empörtem Geheul über sie hinweg in die Dunkelheit. Sein Kopf schlug mit einem trockenen Knall gegen einen Pfahl. Auf dem Platz der tausend Pfähle wird sich immer mindestens ein Dummer finden, der sich an einem Pfahl den Schädel einschlägt, dachte Jenny. Nach dem Aufschlag bewegte sich der Angreifer nicht mehr.

Dann rannte Jenny zum Wagen. Jemand wurde mit einem Sack über dem Kopf zur Seite geschleift, einige Personen stöhnten und schimpften und schlossen der Reihe nach alle Götter des reichen Götterhimmels von Eweron in ihre Flüche ein. Zwischen den Körpern, die sich auf der Erde entweder nicht, oder nur schwach bewegten, brüllte Papa und versuchte vergeblich, drei Gegner abzuschütteln. Doch die hingen an ihm wie Jagdhunde an einem zu Tode gehetzten Eber. Jenny sprang mit einem Schrei auf einen sich bewegenden Körperhaufen, versetzte jemandem einen Fausthieb aufs Auge, riss an einem Ohr, das unter einer schwarzen Binde hervorstand. Es gelang ihr, aus dem Handgemenge einen der Angreifer herauszuzerren. Sie rollte mit dem Unbekannten zur Seite, doch Burmal brüllte wie ein Troll, der zu viel getrunken hatte. Dann schüttelte er die noch an ihm hängenden Feinde ab und stand auf. Aus dem Nichts erschienen noch mehr dunkel gekleidete Männer. Papa stürzte sich auf sie, warf ein paar zu Boden, ging kurz in die Hocke, richtete sich sogleich wieder auf, hob eine sich windende, brüllende schwarze Gestalt über seinen Kopf und schleuderte den Fremdling in die Menge seiner Kampfgenossen. Alle fielen um.

„Er-iiiiik!", brüllte Papa.

Niemand antwortete. Schwankend und sich mit beiden Händen die Seite haltend, schritt Burmal durch die von ihm niedergeschmetterten Gegner und durch Fußtritte schickte er die erneut zu Boden, die aufzustehen versuchten. Jenny strampelte noch immer in der Umarmung eines Bösewichtes. Er versuchte, sie stärker in die Zange zu nehmen, aber sie zappelte mit den Beinen, bemüht ihr Knie in die Stelle zu stoßen, die wohlerzogene Mädchen auf jeden Fall meiden sollten.

„Mir reicht es!", kreischte jemand laut in der Dunkelheit und am Wagen erschien ein weiterer Mann in Schwarz. Er besaß keinen Knüppel und hatte bis jetzt nicht am Kampf teilgenommen. Nun entschloss er sich jedoch dazu, sich einzumischen. In diesem Augenblick war es Jennys Gegner gelungen, sie zu Boden zu drücken, er richtete sich auf und hob die Faust.

„Mir reicht es!", schrie der neue Gegner noch einmal hysterisch.

„Ihr trödelt zu lange herum!"

Er warf beide Arme hoch, streckte sie zu den Kämpfenden aus und spreizte die Finger. Von dieser jähen Bewegung schlugen seine Mantelschöße auf, als breite ein Raubvogel seine Flügel aus. Jenny nahm die Gestalt kaum wahr, weil im nächsten Augenblick eine Faust in ihrem Gesicht landete. Sie sah nur das Feuer. Zuerst einen blendend grellen Flammenball, der sich schnell entfaltete und in eine tosende, zu Asche verbrennende Wand verwandelte, die auf den Wagen und die kämpfenden Menschen zuflog, sie im Nu verschlang und schließlich auf Jenny zurollte. Dann erfolgte ein Schlag. Dann grelles Licht. Dann undurchdringliches Dunkel, Dann ... dann kam sie mitten in einer Pfütze zu sich, in der Asche und Eis schwammen. Ringsum war Hitze atmende Asche.

So endete dieser lange Tag. Das war der glücklichste Tag in Jennys kurzem Leben, weil alle noch da waren. Und dieser Tag war nun zu Ende.

KAPITEL 3

Das Leben in der Hauptstadt

„Das ist alles", sagte Jenny.
Der Präfekt Kwestin nickte und wendete sich dem Sergeanten zu.
„Hast du es dir eingeprägt? Zähl auf!"
Der Sergeant fuhr mit der schmutzigen Hand über seinen dünnen Schnäuzer und antwortete: „Der Troll, der Aufseher am Platz der tausend Pfähle, der Zwerg im Leihhaus, die Zeitung, das Wirtshaus ‚Glück'. Na, und auch der Pferdezüchter Thomas Bir, obwohl der damit überhaupt nichts zu tun hat."
„Nicht schlecht", sagte der Präfekt nickend.
„Es scheint, als ob wir nichts vergessen hätten."
Dann beugte er sich vor und sah in Jennys gesenktes Gesicht.
„Und was meinst du, Jenny aus dem Nirgendwo? Vielleicht ist dir etwas aufgefallen, als du zu dir kamst?"
„Der Sergeant hat gesagt, dass er nichts verstehen würde", antwortete Jenny.
„Meiner Meinung nach hat er recht. Ich verstehe nicht, wie wir in nicht einmal einem Tag bei jemandem in Eweron so ins Fettnäpfchen treten konnten. Wer war das? Wer hat uns überfallen?"
„Oh, euch hat einer der Lords des Vulkans mit seinem Besuch beehrt. Und ich habe vor, diesen hochwohlgeborenen Nichtsnutz zu überführen. Wir werden alle eure Begegnungen an diesem Tag überprüfen, denn von irgendeinem der Orte, die Donald aufgezählt hat, zieht sich ein Faden zu den Villen auf dem Berg."
„Donald", bemerkte Jenny.
„Der Sergeant heißt Donald. Sergeant Donald Kuber."
„Ich beabsichtige das Ende dieses Fadens zu finden und das ganze Knäuel aufzurollen. Kuber, bis zum Ende der Untersu-

chung stehst du zu meiner persönlichen Verfügung. Und Jenny auch. Mein Kind, sag mir, vertraust du mir? Das ist sehr wichtig, weil ich dich vor allen verstecken möchte. In der Stadt sollte man nicht wissen, dass es jemandem aus der Theatertruppe gelungen ist, unversehrt zu bleiben. Du wirst in meinem Haus leben, bis wieder Ruhe eingekehrt ist. Was sagst du dazu?"
„Habe ich denn eine Wahl?", fragte Jenny müde.
„Ich bin hier fremd. Mir ist nichts geblieben, sogar dieser Mantel gehört nicht mir. Den hat mir der Sergeant geliehen. Danke, Donald. Ich bin nicht einmal dazu gekommen, mich bei dir zu bedanken. Das alles war zu ... seltsam."
Der Wachsoldat murmelte betreten etwas Unverständliches. Er wäre froh, der armen Jenny gefällig sein zu können, meinte sie auszumachen. Das wäre seine Aufgabe, seine Pflicht. Er wollte helfen, wo er nur könnte.

Da bremste der Wagen. Sie fuhren schon lange über gepflasterte Straßen und die mit Stahl beschlagenen Reifen der Räder schlugen hart auf die Steine. Nicht so wie am Stadtrand, wo die Straßen unbefestigt waren. Gut, dass die Federn die Stöße abfingen, dachte Jenny, sonst wäre die Fahrt durch Eweron zur wahren Qual geworden. Der eiserne Wagen war zu schwer, um sofort zu halten und einige quälend lange Augenblicke knarrte und schwankte er, bis er unter dem Quietschen der beschlagenen Räder und dem Knarren der Federn endgültig zum Stehen kam.
„Jenny, ich lade dich ein, in meinem Haus zu wohnen", sagte der Präfekt Kwestin noch einmal. „Ich wohne dort allein, abgesehen von meinem Hausdiener. Er ist auch mein Butler, er verrichtet alle übrigen Arbeiten im Haus. Aber das ist unwichtig. Die Hauptsache ist, dass er nicht schwatzen wird. Sonst wird dich niemand sehen, also wird keine Nachricht über dich zu den Mördern gelangen. Ich schließe nicht aus, dass sie den letzten Zeugen aus der Welt schaffen wollen. Etwas später werde ich dich in der Stadt als eine entfernte Verwandte vorstellen, die aus einem Bauerndorf kommt, um das Leben in der Hauptstadt zu sehen. Du wirst diese Rolle spielen, denn du

bist ja eine Schauspielerin. Dann wirst auch du an der Untersuchung teilnehmen." Er öffnete die Tür und sah sich um, bevor er über seine Schulter zu ihr sagte: „Jetzt lässt sich das nicht machen, damit man dein Erscheinen nicht mit den Ereignissen dieser Nacht in Zusammenhang bringt. Nun, herzlich willkommen, Jenny aus dem Nirgendwo. Da du meine Einladung angenommen hast, wirst du nun Jenny aus der Blumenstraße, Haus 84, sein. Sergeant, komm mit uns."

Jenny erhob sich von dem mit abgewetztem Leder gepolsterten Sitz und merkte plötzlich, dass es ihr wesentlich schlechter ging, als sie angenommen hatte. Mit Mühe stieg sie auf das Straßenpflaster und schleppte sich zum Haus. Sie sah auf den Boden und bemühte sich, nicht zu stolpern wie auf einem schlecht gespannten Seil. Donald Kuber stützte sie mit lobenswertem Eifer. Der Präfekt sprach halblaut einige Worte und die Tür des Hauses öffnete sich. Vor Jenny erschien ein Lichtstreifen auf dem Pflaster. Sie schritt ins Licht, stieg die Treppe hinauf, hob die Augen und ... starrte auf die Spitze eines Armbrustbolzens, der direkt auf ihren Bauch gerichtet war. Als sie höher schaute, sah sie in die Augen eines Kobolds, der eine Armbrust spannte.

„Morko Gutschich, mein Butler", sagte Kwestin und stellte den Kobold vor.

„Das ist Jenny, sie ist unser Gast. Führe sie in das Eckzimmer und hilf ihr, sich einzurichten. Und ich gebe dem Sergeanten die letzten Anweisungen."

Der Kobold trat beiseite und senkte die Armbrust.

„Ich bitte Sie, mir zu folgen, meine Dame", sagte er heiser.

Jenny hatte einige Male Kobolde getroffen. Banden dieser Wesen hatten versucht, Papas Wagen unterwegs anzugreifen, aber als sie Widerstand gespürt hatten, waren sie vom Weg verschwunden und hatten den Schauspielern Schmutz und Steine nachgeworfen. Jene Kobolde hatten jedoch keine Armbrüste gehabt. Aber hier, in der Hauptstadt, schienen auch Koboldräuber die Vorteile der Zivilisation zu nutzen. Die Armbrust ist ein wesentlicher Fortschritt im Vergleich zum Steinewerfen, dachte Jenny. Dann zog sie den Mantel aus, um ihn Donald zurückzugeben und genierte sich plötzlich. Ihre Kleidung aus dünnem Stoff war durchnässt und haftete fest an ihrem Körper. Das Pech war nicht, dass wohlerzogene Mädchen sich nicht so zeigten, sondern dass da kaum etwas war, an dem der Stoff anhaften konnte, und jetzt war das besonders gut zu sehen. Jenny und der Sergeant erröteten gleichzeitig. Aber der Präfekt wartete auf Donald. Und Kobold Morko wartete auf Jenny, sodass beiden keine Zeit blieb, um verlegen zu sein.

Der Kobold hinkte stark. Sein rechter Fuß trat lauter auf den Fußboden auf. Daraus schloss Jenny, dass er statt eines Beins eine Prothese hatte. Hinter dem Butler her gehend, hörte Jenny, wie der Präfekt brummte: „Morgen wirst du nicht ausschlafen können, Sergeant. Schon früh am Morgen werden wir beide alle Treffen der Schauspieler in Eweron überprüfen. Den Troll, den Platzaufseher, das Pfandhaus, die Zeitung und das Wirtshaus ..."

Wenn man davon absah, dass Morko Gutschich ein Kobold und Krüppel war, so erwies er sich in allem anderen aber als musterhafter Diener und veranlasste das, was sein Herr vergessen hatte. Er geleitete Jenny ins Badezimmer. Es hätte zu lange gedauert, um Wasser warm zu machen, aber Jenny war schon mit dem zufrieden, was man ihr anbot. Sie wollte nur noch schlafen. Doch zuvor streifte sie die durchnässten, zerlumpten Kleider ab und schaffte es, den Schmutz irgendwie abzureiben. In einen weiten Kittel gehüllt, den ihr der Kobold dagelassen hatte, verließ sie dann das Bad und schleppte sich hinter Morko in das für sie bestimmte Zimmer. Die Zimmereinrichtung konnte sie schon gar nicht mehr betrachten. Sie hatte ihren Blick nur auf die Hauptsache gerichtet. Das Bett.

***

Als Jenny erwachte, war es wieder Tag. Das Sonnenlicht drang durch das schmale vergitterte Fensterchen unter einem Winkel ein, der vermuten ließ, dass es schon auf Mittag zuging.

Jenny warf die Decke zur Seite und setzte sich auf. Schließlich betrachtete sie das Zimmer. Merkwürdig, gestern war ihr der Präfekt wie ein alter Junggeselle erschienen, aber im Zimmer befanden sich Sachen, die auf eine Frau hindeuteten. Dann sah Jenny an sich selbst herunter. Sie trug ein weites Nachthemd, das bis unter die Knie reichte. Dunkel erinnerte sie sich, wie sie gestern dieses Kleid angezogen hatte. Es wäre für ein Gespenst, das sich nicht um Mode kümmerte, sehr passend gewesen wäre, dachte sie. Es hatte auf dem Bett gelegen, als der Kobold sie in das Zimmer geführt hatte. Da war auch noch ein Morgenmantel gewesen, der dem Hausherrn selbst zu gehören schien. Schuhe hatte man ihr nicht hingestellt, aber derartige Kleinigkeiten störten Jenny nicht. Sie zog den Morgenmantel an, wickelte den Gürtel drei Mal um ihre Taille, damit die Mantelschöße nicht zu sehr klafften, und schlurfte durch den Flur. Gestern hatte man ihr erlaubt, das Badezimmer zu benutzen und nach dem Geruch zu urteilen, gab es hier auch eine Küche.

Die Küche war schnell entdeckt, denn das Haus war nicht groß. Von dort aus strömte der Geruch von Bratwürstchen und Jenny hörte die Stimme des Präfekten. Als sie eintrat, saß Herr Kwestin am Tisch, während der Kobold sich zu ihm beugte und eine Portion auf den Teller seines Herrn legte. Nach einem mürrischen Blick auf Jenny legte er ein zweites Gedeck auf den Tisch. Jenny dankte und nahm Platz. Dann entfernte sich der Butler und Kwestin wendete sich dem Gast zu, als er sagte: „Ich lebe schon lange allein und mein Mittagessen ist natürlich nicht ganz so, wie es einem wohlerzogenen Mädchen zukommt. Ich hoffe, dass du es aushalten kannst?"

„Einem wohlerzogenen Mädchen? Sie sprechen von einem Mädchen, das in seinem eigenen Bett aufwacht und um nichts auf der Welt Morgenmäntel von anderen anziehen würde?", sagte sie und machte sich an die Würstchen. Erst jetzt merkte sie, wie hungrig sie war. Kwestin lächelte.

„Warten Sie!", sagte Jenny mit vollem Mund.

„Sagten Sie Mittagessen? Ich habe bis zu Mittag geschlafen?"

„Warum denn nicht? Nach den gestrigen Abenteuern ... Bist du mit Morko zurechtgekommen?"

„Na, wenn ich einen halben Tag durchgeschlafen habe und er keinen Lärm gemacht und meinen Schlaf nicht gestört hat, so bedeutet das doch, dass wir miteinander zurechtkommen. Überhaupt treffe ich zum ersten Mal einen Kobold mit so guten Manieren. Kein einziges Mal hat er einen Stein nach mir geworfen. Würden Sie ihn anweisen, Wasser warm zu machen? Ich möchte mich gründlich waschen ..."

„Natürlich, natürlich. Hast du dir ein Kleid genommen?"

„Neben dem Bett lag nur ein Kittel."

„Schau in den Schrank, dort wirst du etwas finden. Das Zimmer steht zu deiner Verfügung und alles, was darin ist, kannst du ungeniert nehmen. Ich dachte, du würdest selbst auf die Idee kommen."

„Aber wem gehört dieses Zimmer? Und kann ich noch eine Wurst nehmen? In der Pfanne waren noch welche, das habe ich gesehen."

„Natürlich. Nimm nur. Das Zimmer? Niemandem eigentlich. Dort habe ich die Sachen meiner Frau aufgehoben. Sie ist vor sehr langer Zeit gestorben, also nimm alles, was du brauchen kannst."

Jenny kehrte mit einer neuen Portion zum Tisch zurück.

„Und was habe ich verpasst? Habt ihr die Verbrecher gefasst?"

„Nicht so schnell, Jenny aus dem Nirgendwo, nicht so schnell. Ich bin mit dem Sergeanten an allen Orten gewesen, die du gestern mit deinen ... Angehörigen besucht hast."

Jenny seufzte tief.

„Ja, also", sagte Kwestin und hatte nun aufgehört zu lächeln. „Während du isst, werde ich dir berichten. Der Troll arbeitet jetzt im Pferdestall, der Herrn Bir gehört. Kennst du ihn schon lange?"

„Seit gestern. Bei dem Leben, das die Wanderschauspieler führen, kommt es schnell zu Bekanntschaften."

„Ja, natürlich. Ich will später mit ihm reden, damit du zuhören kannst. Und du wirst in ungefähr drei Tagen dieses Haus verlassen, nicht früher. Übrigens scheint der Troll kein wichtiger Zeuge zu sein. Als Nächstes kommt der Mann dran, der den Platz der tausend Pfähle beaufsichtigt. Er klapperte mit den Augen und stammelte, dass er nichts wüsste. Wenn die Wache mit der Untersuchung des Tatortes fertig ist und den Platz verlässt, wird er viel zu tun haben. Deshalb werde ich mich später auch mit ihm unterhalten. Im Augenblick wird er überwacht. Wer kommt als Nächstes …"

„Drejkenser und Compagnons. Kredite gegen Pfand", erinnerte ihn Jenny.

„Eine gewöhnliche, in keiner Weise bemerkenswerte Einrichtung. In Eweron gibt es davon etwa zwei Dutzend. Deutlich vielversprechender erscheint mir das Medaillon, das dort hinterlegt wurde, von deinem …"

„Von meinem Vater", ergänzte Jenny bestimmt.

Kwestin nickte und schob den leeren Teller weg, verschränkte dann die Finger, stützte sein Kinn darauf und sah Jenny an.

„Sag mir, woher hatte Burmal einen so ungewöhnlichen Gegenstand? Kannst du dich gut an das Medaillon erinnern?"

„Eine goldene Scheibe mit silbernem Stern. Papa verpfändet sie öfters, aber er löst sie immer aus. Woher er sie hat? Wir alle sind nicht seine leiblichen Kinder, obwohl das nichts ändert. Also, ich denke, dass er dieses Medaillon bei einem der Kinder gefunden hat, die er unterwegs aufgenommen hat. Wir alle kamen so in seinen Wagen. Alles, was unser persönlicher Besitz gewesen war, wurde gemeinsames Eigentum. Wem von uns auch dieses Medaillon ursprünglich gehört hatte, jetzt nutzt es Papa … das heißt, gebrauchte es Papa. Zum Nutzen von uns allen."

„Ich frage mich, wem es wirklich gehört hat … das könnte einen Hinweis liefern."

Jenny zuckte mit den Schultern. Sie wusste es nicht. Und überhaupt hatte sie nie darüber nachgedacht, denn sie, Burmals Kinder, waren eine Familie. Und das wertvolle Medaillon gehörte allen und nicht einem Einzelnen.

„Und dann die Zeitung ‚Der scharfäugige Herold'", sagte der Präfekt und wechselte das Thema.

„Nimm, das gehört dir."
Er legte einen kleinen, klirrenden Geldbeutel auf den Tisch. Nach dem Geräusch zu urteilen, befanden sich Münzen darin.
„Mir?"
„Ich habe die Veröffentlichung des Artikels, den Burmal in Auftrag gegeben hatte, untersagt, da ist das Geld."
Der Präfekt seufzte.
„Es war nicht einfach, diesen Typen dazu zu bringen, das Geld herauszurücken. Und ihn dazu noch an der Publikation zu hindern. Er wollte das Material auch ohne Honorar drucken. Man musste ihm mit Konsequenzen drohen und erklären, dass der Artikel die Suche nach den Mördern stören würde. Warum wollte er unbedingt über eure Vorstellung schreiben?"
„Ihm hat das Schauspiel gefallen. Es war eine sehr gute Vorstellung, sie hat allen gefallen!"
„Ja, natürlich. Aber bei seiner Arbeit spielen persönliche Vorlieben keine Rolle."
Jenny wurde klar, dass der Präfekt sich weniger an sie richtete, als laut nachdachte. Anscheinend war das eine Angewohnheit von ihm.
„,Der Scharfäugige Herold' ist das Sprachrohr der Kriegspartei. Das ist eher der Grund."
„Was ist die Kriegspartei?"
Der Präfekt gab sich einen Ruck, ihm wurde bewusst, dass er mit einem Gast sprach. Er überlegte kurz und erklärte dann: „Im Haus der Lords sind die Meinungen geteilt. Die Kriegspartei, das sind die, die für einen Krieg mit den Antreibern des Windes sind. Im Wesentlichen sind das die Lords, die Anteile an den Silberminen im Süden, in Grandelin, haben. Sie wollen für ihre Gewinne kämpfen. Ihnen gegenüber steht das Bündnis der Lords, deren Verdienst vom Handel abhängt, für sie wäre ein Krieg von Nachteil. Unter Vorbehalt kann man sie die Friedenspartei nennen. Einer der führenden Anhänger des Krieges ist Lord Marian, er steht auch hinter dem ‚Scharfäugigen Herold'. Die Zeitung dient seinen Lord Marians Absichten, sie schafft im einfachen Volk die nötige Stimmung. Und das ist ein Mittel, um

die Entscheidung des Unterhauses zu beeinflussen. Verstehst du? Ist das nicht zu kompliziert für dich, Jenny?"

„Eher zu langweilig."

„Das macht nichts. Du wirst es verstehen. Also, das Schauspiel, das das Volk zum Krieg gegen die Antreiber des Windes aufhetzte, spielt den Kriegsanhängern in die Hände, das ist die Antwort. Das erklärt die Hartnäckigkeit des Redakteurs Ganderis. Aber lassen wir die Zeitung. Sprechen wir über das Wirtshaus ‚Glück'. Ein ziemlich zwielichtiger Ort, wenn du verstehst, was ich meine."

„Ein Ort, der für wohlerzogene Mädchen nicht geeignet ist."

„Genau. Der einzige Konflikt, in den ihr mit Papa verwickelt wart, spielte sich ausgerechnet in diesem Wirtshaus ab. Es sieht so aus, als ob die Suche von hier ihren Ausgang nehmen muss."

„Ach wo!", entgegnete Jenny.

„Es gab keinen Konflikt. Niemand hat uns verdächtigt."

„Vorsicht, Schätzchen", sagte der Präfekt mit einem mahnenden Lächeln.

„Du sprichst mit einem Vertreter des Gesetzes. Im ‚Glück' habt ihr, wie du es auch drehst und wendest, eine Straftat begangen."

„Gestohlenes wegnehmen, das ist überhaupt keine Straftat", sagte Jenny und zog die Augenbrauen zusammen.

„Wir sind ehrliche Menschen! Wir waren immer ehrlich und handeln nach unserem Gewissen!"

„Gewissen und Gesetz sind zwei verschiedene Dinge. Laut Gesetz musste das Geld dem Bestohlenen zurückgegeben werden."

„Er war selbst schuld, wenn er so schusselig ist."

Kwestin winkte mit müder Resignation ab, bevor er weitersprach: „Ich werde dir deine Überzeugung nicht ausreden. Nur glaube dem Präfekten der Wache, dass es besser ist, nicht so zu handeln. Aber wo du Recht hast, das ist bei dem Konflikt. Er ist tatsächlich nicht entstanden. Genauer gesagt, er hat Papa, deinen Bruder und dich nicht betroffen. Jemand hat die Wache, gerufen, wir haben einige verhaftet, die an der Schlägerei beteiligt gewesen waren. Darunter auch den Dieb. Er ist in einem ziemlich bedauernswerten Zustand ins Revier gebracht worden."

„Zu Recht. Weil auch er ein Schussel ist."

„Und er konnte mit niemandem aus seiner Bande, wenn es eine solche gibt, sprechen", erwiderte Kwestin, der Jennys Antwort ignorierte.

„Bisher haben wir nicht den kleinsten Anhaltspunkt."

„Das macht nichts. Sobald Sie mir erlauben, das Haus zu verlassen, werden wir gemeinsam suchen. Dann werden wir ganz bestimmt etwas finden."

„Daran habe ich keine Zweifel. Aber jetzt muss ich zum Dienst. Ich werde Morko sagen, er soll dir ein Bad einlassen. Und gib dir bitte Mühe, mit ihm gut auszukommen, ich schätze meinen Butler sehr."

„Ich beabsichtige nicht, ihn zu vergraulen."

Kwestin nickte und stand vom Tisch auf, aber Jenny hatte das Gefühl, dass der Präfekt mit ihrer Antwort nicht zufrieden war. Sie musste sich gegenüber diesem Kobold höflicher verhalten, ja, wie ein wohlerzogenes Mädchen, dachte sie. Dieser Vergleich verfolgte Jenny auf Tritt und Schritt.

***

Als der Präfekt ging, begab sich Jenny zum Fenster, um zu sehen, wie er abfuhr, und gleichzeitig einen Blick auf sein außergewöhnliches Gefährt zu werfen. Gestern war ihr dieses Fahrzeug ausgesprochen scheußlich vorgekommen. Wie eine Art Gefängnis auf Rädern. So sah es auch aus, Panzerstahl und mächtige Räder, um ein so schweres Gewicht zu tragen. In einen Uniformmantel gehüllt, saß der Kutscher zusammengekrümmt auf dem Kutschbock. Sein Gesicht konnte man nicht erkennen. Auch die Fenster in Kwestins Haus waren in etwa so wie die in diesem Wagen. Schmal, schießschartenähnlich und dazu noch mit Gittern aus dicken Stahlstäben gesichert.

„Er ist stumm", ertönte die heisere Stimme des Kobolds hinter ihr, „und kann weder schreiben noch lesen. Der Kutscher ist stumm. Man kann ihm trauen."

Jenny drehte sich um, der Butler war gerade dabei, das Geschirr vom Tisch abzuräumen. Sie ging zu ihm und sagte: „Ich werde helfen!"

Der Kobold zog flink den Teller weg, den er in der Hand hielt. Er gab zu verstehen, dass er keine Einmischung in seine Pflichten duldete. Obwohl er Butler genannt wurde, fiel alles in seinen Aufgabenbereich, da es im Haus keine anderen Diener gab.

Jenny dachte, er fürchte ihretwegen seine Arbeit zu verlieren, und sagte versöhnlich: „Ich könnte ein wenig helfen, solange ich hier wohne. Das wird nur kurze Zeit sein. Sobald die Verbrecher gefunden sind, gehe ich fort."

„Wohin, auf die Straße?", murmelte Morko.

„Das wäre für eine junge Dame nicht wünschenswert. Die Straßen hier sind gefährlich. Hören Sie auf meinen Rat, wenn es mir erlaubt ist, Menschen einen Rat zu geben. Halten Sie sich an Herrn Kwestin, er hat tiefes Mitgefühl mit Ihrem Unglück, weil er selbst solches Leid erlebt hat. Wir haben es zusammen überstanden. Das Bad ist bereit, bitte sehr."

Jenny bedankte sich und ging los, um sich waschen. Sie flüsterte: „Die Straßen sind gefährlich, die Plätze überhaupt tödlich ... was für ein Ort ..."

An der Tür wandte sie sich um und warf einen Blick auf den Butler. Der Kobold hatte, wie alle Kobolde, grüne Haut, statt der Haare Bündel grober Borsten, einen Rüssel mit weit aufgeblähten Nasenlöchern und mächtige aus dem Rachen ragende Hauer. Um das Geschirr abzuwaschen, krempelte Morko die Ärmel auf. Er hatte kräftige Muskeln. Doch im Übrigen war er nur ein wilder Nichtmensch, der sich teure Klamotten angezogen hatte. Niemand in Papa Burmals Wagen trug Hemden, die so sauber waren, wie seine.

Nach dem Bad kehrte sie in ihr Zimmer zurück und griff in den Schrank. Dieser Kwestin dachte, sie wäre eine Diebin. Dass sie ihre Nase ohne Erlaubnis in einen fremden Schrank stecken würde. Das wäre ja noch schöner, dachte Jenny. Einem erfolglosen Taschendieb die Beute abnehmen, das ist nichts Schlechtes! Aber da man ihr doch erlaubt, man könnte sogar sagen, befohlen hatte, in diesem Schrank zu sehen ... Sie musste doch tatsächlich etwas zum Ausgehen finden. Sie musste die gesittete Verwandte des Präfekten spielen, dafür muss sie sich entsprechend kleiden.

Jenny machte sich daran, den Inhalt des Schrankes zu erkunden. Sie wollte sich mit irgendetwas beschäftigen, um nicht an die vergangene Nacht zu denken. Solange der Kobold oder Kwestin sich in der Nähe befand, konnte sie sich beherrschen, aber jetzt, wo sie allein war, musste sie weinen. Sie schniefte, wischte die Tränen ab und wühlte in fremden Sachen. Was konnte sie auch sonst tun. Die verstorbene Frau des Präfekten war nicht groß gewesen, das erleichterte die Suche. Davon abgesehen entsprachen die Sachen überhaupt nicht Jennys Figur. Die Frau war stämmig gewesen. Wenn Anna hier gewesen wäre, hätte sie alles für Jenny passend gemacht. Anna und Sejscha mit ihrem Horn. Eriks Lächeln und das Schweigen von Pierre und Papa, der beste Mensch auf der Welt. Jemand wird für ihren Tod bezahlen! Entschlossen wischte sich Jenny das feuchte Gesicht ab und begann, die nicht passenden weiten Röcke, Jacken und Umhänge anzuprobieren. Damit beschäftigte sie sich bis zum Abend, als das Licht in dem schmalen Fenster ausging.

Die Räder des schweren eisernen Wagens erdröhnten, als Kwestin zurückkehrte. Jenny räumte eilig ihre Fundstücke in den Schrank zurück. Fast wäre es ihr geglückt. Der Präfekt ging jedoch sofort in ihr Zimmer und ertappte sie bei dieser Beschäftigung. Er versuchte, zu lächeln. Jenny begriff jedoch sehr gut, dass die Stimmung des Präfekten nicht sehr fröhlich war.

„Normalerweise komme ich im Dunklen zurück. Aber ich habe einen Gast und somit einen Grund, nach Hause zu eilen. Also, wie ist es, hast du etwas gefunden?"

Sein Lächeln wurde ein wenig aufrichtiger, als er hinzufügte: „Meine Verwandte muss anständig aussehen."

„Ich bin eine sehr entfernte Verwandte und außerdem ein Bauerntrampel vom Land", erinnerte ihn Jenny.

„Ich habe einige Sachen gefunden, die für eine Fremde passend sind. Hier trägt man so etwas nicht."

„Ach so, du kennst dich in der Mode aus?"

„Ich habe aus dem Fenster geschaut, da gingen einige Frauen vorbei. Hundert meine ich. So etwas trägt man schon lange nicht mehr."

„Das ist wahr." Kwestin wurde wieder finster. „Diese Sachen trägt schon lange niemand mehr. Ich habe sie aufgehoben ... nun, zur Erinnerung. Das ist schon sehr lange her. Aber es gefällt mir, dass du aufmerksam bist, Jenny aus dem Nirgendwo. Vielleicht ist deine Teilnahme an der Untersuchung wirklich von Nutzen. Bis jetzt habe ich nichts herausgefunden. Überhaupt nichts. Wie kann ein fremder Wanderschauspieler, der erst am Vorabend in Eweron angekommen ist, einen so großen Zorn bei einem der Lords hervorrufen? Einen so starken Zorn, dass Seine Gnaden das Risiko eingehen würde, seine Macht über das Feuer im Bereich der Stadt auszuüben. Das ist ein schweres Verbrechen, weißt du."

Kühner geworden fragte Jenny: „Aber was geschah denn mit Ihrer Frau? Morko sagte, dass Sie beide gemeinsam etwas durchgemacht hätten."

„Morko war nicht immer so gutartig. Einst stand er an der Spitze der gefährlichsten Bande von Halsabschneidern, die mir je begegnet ist. Ihm gelang es, einem der Gebieter des Feuers so die Suppe zu versalzen, dass dieser alle Kobolde verbrannte, samt dem Haus, in dem sie sich versteckten. Das Schicksal wollte es, dass auch meine Frau dort gewesen ist. Ein furchtbarer Zufall. Morko und ich sind seit jener Zeit zusammen. Und haben immer noch die Hoffnung, zu erfahren, wer von den Lords damals seine Gabe angewendet hat."

„Und könnte es sein, dass dieser Lord ... Ihr und Morkos Feind, eben genau der Gebieter des Feuers ist, den auch wir suchen?"

„Ich hoffe, dass es so ist", sagte der Präfekt schroff und umklammerte seinen dicken Stock so fest, dass seine Fingerknöchel weiß wurden.

„Das wäre mein größter Wunsch."

Er verstummte und fügte ganz leise hinzu: „Von denen, die sich nicht scheuen, ihre Gabe innerhalb der Stadt auszuüben, wird es nicht viele geben. Das ist den Lords verboten. Aber derjenige, der sich einmal dazu entschlossen hat, wird keine Hemmungen haben, das Verbrechen zu wiederholen. Ich hoffe, dass wir ihn finden."

Er lud Jenny in die Küche ein. In einer halben Stunde würde der Butler das Essen reichen, meinte er noch zu ihr. Dann ging er. Und Jenny überlegte. Was bedeutete die Kwestins Erzählung? Er wird doch nicht denken, dass Jenny nun für immer bei ihnen bleiben würde? Bei Morko und dem Präfekten? Ihre Schicksale sind ähnlich. Wenn das gemeinsame Unglück den Kobold und den Präfekten zusammengeführt hat und sie auch jetzt noch gemeinsam leben. Gilt das nun auch für Jenny? Na ja, jedenfalls werde ich euch nicht verlassen, bevor ich den Namen des Verbrechers kenne, dachte sie. Das stand fest.

KAPITEL 4

Die Kriegserklärung

Am Morgen wurde Jenny früher wach und stürzte zum Schrank. Bevor der Dienstwagen kam, wollte sie sich Kwestin in dem neuen Aussehen der Verwandten vom Land zeigen. Die Kleidung lag schon seit dem Abend bereit, aber die Frisur musste sie noch richten. Während der Wanderschaft in Papa Burmals Wagen hatte sie ihre Haare viel kürzer geschnitten, als es in Eweron üblich war. Wie sollte man die Haare auch sonst von unterwegs pflegen? Außerdem hatte sie die Haare vor der Aufführung zu zwei lustigen Schwänzen über den Ohren zusammengefasst. Die schelmisch abstehenden Büschel fanden die Zuschauer rührend, was für Vorstellungen auf Dorfplätzen günstig war. Diese Frisur passte zu einem kleinen Mädchen, aber nun war sie nicht mehr klein.

Jenny kämmte ihre dunklen, kastanienbraunen Strähnen zu einem Pony und nahm an, dass man in ihr die ehemalige Schauspielerin schon nicht mehr wiedererkennen konnte. Hinter dem schmalen Fenster erwachte die Stadt. Auf der Straße riefen sich die Nachbarn Kwestins etwas zu. Sie tauschten die gestrigen Neuigkeiten aus. Dann wurde ihr Geschrei von einer klangvollen Jungenstimme übertönt: „Scharfäugiger Herold! Extrablatt! Heimtückisches Verbrechen! Grausamer Mord auf dem Platz! Heroischer Tod eines Patrioten! Lesen Sie, wie Staatsfeinde die Stimme der öffentlichen Meinung unterdrücken! Unmenschliches Massaker an talentierten Schauspielern!"

Jenny sprang auf vor Überraschung, als sie begriff, was der Junge schrie. Dann erklang Kwestins Stimme. Der Präfekt rief den Ausrufer zu sich, danach entfernte sich die klangvolle Jungenstimme. Und noch einen Augenblick später stieß Kwestin einen Fluch aus. Auf einem Bein hüpfend und sich dabei den anderen Schuh anziehend, eilte sie zur Außentreppe. Der Präfekt des südwestlichen Bezirks knüllte die gelben Zeitungsblätter zusammen und schimpfte wie ein Müllkutscher.

„Was ist passiert?", fragte Jenny erschrocken.

„Schreibt man im ‚Scharfäugigen Herold' über uns?"

„Ich habe ihm verboten, dieses Thema zu erwähnen!", knurrte Kwestin.

„Warte nur, Tintenratte, dreckiger Leichenfresser …"

Dann dröhnten die beschlagenen Räder des stählernen Wagens, hinter der Biegung erschien der Dienstwagen des Präfekten. Wie aus dem Nichts tauchte neben Kwestin und Jenny der Butler auf und reichte seinem Herrn Hut und Stock. Kwestin warf die Zeitung zu Boden und zertrat wütend die gelben Blätter, als er zum Wagen ging. Jenny hob das Exemplar des ‚Scharfäugigen Herolds' auf und strich es glatt. Auf der ersten Seite sah sie die Überschrift: „Grausamer Mord an Patrioten". Auf einem Bild konnte man mit Mühe ihre Truppe erkennen. Jenny selbst war nicht darauf, denn auf den Bildern von Anna war sie immer im Hintergrund gewesen. Sie war klein und tanzte auf dem Seil und seitlich von allen anderen. Der Künstler der Zeitung hatte dieses zweitrangige Detail nicht beachtet. Dagegen war Papa ziemlich gut abgebildet, riesig, massiv, mit einem mächtigen Bart.

„Wir müssen gehen, meine Dame", rief Morko.

„Man darf Sie nicht sehen."

Jenny blickte sich um. Der Kobold bückte sich auf der Schwelle, sah von unten auf die Straße, den Schaft seiner Armbrust hatte er unter die Achsel gepresst. Als er Kwestin den Hut reichte, hatte Jenny noch keine Waffe bei ihm bemerkt. Der ist aber schnell, dachte sie überrascht. Dann überflog sie den Leitartikel der Zeitung und kehrte in die Diele zurück. Der Butler schloss sofort die Tür. Der „ekelhafte Leichenfresser" schrieb, dass die Staatsfeinde unter dem Mantel der Nacht ein abscheuliches Verbrechen begangen hätten. Der wahre Patriot Burmal, der sich aus ganzem Herzen um das Land gesorgt und die Erwartungen des einfachen Volkes zum Ausdruck gebracht hätte, hätte ein erhebendes Schauspiel in der Hauptstadt gegeben, das die Bürger zum gerechten

Kampf aufgerufen hätte. Doch gemeine Verräter, die vorausgesehen hätten, welchen Einfluss diese Aufführung auf die Bevölkerung von Eweron haben würde, hätten den leidenschaftlichen Kämpfer für das Vaterland niederträchtig ermordet. Nach der üblen Missetat hätten sie sogar auch die Theaterrequisiten verbrannt, damit nichts an Ewerons geschändeten Stolz erinnern würde.

Natürlich wollte Jenny, dass Papa Burmal nach seinem Tod das verdiente Lob gezollt wurde, aber in diesem Artikel war alles durch und durch falsch. Sowohl das Pathos als auch die Worte, die Burmal dem Redakteur angeblich gesagt haben soll. So war das Bild eines Fanatikers entstanden, der an die Erhabenheit der Lords des Vulkans dachte und an sonst nichts. Und dabei war Papa ein würdiger Mensch ganz anderer Art gewesen. Er war ein guter Mensch gewesen, dachte Jenny. Er hatte unterwegs Waisenkinder aufgenommen und der Wagen war ihr Zuhause geworden. Er hatte den Einsamen Hoffnung geschenkt. Ihnen eine Familie gegeben, ein lebenswertes Leben, Glück ... Jenny fühlte sich von diesem Artikel angewidert, sie wollte etwas tun, etwas, das der Erinnerung an Burmal und seine Kinder wirklich würdig war.

„Warum hat sich Herr Kwestin so sehr geärgert?", fragte sie den Butler.

„Heute finden Anhörungen im Unterhaus statt", antwortete der Kobold zögerlich, fast unwillig. „Auf der Tagesordnung steht das Problem der südlichen Kolonien. Und am Vortag dieser Sitzung werden die Abgeordneten natürlich den Artikel lesen. Jetzt ist das Ergebnis der Abstimmung, so kann man es sagen, im Voraus entschieden, so ist es bei euch Menschen üblich. Was in der Zeitung steht, das gelangt in den Kopf. Der ‚Scharfäugige Herold' hat absichtlich ein morgendliches Extrablatt herausgegeben, damit es zur Sitzung des Unterhauses erscheint."

„Unterhaus ... ist das denn wichtig?"

„Das ist eine Frage von Krieg und Frieden, Frau Jennifer", antwortete der Kobold ernst.

„Sollte Eweron in den Krieg ziehen, wird alles anders. Das gesamte Leben der riesigen Stadt, das Leben vieler tausend Menschen, Kobolden, Rattlern ... ihr Schicksal wird an einem Tag entschieden werden."

„Aber ich denke an meine Familie. Papa und die anderen ... sie verdienen ein besseres Gedenken als das." Jenny fächelte mit der Zeitung.

„Ich würde ... würde gerne in den Tempel gehen und Gedenkkerzen aufstellen. Kann ich das?"

Morko Gutschich dachte nach, seine fliehende grüne Stirn legte sich in Falten. Schließlich sagte er vorsichtig: „Entschuldigen Sie, meine Dame, ich kann das nicht allein entscheiden. Wenn Herr Kwestin wie üblich zum Mittagessen zu Hause ist, bitten wir ihn um Erlaubnis. Ich bin bereit, Sie in das Tal der hundert Tempel zu begleiten."

„Was ist das für ein Tal?", wunderte sich Jenny.

„Ein Ort, wo die Gebieter des Feuers den Gläubigen erlaubt haben, Tempel für ihre Götter zu errichten. Es ist weit von hier, verstehen Sie bitte darum meine Zweifel."

„Gut, warten wir auf Kwestin", sagte Jenny und seufzte. „Tausend Pfähle, hundert Tempel ... für jeden Gott zehn Pfähle!"

„Die Dame ins ungewöhnlich gut im Rechnen", stellte der Kobold fest, ohne zu lächeln.

„Sehr witzig", murmelte Jenny.

„Ich schlage vor, dass wir uns duzen. Derjenige, der mich zum Lachen bringt, hat nicht das Recht, ‚Frau Jennifer' zu mir zu sagen, weil das zu ernst klingt. Entweder Späße, oder Dame."

Dieses Dilemma löste Morko schneller als die Frage nach dem Gang zum Tempel.

***

Der Präfekt erschien zum Mittagessen, rotgesichtig und gereizt, und erklärte, dass er wenig Zeit hätte.

„Ehrlich gesagt, hätte ich heute überhaupt nicht zurückkommen sollen, aber ich konnte das Chaos, das heute in der Präfektur herrschte, nicht länger ertragen. Wenigstens für eine halbe Stunde wollte ich mich davon freimachen."

„Was ist passiert?", fragte Jenny.

Der Kobold wollte das ebenfalls wissen, aber er bemühte sich, es nicht zu zeigen. Er rückte jedoch näher, als Jenny sich erkundigte.

„Der verdammte ‚Scharfäugige Herold'!", murmelte Kwestin. „Es ist einfach eine Schande, dass sich eine solche Schlangengrube in meinem Bezirk befindet! Ich war in der Redaktion und habe den Mistkerl gefragt, wie er es wagen konnte, einen Artikel über Burmals Theater zu veröffentlichen, wenn ich es ihm strikt verboten hatte!"

„Und er hat sich natürlich herausgewunden", meinte Morko. „Er hat gesagt, er habe nicht das Material gedruckt, das in Auftrag gegeben war, sondern sein eigenes?"

„Ha! Wenn es nur das gewesen wäre! Er hat geantwortet, dass man dem Volk kein Pflaster auf den Mund kleben dürfe, dass er das Material veröffentlicht, das er für nötig erachtet und dass er hohe Schirmherren hätte. Der Tod der Patrioten schreie nach Vergeltung…"

Hier hielt er inne und blickte schnell zu Jenny hin, um zu sehen, wie sie diese Wendung aufnahm.

„Ein widerlicher Artikel. So dürfen sie nicht schreiben."

„Ganz genau", sagte der Präfekt fast ruhig. Seine Wut auf den Redakteur hatte sich etwas gelegt.

„Das Wichtigste war, dass man die Aufmerksamkeit nicht auf die Tragödie lenken sollte. Alles hätte geheim bleiben sollen."

„Wird das Ihre Ermittlungen stören?", fragte Jenny.

„Naja … eigentlich muss man manchmal, um ein Tier zu fangen, in der Nähe seiner Höhle Lärm machen. Dann kommt es von selbst heraus. Aber das würde dich in Gefahr bringen. Ich hoffe, man weiß in der Stadt nicht, dass es einem von der Truppe gelungen ist, zu überleben. Wenn das bekannt wird, werden sie dich in die Finger bekommen."

„Wer? Die Mörder? Der Gebieter des Feuers?"

„Wenn er es schafft. Mehr, so fürchte ich, die Geheimgarde der Lords."

„Was ist denn das für eine Geheimgarde?"
„Ein geheimer Sicherheitsdienst. Er untersteht mir nicht und bekommt die Befehle direkt von oben. Wenn herauskommt, dass einer der Gebieter des Feuers darin verwickelt ist, wird die Geheimgarde mit den Ermittlungen beauftragt. Und das gilt für die Zeugen natürlich auch."
„Übel, ganz und gar übel", fügte der Butler hinzu.
„Sie können beschließen, den Skandal zu vertuschen und alle aus der Welt zu schaffen, die etwas wissen."
„Sie werden kaum so radikal vorgehen", entgegnete der Präfekt unsicher.
„In diesem Fall müssen sie eine neue Wache im Nord-West-Bezirk rekrutieren. Die Leute waren an der Brandstätte und haben gesehen, was für ein gewaltiges Feuer dort gewütet hatte. Zu den Zeugen zählen noch der Platzaufseher und seine Gehilfen. Und letzten Endes auch die Gaffer aus den umliegenden Stadtvierteln. Weiß man etwa, wie viele am Morgen dorthin gelaufen sind? Ein Feuer ist von weitem zu sehen, besonders nachts, und dort hatte es lichterloh gebrannt. Nein, nein, alles steht nicht so schrecklich, aber Jenny werden wir kaum wiedersehen, wenn das alte Luder unseren Verdacht wittert."
„Ich verstehe schon nichts mehr", beschwerte sich Jenny. „Wer ist denn das Luder?"
„Den Geheimdienst leitet Lady Ursula", brummte der Präfekt. „Eine Gebieterin des Feuers. Eine unangenehme Person."
„Wir werden hoffen, dass alles glatt geht", meinte der Butler. „Aber dieser Zeitungsartikel wird auf jeden Fall für Aufregung sorgen."
Kwestin nickte und stocherte finster auf dem Teller herum. Jenny wusste nicht, wie sie ihn bitten sollte, ihr den Besuch im Tal der hundert Tempel zu erlauben, jetzt, wo der Präfekt so misslaunig war. Was, wenn er Nein sagte? Doch der Butler kam ihr zur Hilfe. Er fragte für sie und fügte hinzu, dass er bereit wäre, Jenny zu begleiten und sie gegen alle Widrigkeiten zu beschützen.

Kwestin nickte: „Ich müsste Nein sagen, aber ... Ich verstehe, wie dir jetzt zumute ist, Jenny, glaube mir. Ich weiß, dass es dir schwer ums Herz ist."

„Besonders nach diesem blöden Artikel!", fügte sie hinzu.

„Ich werde euch hinfahren", beschloss Kwestin.

„Zurück ... ich werde es versuchen, aber ich bin nicht sicher. Nach den parlamentarischen Anhörungen wird Tumult in Eweron ausbrechen. Es kann sein, dass es für mich Arbeit gibt. Wenn es mit dem Wagen nicht klappt, dann geht zu Fuß. Kommt unbedingt im Hellen zurück."

KAPITEL 5

Hundert Tempel

Während der Wagen über das Straßenpflaster ratterte, rührte sich Jenny nicht vom vergitterten Fenster weg. Ein Bild löste das andere ab. Die Bürger liefen in alle Richtungen hin und her, prallten gegen Rattler, schrien, fuchtelten mit den Armen und zeigten einander gelbe Zeitungsseiten. ‚Der scharfäugige Herold' sorgte wahrlich für Tumult in Eweron. Dann wurde das Stoßen der Räder leiser, es gab keine gepflasterten Straßen mehr und der Wagen fuhr nicht mehr so wackelig. Am Stadtrand sah Jenny nun weniger Menschen, dann lagen auch die letzten Häuschen hinter ihnen. Der stumme Kutscher hielt die Pferde an. Kwestin seufzte schwer und sagte: „Geht allein weiter. Morko, ich vertraue auf deine Umsicht."

„Als würden wir in den Krieg gegen die Antreiber des Windes ziehen", fauchte Jenny.

„Was kann hier bei diesem Spaziergang schon passieren?"

Ihre Bemerkung rief bei dem Präfekten einen neuen Seufzer hervor, aber der Butler hatte schon die Wagentür aufgestoßen und polterte mit seinem Holzbein laut auf den gepanzerten Treppenstufen, als er ausstieg.

Der Wagen rollte davon und der Kobold ging los. Jenny spazierte neben ihm und betrachtete die Umgebung. Papa Burmal war auf einem anderen Weg nach Eweron gefahren, diese Gegend sah sie zum ersten Mal. Auf beiden Seiten zeigte sich eine Wildnis mit stacheligen Büschen und aufragende Mauern von seit langem verfallenen Gebäuden wurden sichtbar. Ein öder Ort, doch der Untergrund des Weges war stark festgetreten und man konnte Wagenspuren sehen. Der Boden war hier feucht und in der Luft hing der abgestandene Geruch von Ausdünstungen und Verwesung.

„Hier lässt sich niemand nieder", erklärte der Kobold.

„Doch aus der Stadt pilgert man zu den Tempeln."

„Aber warum ausgerechnet hierhin? Das ist doch reiner Sumpf! Dort ist so ein Gestank, ganz sicher. Ein Sumpf."

„Gerade deswegen. Billige, sogar gammelige Erde. Wenn die Bürger Götter und Tempel brauchen, dann stellen die Lords ihnen Land für ihre Zwecke zur Verfügung. Aber nur solches, das sowieso keinen Gewinn abwirft."

„Verehren die Lords überhaupt keine Götter?"

„Aber warum sollten sie? Ihren Gott haben sie gefressen, warum sollten sie also fremde Götter verehren?"

Morko hob am Randstreifen einen faustgroßen Stein auf und wies Jenny an, dasselbe zu tun. Das wäre der Brauch, meinte er. Die Feuchtigkeit in der Luft nahm deutlich zu und im Gebüsch über ihnen erschien eine große Zahl höchst merkwürdig geformter Kuppeln. Der Weg machte eine Biegung und Jenny erblickte das berühmte Tal der hundert Tempel, über dem Dunstwolken hingen. Ein Knüppeldamm aus halb im matschigen Grund versunkenen Brettern löste den Weg ab. Es zeigten sich mit grünem Schlamm bedeckte Pfützen. Auf Inseln, die mit Pfählen und Ballons befestigt waren, ragten Bauten verschiedener Bauweise empor, große und kleine. Dort, wo der Knüppeldamm sich in zahlreiche Pfade aufteilte, die zu den Tempeln führten, standen einige Läden, die mit Kultgegenständen handelten. Morko blieb auf dem Weg und wartete, während Jenny sich in einem der Läden umsah. Die Alte, bei der Jenny Gedenkkerzen kaufte, brummte: „Bald wird diese Ware noch besser gehen. Man sagt, es wird Krieg geben."

„Ich habe das auch gehört", sagte Jenny und nickte, um die Händlerin loszuwerden, die schwatzen wollte.

„Schade, dass du dich mit dem Kobold herumtreibst, das ist ein widerliches Volk!", rief die Alte ihr nach, als Jenny sich zum Gehen umwandte.

„Alle, allesamt bis zum Letzten sind widerlich, dreckig! Nichts kaufen sie bei mir!"

„Haben die Kobolde auch ihren Tempel?", fragte Jenny den Butler, als die Ladentür hinter ihr zufiel.

„Man könnte so sagen. Es gibt einen Ort, den wir aufsuchen, um über die Ewigkeit nachzudenken", sagte Morko und drehte in seinen grünen Fingern einen Stein, den er unterwegs aufgesammelt hatte.

„Für dich ist das kein Tempel, sondern nur ein Haufen Schmutz."

„Und für die Kobolde?"

„Aus Schmutz sind wir gekommen und zum Schmutz kehren wir zurück, der Schmutz war seit jeher und wird in alle Ewigkeit sein, vor uns und nach uns", verkündete der Kobold feierlich, als zitiere er einen für die Kobolde heiligen Text.

„Ihr betet den Schmutz an?"

„Es ist nur sinnvoll, ihn zu betrachten, um an die Ewigkeit zu denken. Wenn du deinen Tempel ausfindig machst, dann wirf den Stein, den du ins Tal gebracht hast."

„Wohin soll ich ihn werfen?", fragte Jenny verwundert.

„Auf den Boden. Wenn du willst, am Eingang zum Tempel oder auf den Weg, der zu ihm führt, überhaupt wohin du möchtest. Damit zeigst du Respekt vor dieser Gottheit."

Jenny fand diese Sitte sinnvoll. Wenn der Tempel auf Sumpf gebaut ist, dann kann ich ihn mit meinem Stein festigen, dachte sie. Das ist einleuchtend!

„Und wo ist der Tempel von Trochomor?"

„Hier, dieser Pfad. Er ist von weitem zu sehen, du wirst ihn sofort erblicken, wenn du um die Insel mit den Espen herumgehst. Und ich werde zu dem Ort mit dem Schmutz gehen, über die Ewigkeit nachdenken und dann auf dem Weg auf dich warten. Vergiss nicht, wir haben Herrn Kwestin versprochen, im Hellen zurückzukommen."

Jenny nickte und ging auf dem Pfad, den der Kobold ihr gezeigt hatte. Dabei presste sie die Kerzen und den unterwegs aufgehobenen Stein an sich. Unter ihren Füßen knirschten die Steine, die die Tempelbesucher mitgebracht hatten. Der Pfad führte an einer Gruppe von verkümmerten, krummen Espen vorbei, die auf einer lehmigen Anhöhe wuchsen. Dann zeigte sich ein kleiner Tempel eines Gottes, den Jenny nicht kannte. Nach der Biegung musste das Heiligtum von Trochomor auftauchen, des Gottes der Obdachlosen, Bettler, Pilger und Waisen, dachte sie.

Jenny hatte erwartet, etwas Kleines und Bescheidenes zu sehen, aber stattdessen stand da ein herrliches Gebäude mit einer hohen runden Kuppel vor ihr, die im Sonnenlicht mit ihrer frischen Vergoldung glänzte. Eine solche Pracht sah inmitten des Sumpfes unangebracht aus und passte überhaupt nicht zu Trochomor, dem man gewöhnlich niedrige Kapellen an Kreuzungen errichtete.

Jenny betrachtete befremdet die Umgebung, sie wollte fragen, wohin sie nun gehen sollte. In der Nähe war niemand außer einem Geistlichen, der sich in der Sonne wärmte, mit dem Rücken an die Wand eines unscheinbaren grauen Gebäudes gelehnt. Sein Gott war über dem Eingang gemeißelt, ein wohlgenährter, lächelnder, glatzköpfiger Mensch, der sich in einer lässigen Pose räkelte und mit runden Augen in den Himmel starrte.

Jenny kam näher und fragte schüchtern: „Entschuldigen Sie bitte …"

Der Geistliche drehte sich zu ihr um. Er trug eine einfache graue Chlamys und sein Gesicht war unter einer Kapuze verborgen. Jenny sah nur seine Nasenspitze und sein energisches Kinn mit silbrig-weißen Bartstoppeln. Wenn nicht die Farbe der Haare gewesen wäre, hätte dieser Mensch jung ausgesehen. Denn seine Gesichtshaut war glatt und straff und die Gestalt erschien unter den Falten der grauen Kleidung überhaupt nicht alt.

„Entschuldigen Sie bitte, wie komme ich zum Tempel des Trochomor?"

„Da ist er doch. Direkt vor uns!", sagte er und auch die Stimme des Verehrers des kleinen dicken Gottes klang nicht alt, sondern jung und angenehm. Nur die Haare waren so anders, als der Rest seines Äußeren. Vielleicht ist er ein Albino und hat rote Augen, dachte Jenny. Dann wäre es verständlich, weshalb er sein Gesicht verbarg.

„Man hat ihn soeben neu hergerichtet. Die Bruderschaft der Bettler des prächtigen Eweron hat nicht an dem Heiligtum ihres Beschützers gespart. Früher ist es auch nobel gewesen, doch nun ist die Farbe ganz frisch. Es sieht sehr eindrucksvoll aus, nicht wahr?"

Der Geistliche in Grau schmunzelte. Jenny hätte schwören können, dass er ihr zuzwinkerte, aber unter der Kapuze lag ein tiefer Schatten, der seine Augen verbarg. Voller Zweifel betrachtete sie die vergoldete Kuppel. Irgendwie war alles zu prächtig. Der Menschen in Burmals Wagen konnte man in diesem pompösen Gebäude kaum gedenken. Sie schaute sich um und sah die Statue ihres Gottes. Gewöhnlich wurde Trochomor als hagerer, gebeugter, langbärtiger Alter in Lumpen dargestellt. So war es auch hier. Aber die vergoldeten Lumpen lösten keine heiligen Schauer bei ihr aus.

„Ich habe mich günstig platziert, nicht wahr?", schwatzte der Geistliche weiter.

„Gerade auf dem Weg zum Heiligtum des Trochomor, und er hat eine große Gemeinde. So geschieht es, dass ein Teil der für den Alten bestimmten Steine vor meine Kirche geworfen werden. Trochomor wird in Eweron sehr verehrt. Die Zahl der Besucher nimmt bei mir nicht zu, dafür festigen sie den Weg mit Steinen."

Er erzählte so vertraulich, mit einem so leichten, freundschaftlichen Ton, dass Jenny noch ein wenig bleiben wollte. Sie war es gewohnt, mit ihrer Familie in einem engen Wagen zu sein. So fühlte sie sich umso mehr einsam.

„Und welchem Gott dienst du?"

„Oh! Mein Herr ist der große und unvergleichliche Chogort. Der Gott der Alltagskleinigkeiten, der verlorengegangenen Sachen und aller möglichen Zufälle. Wir alle sehen auf unserem Lebensweg seine Macht."

„Und ich auch?"

Jenny konnte es nicht glauben. Dieser Mensch sprach ironisch über seinen Gott. Viele Leute sprechen verächtlich über die Götter, fluchen sogar in ihrem Namen, aber hier geht es um einen Priester im Tempel. Und dann ist Fluchen eine Sache und Ironie eine ganz andere, dachte Jenny.

„Ich weiß gar nicht, wie ich es besser erklären soll ..." Der Geistliche rieb sich das Kinn.

„Also wenn du zum Beispiel eine Näherin oder Schneiderin wärest, dann würde ich dich an solche Kleinigkeiten erinnern wie eine heruntergefallene Nadel oder einen unter den Tisch gerollten Fingerhut. Chogort wird dir helfen, sie zu suchen."

„Aber vielleicht bin ich auch eine Schneiderin?", fragte Jenny eigensinnig.

„Oder eine Näherin?"

„Das bist du sicher nicht. Diese ehrenwerten Frauen haben von der Nadel zerstochene Finger, Näherinnen arbeiten im Sitzen und werden dadurch oft dick. Aber du bist schlank und geschickt, dein Gang ist tänzelnd. Du bewegst dich viel. Außerdem würde eine Schneiderin kaum im Kleid einer anderen Person in den Tempel gehen."

„Fällt das wirklich so auf?", fragte Jenny verwirrt.

„Chogort befiehlt, die Kleinigkeiten zu beachten, das ist auch die Art ihm zu dienen. Wir alle dienen ihm, selbst wenn wir das nicht merken. Hör mal, ich wollte dich nicht verunsichern und habe nicht nur von deinem Kleid gesprochen, sondern auch von deiner schlanken Figur, die nicht einmal dieses dumme Kleid verbergen kann."

Nun wurde Jenny verlegen und beschloss das Thema zu wechseln.

„Aber dein Gott", sagte sie und deutete mit dem Blick auf die Figur des Dicken über dem Eingang, „sieht nicht aus wie einer, der auf Kleinigkeiten Acht gibt."

„Er ist eben ein Gott, er muss sich nicht unbedingt beweisen, denn er steht darüber. Aufmerksamkeit Kleinigkeiten gegenüber, das ist nur der Anfang des Weges von Chogort. Wenn du ihn zu Ende gehst, wirst du dich davon überzeugen, dass die ganze Welt und unser gesamtes Leben aus Kleinigkeiten besteht. Aus klitzekleinen, unauffälligen, ja, nicht einmal besonders wichtigen Ereignissen. Da wirst du schließlich sehen, dass alles ringsum nur Kleinigkeiten sind. Kleinigkeiten, die es nicht wert sind, beachtet zu werden. Dann wirst du aufhören, dich wegen Unsinn aufzuregen und wirst mit weit offenen Augen in die Ewigkeit schauen. Die Skulptur zeigt Chogort am Ende des Weges, den sehend gewordenen Chogort, der das Weltgefüge erkannt hat. Wir sind von Kleinigkeiten umgeben, die es sich nicht lohnt, zu beachten."

Jenny nickte unsicher.

„Du bist ein vorzüglicher Gesprächspartner, störst mich nicht beim Schwatzen", sagte der Geistliche in Grau und lächelte wieder.

„Wenn du möchtest, dann besuche meine Kirche, ich werde mich immer freuen, dich zu sehen. Die Betrachtung der Kleinigkeiten, hier in der Sonne, ist eine faszinierende Beschäftigung."

Er rutschte rüber und machte Platz auf der Bank. Jenny warf entschlossen ihren Stein zur Schwelle der Kirche von Chogort und plumpste neben den unrasierten Geistlichen auf den Boden. Sie warf den Kopf zurück und streckte ihr Gesicht den Sonnenstrahlen zu. Ja, es war gut, hier zu sitzen, obwohl der Sumpfgeruch nicht sonderlich angenehm war. Aber das sind doch Kleinigkeiten und dieser Gott, der große Chogort, dachte sie. Ach, könnte man sich von allem freimachen! Wenigstens für ein paar Augenblicke das Unglück vergessen, das sie ereilt hatte. Doch in ihren Händen hielt sie die Gedenkkerzen.

„Wenn du Belehrung, Rat oder auch nur einen Plauderer brauchst, dessen Geschwätz dir in einer schweren Stunde zu vergessen hilft, dann komm zu mir!", fuhr der Geistliche fort.

„Ich heiße Ingwar. Ehrwürdiger Vater Ingwar, obwohl ich auf ‚ehrwürdig' niemals bestehe. Das sind solche Kleinigkeiten!"

„Ich bin Jenny. Kann ich die Gedenkkerzen in deinem Tempel anzünden?"

„Natürlich nicht in meinem, aber im Tempel von Chogort, der den Leidenden wohlgesonnen ist. Natürlich kannst du das. Verbinden uns mit den Dahingeschiedenen nicht Kleinigkeiten, winzige Gedankenfetzen, kleine Dinge, die im Gedächtnis haften geblieben sind? Chogort gefallen die, die sich erinnern und liebevoll solche Kleinigkeiten in ihrem Gedächtnis bewahren."

Jenny nickte zerstreut und fühlte, wie ein Schwall von Erinnerungen über sie hereinkam, der aus winzigen Tröpfchen zu bestehen schien. Annas Lächeln, die würdevollen Gesten Papas, Sejschas Finger, die liebevoll das Horn streichelten, Pierres Schweigen, Eriks liebe Späße. Sie saß nachdenklich da. Die Sonne wärmte sie, ein leichter Wind vertrieb die Ausdünstungen über dem Moor. Eigentlich war es traurig, aber doch gut zugleich.

So saß Jenny mit dem ehrwürdigen Ingwar schweigend auf der Steinbank und mochte nicht aufstehen. Denn je früher sie in den Tempel gehen und die Kerzen anzünden würde, desto eher würde sie nach Eweron zurückkehren und sich mit unangenehmen Dingen beschäftigen müssen. Mit all diesen Kleinigkeiten, mit denen der Dickwanst Chogort bestens vertraut zu sein schien. Lange sammelte sie ihre Kräfte, bis sie entschlossen aufstand und erklärte: „Es ist Zeit."

Der Geistliche führte sie in den Tempel, wo es unerwartet kalt war. In der Tiefe des dunklen Raums glomm ein Kohlebecken, orangefarbene Reflexe wanderten über das heitere, pausbäckige Gesicht des lächelnden Chogort. Vor der Statue befand sich ein Abstellbrett mit Wachstropfen. Jenny strebte durch die kalte Dunkelheit dem Kohlebecken zu. In einem Gläschen standen Holzspäne, sie nahm einen, stellte die Kerzen auf und zündete sie der Reihe nach an. Es wurde ein wenig heller, aber die klebrige, kalte Dunkelheit drückte von allen Seiten, hing über ihr und erschreckte sie ein bisschen.

„Warum ist es so kalt?", fragte sie.

„Das sind Kleinigkeiten", erklang aus der Dunkelheit Ingwars ruhige Stimme, die ganz nah zu sein schien.

„Lass dich nicht ablenken, denke an die, die nicht mehr sind."

Jenny betrachtete die zitternden Flammenzungen. Fünf Kerzen. Für Burmal, Pierre, Sejscha, Anna und Erik. Sie standen vor ihrem geistigen Auge, ruhig und vertraut. Und die Kälte verschwand, Jenny spürte sie nicht mehr. Die ihr so nahestehenden Gesichter bebten und verschwammen wie die Kerzenflammen.

„Jahre werden vergehen, du wirst ihre Gesichter vergessen", sagte Ingwar leise und fügte dann hinzu: „Und dennoch werden sie immer bei dir sein. Die Erinnerung bleibt."

Jenny trat einen Schritt zurück, drehte sich zum Ausgang um, der graue Umhang des Ehrwürdigen raschelte neben ihr.

Als sie sich umschaute, um die Kerzen ein letztes Mal anzusehen, zählte sie nur noch vier Flammen neben dem orangefarbenen Flecken des Kohlebeckens. Eine Kerze war erloschen. Sie wollte umkehren, um sie wieder anzuzünden, aber Ingwar sagte: „Chogort gibt auf Kleinigkeiten Acht. Er erlaubt nicht, dass eine Gedenkkerze brennt, wenn ein Mensch lebt. Du bist erst am Anfang des Weges, vertraue auf Chogort und verliere nicht die Hoffnung."

**

Als Jenny zum Weg zurückkehrte, kamen ihr einige Leute entgegen. Fast alle waren in Lumpen gekleidet, unter ihnen ein Krüppel auf Krücken. Es waren Bettler, die sich zusammengetan hatten, um sich vor Trochomor zu verneigen. Sie eilten der goldenen Kuppel zu. Einer von ihnen sah aus wie ein wohlhabender Mensch. Seltsam war nur, dass er einen schweren dunklen Mantel trug und sein Gesicht unter einer heruntergezogenen Kapuze versteckte. Der Tag war sonnig und sehr warm und Jenny fand es eigenartig, dass sich ein Betbruder so verhüllte. Aber wer weiß, welche Gründe er dafür hat, dachte sie.

Morko wartete am Wegrand.

„Sehr gut", erklärte er, als er Jenny ansah.

„Meiner Meinung nach hat der Besuch des Tempels dir gutgetan. Du siehst ruhiger aus."

„Noch einer meiner Truppe hat überlebt!", platzte es aus ihr heraus.

„Eine Kerze ist erloschen! Der Priester hat gesagt, der Grund dafür ist, dass ein Mensch noch lebt."

„Ich würde annehmen, dass die Alte im Laden mit schlechten Kerzen handelt", brummte der Kobold.

„Und ich würde annehmen, dass es dir Spaß macht, Unangenehmes zu sagen! Aber ich habe dich schon in freundlicherer Stimmung gesehen und das bedeutet, dass der Besuch deines Schmutz-Heiligtums dich verändert hat", sagte Jenny beleidigt.

„Die übrigen Kerzen waren in Ordnung und brannten, wie es sich gehört. Die Ladenbesitzerin hat alle aus einem Korb genommen, warum sollte nur die eine schlecht sein? Ich weiß bestimmt, dass es einem von uns gelungen sein muss, sich zu retten. Ich will wissen, wer das war und wo er jetzt ist?"

„Gut", sagte der Kobold und nickte.

„Mag sein. Aber wir müssen uns beeilen, es ist schon später Abend und wie haben Herrn Kwestin versprochen, uns nicht aufzuhalten."

Bis zur Stadt schwieg der Kobold und auch Jenny wollte kein Gespräch führen. Müsste sie doch womöglich diesem grünen Miesepeter beweisen, dass die Kerzen nicht lügen. Anders als üblich waren auf den Straßen nicht viele Leute. Bis sich ihnen eine Bande Lausbuben anschloss. Sie drehten ihnen eine lange Nase und schrien: „Kobold! Grüner Kobold! Hau ab aus Eweron! Eweron ist eine Stadt der Menschen!"

Morko tat so, als ob er sich nach einem Stein bückte. Bei dem buckligen, langarmigen Kobold war das eine sehr schnelle Bewegung. Und die Kinder waren wie vom Wind weggeblasen.

Wenigen Passanten gingen eilig ihren Geschäften nach, wie immer in Eweron, aber irgendetwas war nicht wie sonst. Morko wurde stutzig.

„Ich habe ein seltsames Gefühl. Mir scheint etwas zu fehlen."

„Die Rattler sind nicht da!", erriet Jenny.

Der Kobold sah sich um.

„Hm, tatsächlich. Ich habe nicht gedacht, dass ich diese Kreaturen einmal vermissen würde."

„Da sieh mal einer an ... dabei habt ihr so viel gemeinsam. Die Rattler lieben den Schmutz auch!"

„Sie bringen ihn in Verruf, mit ihrem Verhalten", antwortete der Kobold scharf.

„Ich habe deine Götter nicht beleidigt, so sei so gut, meinen Glauben zu achten."

„Entschuldige", Jenny wurde verlegen, „Ich habe nicht gedacht, dass du es so auffasst."

Schweigend durchquerten sie einige Stadtviertel, nur das Holzbein des Kobolds stieß polternd auf das Straßenpflaster. Irgendwann verschwanden auch die wenigen Fußgänger, die Straßen waren schließlich menschenleer. Dann ertänte einige Stadtviertel entfernt vielstimmiger Lärm.

„Was ist das?", fragte Jenny.

„Lauf los, wenn ich es dir sage!", befahl Morko anstatt zu antworten.

„Den Weg nach Hause findest du?"

Jenny war verwirrt. „Ich ... warum soll ich den Weg nach Hause finden? Und was tust du?"

Der Lärm der Menge näherte sich. Statt einer Antwort zeigte der Kobold auf einen Haufen Lumpen. Als sie ihn näher betrachtete, erkannte Jenny die orangefarbene Weste eines Rattlers, befleckt mit Schmutz und ... Blut.

„Ich hinke und kann nicht laufen", erklärte Morko, besonnen wie immer.

„Wenn du nicht in Gesellschaft eines Kobolds bist, wird dir überhaupt keine Gefahr drohen. Erinnerst du dich an die Kinder, die hinter uns herriefen? Kinder wiederholen immer, was die Erwachsenen sagen. Lauf von hier fort und dann nach Hause. Weißt du noch die Adresse? Blumenstraße 84. Lauf, Jenny aus dem Nirgendwo."

„Das wäre ja noch schöner!"

Die Schreie kamen nun ganz aus der Nähe. Da stieß Morko Jenny plötzlich heftig weg und hinkte mit der Prothese aufstoßend zur Seite. Verwirrt blieb Jenny wie erstarrt stehen und rieb sich die Schulter, gegen die der Kobold sie gestoßen hatte, als hinter der Ecke die ersten Krakeeler auftauchten. Viele waren mit Stöcken und Messern bewaffnet, die Menge brüllte, aber man konnte nicht verstehen, was sie schrien. Die verschiedenen Ausrufe verschmolzen zu einem mächtigen Getöse. Jenny war sehr erstaunt, wie boshaft ihre Gesichter aussahen.

Dann geschah alles so schnell, dass keine Zeit zum Überlegen blieb. Mit Geschrei warfen sich die Leute auf Morko. Der blieb stehen und erhob seine Fäuste. Die ersten Reihen der Menge warfen sich auf den Kobold, einige Angreifer wurden von seinen Schlägen unter die Füße der andrängenden Menschenmasse geschleudert, was jedoch den Ansturm nicht aufhielt. Morko blieb noch einige Sekunden stehen, dann schlug eine brüllende, mit Stöcken fuchtelnde Welle über ihm zusammen. Als Jenny sich zu ihm stürzte, lag der Butler schon unter einem Haufen von Körpern begraben. Jenny kämpfte wie in jener Nacht, als ihre Familie umkam. Sie kreischte, kratzte und schlug aus Leibeskräften. Zuerst rührte man sie nicht an. Man verstand nicht, dass sie auf Morkos Seite zu sein schien. Dann wurde auch sie angegriffen. Sie schubste einige Gegner zur Seite und erblickte in einem Durcheinander von Armen, Beinen und schmutzigen Jacken eine grüne Hand, die jemandes Hals zusammenpresste. Dann traf sie ein schwerer Tritt in die Seite und Jenny rutschte von dem wimmelnden Haufen. Im selben Moment wurde das Geschrei der Menge von donnerndem Getöse abgelöst. Die Meute flüchtete in verschiedene Richtungen und Jenny erblickte neben sich bekannte beschlagene Räder. Unter ihnen stoben Funken auf, als der stumme Kutscher sich bemühte, den Wagen zum Stehen zu bringen. Die Pferde wieherten und schlugen mit den Hufen, die lange Peitsche knallte.

Jenny war nun von uniformierten Wachen umringt. Sie atmeten schwer, als sie hinter dem Wagen herlief. Die neuen Gestalten hatten Knüppel und mit grobem Leder überzogene Schilde. Auf dem Kopf trugen sie Helme, die die obere Gesichtshälfte verdeckten. Einer bückte sich und fasste Jenny unter den Arm. Sie erkannte den feinen, akkurat rasierten schwarzen Schnurrbart und flüsterte: „Danke, Donald."

In seiner Militäruniform sah Kuber stark aus.

Neben ihm erschien sogleich der Präfekt: „Jenny, bist du unverletzt? Haben sie dich nicht zu stark geschlagen?"

„Nicht so stark wie ich sie."

Jenny stand auf, hielt sich die Seite und sah sich um. Morko stand gesund und munter da, als wäre nichts gewesen. Offensichtlich hatte in dem Handgemenge nur seine Kleidung gelitten, sie hing in Fetzen an ihm herunter. Der Kobold fletschte seine Hauer und wollte sich augenscheinlich noch weiter prügeln. Aber die Krawallmacher hatten sich davongemacht, als hinter dem Wagen überraschend noch zwei Dutzend Wachsoldaten angerückt waren.

„Meine Herren", sagte Herr Kwestin schließlich verlegen. „Das ist meine Nichte Jennifer. Sie ist auf Besuch. Mein Butler sollte sie heute begleiten. Ich danke allen."

Als Jenny sich umsah, erkannte sie auf den geröteten, verschwitzten Gesichtern der Wachen ein Lächeln. Sie freuten sich darüber, ihrem Chef einen Dienst zu erweisen und seine hübsche Verwandte zu retten. Und überhaupt schienen sie gerne mit Knüppeln zu arbeiten. Heute war es ihnen erlaubt gewesen.

„Ja, danke. Vielen Dank, dass ihr mich gerettet habt. Ihr seid alle Helden!", fiel Jenny ein und zupfte schnell ihr beschmutztes Kleid und ihre Locken zurecht. Kwestin stupste sie zum Wagen, sie sah sich um und sagte noch im Laufen: „Ich werde meinen Onkel im Dienst besuchen und wir sehen uns dann noch!"

***

Im Wagen stieß der Präfekt einen tiefen Seufzer aus: „Morko, ich habe doch darum gebeten ..."

„Er hat keine Schuld", trat Jenny für den Kobold ein, „Er hat mir befohlen wegzulaufen, aber ich habe nicht auf ihn gehört."

Aber was ist denn da passiert? Mit wem haben wir gekämpft? Was soll das, ist das Sitte in der Hauptstadt? Oder Massenwahnsinn?"

Es folgte noch ein Seufzer. Kwestin schüttelte den Kopf. „Ich bin doch vom Land, ich weiß nicht, wie oft in der Hauptstadt Tage allgemeinen Irrsinns ausbrechen. Laufen immer Mengen von Bösewichten durch die Stadt?", fragte Jenny weiter.

„Der Krieg", antwortete der Präfekt kurz angebunden. Er sah aus dem Fenster und runzelte die Stirn. Offenbar erblickte er etwas besonders Unangenehmes.

„Krieg", wiederholte er.

„Das Parlament hat dafür gestimmt, den Antreibern des Windes den Krieg zu erklären."

„Die Truppen marschieren schon zum Hafen, wo sie die Schiffe besteigen werden. Und das waren keine Räuber, Jenny. Das waren gute Bürger von Eweron, denen das Vaterland sehr am Herzen liegt. In den am Hafen liegenden Stadtvierteln zerstören sie die Läden der Ausländer und hier, auf dieser Seite des Vulkans, fallen sie über die Nichtmenschen her. Die Präfekten der östlichen Bezirke beneide ich nicht. Mir wurde befohlen, ihnen zwanzig Soldaten zur Verstärkung zu schicken. Was können zwanzig Soldaten ausrichten, wenn die Situation überall so ist ..."

„Andererseits", ließ Morko vernehmen, „werden die Leute nach den gestrigen Pogromen kaum viel über den Verlust der Theatertruppe reden. Dieser Tag wird ihnen neuen Stoff für Tratscherei liefern."

„Ja, daran habe ich auch gedacht", sagte Kwestin und nickte. „Deshalb habe ich meinen Leuten auch Jenny vorgestellt. Morgen, wenn sich alles beruhigt hat, werden wir uns ernsthaft an die Ermittlungen machen."

TEIL 2

Der Fuß des Vulkans

KAPITEL 6

Auf der Hut

Am Morgen, als die Räder des Wagens über das Straßenpflaster donnerten, betraten Jenny und Kwestin die Vortreppe. Sie trug einen völlig verrückten Strohhut mit übertrieben breitem Rand. Nach Jenny sollte dieses Kleidungsstück betonen, dass sie eben erst aus dem Dorf gekommen war. Zudem versteckte der Schatten des Hutrandes ihr Gesicht.

Wie gewöhnlich reichte Morko seinem Herrn Hut und Stock. Dann wendete er sich Jenny zu und übergab ihr ein stabiles Klappmesser.

„Überleg dir, wie du es verbergen kannst", erklärte er unsicher. „Das ist das kleinste aus meinem Vorrat."

Als er Jennys Verwirrung bemerkte, fügte er schnell und energisch hinzu: „Du musst es nehmen! Das ist ein alter Brauch bei uns Kobolden. Du bist mir im Kampf zur Hilfe gekommen."

Die Wagenräder knirschten schon nah am Haus und Jenny glaubte, es wäre einfacher, sich einverstanden zu erklären, als mit dem eigensinnigen Kobold herumzustreiten. Sie durfte den Präfekten, der zum Dienst eilte, nicht aufhalten. Außerdem gefiel ihr der knöcherne Griff, der die Klinge sehr geschickt verbarg. Papa Burmal hatte in seinem Wagen einen Vorrat an scharfen Schneidewerkzeugen gehabt. Was weiß ich, wen ich nach Trochomors Willen noch treffen werde, dachte sie. Doch Jenny beschloss, mit solchen Gegenständen nicht zu spielen, obwohl ihr, seit sie klein war, alles Glänzende gefiel.

Nur konnte sie das Klappmesser nirgends anders verbergen, außer, es hinten unter ihren Gürtel zu stecken. Kwestin schaute missbilligend zu, sagte jedoch nichts. Jenny schwieg ebenfalls und blickte aus dem vergitterten Fenster. Die Straßen waren ungewöhnlich menschenleer und auf dem Pflaster lag Müll verschiedenster Art herum. Erschrocken durch den gestrigen Tumult hatten sich die Rattler nicht an ihre Arbeit gemacht.

An der Kreuzung hielt der Wagen an. Eine Kolonne Soldaten in roten Mänteln über glänzenden Rüstungen marschierte in Richtung Hafen. Die Sonne spielte mit orangefarbenen Reflexen auf ihren blank geputzten Helmen so, als trüge jeder von ihnen eine brennende Kerze auf dem Kopf.

„Ich sehe, dass du dieselbe Sprache wie Morko sprichst", brummte der Präfekt schließlich. „Aber die Waffe ..."

„Alles in Ordnung", versicherte ihm Jenny. „Ich bin doch von weither gekommen. Bei uns laufen alle mit solchen Dingern herum. Haben die Kobolde viele Bräuche wie diesen?"

„Hoffentlich nicht. Jeder ihrer Bräuche bereichert die Waffenfabrikanten in Eweron und verschafft der Stadtwache mehr Arbeit. Aber ein Geschenk von Morko ... kannst du dir vorstellen, was meine Untergebenen denken, wenn sie dich mit diesem Ding sehen?"

„Sie werden neidisch, weil sie so ein Ding nicht haben?"

Der Wagen hielt. Das unangenehme Gespräch brach ab. Der Amtssitz von Kwestin war in einem Gebäude mit zwei Etagen untergebracht. Auf einem roten Schild stand mit goldenen Buchstaben „Präfektur des Süd-West-Bezirks". Hinter der Tür befand sich ein kurzer Flur mit Gittern an beiden Seiten. Am Ende stand ein Tisch, an dem ein Wachposten saß. Zusätzlich gab es noch Zimmer für die Soldaten sowie die Büros der Offiziere, Schreiber und der übrigen Angestellten.

Kwestin führte Jenny in die inneren Räumlichkeiten und sagte dann, dass sie nun warten müsse.

„Und ich dachte, wir würden sofort mit den Ermittlungen anfangen."

„Zuerst muss ich die gestrigen Angelegenheiten regeln und von denen hat sich einiges angesammelt. Einige Pogromtäter wurden verhaftet und ich bin verpflichtet, mich erst mit ihnen zu beschäftigen."

Jenny saß auf einem Stuhl im Flur, an ihr liefen Wachsoldaten vorbei. Insgesamt fühlte es sich ähnlich wie in der Zeitungsredaktion an, nur, dass hier nicht so viele Leute waren. Alle Untergebenen des Präfekten starrten das Mädchen an. Einige hatten sie schon am Tag zuvor bei den Unruhen gesehen. Jenny hörte Getuschel darüber, wer sie wäre. Und jeder, der es noch nicht geschafft hatte, einen Blick auf die Verwandte von Kwestin zu werfen, hielt es für seine Pflicht, diese Lücke an Lebenserfahrung zu füllen. Verstohlen wurde Jenny angestarrt.

Der Strom der glotzenden Wachsoldaten riss erst ab, als Kwestin zurückkehrte. Er sagte zu Jenny bloß: „Das habe ich mir gedacht. Es waren Aufrührer. Irgendwelche Personen, ziemlich viele. Und alle nicht von hier, jedenfalls konnte sich keiner der Festgenommenen darin erinnern, sie zuvor getroffen zu haben. Als diese Unbekannten jedoch dazu aufriefen, die Vertreter anderer Herkunft anzugreifen, schenkten sie ihnen gerne Gehör."

„Weil die Städter das selbst tun wollten und sich dann eine solche Gelegenheit angeboten hat", meinte Jenny.

„Genauso ist es. Aber jetzt weiß ich, wer die Leute gegen die Rattler und Kobolde aufhetzen musste. Ich kann mir denken, wer für diese Geschichte verantwortlich ist ... Sergeant Kuber!"

Donald kam herein und nickte Jenny unsicher zu.

„Kuber, haben Sie die Verhafteten in das Buch eingetragen? Adressen, Namen? Damals stand noch aus, Beschreibungen der Aufrührer festzuhalten. Führ das aus und vergiss nicht, damit zu drohen, dass ihnen eine Gefängnisstrafe sicher ist, wenn sie aus ähnlichem Grund nochmals festgenommen werden! Und dass das Gefängnis jetzt voller Kobolde ist. Und sag ihnen auch, dass ihnen die Gefängniswache die Möglichkeit dazu verschaffen wird, sich mit den Nichtmenschen zu prügeln, wenn sie Lust dazu haben. Dass sie sich sogar umdreht, wenn sie patriotischen Eifer zeigen. Das verspreche ich ihnen!"

Jenny lächelte, als sie sich die Leute, die sich gestern auf Morko geworfen hatten, in ähnlicher Situation vorstellte. Aber in ihren Gedanken fand der Kampf nicht nur gegen einen Kobold statt, sondern gegen hunderte Angreifer.

„Mach schon!", verabschiedete der Präfekt Kuber.

„Und wir wenden uns wieder dem Überfall auf Burmals Truppe zu. Wenn du fertig bist, kommst du zu uns."

Jenny hätte es vorgezogen, wenn Donald sofort zu ihnen gekommen wäre. Er gehorchte immer, wenn er in ihre Richtung schaute. Aber der Präfekt hatte entschieden, dass Kuber sich um die Verhafteten kümmern sollte.

Kwestin führte seine vermeintliche Nichte in sein Arbeitszimmer in der zweiten Etage. Jenny sah einen alten, zerkratzten, mit Papieren überhäuften Tisch und staubige Schränke an den Wänden entlang, bevor sie bemerkte: „Sehr hübsch. Wie ein wilder Wald in meinem Heimatdorf. Wenn du nichts dagegen hast, Onkel, werde ich hier mal Ordnung schaffen."

„Und ob ich etwas dagegen habe!", fiel ihr Kwestin ziemlich erschrocken ins Wort.

„Hier liegt alles so, wie es für mich bequem ist, und ich weiß, wo ich Dinge finde. Und im Übrigen wünsche ich keine Ablenkung. Erinnern wir uns an Burmals Treffen am Tag seiner Ankunft. Der Troll, der Aufseher vom Platz der Tausend Pfähle, das Leihhaus, die Zeitung, das Wirtshaus ‚Glück'."

„Der Troll war sehr lieb", erinnerte sich Jenny.

„Er ist bestimmt unschuldig."

„Ihr habt einen Nichtmenschen in die Stadt gebracht und nach den gestrigen Zusammenstößen kann ich mir vorstellen, dass jemanden gerade das empört hat. Aber unser Hauptziel ist der Gebieter des Feuers und dem ist alles egal, Mensch oder Troll, wir alle sind für sie Fremdlinge und Diener. Der Aufseher ist im Augenblick mit seinem Platz beschäftigt, er wird beschattet. Ich habe dort Wachsoldaten platziert, in ihrer Gegenwart wird er sich kaum jemandem offenbaren, selbst wenn er schuldig wäre. Ihn lasse ich bis zuletzt, weil er von allen Verdächtigen die beste Möglichkeit hat, dich ganz zu durchschauen. Das bedeutet, dass du dich vor ihm nicht sehen lassen kannst. Soll er sich einstweilen um die Brandstätte kümmern. Dann das Leihhaus."

„Drejkenser und Compagnons", erinnerte sich Jenny an den Namen.
„Sie wurden gestern auch von der Menge belagert, allerdings nicht so stark, weil die Gnome immer sehr gut bewaffnet sind. Etwas später werden wir mit dem Spitzel sprechen, den ich beauftragt habe, das Leihhaus zu beobachten."
„Ein Spitzel?"
„Er ist auch ein Wachsoldat, trägt aber keine Uniform. Unauffällig beobachtet er, wer auf den Straßen auftaucht. Wir werden hören, was er sagt. Vielleicht hat er etwas Verdächtiges bezüglich ‚Drejkenser' bemerkt. Und zuletzt die Wirtschaft ‚Glück'. Der Dieb, der dort durch deine und deines Bruders Güte verprügelt wurde, befindet sich hier hinter Gittern. Mit ihm können wir jetzt sprechen, das wollen wir nicht aufschieben."

***

Trotzdem musste das Gespräch verschoben werden. Denn Donald kam ins Arbeitszimmer, gefolgt von einem kleinen, verschwitzten Mann mit unauffälligem Äußeren. Er war ungefähr so alt wie der Präfekt und gekleidet wie ein Bürger der Mittelschicht. Nur sein Blick erschien Jenny sofort bemerkenswert, scharf und aufmerksam. Das Männchen bewegte sich träge und schlaff, aber seine Augen schossen in alle Richtungen.
„Brem Bork", stellte der Präfekt ihn kurz vor.
„Unser Geheimagent. Ich habe dir schon von ihm erzählt. Und das ist Jenny, eine Verwandte von mir."
„Sie muss wohl eine entfernte Verwandte sein", bemerkte der Spitzel gleichgültig, „Denn eine Familienähnlichkeit fällt nicht ins Auge. Ich bin doch ein scharfsichtiger Mensch, ich habe das bemerkt."
Jenny verstand, dass Brem Borks Worte auf etwas anspielten. Natürlich gab es keinerlei Familienähnlichkeit. Sie war dünn und sonnengebräunt, der Präfekt breit gebaut und blass wie ein Stadtmensch. Der Spitzel gab zu verstehen, dass er dem Vorgesetzten keinen Glauben schenkte, die Spielregeln jedoch

akzeptierte. Man würde mit ihm sehr vorsichtig sein müssen, er war gerissen.

„Sie ist eine Waise und wohnt jetzt bei mir", antwortete Kwestin.

„Und überhaupt ... sie bleibt bei mir, bis sie sich in der Hauptstadt eingelebt hat. Dann setz dich mal an den Tisch und erzähl, was mit ‚Drejkenser und Compagnons' los ist. Sergeant, nimm dir einen Stuhl und komm näher."

Bork rückte auf dem harten Bürostuhl hin und her, machte es sich etwas bequemer und begann zu erzählen: „Über die Gnome kann ich dir nichts Interessantes erzählen. In dem Leihhaus war normaler Betrieb, ich habe nichts Ungewöhnliches bemerkt. Keinerlei merkwürdige Besucher, kein verdächtiges Geräusch im Gebäude. Nun, du verstehst. Den gestrigen Tag natürlich ausgenommen, als drei Dutzend um Eweron besorgte Bürger das Leihhaus mit Parolen betraten, um die Stadt von Nichtmenschen zu befreien. Aber die Gnome stellten sich mit Armbrüsten an die Fenster, sodass sich, kurz gesagt, unsere guten Landsleute mit ihrer Gegenwart abfanden."

„Brem, ich kenn dich seit langem", unterbrach ihn der Präfekt, „Rede nicht um den heißen Brei herum, komm zur Sache."

„Bei dir ist es immer so ... man kann nicht wirklich mit dir reden", beklagte sich Brem.

„Die Hauptsache in dieser Geschichte ist Folgendes. Du bist nicht der Einzige, der sich für ‚Drejkenser und Compagnons' interessiert. Ich habe eine Bespitzelung aufgedeckt."

„Deiner Person?", wurde Kwestin hellhörig.

„Nein, des Leihhauses. Diese Burschen sind sehr auf Zack, ich konnte nicht unbemerkt bleiben. Deshalb beschloss ich, dir schon jetzt einen Bericht zu erstatten. Vor dem Leihhaus hängen zwei Wachsoldaten herum, sie sehen nichts Interessantes, aber jedenfalls passen sie auf, falls eine Armee mit Rammböcken und Katapulten die Türen des Leihhauses erstürmt. So, dass ich verschwinden kann."

Jenny lauschte mit angehaltenem Atem. Es war ein Gespräch zweier alter Freunde. Beide waren Veteranen der Wache, professionell, und darum erlaubte sich der schlaue Bork auch einen scherzhaften Ton. Außerdem duzte er den Präfekten, was sonst keinem der Wachsoldaten erlaubt war.

„Kluge Burschen", wiederholte Kwestin und dachte nach.
„Aus dem Büro von Gerard Toms."
„Ah, du hast sie also wiedererkannt!"
„Du kannst dir doch vorstellen, dass in unserem Beruf gute Leute schnell von solchen erkannt werden, die auch in diesem Metier arbeiten. Das waren Agenten von Toms, ich kenne sie, sie kennen mich, sodass meine Arbeit nicht geheim sein wird. Und wenn man im Leihhaus jemanden niedersticht, hast du das gesetzlich abgesicherte Recht, dich für Informationen an den alten Gerard zu wenden. Dann erhält die Wache einen Gerichtsbeschluss und Gerard kann sich nicht herausschwindeln."
„Gut, Brem", nickte der Präfekt.
„Du hast Recht, du kannst dich ein bisschen ausruhen ... Ja! Und während der Unruhen warst du doch auch in der Nähe? Hast du keine Leute bemerkt, die die Städter auf die Nichtmenschen gehetzt haben?"
„Gehetzt haben?", wiederholte Brem und ein Lächeln breitete sich auf dem gutmütigen runden Gesicht des Spitzels aus.
„Zwei schräge Typen haben dort herumgelungert. Weißt du, so Selbstbewusste, von denen sich die Menge gerne um den Finger wickeln lässt. Dieses Paar hatte eindeutig das Sagen. Aber sie riefen die Leute eher dazu auf, sich vom Leihhaus zu entfernen und die Feinde anderswo zu suchen. Nun und dann sind die Gnome, wie du ja weißt, nicht gerade riesig, ihre Armbrüste dagegen normal groß. Das ist auch ein Argument."

Als sich der Spitzel entfernt hatte, blickte Jenny beide Wachsoldaten nacheinander an und meinte kläglich: „Ich habe nichts verstanden. Wer sind die Agenten von Toms?"

„Eine Agentur von Privatdetektiven", erklärte Kwestin.

„So eine Art Wache, nur dass sie nicht für die Stadt, sondern für private Klienten arbeiten. Sie sind berechtigt, uns nicht über ihre Ermittlungen zu informieren, wenn es keinen entsprechenden Gerichtsbeschluss gibt."

„Es gibt ziemlich viele derartige Detekteien in Eweron", stellte Kuber fest, „aber Toms ist die bekannteste. Ihre Agentur ist höher gelegen als die anderen, sie befindet sich praktisch am Abhang des Vulkans. Verstehst du, Jenny, für uns bedeutet je höher, desto bedeutender und geachteter."

„Genauso ist es", sagte der Präfekt und nickte. „Gerard Toms versteht es, viel Wind um seine angeblich geheime Arbeit zu machen. Alle kennen ihn und gerade an ihn wenden sich die Herren vom Vulkan, wenn sie hier unten etwas ausspionieren wollen. Man kann annehmen, dass ihn auch diesmal einer der Lords beauftragt hat. Ich möchte hoffen, dass es der ist, den wir brauchen. Ich glaube nicht an ein zufälliges Zusammentreffen."

„Wir können uns Toms nicht nähern", erinnerte der Sergeant.

Jenny sagte kein Wort und wandte den Kopf nur, wenn die Gesprächspartner Bemerkungen austauschten. Alles, was hier vor sich ging, war für sie rätselhaft, wie ein Märchen. Ein schreckliches Märchen, wenn man bedachte, aus welchem Grunde sie hier saß und all das hörte.

***

„Also was nun?", fragte der Präfekt, stützte sich mit den Händen am Tisch ab und erhob sich schwerfällig. „Mit dem Medaillon, das der arme Burmal versetzte, hat es unbedingt etwas zu tun. Es wäre gut, jemanden ins Leihhaus zu schicken, den die Leute von Toms nicht kennen. Aber so einen gerissenen Kerl habe ich nicht, der alte Bork ist der beste, über den die Präfektur verfügt."

„Vielleicht könnte man jemanden aus den östlichen Präfekturen anfordern?", schlug der Sergeant vor, „oder aus der Stadt-Reserve?"

„Nein", sagte Kwestin und griff nach seinem Stock.

„Toms Agenten kennen die auch. Wir veranlassen ihren Arbeitgeber nur, auf der Hut zu sein. Aber was nützt Träumen? Wenn der Gegenstand aus dem Leihhaus verschwindet, werden die Gnome Beschwerde einreichen, eine offizielle Untersuchung wird stattfinden, dann stoße ich auf Toms."

„Wie wird der Gegenstand verschwinden?"

Jenny schauderte. Dieses Medaillon war das einzige Andenken, was ihr von ihrer Familie geblieben war.

„Warum?"

„Die Dienste von Toms sind teuer", antwortete Kwestin. „Wenn der Silberstern für den Mörder so interessant ist, dass er zu solchen Ausgaben bereit war, dann kann man alles Mögliche erwarten."

„Dann löse ich ihn aus", erklärte Jenny. „Ich habe ein Recht dazu. Der Redakteur des ‚Scharfäugigen Herolds' hat das Geld zurückgegeben, ich habe Münzen!"

„Ich kann ein derartiges Risiko nicht eingehen", seufzte der Präfekt.

„Du existierst nicht, vergiss das nicht. Niemand hat auf dem Platz der tausend Pfähle überlebt."

„Richtig", stimmte Kuber dem Vorgesetzten zu.

„Wenn der Mörder von dir erfährt, dann bist du in größter Gefahr."

„Und um es mal zu sagen, es ist überhaupt nicht zu verstehen, wie du es geschafft hast, den Überfall eines Gebieters des Feuers zu überleben", fuhr der Präfekt fort.

„Für dich wird es schwer sein, das zu hören, aber ich werde es trotzdem sagen. Gestern habe ich alles untersucht, was man aus der Brandstätte geholt hat. Es gab keinen Gegenstand, der nicht verkohlt war, keinen einzigen Körper, den man identifizieren konnte. Es waren elf völlig unkenntliche Tote. Das Einzige, was festzustellen war, war, dass zwei Körper weiblich sind."

„Sejscha und Anna", flüsterte Jenny.

„Aber warum elf? Sejscha, Anna, Papa und zwei Brüder ..."

„Der Gebieter des Feuers hat seine Banditen verbrannt. Offenbar ist er sehr wütend gewesen. Stell dir vor, was er mit dir macht, wenn er erfährt, dass du noch lebst. Nein, der Silberstern bleibt im Leihhaus und deine Existenz muss ein Geheimnis sein."

„Sechs seiner Leute", rechnete Donald Kuber aus, bevor er fortfuhr: „Mit einem Schlage tötete er sechs Menschen, die ihm ergeben gewesen sind, die auf sein Geheiß ein derartiges Verbrechen begangen haben!"

Und plötzlich erinnerte sich Jenny. Das turbulente Ende des gestrigen Tages hatte das Wichtigste aus ihrem Gedächtnis gelöscht. Sie sah unentschlossen von Kuber zu ihrem vermeintlichen Onkel und suchte quälend nach passenden Worten.

„Nicht sechs. Sondern sieben!", brachte sie schließlich aufgeregt hervor.

„Sieben Banditen! Sieben!"

Die Wachsoldaten blickten Jenny verblüfft an.

„Einer ist noch am Leben", erklärte sie, als sie sich wieder gesammelt hatte.

„Nicht nur ich, noch jemand anderer ist unversehrt geblieben. Gestern habe ich im Tempel Gedenkkerzen angezündet, aber eine Kerze ist von selbst erloschen. Jemand ist noch ..."

„Und nur deshalb, weil eine Kerze von fünf nicht gebrannt hat, denkst du ...", begann Kwestin.

Er sprach langsam, um Jenny nicht aus der Fassung zu bringen, die froh strahlte, als sie die Neuigkeit endlich mitteilen konnte. Der Präfekt war sichtlich skeptisch, doch Donald schlug sich vor die Stirn, als er schlussfolgerte: „So muss es sein! Genau so, Herr Präfekt. Gestern erwähnte mir Jenny, dass während des Kampfes jemand mit einem Sack über dem Kopf von Leuten in Schwarz vom Wagen fortgeschleift worden ist."

„Hat sie das gesagt? Ja?" Eduard Kwestin riss die Augen auf. Er spürte ein Gefühl von Erleichterung, weil er sehr gut wusste, was die Hoffnung für Jenny bedeutete. Jemand aus der Familie lebte, dachte er. Der Präfekt hoffte schon seit langem nicht mehr auf so ein Glück für sich selbst.

„Siehe da! Diese jungen Leute. Schau nur, Jenny! Gerade deshalb hatte ich dich angewiesen, die ganze Geschichte sofort zu erzählen, als wir nach Hause gefahren sind. Donald, mein Junge, merk dir diese Geschichte! Siehst du jetzt, wie wichtig das erste Verhör nach einem Verbrechen ist?"

Auf den Wangen des Sergeanten erschienen sympathische rote Flecken. Er blickte sich nach Jenny um und bemerkte großmütig: „Aber ich selbst konnte mich doch auch nicht daran erinnern. Nur durch das Gespräch über die Gedenkkerze kam ich darauf." „Und dank der ersten Befragung. Jenny, das wäre ... ja, wenn wir Recht hätten, dann wäre es ein Wunder!" Kwestin strahlte. Und Jenny war ihm unendlich dankbar für sein Mitgefühl. Abgesehen von seiner Anteilnahme strahle er auch ein klein wenig Stolz über seinen Einfall aus, das Opfer zu befragen und so auf eine heiße Spur zu gelangen. Plötzlich spürte Jenny, dass sie schon während des Unglücks geglaubt hatte, dass es außer ihr noch jemandem aus der Familie gelungen war, die feurige Nacht zu überleben. Dass sie den Worten des ehrwürdigen Vaters Ingwar nicht allzu sehr geglaubt hatte. Auch gegenüber dem, was er über die erloschene Kerze gesagt hatte. Doch sie hatte den Mann mit dem Sack über dem Kopf vergessen ... wer ist es gewesen? Doch ihr Gedächtnis schwieg.

***

Doch wie, um die sich gerade etwas verbesserte Stimmung Jennys absichtlich zu verderben, wurde sie in die Zellen der Häftlinge geführt, um mit dem Dieb aus dem ‚Glück' zu sprechen. Wie üblich waren die Arrestanten im Keller untergebracht. Die Räumlichkeit erwies sich als halbdunkler Flur, in dem ein riesiger Wachmann patrouillierte. Er schwenkte einen mächtigen Knüppel und sein umfangreicher Bauch schaukelte im Rhythmus der Schritte. In dieser gleichmäßigen Bewegung lag etwas Bedrohliches, sogar Furchteinflößendes. Auf beiden Seiten des Flurs befanden sich Gitter, hinter denen man Strohbündel sehen konnte. Im Keller war es still und die Schritte des Dicken hallten in dumpfem Echo wider.

„Guten Morgen, Merwin", begrüßte der Präfekt den Gefängniswärter.

„Wo hast du den Häftling?"

„Bei euch dort oben ist es Morgen, bei uns dagegen immer dunkel", antwortete der Wärter des Kerkers und lachte dröhnend. Die Zellen schienen leer zu sein und Jenny starrte vergeblich ins Halbdunkel.
„Wir haben sie freigelassen", sagte der Gefängniswärter und breitete die Arme aus.
„Sergeant Kuber hat sie höchstpersönlich herausgeführt. Nur einer ist noch da und der ist ganz klein. Man kann sagen, ein Nichts. Ha-ha-ha!"
Für einen derartig düsteren Dienst braucht man hier wohl einen Scherzbold, dachte Jenny. Er ergießt sich in Witzen! Doch Jennys Begleiter wunderten sich nicht, sie kannten den Wärter seit langem. Der Präfekt ignorierte Merwins Humor und nickte: „Dann zeig ihn. Wo ist er?"
Der Dicke führte sie den Flur entlang und machte vor einer Zelle Halt. Er klopfte mit dem Knüppel gegen das Gitter und befahl: „He, du da! Komm ans Licht! Zeig dich dem Herrn Präfekten!"
Ketten klirrten und aus dem Strohhaufen erhob sich ein dünnes Etwas, in dem Jenny nur mit Mühe ihren Bekannten identifizierte. Der Beutelschneider sah noch viel schlimmer aus als im Wirtshaus ‚Glück'. Seine Kleider hingen in Fetzen an ihm hinab und auf seinem schmalen Gesicht zeigten sich neben krankhafter Blässe schon grüne Blutergüsse. Die verletzte Lippe war geschwollen und die dünnen, schmutzigen Hände hingen, durch dicke Ketten beschwert, kraftlos zu beiden Seiten.

Jenny überkam Mitleid. Einen Täter zu stellen, der unter deinen Augen einen Diebstahl begeht, das war eine Sache. Aber dieses jämmerliche, unglückliche Männchen zu sehen, das war etwas ganz anderes.
„Warum ist er denn in Ketten gelegt worden?", flüsterte sie Kwestin ins Ohr.
„Er ist so ... so erbarmenswert."
„Er ist deinetwegen hier", antwortete der Präfekt genauso leise, „und bei uns werden verhaftete Straftäter üblicherweise in Ketten gehalten."

Dann wandte er sich an den Häftling und sagte mit lauter Stimme: „Vorname?"

„Jack", antwortete der Taschendieb bereitwillig.

„Familienname?"

„Jack! Euer Gnaden, glauben Sie mir, das ist auch mein Familienname! Jack Jack, immer zu Ihren Diensten. Ich bitte Sie, haben Sie Mitleid. Man hat mich verprügelt, fast zu Tode getrampelt, dann noch in Ketten gelegt, wie einen Verbrecher."

„Wie einen Verbrecher, der eine Geldbörse gestohlen hat", erinnerte ihn Sergeant Kuber streng.

„Verleumdung", widersprach Jack Jack mit dem gleichen Eifer wie zuvor, „man hat mir die Geldbörse zugesteckt und den Schuldigen freigelassen. Und sehen Sie, auch dem Fräulein tue ich leid. Ich kann es ihr doch an den Augen ablesen, dass ich ihr leid tue. Das ist nicht verwunderlich, wenn man einen ehrlichen Menschen tyrannisiert!"

„Hör auf, wir haben Zeugen!"

Der Präfekt hob die Hand und unterbrach den Schwätzer: „Sag mir lieber, woher du kommst! Mir scheint, als hätte ich dich noch nie gesehen."

„Kennt Euer Gnaden denn wirklich alle ehrlichen Bürger unseres berühmten Eweron?", wunderte sich der Gefangene heuchlerisch.

„Und nur den armen, von allen beleidigten Jack geruhten Sie zu vergessen?"

Der dicke Merwin schlug mit dem Knüppel gegen das Gitter und der Arrestant klirrte mit den Ketten und wich in die Dunkelheit zurück.

„Benimm dich nicht flegelhaft, gegenüber dem Herrn Präfekten", sagte der Gefängniswärter streng.

„Antworte kurz und klar."

„Du bist nicht aus meiner Präfektur", fügte Kwestin hinzu.

„Meine Leute kenne ich ziemlich gut. Darum frage ich. Also, woher kommst du?"

„Von jener Seite", antwortete der Dieb.

„Ich habe nichts zu verbergen, ich bin ein ehrlicher Mensch. Wenn Sie einen Zeugen haben, werde ich meine Schuld bekennen und um Nachsicht bitten. Ich wohne am Hafen, in der Ankerstraße."

„Und was wolltest du westlich des Vulkans anstellen?", fragte der Präfekt.

Jenny hatte verstanden, was Jacks Worte bedeuteten. Der Taschendieb wohnte auf der anderen Seite des Berges.

„Ich bin gekommen, um ein bestimmtes Bier zu trinken", antwortete der Arrestant schon etwas weniger selbstsicher.

„Und da habe ich mich hier umgesehen, ob es etwas in dieser Art gibt. Na ja, ich konnte nicht widerstehen."

„Hat man dich aus der Bande gejagt?"

Der Präfekt konnte sich ein Lächeln nicht verkneifen.

„Los, erzähl mal. Ich weiß schon, was denen passiert, die deswegen hierherkommen. Wenn du nicht meinen Leuten in die Hände gefallen wärst, sondern einem hiesigen Dieb, dann hättest du jetzt kaum eine Möglichkeit zu sprechen. Bis zum Ufer ist es weit. Deswegen werden diejenigen, die auf fremdem Territorium arbeiten, nicht im Meer, sondern in Mist ertränkt."

„Was soll ich machen, mein Herr?", fragte Jack seufzend.

„Wohin man auch geht, es ist überall schlecht."

„Man hat dich also verjagt. Warum wohl? Und aus welcher Bande?"

„Bod Kambala, haben Euer Gnaden von ihm gehört?"

Kwestin nickte.

„Er hat eine Warze auf der Nase und erträgt es nicht, wenn jemand das anspricht. Er hat sogar gedroht, jeden zu erschlagen, der das tut. Und ich habe ein zu lockeres Mundwerk."

„Das merkt man", stellte Kwestin fest.

„Du hast also über die Warze geredet und deshalb wurdest du weggejagt?"

„Ich habe ...", begann der Missetäter und gab wieder einen tiefen Seufzer von sich, „zwanzig Mal davon gesprochen. Oder dreißig Mal. Könnte auch vierzig Mal gewesen sein. Aber wahrscheinlich weniger als fünfzig Mal. Ich sage nämlich immer die Wahrheit, weil ich einen offenen, ehrlichen Charakter habe. Und eine Warze auf der Nase, das ist eine Wahrheit, die immer zu sehen ist. Darüber zu schweigen wäre geradezu eine Sünde."

Jenny überlegte. Bei näherer Betrachtung erschien ihr Jack Jack nicht mehr wie ein Feind. Er war ebenso allein wie sie selbst. Ihr hatte das Leben eine neue Chance gegeben, indem es sie mit Kwestin und Morko zusammengeführt hatte, deren Schicksal ihrem eigenen ähnelte. Kann es sein, dass man diesem armen Menschlein eine Chance geben muss, dachte sie. Allein schon für die Gerechtigkeit. Dann wurden ihre Überlegungen durch das Trampeln beschlagener Stiefel auf der Treppe gestört. Ein Wachsoldat stieg in den Keller herab.

„Herr Kwestin!", rief er bereits, bevor er bei den Zellen angelangt war.

„Sind Sie hier, Herr Präfekt? Sie müssen hochkommen! Bei uns ist ein Besucher, für Euer Gnaden."

Kwestin eilte zum Ausgang und verließ Jack Jack, obwohl das Gespräch noch nicht beendet war. Wenn man ihn rief, konnte das kein gewöhnlicher Besucher sein. Jenny eilte hinter ihrem neuen Onkel her. Dabei drehte sie sich einige Male nach dem Gefangenen um. Der klammerte sich mit seinen schmutzigen Fingern an die Gitterstäbe und sah ihr traurig nach. Ihm war nicht bewusst, dass sie an seiner Verhaftung schuld war. Während sie über sein wenig beneidenswertes Schicksal nachdachte, verpasste sie den Beginn des Gesprächs zwischen Kwestin und dem Boten. Als sie begriff, dass der Präfekt sehr besorgt war, hörte sie genauer hin.

„Genau, sie selbst! In eigener Person", erklärte der Wachsoldat atemlos.

„Lady Ursula!"

„Jenny, es wäre besser, du kommst dieser Dame nicht unter die Augen", wandte sich der Präfekt seiner vermeintlichen Nichte zu.

„Weißt du was, lass uns gehen! Sergeant, ab nach oben! Stelle einen zuverlässigen Wachmann auf und sieh zu, dass am Eingang kein gelangweilt aussehender Typ herumlungert. Ich bin gleich da."
Er fasste Jenny unter den Arm und zog sie über die Treppe nach oben. Neben dem Abstieg zu den Gefängniszellen gab es noch einen Weg. Der Präfekt drängte das Mädchen dorthin und befahl: „Steig hinunter! Da unten ist unser Archiv und dort hält sich nur unser Aufseher auf, ein überaus anständiger junger Mann. Setz dich zu ihm, während ich eine Erklärung dafür suche, warum uns eine derartige Ehre zuteilwurde, die Chef-Lady des Geheimdienstes der Gebieter des Feuers zu empfangen. Lass dich oben nicht sehen, es sei denn, ich komme selbst oder schicke jemanden zu dir!"

Der Präfekt verschwand so schnell, dass Jenny nur vermuten konnte, wie sehr der unerwartete Besuch ihn aufregte. Was konnte sie tun? Sie seufzte, zuckte mit den Schultern und begab sich ins Archiv. Die Räumlichkeiten unter der Präfektur sahen noch sehr viel älter aus, als das Gebäude. Auf der Treppe war es dunkel, sodass man langsam und vorsichtig hinabsteigen musste. Die Stufen wurden immer abschüssiger und glitschiger. Als Orientierung diente das längliche Rechteck des Eingangs, das von innen spärlich beleuchtet war. Am Eingang des Archivs angelangt, sah sich Jenny vorsichtig um. Das alte Kellergewölbe war mit Regalen vollgestellt. Auf ihnen standen Reihen von Büchern. Verstaubte Stapel alter Dokumente türmten sich. Im Übrigen gab es nichts Interessantes zu sehen. Jenny hatte ziemlich viel gelesen. Papa Burmal hatte in seinem Wagen Bücher mitgeschleppt, woher er sie auch bekommen konnte. Er hatte immer behauptet, der Mensch wäre das, was er gelesen habe. Deswegen war er auch stolz auf seine einfachen Theaterstücke gewesen. Er hatte mit dem Gedanken gespielt, sie einmal in schöner Form herauszugeben. Aber eine solche Menge beschriebenen Papiers hatte Jenny ihr Lebtag lang nicht gesehen.

Von irgendwoher aus der Tiefe des Raumes flackerte Licht. Jenny wanderte zwischen den Stellagen und zwischen aufgehäuften Schriften umher, die nach längst vergessenen Zeiten rochen. Wie in einer Zauberhöhle, dachte Jenny. Dann machte sie die Lichtquelle aus. Eine Lampe, die auf dem Tisch des Archivaufsehers brannte. Ein junger Mann, der sich als schwammiger, rundgesichtiger Tollpatsch entpuppte. Er sah gutmütig, sogar allzu harmlos für einen Angestellten der Präfektur aus und las in einem dicken Buch. Dabei war er so ins Lesen vertieft, dass er das Erscheinen des Mädchens nicht bemerkte. Im Keller herrschte absolute Stille. Doch Jenny ging vorsichtig, sodass sie weniger Lärm machte als der dicke junge Mann beim Umblättern der Seiten.

Da konnte Jenny natürlich nicht an sich halten! Sie zog das Messer aus ihrem Gürtel, das Morko ihr geschenkt hatte, und entblößte die matt glänzende Klinge. Im Halbdunkel sah die Waffe schaurig aus. Jenny schlich zum Tisch und sprang hinter den Regalen hervor, richtete das Messer auf den verblüfften Aufseher und zischte mit der schrecklichsten Stimme, zu der sie fähig war: „Keine Bewegung! Das ist ein Raubüberfall!"

Der junge Mann klatschte albern in seine pummeligen Hände, lehnte sich im Stuhl zurück, wie um sich weiter vom Messer zu entfernen und starrte Jenny mit weit aufgerissenen Augen an. Voll zufrieden mit der erzielten Wirkung, klappte diese das Messer zusammen, kehrte an ihren vorherigen Platz zurück und näherte sich dem Tisch langsam, um den empfindsamen Archivaufseher nicht zu erschrecken.

Sie sah in das aufgeschlagene Buch: „Was liest du?"

Der Aufseher machte nur seinen Mund auf und wieder zu, nicht in der Lage, ein Wort herauszubringen. Schließlich kam er zu sich: „Wer bist du? Was machst du hier?"

„Eigentlich habe ich zuerst gefragt. Es ist unhöflich, sich um eine Antwort zu drücken. Ich bin eine liebe Verwandte des Herrn Präfekten und heiße Jennifer, Jenny. Jetzt ist Lady Ursula mit ihren Banditen in das Gebäude eingebrochen. Sie macht sich auf die Suche nach dem schmackhaftesten Wachsoldaten, um ihn zu töten, zu braten und zu verspeisen. Oder zuerst braten und dann alles andere? Ich weiß es nicht mehr. Das sind solche Kleinigkeiten aus der Sicht des großen und unvergleichlichen Chogort."

„Warum hast du ein Messer?", stammelte der Aufseher, der langsam zu sich kam.

„Ich sage es doch, um dich vor Lady Ursula zu beschützen. Was den Raub angeht, so war das ein Scherz. Du hast hier mit so einer gelangweilten Miene gesessen, dass man einfach etwas Lustiges anstellen musste. Du bist doch ein Angestellter der Wache und musst immer auf etwas Unerwartetes vorbereitet sein."

„Ein blöder Scherz!"

Der Dicke besann sich und wurde rot. Er schämte sich.

„Natürlich war das blöd." Jenny wollte nicht streiten.

„Für meinen Onkel hätte ich mir etwas Kluges ausgedacht, für dich eben das. Wie die Zielscheibe, so auch die Pfeile, musst du wissen. Und nun, was liest du?"

„Ein Fachbuch für Kriminalistik. Und das mit Lady Ursula, das war auch ein Scherz?"

„Nein, sie ist wirklich hier. Der Onkel hat mir befohlen, mich am sichersten Ort zu verstecken, den sie bestimmt nicht aufsuchen wird. Daraus kann man schließen, dass sie nicht gerne liest, deshalb hat der Onkel das Archiv gewählt. Im Übrigen wirst du mich noch einige Zeit ertragen müssen. Das ärgert dich doch nicht, oder?"

Der Aufseher schnaufte und meinte dann: „Das ärgert mich natürlich nicht. Ich heiße Remi und bin hier auch dank eines Verwandten. Mein Onkel Merwin ist Gefängniswärter und hat mir die Stelle als Archivaufseher besorgt."

Jenny erinnerte sich an den dicken Gefängnisaufseher.

„So liegt es bei euch in der Familie im Keller seinen Dienst zu versehen?"

Sie beschloss im selben Moment, sich nicht weiter über familiäre Ähnlichkeiten auszulassen.

„Die Keller hat hiermit nichts zu tun. Ich habe die Absicht, die Universität zu besuchen", erklärte Remi, „und Jura zu studieren. Deshalb bringt es mir etwas, im Sommer auf der Wache zu arbeiten und den Rechtsschutz in der Praxis zu studieren. Aber woher hast du das Koboldmesser?"

„Im Kampf gewonnen", sagte sie schlagfertig.

„Hm, aber du hast sofort erkannt, dass es von einem Kobold ist", fügte Jenny dann hinzu.

„Ich habe sorgfältig ein Waffen-Fachbuch studiert", meinte Remi trocken.

„Aber warum schleppst du diese Waffe mit dir herum?", fragte er weiter.

„Du musst wissen, das ist ein alter Brauch bei den Kobolden. Wenn du dem König der Kobolde, der allein gegen tausend andere kämpft, zur Hilfe kommst, dann schenkt er dir ein Schwert. Wenn aber der Kobold kein König und das kein Kampf, sondern eine Straßenschlacht ist, dann bekommst du ein Messer. Hör mal, Remi, es sieht so aus, als ob wir hier noch lange sitzen müssen. Hast du ein Buch mit Abbildungen, damit es für mich nicht so langweilig ist?"

Der zukünftige Rechtsgelehrte erhob sich, kratzte sich am Hinterkopf und ging langsam durch die Stellagen. Vor einer von ihnen blieb er stehen und kletterte ins Regal. Eine Staubwolke flog auf und Remi nieste. Dann stampfte er zurück und trug sorgfältig mit ausgestreckten Armen einen dicken Band vor sich.

„Was ist das?", wunderte sich Jenny.

„Die große Geschichte der Stadt Eweron. Du hast doch nach Bildern gefragt?"

„Eigentlich kenne ich die Geschichte", meine Jenny zögerlich. Das ist so ein langweiliger Schinken, dachte sie. Das hat mir Remi aus Rache untergeschoben. Damit er sich schadenfroh daran weiden kann, wie ich gähnend staubige Blätter umschlage.

Doch als sie das Buch aufmachte, stellte sich heraus, dass die Bilder wunderbar waren. Den Vulkan konnte man sehr gut erkennen und als Jenny zu lesen anfing, vertiefte sie sich in das Buch.

„Es ist ja gar nicht langweilig, es ist aufschlussreich", brummte sie beim Betrachten der Abbildungen. Remi freute sich. Es gelang ihm selten, Eindruck auf Mädchen zu machen. Um seinen Erfolg zu festigen, erklärte er feierlich: „Bedenke, vor dir liegt ein verbotenes Buch! Deshalb befindet es sich auch im Archiv der Wache, damit es nicht gelesen wird. Es wurde in Morwen gedruckt."
Morwen lag hoch im Norden und die meisten Bewohner von Eweron hielten es für die Hauptstadt des Reichs des Bösen. Dort regierten die Herren des Eises, mit denen die Gebieter des Feuers in alten Zeiten lange und erbittert auf dem Kriegsfuß gestanden hatten. Offiziell hieß es, dass die Lords des Vulkans die Bewohner des Nordens besiegt hätten, doch Morwen stand noch immer dort, unzerstörbar. Jenny vermutete, dass die offizielle Propaganda die Erfolge der Gebieter des Feuers übertrieb. Wie es auch war, die in Morwen geschriebene Geschichte Ewerons musste tatsächlich eine unheimliche Seltenheit sein.

***

Die Vorfahren der Lords des Vulkans waren ein schwaches Geschlecht, sie zeichneten sich weder durch Mut noch durch Stärke aus. Sie wurden oft Opfer von Überfällen durch Kobolde oder andere Menschenstämme. Durch andauernde Niederlagen flohen sie zum Fuße des Berges, der stets Rauch ausspie. Ganz unten in einer tiefen Höhle schlief ein Feuersalamander, dessen Atemstöße als schwarze Schwaden durch Spalten im Gestein nach außen drangen.
Hier fanden die Flüchtlinge Ruhe. Die Nähe des Vulkans beunruhigte niemanden von ihnen. Alle, sogar die Gnome, vermieden es, sich dem Koloss zu nähern, aus dem sich endloser Rauch ergoss. Doch die Vorfahren der Gebieter des Feuers waren so verzweifelt, dass sie beschlossen, sich dort in Sicherheit zu bringen.
Die Abhänge des Vulkans waren unfruchtbares Land und die Nahrung reichte nie aus. So begannen die dünnen, schwarzhaarigen und

ewig hungrigen Menschen die Höhlen auf der Suche nach etwas Essbarem zu durchstreifen. Sie waren nicht wählerisch, bereit, alles zu fressen, auf das sie in den Spalten und Löchern trafen. Nach und nach drangen sie tiefer in die Höhlen ein. Solange, bis sie auf den Lagerplatz des Feuersalamanders stießen. Und durch unbezähmbaren Hunger gequält, fraßen sie ihn.

Der Feuersalamander jedoch war der Gott des Berges gewesen und sseine Kraft ging auf die über, die sein Fleisch aßen. Nun erstarkte das Geschlecht der Schwarzhaarigen. Sie errichteten Befestigungen an den Hängen des Vulkans, der nicht mehr rauchte. Und sie begannen, die früheren Feinde zu überfallen. Alle zitterten vor ihnen und die schwachen Völker strömten hinab zum Fuß des Berges, um die neuen Lords um Schonung zu bitten.

Dann kamen die Rattler. Ein jämmerliches Völkchen. Doch gerade sie müssen als Gründer der Stadt im Schatten des Vulkans angesehen werden. Die Gebieter des Feuers erklärten das Land am Fuße des steinernen Kolosses zu ihrem Eigentum und diejenigen, die auf ihren Territorien siedelten, verpflichteten sie, ihnen zu dienen. So entstand die Stadt Eweron. In der Folgezeit versammelten sich immer mehr Schwache und Verfolgte unter der Herrschaft der Gebieter des Feuers. Ihr Staat wurde immer stärker und mit der Zeit fanden sie Gefallen daran, sich für gnädige und gute Herrscher zu halten. Sie verliehen ihren Untertanen verschiedenste Rechte. Zum Oberhaus fügten sie eine Kammer hinzu, die aus Vertretern der Völker bestand, deren Vorfahren nicht vom Fleisch des Salamanders gegessen hatten.

All das erzählte der Morwener Historiker. Jenny war beeindruckt von den Bildern. Zuerst waren sie jämmerliche Wilde gewesen, die vor den kämpferischen Kobolden flohen, dachte sie. Dann ewig hungrige, zerlumpte Menschen, die alles aßen, was sie fanden. Jenny sah ihn vor ihrem inneren Auge, den Feuersalamander, der im Berg schlief. Den feierlichen Augenblick des Essens. In ihrem Kopf spielte eine endlose Bilderfolge ab, die zeigte, wie sich schwarzhaarigen Flüchtlinge veränderten, wie sie die ersten Schlösser an den Hängen des Vulkans errichteten. Wie sie sich in Ritterrüstungen gekleidet und die Kobolde mit Feuerschlägen verjagt hatten. Sie sah, wie die ersten Straßen in Eweron angelegt worden waren und auch die Rattler, die unter der Stadt unterirdische Gänge gruben.

Jenny war noch nicht bis zu dem Kapitel gekommen, in dem die ersten Eisschiffe an den Küsten von Eweron erschienen, als sie hörte, dass jemand ins Archiv kam. Eilig nahm Remi Jenny das Buch aus den Händen und stellte es an seinen Platz. Als ein Wachsoldat hinter den Stellagen hervortrat, saß sie schicklich neben Remi und blätterte mit vorgetäuschtem Interesse in einem Fachbuch für Kriminalistik. In diesem Büchlein gab es überhaupt keine Bilder.

„Fräulein Jennifer, Ihr Onkel ruft Sie!", verkündete der Bote. „Kommen Sie bitte in sein Arbeitszimmer."

Jenny erhob sich, zupfte ihren ungewohnt weiten Rock zurecht und meinte an Remi gewendet: „Stell dieses Fachbuch nicht weit weg. Ich möchte es danach zu Ende lesen. Man muss sich Aufschluss darüber verschaffen, wie in Eweron Straftaten verübt werden. Vielleicht muss man selbst mal etwas mitgehen lassen oder jemanden abzocken und ich kenne mich überhaupt nicht mit Verbrechen aus. Und schon ist der Ärger da."

***

Als Jenny das Arbeitszimmer des Präfekten betrat, stand dieser am Fenster und beobachtete hinter dem Fenstervorhang versteckt, was am Eingang passierte. Jenny stellte sich auf die Zehenspitzen und blickte ihm über die Schulter. Eine schwarzgekleidete Dame, zweifellos Lady Ursula selbst, stand am Wagen. Vor ihr hatte sich Sergeant Kuber in gerader Haltung aufgebaut. Die Frau redete, der Wachsoldat nickte. Der Geheimdienst der Gebieterin des Feuers, einige Soldaten in schwarzen Uniformen und Rüstungen aus matt brüniertem Stahl, hielt sich abseits. Die

Soldaten starrten angestrengt zur Seite. Wahrscheinlich durften sie nicht wissen, worüber die Dame sprach, dachte Jenny. Die berühmte Chefin der Geheimwache des Vulkans gefiel ihr ganz und gar nicht. Die dünne, knochige Dame war eine typische Vertreterin ihres Volkes. Eine schwarzhaarige Nachfahrin der ewig hungrigen Wilden. Auffallend war ihre krankhafte Blässe. Ihr Gesicht sah aus, als wäre es aus einem dunkel und hart gewordenen Stück Holz geschnitzt worden. Der Sergeant wagte es nicht, den Blick von seiner Gesprächspartnerin abzuwenden. Er sah ihr jedoch nicht in die Augen, sondern starrte über ihre Schulter hinweg. Seine Lippen bewegten sich nur minimal, wenn er kurz angebunden antwortete.

Schließlich was das Gespräch beendet. Kuber schlug die Hacken zusammen und Lady Ursula raffte ihre Rockschöße und stieg in den Wagen.
„Sie ist weg", murmelte der Präfekt.
„Endlich kann man wieder an die Arbeit gehen."
„Und was wollte sie?"
„Das hat sie nicht gesagt. Sie ging umher und hielt nach etwas Ausschau, wonach ist unklar. Sie sagte, man müsse wachsam sein, in der Stadt könnten Spione der Antreiber des Windes erscheinen. Dann befahl sie Kuber, sie zu begleiten und entfernte sich."
„Sie lieben die Geheimwache nicht?", schlussfolgerte Jenny.
„Niemand liebt sie. Ja, und warum auch?", antwortete Kwestin.
„Mich stören sie bei der Arbeit. Wie du weißt, hoffe ich den Gebieter des Feuers zu finden, der schuldig am Tod meiner Frau ist. Aber alle Verbrechen der Lords sind in der Zuständigkeit der Geheimwache. Es ist mir verboten, meine Nase in ihre Angelegenheiten zu stecken. Aber sie sind nur dem Namen nach geheim. In Wirklichkeit mischen sie sich ganz offen in alle bedeutenden Angelegenheiten ein!"
Seine Ausführungen wurden durch ein Klopfen an der Tür unterbrochen. Kuber erschien im Türrahmen.
„Was wollte sie von dir, Sergeant?", wandte sich Kwestin an ihn.

Donald wurde rot.

Es sieht sehr süß aus, wenn er errötet, dachte Jenny.

„Ich bin mir nicht sicher, ob ich Lady Ursula richtig verstanden habe, Herr Präfekt", stammelte Kuber.

„Sie sagte etwas von Wachsamkeit."

Kwestin schien einen Moment zu überlegen, schüttelte dann den Kopf und sagte unwirsch: „Gut, machen wir uns wieder an unsere Arbeit."

Alle drei setzten sich an den Tisch und der Präfekt zog Bilanz: „Also, nun der Reihe nach. Der Aufseher des Platzes tausend Pfähle ist nicht verdächtig. Der kleine Dieb namens Jack Jack ebenso wenig. Natürlich wende ich mich noch an die Präfektur seines Heimatortes, zur Bestätigung. Aber selbst, wenn er gelogen hat, glaube ich nicht, dass das von Bedeutung ist. Kann sein, dass er etwas hinzugedichtet hat, aber im Ganzen genommen wurde er wahrscheinlich aus seiner Bande ausgeschlossen. Daraus ergibt sich, dass sich niemand an ihm rächen wird. Das Interessanteste bleibt das Medaillon mit dem Stern."

„Ja, dass Toms sich einmischt, ist äußerst verdächtig", stellte der Sergeant fest.

„Aber wir bekommen keinen Zugang zum Leihhaus. Wenn Brem Bork die Bespitzelung nicht übernimmt, dann haben wir keinen passenden Agenten für eine solche Sache."

„Ich könnte jemanden vorschlagen", wagte sich Jenny vor.

Beide Wachsoldaten drehten sich erstaunt zu ihr um.

„Wir haben einen Menschen, den die Mitarbeiter von Toms nicht kennen."

Sie hielt einen Moment den Atem an.

„Ich meine Jack."

„Jack?!", fragten der Präfekt und Donald wie aus einem Munde.

„Jack Jack? Den Verbrecher?"

„Na und? Man hat ihn aus einer Bande gejagt. Er weiß nicht, wohin er gehen soll und er wird damit einverstanden sein, für uns zu arbeiten. Beobachten und etwas bemerken kann er immerhin."

„Es geht nicht um seine Zustimmung", bemerkte Kwestin, „sondern darum, in welchem Maße er uns nützlich sein kann."

„Er ist ein Dieb und wenn die Leute von Toms ihn bemerken, werden sie ihn in keiner Weise mit der Präfektur in Verbindung bringen", erklärte Jenny ihre Idee.

„Wenigstens wird er sie im Auge behalten."

Der Sergeant blinzelte erstaunt, aber der Präfekt hatte schon einen Beschluss gefasst: „Kuber, bring diesen Jammerlappen her!"

Als Jack Jack den Vorschlag des Präfekten hörte, kratzte er sich nachdenklich, wobei er mit den Ketten rasselte. Er war weniger überrascht, als Jenny erwartet hatte. Offenbar war seine Lage tatsächlich ausweglos. Dagegen hatte der Sergeant Bedenken.

„Ich kann nicht glauben, dass wir das im Ernst erwägen", brummte er.

„Jack ist ein Verbrecher, er wurde von der Polizei verhaftet."

„Aber er ist auch ein Opfer, er wurde ebenfalls bestohlen", erinnerte Jenny.

„Ein Diebstahl minus ein Diebstahl, die Bilanz ist Null."

„Trochomor möge dich segnen, gnädiges Fräulein", sagte der Dieb und presste gefühlvoll die Hände auf seine eingefallene Brust.

„Wenn doch alle so dächten."

Kwestin runzelte die Stirn und sagte: „Das Gesetz sieht das etwas anders. Alles hängt davon ab, wie du dich verhältst, Jack. Ich hoffe, du verstehst mich."

„Aber was ist, wenn die einheimischen Kerle mich für diese Sache schnappen?", fragte der Dieb vorsichtig.

„Was hat Euer Gnaden sich bezüglich des Ertränkens im Mist gedacht?"

„Du wirst doch nicht in deinem Spezialgebiet arbeiten", beruhigte ihn der Präfekt.

„Du musst nur sorgfältig beobachten und dir die Dinge merken. Unser Meisterspion wird dir ein paar Feinheiten erklären, weiter wirst du es selbst können. Die Hauptsache ist, dass du im Rahmen des Gesetzes bleibst."

„Das heißt, überhaupt nichts zu tun? Dann bin ich einverstanden!"

„Kuber, führ ihn ab …", sagte der Präfekt und verlor für einen Moment den Faden, bevor er ergänzte: „Ähm, … zum Waschen und Umziehen."

„Vergesst das Wichtigste nicht. Nämlich, ihm die Ketten abzunehmen", erinnerte Jenny, „In Ketten im Leihhaus, das wäre ein Ding!"

KAPITEL 7

Erste Bilanzen

Zu Hause erzählte der Präfekt die Tagesereignisse Morko Gutschich noch einmal. Das Gespräch fand beim Frühstück statt. Dieses Mal saß der Kobold auch am Tisch. Dass Kwestin hauptsächlich über den Besuch von Lady Ursula sprach, bedeutete, dass ihn gerade das am meisten zu beunruhigen schien. Der Butler maß der Besorgnis seines Herrn keine Bedeutung bei, die Gebieterin des Feuers interessierte ihn nicht. Allerdings fragte er ausführlich nach Jack Jack.

„Da war mal ein Mann mit dem Spitznamen Kambala ...", gab er schließlich von sich.

„Ich weiß nichts über ihn. Aber ich kann mich gelegentlich erkundigen."

„Das wäre gut", nickte der Präfekt.

„Dieser Typ ist verdächtig."

„Ich werde mich umhören", versicherte Morko.

„Bei der ersten sich bietenden Gelegenheit."

„Und wann wird diese Gelegenheit sein?", fragte Jenny neugierig.

Sie selbst war gespannt, wozu die Idee, den Dieb zu ihrem Agenten zu machen, führen würde.

„Ich hatte vor, in zwei Tagen noch einmal den Platz der hundert Tempel zu besuchen. Dort werde ich auch mit denen sprechen, die etwas über die Banden in der Hafengegend wissen."

„He! Du hast doch gesagt, dass du dorthin gehen wolltest, um über das Ewige nachzudenken!"

„Das stimmt auch. Alle gehen dorthin, um über das Ewige nachzudenken. An einem heiligen Ort darf man sich nicht prügeln, deshalb werden wichtige Treffen auch gewöhnlich dort angesetzt. In zwei Tagen, Jenny, werden sich dort die verlässlichen Kobolde versammeln und ich werde ihnen Fragen stellen können. Ich hoffe, dass meine Bitte für sie noch immer etwas bedeutet, sodass sie einem alten Freund helfen."

„Mindestens jeder vierte Verbrecher in Eweron ist ein Kobold", erklärte der Präfekt.

„Aber Morko genießt trotzdem Autorität."

„In zwei Tagen und dann müssen wir noch auf eine Antwort warten", sagte Jenny ärgerlich. „Übrigens müssen bei Jack erst einmal die blauen Flecken verschwinden. Und was ist überhaupt mit unserem Medaillon? Was wird damit, wenn man es nicht rechtzeitig auslöst?"

„Es wird zum Verkauf angeboten, wenn die Frist der Verpfändung abgelaufen ist", erklärte Kwestin.

„Ich lasse das natürlich nicht zu. Ich nehme an, dass die Frist selbst unserem geheimen Gegner nicht bekannt ist, deshalb wurde auch Toms eingestellt. Um nicht den Augenblick zu verpassen, wenn man diesen Gegenstand herankommt. Ja und überhaupt, um ärgerliche Zufälle auszuschließen. Du weißt nie, was passieren kann. Besser ist es, den Gegenstand im Auge zu behalten."

Kwestin besprach mit dem Butler noch lange Kleinigkeiten. Jenny hörte schon nicht mehr zu. Sie wollte allein sein, wünschte allen Gute Nacht und zog sich in ihr Zimmer zurück. Schon im Bett, kam ihr ein Gedanke. Sie musste den ehrwürdigen Ingwar besuchen. Er verstand es, so zu sprechen, dass traurige Gedanken von selbst verflogen. Außerdem war sein Gott Kleinigkeiten gegenüber so aufmerksam, dass er in der Tat bei den Ermittlungen helfen konnte.

***

Die nächsten beiden Tage vergingen wie im Flug. Sie waren gefüllt mit nichtigen Dingen und die Zeit verstrich ganz unbemerkt. Natürlich wollte Jenny, dass die Untersuchung schneller vor sich ging, aber der Präfekt erklärte ihr, dass ein echter

Kriminalist sich nicht beeilen solle, sondern bedächtig und methodisch arbeiten würde. Das wäre auch die Garantie für den Erfolg. Und da sie nun einmal warten musste, befasste sich Jenny damit, die Örtlichkeiten kennenzulernen, an die sie ein merkwürdiges Schicksal verschlagen hatte.

Die Präfektur war ein komplizierter und turbulenter Organismus. Jeder der Wachsoldaten hatte seine Aufgaben, die oft sehr verschieden waren. Sie führten Kriminelle vor, trugen ihre Namen in dicke Bücher ein, führten Erfassungen durch. Trupps von Soldaten gingen, um Posten einzunehmen, kehrten zurück, berichteten Neuigkeiten, diskutierten und stritten. Einige Offiziere stellten Nachforschungen an, die ihnen übertragen wurden. All das war für Jenny Neuland und zunächst unverständlich. Sie vertiefte sich gerne in dieses Leben. Die neuen Eindrücke halfen ihr dabei, über ihren Verlust hinwegzukommen. Außerdem wollte sie nützlich sein und steckte ihre Nase gerne in Angelegenheiten der anderen. In der Regel lachte man über ihre Ratschläge, was auch nicht schlecht war. Es ist doch nett, wenn die Leute um einen herum fröhlich sind, dachte sie.

Jack Jack hatte man gewaschen und in den Anzug eines Fremden gesteckt. Im Magazin der Präfektur gab es genügend Kleidung. Zum Teil wurde diese von Kriminellen beschlagnahmt, zum Teil waren es Fundsachen, auf die niemand Anspruch erhob. In dem anständigen Anzug hatte sich der Dieb verändert. Genau wie seine Manieren. Jetzt war Jenny sich nicht mehr sicher, dass sie seinen Beruf so leicht erkennen würde wie damals im Gasthaus ‚Glück'. Es blieb nur noch abzuwarten, bis die blauen Flecken verschwunden waren, um den Neueingestellten in den Kampf zu schicken.

Brem Bork Jack unterrichtete Jack in seiner freien Zeit und weihte ihn in die Finessen der Arbeit eines Spions ein. Jenny beobachtete, dass der alte Brem sorgsam all seine Taschen leerte, bevor sein Schüler zu ihm kam.

„Ich will ihm nicht die kleinste Gelegenheit bieten", antwortete er auf ihre unausgesprochene Frage.
„Ist Jack so ein durchtriebener Gauner?"
„Bis jetzt weiß ich das nicht. Aber er ist ein schlauer Kerl, klaut alles im Handumdrehen und ist so dermaßen frech, dass er es unbedingt versuchen muss. Ich nehme sogar an, dass er meine Taschen schon während des Unterrichts durchsucht hat. Aber die waren leer."
„Da war er wahrscheinlich verärgert", dachte Jenny laut.
„Eher stolz, dass ich ihn so ernst nehme", antwortete der Spitzel, ohne zu lächeln.
„Ich sage dir, seine Unverschämtheit ist so groß wie der Vulkan. Aber dennoch ist er ein fähiger Schüler und schon jetzt in der Lage, nach draußen zu gehen. Zwar bin ich nicht sicher, was seine Zuverlässigkeit betrifft, aber das ist nicht mein Problem."

Zu ihrem großen Bedauern bekam Jenny Sergeanten Kuber kaum zu Gesicht. Er war mit der Beobachtung des Pferdezüchters Tomas Bir beschäftigt, bei dem der Troll Bordojmogorkimbach arbeitete. Bei all dem Treiben fand Jenny Zeit, ins Archiv zu laufen, um den ewig schläfrigen Remi ein bisschen wachzurütteln. Der phlegmatische Jüngling zwinkerte nur mit den Augen, wenn Jenny wie ein Wirbelwind in seinen ruhigen Keller stürmte. Aber anscheinend begann diese Bekanntschaft ihm zu gefallen. Er hatte in seinem Leben nicht ein Hundertstel von dem gesehen, was Jenny zu sehen bekommen hatte. Dafür aber hatte er hundert Mal mehr Bücher gelesen, als Jenny und konnte manchmal etwas Interessantes erzählen.
Kwestin hinderte Jenny nicht, ihre Nase dorthin zu stecken, wohin sie wollte. Wenigstens störte sie ihn nicht, denn der Präfekt hatte viel zu tun. So vergingen zwei weitere Tage. Und die Zeit für den Besuch des Tals der hundert Tempel war gekommen. Morko erklärte sich einverstanden, Jenny wieder mitzunehmen. Entweder fügte er sich dem Unausweichlichen oder aber er glaubte, Jenny sei seiner Gesellschaft würdig. Wer kann sie

schon verstehen, diese Kobolde mit ihren altertümlichen Bräuchen, dachte Jenny. Und ihrer Art, Damen Waffen zu schenken.

***

Der Morgen begann mit der hellen Stimme eines Zeitungsjungen vor dem Fenster, der schrie: „Der Scharfäugige Herold! Kaufen Sie das Extrablatt! Unsere heldenhaften Soldaten gehen an der Küste von Grandelin an Land! Sie schließen sich mit den örtlichen Garnisonen zusammen und dringen in die Tiefe des Festlandes vor! Ein besonderer Korrespondent berichtet! Brandneue Nachrichten aus erster Hand! Der Bericht wurde per Taubenpost zugestellt!"

Es war Sonntag. Kwestins Nachbarn saßen zu Hause, ein Dutzend Zeitungen war schon verkauft worden. Die Leute begannen laut zu lesen, zu schreien und darüber zu streiten, ob Ewerons Armee einen Monat brauchen würde, um mit den dreckigen Barbaren fertigzuwerden, oder ob ein paar Wochen reichen würden. Kwestin ging wie üblich zum Dienst. Sein Wagen musste sich langsam einen Weg durch die Menge bahnen, die ihren Streit wegen des stählernen Gefährts nicht unterbrach. Jenny und Morko machten sich etwas später auf den Weg, als sich das Volk schon zerstreut hatte.

Nach einer Weile hielt der Kobold eine Droschke an. Auf dem Kutschbock saß ein dicker bärtiger Mann, aus dessen Jackentasche ein zusammengefaltetes Exemplar des ‚Scharfäugigen Herolds' hervorblitzte. Der Bärtige schwatzte während des gesamten Weges über den Ausbruch des Krieges. Das ist nicht erstaunlich, dachte Jenny. Worüber sollte man sonst sprechen, wenn nicht über glorreiche Siege? Während der Fahrt durch die Stadt blickte Jenny nach rechts und links, um das turbulente Leben in Eweron zu betrachten. Die Passanten bahnten sich ihren Weg und stießen dabei zusammen, die Rattler wimmelten umher und hier und dort tauchten gelbe Zeitungsblätter auf. Jetzt verstand Jenny, warum Papa Burmal eine Anzeige über ihre Vorstellung in der Zeitung aufgeben hatte wollen. Die Zeitung wurde hier von allen gelesen und es gab kaum ein besseres Mittel, sich in der Stadt bekannt zu machen.

Am Stadtrand waren auch genug Leute. Viele gingen zu den hundert Tempeln. Jenny beobachtete einen ununterbrochenen Strom von Gläubigen. Das war durchaus nicht der menschenleere Weg, auf dem sie mit Morko an einem Wochentag gegangen war. An der Kreuzung mit den Läden machte der Kutscher Halt, weiter mussten die Gläubigen zu Fuß gehen. Was auch verständlich war, denn der Weg führte durch den Sumpf. Auch sie gingen in einer endlosen Reihe. Viele bückten sich im Gehen, um einen Stein für ihren Tempel aufzuheben. Jenny sprang auf den Weg. Morko kam ihr etwas später hinkend hinterher. Während er sich abmühte, beugte sich der bärtige Kutscher zu Jenny und flüsterte leise: „Es ist schade, mein Fräulein, dass du mit dem Grünen gehst. Denke an meine Worte, wir vernichten die Antreiber des Windes, dann machen wir uns an diese Nichtmenschen. Eweron ist eine Stadt der Menschen!"

Jenny schaffte es nicht zu antworten, Morko hatte sie schon erreicht und der Kutscher schüttelte bedeutungsvoll den Kopf und zog die Pferde an. Jenny und der Kobold hoben jeder einen Pflasterstein auf und gingen mit den übrigen Pilgern weiter. Der ehrwürdige Ingwar war nicht auf der Bank vor dem Tempel und an seinem kleinen Heiligtum vorbei gingen in einem endlosen Strom die Verehrer Trochomors zu dem vergoldeten Koloss. Als Jenny schon fast auf gleicher Höhe mit dem Eingang zum Tempel Chogorts war, traten dort zwei Frauen in dunklen Umhängen und Kapuzen heraus. Hinter ihnen erschien Ingwar, er begleitete die Kirchgängerinnen. Als er Jenny bemerkte, winkte er grüßend mit der Hand.

„Wer ist das?", fragte sie und folgte mit dem Blick den fortgehenden Pilgerinnen.

„Meine Weißnäherinnen", lächelte der Geistliche.

„Ewig drangsalieren sie den seligen Chogort mit ihren unter den Tisch gerollten Fingerhüten. Und was hast du auf dem Herzen?"

„Weißt du ...", druckste Jenny herum. Das letzte Mal war ihr Ingwar vertraut und angenehm erschienen und auch jetzt war er ein guter Gesprächspartner, Aber diese Weißnäherinnen gefielen ihr aus irgendeinem Grunde nicht. Sie bekam ein merkwürdiges Gefühl in der Magengegend.

„Ich wollte sagen, dass Chogort anscheinend Recht hatte. Ich beziehe mich auf diese Gedenkkerze. Mir sind Beweise zugekommen, dass der Mensch, den ich für tot hielt, möglicherweise noch lebt. Obwohl die Beweise bisher nicht sehr überzeugend sind."

„Verliere die Hoffnung nicht", sagte Ingwar sehr ernst.

„Die Hoffnung zu verlieren, führt zur Verzweiflung und das ist in Chogorts Augen eine große Sünde."

„Nun, also", meinte Jenny und wusste nicht, wie sie weitersprechen sollte. Ihre wirren Gedanken ließen sich nicht in Worte fassen. Sie warf ihren Stein an die Schwelle des Tempels und blickte den Geistlichen an. Doch sie sah nur die Dunkelheit unter der Kapuze. Ob er ein Albino war? Welche Farbe seine Augen wohl haben, dachte Jenny. Da erspähte sie ein zusammengefaltetes Exemplar des ‚Scharfäugigen Herolds', das er im weiten Ärmel seines Priesterumhangs trug. Ihre Stimmung wurde noch schlechter.

„Du liest Zeitung?", sagte sie und wies mit einem Kopfnicken auf die gelben Blätter.

„Warum auch nicht? Das sind doch solche Kleinigkeiten!" Ingwar lächelte wieder.

„Die Zeitungen lügen immer, aber zwischen den Zeilen kann man viel ergötzlichen Unsinn lesen."

„Was bedeutet das, zwischen den Zeilen lesen?"

„Das, worüber der Reporter schweigt, ist fast stets interessanter als das, was er schreibt. So schaue ich immer, was in dem Artikel nicht steht, um die Wahrheit zu erfahren."

Jenny versuchte, sich das vorzustellen. Etwas zu lesen, was nicht existiert. Natürlich gelang ihr das nicht, sie starrte den Geistlichen an und wartete auf Erklärungen. Der ehrwürdige Ingwar erwies sich als nicht so harmlos, wie sie gedacht hatte. Hinter seiner Sorglosigkeit verbarg sich etwas. Aber was? Das Geheimnis, das den Weißhaarigen umgab, zog Jenny an und machte ihr gleichzeitig Angst.

„Also, schau mal", Ingwar hatte ihre stumme Frage verstanden.

„Der Reporter schreibt, dass er zu den Infanterie-Kolonnen geht, mitten unter die Soldaten, er befragt die Stabsoffiziere. Zu ihm strömen alle Gerüchte. Er erzählt viel darüber, wie hoch der Kampfgeist der Soldaten Ewerons ist, wie siegessicher sie sind. Aber wo wird über den feigen Gegner berichtet, der vor unseren heldenhaften Soldaten flieht? Sie werden nicht erwähnt."

„Na und? Das ist wahrscheinlich nicht so interessant und deshalb schreibt er nichts darüber."

„Das könnte auch sein", sagte er und die Kapuze von Ingwars Umhang bewegte sich.

„Es kann aber auch sein, dass im Stab über den Gegner nichts bekannt ist. Dass man dort die Auskundschaftung vernachlässigt, dass die Antreiber des Windes ihre Kräfte für einen Angriff auf die sorglos marschierende Kolonne sammeln. Zwischen den Zeilen steht geschrieben, dass niemand etwas über den Feind weiß. Oder nicht wissen will!"

Jenny war ein wenig beleidigt.

„Man könnte denken, dass du ein großer Kenner der Strategie bist, ehrwürdiger Ingwar", bemerkte sie.

„Auch das kann sein", wiederholte der Geistliche ebenso sorglos.

„Aber es kann auch ganz umgekehrt sein. Das sind doch solche Kleinigkeiten! Aber lassen wir den Krieg. Und lassen wir die Zeitung, denn die Zeitungen sind ein schmutziges Geschäft. Diejenigen, die Zeitungen lieben, dürfen nicht sehen, wie Neuigkeiten gemacht werden und wie die Zeitung entsteht."

„Und wie entsteht sie?"

Jenny war erstaunt, wie schnell Ingwars Gedanken von einem Thema zum nächsten sprangen. „So gelbes Papier?"

„Es genügt zu sagen, dass das billige gelbe Papier von den Rattlern in ihrer unterirdischen Fabrik hergestellt wird. Kannst du dir vorstellen, woraus?"

„Ach", sagte Jenny. Es schauderte sie, als sie daran dachte, dass die Rattler alles unter die Erde schleiften, was sie nicht fressen konnten.

„Das ist es. Ungefähr ebenso werden die Texte für die Artikel gemacht. Für den auf Chogorts Weg Wandelnden hat das überhaupt keine Bedeutung, für ihn sind das winzige Dinge. Aber wer Zeitungen liebt, der sollte das besser nicht sehen. Und überhaupt, überlassen wir die Zeitungen denen, die nicht an das zwischen den Zeilen Geschriebene denken. So viel ich verstanden habe, hast du den Scharfsinn Chogorts geschätzt, er hat dir letztes Mal einen Hinweis gegeben und du möchtest es noch einmal versuchen? Du hoffst einen neuen Fingerzeig als Antwort auf deine Fragen zu erhalten?"

Jenny nickte erleichtert. Gerade deswegen war sie gekommen. Sie konnte es nur nicht erklären.

Ingwar führte sie in den Tempel und Jenny wunderte sich wieder über die Kälte, die im Inneren herrschte. Sie bahnte sich den Weg durch die Dunkelheit zum Kohlebecken, das vor der Statue des sorglos lächelnden Chogorts Wärme verbreitete.

„Zu deinen Füßen ist eine Bank", sagte ihr der Geistliche.

„Du kannst dich setzen und über das nachdenken, was dich beunruhigt. Kleinigkeiten, Kleinigkeiten, Kleinigkeiten, denke daran."

Jenny ertastete die Bank und setzte sich. Die Kälte kroch in ihre Glieder. Es war genauso kalt wie die Pfütze in jener Nacht. Das Feuer im Kohlebecken, genauso hatte die Glut am vernichteten Planwagen geleuchtet. Ganz langsam vergaß Jenny, wo sie sich befand.

Jenny schreckte auf. Sie wusste nicht, wie viel Zeit verstrichen war. Sie lag wieder in der Pfütze, mitten in der glühenden Asche.

Wie war sie den Flammen entkommen? Woher kam überhaupt das Wasser, denn während der Vorstellung war sie nicht da gewesen. Und war geschehen, bevor Jenny zu sich gekommen war? Vergeblich versuchte sie sich zu erinnern, wie sie in das eisige Wasser geraten war. Doch ein schwarzer Schleier, hinter dem mit helle Blitze zuckten, verhüllte ihr Gedächtnis. Sie versuchte sich zu konzentrieren und gedanklich in der Vergangenheit weiter zurückzugehen. Vor ihren Augen erschien ein Bild. Papa Burmal, der zwischen niedergestreckten Menschen mit verhüllten Gesichtern schreitet, mit seinem Stiefel gegen sie stößt und ... Erik ruft! Jenny fuhr zusammen, als sie in die Wirklichkeit zurückkehrte. Wenn Chogort wirklich nur bisschen Macht hatte, dann hat er ihr nun die Antwort gegeben. Jenny wusste nun, warum sie von unbekannten Bösewichten angegriffen worden waren. Sie hatte zwischen den Zeilen gelesen! Der Gebieter des Feuers war wegen Erik gekommen. Ihn hatten sie gleich zu Beginn des Kampfes fortgeschleppt und ihn hatte Burmal gerufen.

***

Während des gesamten Weges musste Jenny an sich halten, um Morko nichts von ihrer Erkenntnis zu erzählen. Aber ihr düsterer und misstrauischer Kutscher hielt sie davor zurück, dem Kobold sofort alles zu verraten. Doch kaum hatte Jenny die Schwelle des Hauses überschritten, sprudelte es aus ihr heraus. Morko überlegte und antwortete dann vorsichtig: „Von den Angelegenheiten der Menschen verstehe ich nichts. Was sollte ein Lord von einem Jungen aus einer Truppe von Wanderschauspielern wollen? Nein. Das verstehe ich nicht. Ein Waisenjunge, ein Fremder, der gerade eben erst in Eweron angekommen ist. Eine so große Begierde, dass der Lord persönlich den räuberischen Überfall leitet, wie der Anführer einer Bande von Kobolden ..."
    Morko schien, als würde er noch mehr dazu denken. Stattdessen sagte er: „Warten wir auf Herrn Kwestin."

Aber auch der Präfekt konnte sich keinen Reim daraus machen. Ein merkwürdiges Verbrechen, zu merkwürdig, um schnelle Schlüsse daraus zu ziehen. Das war alles, was er sagen konnte.

Aber diese neue Erkenntnis war nicht die einzige Überraschung, die dieser Tag ihnen bescherte. Als es dunkel wurde, klopfte es an der Tür. Morko machte sich an, sie zu öffnen, wobei er sich wie üblich mit einer Armbrust versah. Die neugierige Jenny stand an der Tür ihres Zimmers und wartete. Zu ihrem Erstaunen ließ der Kobold den Ankömmling herein und rief nicht seinen Herrn, sondern selbst das Gespräch selbst. Jenny schob vorsichtig ihre Tür zur Seite und schaute heraus. Morko stand mit dem Rücken zu ihr und sein Gesprächspartner verbarg sein Gesicht unter einem dunklen Umhang. Jenny erspähte seine Hand. Die Haut war grün und die Handinnenfläche breit und rau.

Der Butler verabschiedete den Gast und begab sich zur Berichterstattung zu Kwestin und Jenny gesellte sich zu ihnen. Er sagte, dass die Kobolde eine Antwort geschickt hätten. Bod Kambala wäre schon seit drei Tagen tot. Er hätte seine Schulden zahlen nicht rechtzeitig können und nun wäre er auf dem Weg, die Fische zu füttern.

„Und um einen Plattfisch besser darzustellen, dessen Namen er zu seinen Lebzeiten trug, denn Kambala heißt Plattfisch, hat man ihm an die Füße einen schweren Stein gebunden. Schulden müssen immer termingerecht zurückgezahlt werden", meinte Morko trocken.

Wer der Informant gewesen war, sagte Morko nicht. Wahrscheinlich hatte man ihm das nicht mitgeteilt. Doch die Mörder hätten im Auftrag einer bedeutenden Autorität gehandelt. Und Bod war das Oberhaupt der Bande.

Kwestin überlegte. Jack Jack war für derartige Tat zu unbedeutend. Ja, und welchen Sinn hatte es sich zu verstecken, wenn man den Gegner überwältigt hat? Nein, bei ihm war es etwas anderes. Kwestin vermutete, dass nun, wo Bod tot war, die gesamte Bande auseinander gehen würde. Sie fürchteten, dass Kambalas Gläubiger auch gegen sie vorgehen würden.

„Egal, wie es ist", warf Jenny ein, „Jack lungerte schon im Wirtshaus ‚Glück' herum, als Bod noch lebte. Zählt die Tage selbst."

„Ich habe schon gesagt, dass das Fräulein bemerkenswerte Fähigkeiten im Rechnen hat", äußerte Morko. Kwestin wusste auch selbst, dass Jenny Recht hatte, aber es war ihm peinlich, seinen Fehler einzugestehen. Er sagte nur: „Unwichtig. Jack Jack arbeitet jetzt für uns. Wenn er nicht wegläuft, versteht sich. Aber ich nehme an, dass wir nun genügend Hinweise dafür haben, dass er nicht in der Lage ist, zu fliehen. Lasst uns versuchen, ihn auf die Leute von Toms anzusetzen und sehen, was passiert."

„Ich brenne darauf, es zu erfahren", murmelte Jenny.

Das war noch eine der Ideen, die Misstrauen hervorrief. Morgen, morgen, ... wenn morgen doch schneller käme, dachte Jenny. Da würde sie wahrscheinlich auch den schüchternen Sergeanten Kuber wiedertreffen. Ob er sie wohl vermisste? Wenn auch nur ein bisschen?

KAPITEL 8

Der Mann mit der Narbe

Jenny schaffte es nicht, vertraulich mit Donald zu sprechen, selbst als der Präfekt sich nach Erstattung der morgendlichen Berichte mit dem Sergeanten und Jenny in sein Arbeitszimmer zurückzog. Der Sergeant war ärgerlich. Offenbar hatte er versucht, eine Zeugenaussage vom Troll Bordojmogorkimbach zu bekommen.

„Zuerst hat er mir etwas vorgemacht. Meinte, er wäre sehr mit seiner Arbeit beschäftigt", erzählte Kuber.

„Als er zu den Fässern gerannt ist, hat er die Pumpenwinde so heftig gedreht, dass selbst sein Herr sich leicht erschreckt hat. Dabei war es Sonntag und er hätte sich ausruhen sollen. Irgendwann habe ich dann doch mit der Befragung begonnen. Aber er!", sagte Kuber und machte eine abfällige Handbewegung.

„Was war mit ihm?", fragte Jenny sofort. Sie versuchte, die Aufmerksamkeit auf sich zu lenken.

„Er behauptete, er wäre ein dummer Troll, zu groß, um einen kleinen Menschen zu erkennen. Er meinte, dass er nichts verstehen würde!"

„Er verstellt sich", bemerkte der Präfekt.

„Und dabei hat er nicht nur der Vorstellung beigewohnt, sondern auch den Wagen in die Stadt begleitet. Seltsam. Könnte es sein, dass er etwas bemerkt hat, was uns entgangen ist? Nach Jennifers Erzählung? Und sein Herr, Tomas Bir? Was ist mit dem?"

„Genau dasselbe. Nur, dass er sich nicht ‚dummer Troll' nennt. Aber man könnte fast denken, dass die beiden speziell für mich dieselbe Rolle eingeübt haben!"

Ein Klopfen an der Tür unterbrach Kubers Beschwerde. Der Meisterspion Brem Bork erschien, hinter seinem Rücken trat Jack Jack von einem Fuß auf den anderen, sauber gewaschen, in einem fremden Anzug, blass und unansehnlich. Die Hände tief in seine Taschen vergraben, ließ Bork den Blick nicht von den Händen seines Schützlings. Jack war bereits von den Ketten befreit worden und war Gefahr für den Tascheninhalt seines Lehrmeisters.

„Mein Schüler ist bereit", erklärte der Spion ohne die geringste Begeisterung.

„Wir können ihn in die Stadt schicken. Natürlich nur, falls du es dir nicht anders überlegt hast, Eduard."

Der Präfekt stieß einen tiefen Seufzer aus: „Nein. Wenn ich über die geringsten Anhaltspunkte verfügen würde, hätte ich Zweifel. Aber wir treten auf der Stelle, sodass wir mit dem auskommen müssen, was uns zur Verfügung steht. Danke, du kannst gehen. Und du, Jack, komm her und mach die Tür zu."

Der Dieb, oder wie der Präfekt hoffte, der ehemalige Dieb, trat über die Schwelle und schloss sorgfältig die Tür hinter sich. Dann umfasste er alle mit einem unschuldigen Blick und verharrte in Erwartung der Dinge, die da kommen würden.

„Jack, weißt du, dass Bod Kambala tot ist?"

Der Präfekt betrachtete Jacks Gesicht in der Hoffnung, eine Reaktion zu erhaschen.

Der kleine Dieb zwinkerte, presste gramerfüllt die Lippen zusammen und antwortete vorsichtig: „Trochomor möge ihn in seiner stillen Heimstatt aufnehmen. Nein, in meine Zelle gelangen keine Neuigkeiten aus der Stadt. Ich wusste es nicht."

„Und du kannst dir nicht vorstellen, aus welchem Grund er getötet wurde?", fuhr Kwestin fort.

„Niemand liebt einen Menschen mit einer Warze auf der Nase. Ich bin ein gutmütiger Mensch, ich habe nur über diese Missbildung gespottet. Aber andere sind nicht so gutartig. Die Welt ist so rau, Euer Gnaden …"

„Hm, ja, lassen wir das", entschied der Präfekt. Er war sich darüber im Klaren, dass jetzt keinerlei Hinweise auf eine Beteiligung Jacks am Tod des Bandenchefs zu erwarten waren. „Also, was dich betrifft … heute beginnt ein neues Leben für dich, Jack Jack. Ein ehrliches Leben und Arbeit zum Wohl der Stadt."

„Ich bin bereit, Euer Gnaden", nickte der neu bekehrte Ordnungshüter.

„Aber wenn Sie gestatten, Meister Bork hat gesagt, dass Leute in seinem Fachgebiet etwas Taschengeld bekämen."

„Sprichst du nicht etwas früh von Geld?", fragte Kuber ärgerlich.

„Du hast noch nichts getan, warum soll man dich jetzt bezahlen?"

„Mit Ihrer freundlichen Erlaubnis, ich spreche nicht von Bezahlung", entgegnete Jack.

„Obwohl ich gehört habe, dass ehrliche Arbeit großzügig bezahlt werden soll, im Gegensatz zu unehrlicher. Doch jetzt dachte ich eher daran, ein paar Münzen für Kleinigkeiten zu bekommen, die ich kaufen könnte, um unter den Blödmännern echt auszusehen. Vielmehr zwischen ehrlichen Bürgern von Eweron, wollte ich sagen."

Kuber wechselte einen Blick mit dem Präfekten. Jack sagte die reine Wahrheit, denn Geheimagenten stand eine gewisse Summe für berufsbedingte Ausgaben zu. Aber Jack war kein Agent, sein Status blieb zweifelhaft und in den Büchern der Buchhaltung war er nicht aufgeführt. Jenny wartete nicht ab, zu welchem Beschluss die beiden kommen würden. Sie ging zu Jack und steckte ihm ein paar Münzen zu.

„Nimm. Wenn du fertig bist, kauf mir ein paar Leckereien des Gebieters des Feuers, einverstanden?"

***

Jack Jack wurde fortgeschickt, um die Feuertaufe auf der Grundlage des Gesetzes zu empfangen. Danach musste der Präfekt einige dringende Dinge erledigen, bevor er Kuber und Jenny erneut zu sich rief. Diese beobachtete den Sergeanten heimlich. Sie fragte sich, ob er ihr ein Zeichen hab. Zeigte er nicht auch, dass er sich über ihre Gesellschaft freut? Doch Jenny stellte enttäuscht fest, dass er immer noch schlecht gelaunt war.

„Ich traue diesem üblen Kerl nicht", erklärte er, als die Rede wieder auf die Angelegenheit kam.

„Niemand ist vollkommen vertrauenswürdig", brummte der Präfekt.

„Ich möchte nicht weiter über ihn sprechen. Warten wir bis zum Abend ab. Aber wenden wir uns wieder der Befragung des Trolls zu. Die Erfahrung lehrt, dass man einen Nichtmenschen aus der Fassung bringen muss, wenn man ihn zum Sprechen bringen will. Mit etwas derartig Verblüffendem, dass die Erschütterung ihn umhaut. Verstehen Sie? Mit etwas so Bedeutendem, dass er seine Maske fallen lässt."

„Ihn verhaften? In eine Zelle sperren, damit er einen Haufen frischer Eindrücke bekommt?", schlug der Sergeant gereizt vor.

„Das hilft bei vielen, nur dass wir einen Troll nicht in unseren Keller hineinquetschen können."

„Ich selbst werde mit ihm sprechen", erklärte Jenny mit der größten Entschiedenheit, die sie ausdrücken konnte.

„Er wird aus der Fassung geraten, das verspreche ich!"

„Moment", brachte Kwestin unsicher heraus.

„Ich wollte dich als meine Nichte ausgeben, solange es geht."

Doch er war verstimmt, weil die Untersuchung in einer Sackgasse verlaufen war und widersetzte sich nicht lange.

„Donald wird mich zu diesem, wie hieß er noch ... Pferdeliebhaber führen. Unter dem Schutz des Sergeanten Kuber werde ich völlig sicher sein."

Jenny blickte Kuber hoffnungsvoll an. Er muss sich über diese Gelegenheit freuen, dachte sie. Mit ihr durch die Stadt zu spazieren. Doch besondere Freude schien er nicht auszudrücken. Er wandte den Blick ab und murmelte: „Natürlich. Ich werde meine Kräfte aufbieten. Und einige Soldaten als Bewachung mitnehmen."

„Wozu? Die Soldaten werden nicht helfen, Bord zum Sprechen zu bringen!", meinte Jenny beleidigt. Sie seufzte leise. Ein romantischer Spaziergang wäre das wohl nicht, dachte sie. Sie stellte sich schon vor, wie sie nebeneinander durch die Straßen gingen, sich durch die Menge zwängten und über die Rattler stolperten. Pure Romantik, zweifellos.

Kuber hörte ihr nicht zu, er war schon vom Tisch aufgestanden, um die Soldaten für die Eskorte einzubestellen. Kurze Zeit später marschierten sie bereits auf der Straße. Es ist doch nicht so schlecht ausgegangen, dachte Jenny bei sich. Donald fasste sie nicht unter den Arm, um ihr in der Menge zu helfen, aber man machte ihnen auch so Platz. Die Uniform des Sergeanten flößte den Passanten Respekt ein. Zudem hielten sich die Soldaten der Eskorte in einiger Entfernung und hätten eine Unterhaltung nicht gestört. Doch der Sergeant schwieg und Jenny beabsichtigte nicht, als erste zu sprechen.

Einmal wurde Jenny doch neugierig und wollte wissen, was für ein Etablissement mit roten Schildern sich in einer bestimmten Gasse befand. Jenny hoffte, dass der Sergeant ihr antworten und sich so ein Gespräch ergeben würde. Doch Donald schwieg weiter und errötete sogar. Als sie näherkamen, erblickte Jenny aufreizend gekleidete Frauen, die vor dem Etablissement spazierten, das ihr Interesse erregt hatte. Die Frauen lächelten mit grell geschminkten Lippen, bewegten ihre Hüfte, fassten die Passanten am Ärmel und luden sie ein, für nur eine Handvoll Kupfermünzen die ‚Wilena' zu besuchen. Wilena war die Liebesgöttin des Reichs und die Damen hielten sich für ihre Priesterinnen.

Da die Lords des Vulkans Tempel es nur erlaubten, im sumpfigen Tal zu bauen, war es nicht schwer zu erraten, dass Jenny vor einem Freudenhaus stand. Verständlich, dass ihre Frage Donald die Röte ins Gesicht getrieben hatte. Nach diesem Moment traute sich Jenny nicht mehr zu sprechen und der Sergeant ebenfalls. So begaben sie sich schweigend zum Hof des Pferdezüchters Bir. Jenny atmete erleichtert auf, als sie die Einzäunung sah, hinter der die Pferde wieherten und die Pferdeknechte antworteten. Von diesem Spaziergang hatte sie so viel mehr erwartet. Schlimmer noch war es, dass auch Donald dieselbe Erleichterung zu empfinden schien. Jenny, der Sergeant und die Soldaten schritten durch ein breites Tor, durch das zwei Fuhrwerke hätten fahren können. Der Hof war voller Menschen und Pferden. Ringsum fand der Handel statt, schlecht abgerichtete Pferde wurden angeschrien, alles war laut und hektisch.

Aus dem Gewühl tauchte Tomas Bir auf. Er brüllte ihnen über den Hof zu. Sonst könnte man ihn bei solchem Lärm wohl nicht hören, dachte Jenny.

„Herr Wachsoldat! Sie schon wieder! Beim gnädigen Gott des Viehs Megris, ich habe Ihnen schon alle ihre Fragen beantwortet. Also, was laufen Sie hier immer herum? Sie verscheuchen meine Käufer. Die denken noch, dass ich vielleicht das Gesetz übertreten habe. Also wirklich ..."

„Mein Dienst, Meister Bir, erfordert ...", begann Donald in müdem Tonfall. Jenny war klar, dass ihr insgeheimer Plan nicht so stattfand, wie sie es sich gewünscht hätte und wartete nicht ab, bis die beiden ihr absonderliches Begrüßungsritual beendeten. Sie hatte schon den Troll erblickt. Bei seiner Größe konnte ihn selbst das Chaos, das auf dem Hof herrschte, nicht verbergen. Bord überragte das Dach des Pferdestalls, man könnte ihn sogar sehen, wenn er sich hinter dem Gebäude verstecken würde. Jenny wich Armen und Hufen aus, überquerte den Hof und packte den Riesen am kleinen Finger: „Bord! Komm mit mir mit!"

Der Troll erkannte sie mit ihrem breitrandigen Hut nicht. Aus seiner Höhe konnte er nämlich nur ebendiesen sehen. Doch Jenny zog ihn so zielstrebig, dass er nachgab und hinter ihr her ging, wobei er sorgfältig seine großen Füße aufsetzte und nach unten schaute, um niemanden aus Versehen zu zertreten.

Die Wand des Pferdestalls trennte sie schließlich vom hektischen Treiben, hier war es ruhiger und roch stärker nach Mist. Jenny nahm den Hut ab und strich sich mit beiden Händen Haarsträhnen hinter die Ohren, genau so, wie sie es vor dem Publikum immer gemacht hatte. Der Troll bückte sich, um besser sehen zu können. Ein paar Augenblicke blinzelte er, als er Jenny ansah, dann fiel er plötzlich auf die Knie, sodass die Erde unter Jennys Schuhen spürbar zitterte und vom Dach des Pferdestalls Stroh herabfiel.

„Kleine Frau! Gelobt seien alle Götter! Sie lebt!"
Der Troll verzog sein Gesicht, seine großen Augen füllten sich mit Tränen, von denen eine genügt hätte, um ein Küken zu ertränken. Er presste die Hände gegen seine Brust und atmete so stark, dass Jennys Haare in die Luft gewirbelt wurden.
„Sie lebt! Sie lebt! Grodofur, Beschützer der Trolle und großer Baumeister der Brücken, du hast mein Gebet erhört. Man sagte, niemand wäre übriggeblieben, aber ich habe es nicht geglaubt. Nein, ich habe es nicht geglaubt. Die kleine Frau, sie ist hier und sie lebt."
„Nicht so laut, nicht so laut! Das ist ein Geheimnis!", mahnte Jenny, erschrocken vom Gefühlsausbruch des Riesen. Dieser gehorchte und sprach leiser weiter: „Wie traurig war ich. Wie habt ihr mir leidgetan! Gute Menschen, liebe Menschen, alle sind gestorben. Das wurde mir gesagt. Meinem Herrn haben sie das mitgeteilt. Er ist extra hingegangen, um sich davon zu überzeugen. Ich hatte ihn darum gebeten. Er hat gesagt, Bösewichte hätten euch alle umgebracht. Was für Bösewichte, habe ich mir gedacht. Ach, wenn ich das wüsste!"
Bord ballte seine ungeheuren Fäuste und machte ein drohendes Gesicht. Bei seiner Größe sah das schrecklich aus.
„Ich versuche, die Schuldigen zu finden", piepste Jenny.
„Aber du kannst der Wache nichts davon verraten!"
„Wie hätte ich wissen können, ob daraus Schaden entsteht!", geriet der Troll aus der Fassung. „Wache, keine Wache. Ich weiß nichts. Besser schweigen. Das Leben der kleinen Menschen ist so kompliziert. Nein, besser ich sage nichts."
„Aber wenn ich dich bitte, wirst du dann sprechen?", begann Jenny und sah dem Troll tief in die Augen.
„Hast du während der Vorstellung etwas Ungewöhnliches bemerkt, oder hat sich irgendwer im Publikum merkwürdig verhalten?"
Der Troll nickte. Jenny wollte gerade ansetzen, um weiterzufragen, da tauchten hinter der Ecke des Pferdestalls Tomas Bir und Sergeant Kuber auf. Sie hatten nach Jenny gesucht und sie nun endlich gefunden. Der Anblick des Trolls, der vor dem Mädchen kniete, überraschte die beiden.

Jenny verbeugte sich leicht vor dem Sergeanten, wie sie es vor dem Publikum tat: „Also, Herr Kuber, Sie können mit der Zeugenbefragung beginnen."

Dann stülpte sich Jenny ihren Hut wieder auf und trat zur Seite, während Kuber begann, mit Federhalter und Papier ausgestattet, Fragen zu stellen.

Jenny fand alles recht langweilig. Bord berichtete wieder, wie er die Schauspielertruppe kennengelernt hatte und wie Papa Burmal ihm geholfen hatte, eine Arbeit zu finden. Dann fragte Donald ihn, was während der Aufführung vor sich gegangen war. Jetzt begann der Troll zu sprechen. Er meinte, er hätte sich schon lange jemandem mitteilen wollen. Hätte fragen wollen, was er machen solle. Aber er hätte aber keinen passenden Ratgeber gefunden. Nur mit seinem Herrn hätte er die Sache besprochen. Es war schwer zu sagen, ob Tomas Bir Jenny erkannt hatte. Aber da der Troll offen sprach, ergänzte auch Bir ein paar Worte. Einige Arbeiter versuchten zwischendurch, ihn wegen geschäftlicher Dinge zu fragen. Doch er jagte sie fort, wobei er sich einer Ausdrucksweise bediente, bei der die Wachsoldaten, die Kuber hergeführt hatte, erstaunt die Augen aufrissen und Jenny rot wurde.

Irgendwann hatte der Troll Zeugnis abgelegt. Im Publikum, erzählte Bordojmogorkimbach, wären zwei Männer gewesen, die der Vorstellung keine Aufmerksamkeit geschenkt und sich nur wegen eines Schauspielers beraten hätten. Wegen des Jüngsten der Truppe. Der Troll hätte sie nicht deutlich gesehen, weil er bestenfalls die Haarscheitel erblicken konnte. Außerdem hätte sich einer der Unbekannten mit seinem Umhang vermummt. Es wäre ein teurer Umhang gewesen, schwarz mit scharlachrotem Seidenfutter.

„Und überhaupt sah dieser Mann wie ein Reicher aus. Er hat sich am Ende der Vorstellung davongemacht und den Schauspielern wohl auch keine Münzen gegeben", sagte Bord.

„Und der zweite?" fragte Kuber. „Wie sah er aus, was kann man über ihn sagen?"

„Ich konnte von oben nicht sehr gut gesehen", antwortete Bord und senkte den Blick.

„Also, wenn Meister Bir erzählen möchte? Er konnte es besser sehen. Er stand in der Menge neben ihnen."

„Sie flüsterten andauernd", fiel der Pferdezüchter ein. „Und genau der, der das Sagen hatte, verbarg sein Gesicht. Den anderen konnte ich nicht genau erkennen, aber ich habe auf seiner Backe eine Narbe gesehen, so eine."

Während der Pferdezüchter mit seinem schmutzigen Finger zeigte, wie die Narbe auf der Wange verlief, zog Kuber eilends ein zweites Blatt heraus, um das Verhör des neuen Zeugen festzuhalten. Die Erzählung von Bir erwies sich als äußerst aufschlussreich. Er hatte sogar einige der Worte gehört, die die merkwürdigen Zuschauer gewechselt hatten.

„Der eine, der Chef, redete und der andere war mit allem einverstanden. Der Chef hat gesagt: ‚Sieh zu, dass er es auch wirklich ist. Das ist am Blut sichtbar, es zeigt die Herkunft. Sieh zu, dass du dich nicht täuschst.' Der andere, mit dem Mal auf der Fratze, antwortete: ‚Sie brauchen keine Sorge zu haben, Herr, ich mache keine Fehler.' ‚Das stimmt', hat der andere wieder gesagt. Und dass man bei ihm die Herkunft sehen könne. Ich weiß nicht, was sie vorhatten, Herr Offizier, ich habe dann nicht weiter zugehört und habe die Vorstellung angesehen. Obwohl es verdächtig war. Und was die da von Herkunft sprachen? Es ging offensichtlich nicht um Pferde. Wäre es um Pferde gegangen, hätte ich es sofort verstanden. Der Stock des Megris soll ihnen im Hals stecken bleiben. Ich habe in ihre Richtung geschaut, weil sie über verschiedene Rasse gesprochen haben. Ich habe gedacht, es hätte etwas mit meinem Geschäft zu tun. Aber ich habe nichts verstanden und dann war es mir egal. Die Vorstellung aber, die war toll. Mit guten Schauspielern!"

Kuber antwortete nicht, kratzte nur mit der Feder, als er die Worte des Pferdezüchters aufschrieb. Jenny dachte fieberhaft darüber nach, was sie gehört hatte. Eigentlich hatte sie eine weitere Bestätigung ihrer Vermutung erhalten. Die Banditen hatten sich für Erik interessiert. Unklar blieb jedoch, warum ihr

Bruder das Interesse der Halunken auf sich gezogen hatte. Welches Blut und welche Rasse, wovon sprachen sie?

Nachdem Kuber alles zu Papier gebracht hatte, was er für wichtig hielt, las der Sergeant alles noch einmal durch. Dann bat er Tomas Bir, den Finger auf das Dokument zu drücken, um die Richtigkeit seiner Worte durch den Fingerabdruck zu beglaubigen. Jenny überlegt, wie Bordojmogorkimbach das erledigen sollte. Immerhin war sein Finger größer als das Blatt mit der Mitschrift. Aber vom Troll war kein Fingerabdruck erforderlich. Ein Nichtmensch war nicht berechtigt, im Gericht als Zeuge aufzutreten, oder der Wache Hinweise zu geben. Genau genommen hatte er überhaupt keine Rechte. Für ihn war sein Herr verantwortlich, er beglaubigte auch die Angaben seines Schützlings.

***

Der Troll begleitete Jenny bis zum Tor und beugte sich tief zu ihr herab, um ihr zuzuflüstern: „Kleine Frau, sobald du die Halunken findest, gib mir Bescheid. Das darfst du nicht vergessen!"
Wieder ballte er seine riesigen Fäuste. Dabei schnitt er eine solche Grimasse, dass man fast sagen konnte, sein Gesicht hätte sich versteinert. Auf dem Rückweg erinnerte sich Jenny an die letzte Vorstellung, tanzende Feuer in der Dunkelheit. Sie erinnerte sich zuerst an Pierre, der mit Fackeln jonglierte, dann die Lampen in seinen Händen und schließlich an Erik, eingehüllt in scharlachroten Glanz als Gebieter des Feuers. Ach, wie er gespielt hatte! Schlank und leicht, mitten in roten Strahlen ...
Dann blitzte das Bild von zwei Männern in ihrem Gedächtnis auf, die sich unter dem Beifall klatschenden, brüllenden Publikum in ihren Mänteln verbargen und über Blut und Rasse flüsterten. Dann wurde Jenny aus ihrer Erinnerung gerissen.
Der Präfekt las die Aufzeichnungen Donalds aufmerksam durch und schwieg im Anschluss lange. Jenny betrachtete ihn hoffnungsvoll. Sie hoffte, er würde ihr alles erklären. Aber auch

Kwestin konnte nicht begreifen, was sie gerade entdeckt hatten. Natürlich erregten zwei Unbekannte Verdacht, doch selbst wenn es gelingen sollte, sie ausfindig zu machen, was wäre dann? Man konnte sie kaum dafür festhalten, dass sie während einer Vorstellung miteinander geflüstert hatten.

Kuber sagte unsicher: „Mir fällt da etwas ein. Wisst ihr noch, dass ich diejenigen, die wegen ihres Angriffs auf die Nichtmenschen verhaftet wurden, freiließ? Die Verhafteten hatten mir damals erklärt, es hätte gewisse Anstifter gegeben, die diesen Schlamassel verursacht hätten."

„Hm", sagte der Präfekt und drehte sich zu ihm um.

„Und weiter?"

„Einer hatte eine Narbe auf der Wange. Er schien ihr Anführer gewesen zu sein."

„Morgen wirst du alle noch einmal vernehmen, die damals festgenommen wurden. Achte darauf, wie die Narbe aussieht. Wahrscheinlich hat noch jemand diesen Typen gesehen. Der Pferdezüchter hat ihn nur im Dunkeln zu Gesicht bekommen und die Gräueltaten sind tagsüber passiert."

„Ja, morgen werde ich mich umgehend damit beschäftigen", sagte Kuber.

„Das wird eine Schufterei sein ..."

Das folgende Schweigen wurde durch ein Klopfen an der Tür unterbrochen, die sich leise öffnete. Es war Jack Jack, der die Tür gekonnt mit dem Fuß aufstieß. Mit einem breiten Grinsen schlüpfte er in den Raum.

„Ah! Unser treuer Agent!"

Der Präfekt blickte auf.

„Nun, Jack, warum freust du dich so?"

„Zuerst das Wichtigste", begann Jack.

Er stapfte zu Jenny und reichte ihr eine Tüte mit Leckereien. Dann wandte er sich den Wachsoldaten zu.

„Na ja, es ist so. Ich habe die hochgelobten Spione Eures Toms unter die Lupe genommen. Die Burschen sind tatsächlich gerissen. Es sind drei, sie wechseln einander ab, um nicht durch ihre Anwesenheit erkannt zu werden."

„Ich hoffe, du hast nicht versucht, dich ihnen unbemerkt zu nähern?", fragte ihn Kwestin beunruhigt.

„Wozu denn? Ich habe mir etwas Schlaueres ausgedacht. Einige Male hat sie ein ganz bestimmter Mann aufgesucht. Ich habe vermutet, dass es ein Auftraggeber sein musste. Er kam, wechselte ein paar Worte mit den Spionen und verschwand dann sofort wieder. Er schien beunruhigt zu sein, das heißt, er hat sie kontrolliert."

„Ein Auftraggeber? Vielleicht bloß ihr Chef?"

„Ich habe vorhin den alten Bork gefragt und ihm diesen Mann beschrieben. Im Büro von Toms ist er vorher nicht aufgetaucht. Aber man kann ihn ziemlich gut erkennen, mit seiner Narbe auf der Wange", erzählte Jack Jack weiter und verstummter, als er die ungläubigen Blicke der anderen bemerkte.

„He, warum seht ihr mich so an?"

„Weiter, weiter", drängte ihn Kwestin mit heiserer, gepresster Stimme. Er konnte kaum an sich halten.

„Ein Mann mit einer Narbe! Wieder ein Mann mit einer Narbe. Heute trifft man ihn überall."

Jenny verstand den Präfekten ausgezeichnet, am liebsten wäre sie zu Jack gerannt, hätte ihn an der Brust gepackt und immerzu geschüttelt. Bis etwas Wichtiges aus ihm herauskam, wenigstens ein paar Worte, die das Geheimnis lüfteten. Jack blickte die Zuhörer verängstigt an. Er sah, dass seine Worte die Zuhörer in Aufregung versetzten, verstand jedoch nicht, warum.

„Ich dachte", sagte er langsam, wobei er die Gesichter der Gesprächspartner beobachtete, „möglicherweise wird dieser Mann nicht so vorsichtig sein. So machte ich eine Leibesvisitation. Ich bin doch jetzt bei der Wache, nicht wahr? Und der Wache steht es zu, verdächtige Subjekte zu durchsuchen. Warum guckt ihr mich so an? Seht mal, was in seiner Tasche war."

Jack legte triumphierend ein vierfach gefaltetes Blatt Papier auf den Tisch. Jenny und Kuber rückten sofort näher und starrten wie gebannt auf die Hände des Präfekten, während er das Blatt entfaltete. Es war aus dickem, weißem Papier von guter Qualität. Drei Seiten hatten einen glatten Rand, die vierte war seitlich eingerissen. Auf dem Blatt sah man eine Zeichnung, die ein Medaillon mit einem achteckigen Stern darstellte, genauso wie der, den Papa Burmal am Mittag vor der Katastrophe verpfändet hatte. Nicht genauso einer, sondern derselbe, dachte Jenny.

KAPITEL 9

Seltsame Vorfälle

Nachdem er seine Beute vorgezeigt hatte, redete Jack weiter: „Ich dachte, ich, als Detektiv der Präfektur, werde alles bis zur kleinsten Kleinigkeit herausfinden. Genau wie die Laufburschen aus dem Kontor dieses Toms. Da steht der Auftraggeber vor mir, ein Vogel meiner Art. Na, da nahm ich mir seine Taschen vor, und zwar gründlich! Aber denken Sie nicht, dass das einfach war. Es war eine schwierige Arbeit. Und ich wage Ihnen zu versichern, dass diese Arbeit vorzüglich ausgeführt wurde. Aber ich hätte mich fast geschnitten, weil er unter seiner Kleidung so viele Messer trug, dass man damit ein Regiment von Mördern ausrüsten könnte."

Jack sah, dass das Blatt mit der Zeichnung außerordentliches Interesse hervorrief. Die Gründe kannte er nicht und sie kümmerten ihn auch nicht. Jedenfalls wurde er sich seines Wertes bewusst.

„Sie, meine Herren, haben einfach Glück gehabt, mich einzustellen. Ein guter Spezialist ist heutzutage sein Gewicht in Gold. Euer zweites Glück ist, dass ich so leicht bin, so dass ich Euch weniger Gold koste."

Der Präfekt hob seinen Kopf von der Zeichnung hoch. Er war erregt, aber hatte sich schon wieder im Griff.

„Hast du sonst nichts Interessantes gesehen? Wohin der mit der Narbe ging, zum Beispiel? Oder mit wem er sich getroffen hat?"

„Nein, Sie haben mich nicht beauftragt, ihn zu bewachen", winkte Jack ab.

„Ich bin ihm nur so lange gefolgt, wie nötig war, um an dieses Papier zu kommen. Und das war nicht einfach, weil der Mensch nicht einfach ist, und zwar ganz und gar nicht. Dieser Mann ist ein gefährlicher Mensch. Also habe ich mich sofort zurückgezogen, bevor der mit der Narbe mich bemerken konnte. Wie ich schon gesagt habe, eine schwierige Arbeit. Ich habe mich danach mit der Beute zurückgezogen und bin wieder zum Leihhaus gegangen. Meine Aufgabe war das Leihhaus und nicht alle möglichen bewaffneten Typen, stimmt's?"

„Meiner Meinung nach hat Jack Begnadigung verdient, was, Onkel?", fragte Jenny.

„Er wird weiterhin nicht des Diebstahls beschuldigt?"

„In Ordnung", brummte der Präfekt.

„Jack, du hast deine Schuld wieder gutgemacht. Du kannst gehen, wenn du willst."

„Und ich habe gedacht, ich würde einen Posten bei der Wache bekommen."

Der Dieb zog eine traurige Grimasse.

„Ich habe mich so angestrengt, Sie zufriedenzustellen. Sie müssen mir nur ganz wenig zahlen, aber Sie werden sehr großen Nutzen haben. Und wohnen kann ich hier, sogar in meiner alten Zelle, nur müssen Sie Merwin befehlen, die Tür nicht abzuschließen und leiser zu singen, sonst stört er mich beim Schlafen."

„Er singt auch noch?", wunderte sich Jenny.

Der Präfekt hatte nicht zugehört, er war in das Blatt Papier vertieft, das Jack Jack angeschleppt hatte. Doch wie er auch schaute, darauf waren keine zusätzlichen Informationen zu finden, nur eine Zeichnung des bekannten Medaillons. Weder eine Unterschrift noch irgendwelche Zeichen. Schließlich nickte Kwestin als Antwort auf Jacks Geplapper.

„Sergeant, bring ihn nach unten und erinnere Merwin daran, dass er vorsichtig sein soll. Nicht dass unser neuer Mitarbeiter sich seine Keule schnappt. Es scheint, dass wir sonst nichts Wertvolles im Keller haben?"

Kuber und Jack gingen und der Präfekt vertiefte sich von Neuem in die Zeichnung.

„Was bringt uns das? Wir können den Mann mit der Narbe verfolgen, er wird uns irgendwohin führen. Aber dieses Papier hier? Was kann es uns sagen? Es wäre gut, wenn wir den Namen des Besitzers herauslesen könnten ... Aber es ist schon Abend, heute werden wir nichts beschließen. Lass uns nach Hause gehen, Jenny, und morgen kehren wir zu diesem Papier zurück."

„Ich weiß, wer sich besser als jeder andere mit Papieren auskennt", erklärte Jenny.

„Morgen werde ich es Remi zeigen." Sie selbst dachte aber, dass der Dicke ein großartiger Leser von Büchern sein konnte, aber kaum in der Lage sein würde, die Wahrheit zwischen den Zeilen zu lesen. Man benötigte jemanden mit dieser Fähigkeit ... Jennys Augen weiteten sich. Sie kannte einen solchen Menschen. Der ehrwürdige Ingwar diente einem Gott, der etwas über Kleinigkeiten wusste. Wenn nichts Großes ins Netz gerät, so musste man versuchen, eine Kleinigkeit ausfindig zu machen.

***

Nach dem Essen erzählte Kwestin dem Butler von den Neuigkeiten. Der nickte und wandte sich an Jenny: „An dem Tag, als der Wagen in Eweron ankam und Burmal dich und deinen Bruder mitnahm, um alle möglichen Sachen zu erledigen, hast du da keine Spürnasen bemerkt? Nachdem ihr bei ‚Drejkenser und Compagnons' wart? Nein? Das dachte ich mir schon ..."

Jenny schüttelte den Kopf. Sie war übervoll mit Eindrücken gewesen, sie hatte sich verlaufen, war in den lärmenden Straßen der Stadt untergegangen. Sie konnte sich kaum an sich selbst erinnern, wie dann an jemanden, der ihr möglicherweise gefolgt war?

„Und doch hat alles genau dort angefangen", fuhr der Kobold fort.

„Einer der Besucher, der darauf gewartet hatte, dass die Reihe zu ihm kam, hat das Medaillon bemerkt. Ein silberner Stern bedeutet etwas. Etwas Wichtiges."

Oder die Gnome ließen es unseren geheimen Feind wissen, wollte Kwestin vorschlagen, doch verwarf die Version im nächsten Moment. Nein. Wenn es so wäre, dann wäre es nicht nötig gewesen, das Leihhaus zu beobachten. Denn Toms hatte diese Arbeit gerade übernommen. Nein, den Stern hatte ein Fremder bemerkt, nicht einer der Angestellten von „Drejkenser und Compagnons".

Jenny versuchte sich zu erinnern, wer damals an der Wand gestanden und darauf gewartet hatte, dass Burmal sich von dem bärtigen Kleinen überzeugen ließ. Doch statt klarer Umrisse sah sie nur blasse Schatten vor ihrem geistigen Auge. Sie erinnerte sich überhaupt nicht an Fremde.

„Damals folgte man euch zum Platz der tausend Pfähle und beobachtete Erik und", kehrte Morko zu seiner Rekonstruktion der Ereignisse zurück, „dann entfernte sich der Gebieter des Feuers bis zum Ende der Vorstellung, um die Mörder zu versammeln. Hier passt nur eines nicht."

„Was?", fuhr der Präfekt auf.

„Ich glaube, dass deine Folgerung stimmt."

„Wer hat das Medaillon im Leihhaus bemerkt? Doch wohl kaum der Gebieter des Feuers, der sich geduldig an die Wand lehnt und darauf wartet, bis er an der Reihe ist, um den Gnom zu sprechen? Ja und überhaupt, würde ein so bedeutender Herr in zweitklassige Leihhäuser gehen und das auch noch ohne eine vielköpfige Begleitung? Ich kann mich nicht daran erinnern, dass ein Lord jemals ganz allein durch die Stadt geschlendert wäre."

„Das stimmt", gestand Kwestin.

Jenny wagte nicht, ein Wort zu sagen, sie hörte nur zu und bemühte sich, den Faden der Erzählung nicht zu verlieren.

„Also", spann Morko seine Ausführungen weiter, „dieser jemand, der den Silberstern gesehen hatte, muss ein enger Vertrauter des Lords gewesen sein. Er hatte Zeit, um auf den Vulkan zu steigen, seinen Herrn zu informieren, und der Lord, um sich umzuziehen, in den Mantel zu hüllen und sich zum Platz der tausend Pfähle zu begeben. Zudem musste er den letzten Teil des Weges zu Fuß zurückzulegen. Einen nah am Platz abgestellten Wagen hätte man sofort bemerkt. Zeit, Herr Präfekt, Zeit! Das ist der Schlüssel. Aber entweder konnte sich dieser

Vertrauter des Lords, der zu unpassender Zeit im Leihhaus erschienen war, mit rasender Geschwindigkeit bewegen, ohne dabei Aufmerksamkeit zu erregen ... oder aber er folgte Burmal nicht von ‚Drejkenser und Compagnons' zum Platz der tausend Pfähle. Sondern erfuhr auf einem anderen Weg, wo der Besitzer des Medaillons mit dem Stern zu suchen wäre."

„Nun, gesetzt dem Fall, die eingetroffenen Schauspielertrupps treten gewöhnlich auf dem Platz der tausend Pfähle auf", bemerkte der Präfekt.

„Wir haben nicht überall verkündet, dass wir Schauspieler sind", warf Jenny ein.

„Natürlich, meine Kleidung war ungewöhnlich. Aber hätte das genügt, um unsere Berufe zu erkennen?"

„Das bedeutet, er hat anders von der Vorstellung erfahren."

Jenny dachte ein wenig nach und sagte: „Papa hat dem Redakteur des ‚Scharfäugigen Herolds' alles über unser Schauspiel erzählt. Zur Zeitung sind wir sofort zu ‚Drejkenser und Compagnons' gegangen. Danach haben wir das Wirtshaus ‚Glück' aufgesucht. So hätte der Mann genügend Zeit gehabt, den Gebieter des Feuers zu informieren."

„Der ‚Scharfäugige Herold' steht unter dem Schutz von Lord Marian", fasste Kwestin zusammen.

„Aber an ihn komme ich ohne stichfeste Beweise nicht heran. Er ist eine bedeutende Persönlichkeit und Abgeordneter im Parlament.

„Ja, Herr Präfekt", sagte der Kobold, schüttelte den Kopf und schlussfolgerte: „Das können Sie nicht."

Er betonte das Wort „Sie" deutlich und spielte offensichtlich darauf an, dass Kobolde auf solche Spitzfindigkeiten pfiffen. Kwestin gefiel das nicht. Jenny auch nicht. Das fehlt noch, dass der Grüne sich aufmacht, um allein Rache zu üben, dachte sie.

***

Am Morgen, als der stählerne Wagen zur Präfektur fuhr, machte sich Jenny als Erstes auf, um Donald zu suchen. Sie wollte ihm mitteilen, was ihr aus dem Gespräch Kwestins mit dem Kobold klar geworden war. Was er wohl dazu sagen wird, dachte sie. Aber der Sergeant schien ihr absichtlich aus dem Wege zu gehen. Er hatte auf einmal tausend Sachen zu erledigen, auf die er sich regelrecht stürzte, kaum, dass er Jenny sah. Enttäuscht stieg sie mit dem Blatt mit der Zeichnung, das sie vom Präfekten übernommen hatte, nach unten ins Archiv. Remi saß wie üblich über ein dickes Buch gebeugt. Wie alles, was er bis jetzt gelesen hatte, war dieser Band vom Schicksal benachteiligt worden. Denn er enthielt keine Bilder. Ohne lange zu fackeln, legte Jenny ihre Trophäe auf die Seiten, in die sich Remis Blick bohrte.

„Da! Was sagst du dazu?"

Remi fuhr zusammen, aber hatte sich schon daran gewöhnt, sich seiner neuen Bekannten zu fügen. So nahm er das Blatt gehorsam in die Hand. Plötzlich ging eine seltsame Veränderung mit ihm vor. Er atmete schwer und wurde ganz rot.

„Du!", brachte er fast kreischend heraus. „Wie kannst du es wagen! Was stellst du an? Das ... das ... das ist Barbarei! Das ist ein Verbrechen!"

Jenny war verblüfft von der heftigen Reaktion. Remi hatte zuvor niemals geschrien und war überhaupt nie außer sich geraten. Sie wich einen Schritt zurück. Wer weiß, was dieser Verrückte anstellt, dachte sie. Aus sicherer Entfernung rief sie: „Schön ruhig bleiben! Was für ein Verbrechen? Ich werde mich bei meinem Onkel beschweren, dass du Damen gegenüber so unhöflich bist. Gib mir unverzüglich eine Erklärung!"

Er schnaufte und beruhigte sich schließlich ein wenig. Schließlich brachte er heraus: „Bücher zu zerreißen, einfach abscheulich! Wenn dir eine Abbildung gefällt, so ist das noch lange kein Grund, ein Buch zu verstümmeln. Vor allem wegen einer blöden Brosche."

„Und woraus schließt du, dass ich das war?", ging Jenny zum Gegenangriff über.

„Das Blatt ist ein Beweis, der von einem Verbrecher beschlagnahmt wurde. Wage ja nicht, es zu zerknüllen, ich muss es meinem Onkel zurückgeben."

Remi strich das Blatt mit der Zeichnung eilig glatt. „Entschuldige bitte", murmelte er. „Ich wollte nur deine Meinung hören. Ich muss wissen, woher dieses Blatt stammt. Es ist also aus einem Buch herausgerissen worden? Bist du sicher?"

Remi nickt und Jenny wartete nicht lange. „Vorzüglich. Ich danke dir für die Hilfe. Ich bin begeistert von deinem Scharfblick."

Jenny nahm das unselige Blatt wieder an sich, ging demonstrativ langsam dem Ausgang zu und warf über die Schulter: „Besonders entzückt bin ich von deiner Höflichkeit!"

„Bleib stehen, warte!", schrie Remi und stand ungeschickt vom Tisch auf.

„Warte doch, bitte. Warum hast du nicht gleich gesagt, dass es ein Beweis ist? Dass ein Verbrecher es bei sich trug?"

„Du hast mir keine Gelegenheit dazu gegeben", erwiderte sie in schneidendem Ton. Dabei gratulierte sie sich selbst. Vortrefflich geschauspielert. Jetzt wird Remi all seine Beschäftigungen beiseite schieben, den Beweis gründlich prüfen und mir alles berichten, was er herausfinden kann, dachte sie.

Remi ließ sie nicht im Stich. Er prüfte die Zeichnung tatsächlich lange und sorgfältig, bevor er zu sprechen begann: „Das Blatt ist barbarisch aus einem Buch herausgerissen worden", erklärte er. „Es gibt keine Seitenzahl, weil solche Blätter mit Illustrationen auf steifem Papier nicht nummeriert werden. Und da ist kein erklärender Text darunter, weil der gesamte Begleittext sich meist auf den benachbarten nummerierten Seiten befindet. Solche Einschübe erhöhen den Wert, das heißt, es handelt sich um ein teures Buch."

„Dann möchte ich das vollständige Buch sehen und die benachbarten Seiten lesen", beschloss Jenny.

„Wie finde ich es? Weißt du, was das für ein Buch ist?"

„Also, ich kenne mich mit Büchern über Juwelen oder Damenschmuck nicht aus", erklärte Remi.
„Obwohl ..."
„Obwohl was? Ich sehe hier nichts über Juwelen und auch für Damenschmuck ist das hier zu massiv. Es ist nämlich so groß", sagte Jenny und zeigte die Größe des Medaillons mit den Fingern. Das Medaillon mit dem Stern war in der Tat zu groß, um nur als Schmuck für Kleidung zu dienen. Nein, es hatte eine bestimmte Bedeutung.
„Aber woher weißt du, wie groß es ist?", wunderte sich Remi.
„Das ist nicht wichtig. Ich hatte eine Eingebung von oben. Du sagtest ‚obwohl'. Obwohl was?"
„Also, wenn ... wenn der Stern das Wappen eines bedeutenden Hauses ist, dann könnte es ein Nachschlagewerk für Wappenkunde oder etwas Ähnliches sein. Ja, in teuren Nachschlagewerken für Spezialisten werden die Abbildungen gerade so eingefügt. Auf Blättern aus dickem Papier ohne Nummerierung. Aber diese Bücher gelangen üblicherweise nicht in die Hände von Idioten, die dazu fähig sind, eine Seite herauszureißen. Sie werden in einer begrenzten Auflage herausgegeben. Du kannst so einen Band in der Bibliothek eines Lords oder im Klub finden, wo man zusammenkommt, um auf dem Laufenden zu sein ... oder ..."
„Oder?", sagte Jenny, die hellhörig geworden war.
„Sag schon, sag schon! Oder wo?"
Sie wusste ganz genau, dass man sie kaum in die Bibliothek des Gebieters des Feuers oder den Klub der aufgeblasenen Aristokraten lassen würde.
„Oder in der Zentralbibliothek von Eweron. Dort hat jeder Zutritt, aber nicht jedem wird erlaubt, ein Buch mitzunehmen. Aber man kann es zumindest dort lesen."
„Lesen und eine Seite ausreißen", nahm Jenny den Gedanken auf.
„Man reißt Seiten nur raus, wenn man total verblödet ist", schnitt ihr der Bibliophile das Wort ab.
„Ein zivilisierter Mensch tut so etwas nicht. Das ist ein Verhalten, das höchstens eines Rattlers oder eines Kobolds würdig ist."

„Naja", sagte Jenny zustimmend und nahm das Blatt an sich, „die Rattler und die Kobolde haben ein anderes Heiligtum. Außerdem gehst du damit ohne jede Achtung um. Du trampelst darauf herum, spuckst darauf und so weiter."

„Ich?!", empörte sich Remi. „Ich trete mit den Füßen auf das Heiligtum der Kobolde? Das kann nicht sein!"

„Wie du weißt", räumte Jenny sanft ein, „spreche ich von dem Schmutz, der bei Kobolden religiöse Verzückung hervorruft. Wenn du nicht darauf trittst, dann weiß ich nicht, welche Verwendung du sonst für ihn findest."

Sie überließ es dem verdutzten Remi, über ihre Worte nachzudenken. Dann machte sie sich auf die Suche nach Kwestin, um ihn zu bitten, mit ihr die Bibliothek zu besuchen. Am besten kommandiert er Sergeant Kuber für diese Aufgabe ab, dachte sie. Doch als sie den Präfekten gefunden hatte, wies er ihre Bitte ab. Alles, was sie erreichen konnte, war die Erlaubnis, in Begleitung von Remi die Bibliothek aufzusuchen.

***

Als Remi erfuhr, dass er sich von seinen Nachschlagewerken losreißen musste, war er zuerst missmutig. Aber als er hörte, dass es um einen Besuch der Bibliothek ging, stieg seine Laune.

„Wo ist diese Einrichtung?", fragte Jenny, als sie die Präfektur verließen.

„Wahrscheinlich im Zentrum? Am Fuße des Vulkans?"

„Noch höher", lächelte Remi gönnerhaft. Jenny versetzte ihn stets in eine unangenehme Lage, schon bei ihrem ersten Treffen. Endlich war es ihm beschieden, sich mit einer Sache zu befassen, in der er sich offensichtlich besser auskannte. Die Stadtbibliothek war nicht einfach im Zentrum, sie lag direkt am Hang, innerhalb des zweiten Mauerkreises. Eweron war mit der Zeit ständig gewachsen und die erste Mauer, die um die Stadt errichtet worden war, schirmte die Villen der Lords auf den Hängen ab. Die zweite reichte bis zum Fuß des Berges. Danach wurde es in diesen Mauern eng in der Stadt und die Lords hatten befohlen, eine dritte Ringmauer zu bauen. Von ihr war jetzt nichts übriggeblieben.

„Es ist weit", stellte Jenny fest. Sie versuchte nicht zu zeigen, dass sie die bevorstehende Nähe der Residenz der Gebieter des Feuers aufregte.

„Miete einen Kutscher, sonst brauchen wir, bis es Nacht ist, wenn wir auf den Rücken der Rattler hin und her laufen."

„Einen Kutscher ... ähm ..."

Remi war nicht sicher, ob sein Geld für den Weg hin und zurück reichte. Er gab all seine Münzen für Bücher aus und Jenny wusste das.

„Ich bezahle", erklärte sie.

„Und du hilfst mir, die Bücher zu suchen."

Remi seufzte, aber versuchte, nicht abzulehnen. Als der Wagen kam, schrie er und schwenkte die Arme, um die Aufmerksamkeit des Kutschers zu erregen. Unterwegs schwieg er, doch Jenny verstand auch so, was sie sah. Je mehr ihre Kutsche sich dem Zentrum näherte, umso mehr wuchs der Vulkan, bis er schließlich den halben Himmel verdeckte. Am Fuße des Berges waren die Straßen gerader und die Gebäude höher. Alles wirkte reicher. Man sah weniger Leute, nur die orangefarbenen Westen der Rattler waren deutlich sauberer als am Stadtrand. Dann fuhren sie durch das Tor.

„Die zweite Mauer", erklärte Remi.

„Die haben sie vor dreihundert Jahren gebaut. Aber seitdem ist Eweron gewachsen."

Der Wagen ratterte durch das halbdunkle Portal auf die andere Seite. Jenny hatte erwartet, dass hier etwas besonders Prächtiges sie erwartete. Doch von Neuem zogen sich niedrige Häuschen in Reihen dahin, halb bedeckt von den Kronen breit ausladender Bäume. Remi erklärte: „Vor dreihundert Jahren, als dies noch ein Randgebiet war, wohnten hier weniger wohlhabende Eweroner. Überall gab es Gemüsegärten, Stallungen und Hühnerställe. Jetzt existieren diese Bauten nicht mehr, lediglich hier und da alte Obstbäume."

„Lass dich nicht von diesen kleinen Häuschen täuschen", fügte er hinzu. „Hier wohnen reiche und adelige Leute, die Nachkommen alter städtischer Familien. Und viele arbeiten oben, in den Villen der Gebieter des Feuers. Wir sind schon beinahe am Ziel, dort ist die Bibliothek."

Jenny wurde von den über ihrem Kopf brennenden scharlachroten Fenstern der Paläste abgelenkt und schaute nun in die ihr angezeigte Richtung. Dort stieg inmitten krauser grüner Baumkronen eine rundliche Kuppel auf, über der spitze Felszacken hochragten. Das Bibliotheksgebäude schmiegte sich an den Hang des Vulkans, aber das Magazin befand sich, vor den Augen der Besucher versteckt, tief im Bergmassiv. Gerade zu diesem Zweck bestellte Gnome hätten es vor langer Zeit in den Berg gehauen. Das erzählte Remi, während der Kutscher den Wagen durch die engen Gässchen der Altstadt lenkte. Schließlich hielten sie vor der weißen Marmorfassade mit hohen Säulen. Der Vulkan erhob sich bedrohlich über Jennys Kopf. Nachdem sie den Kutscher bezahlt hatte, blieb sie noch einen Augenblick stehen, um den Berg zu betrachten. Dabei musste sie ihren Hut festhalten, damit er nicht herunterfiel. Für Remi war dieser uninteressant, er hatte den Vulkan schon tausende Male von Nahem gesehen. Während sie den Anblick genoss, gingen nicht weniger als dreißig Leute an ihr vorbei. Offenbar war die Bibliothek ein beliebter Ort. An der Tür hatte sich eine Menschenmenge versammelt, die die Herausgehenden durchließ.

„Und ich dachte, Remi, dass du der einzige Bücherwurm bist", bemerkte Jenny.

„Aber es scheint viele von euch zu geben. Ich fürchte, das ist nicht das schrecklichste Geheimnis, das ich heute aufdecken muss. Obwohl es mir Angst macht."

***

Im Saal der Bibliothek waren mindestens dreihundert Leute. Sie spazierten zumeist paarweise durch den mit Sonnenstrahlen übergossenen Raum, unterhielten sich, stießen einander an und entschuldigten sich höflich. Entlang der Wände saßen Leser an Tischen und blätterten in Büchern. Überall hörte man das Rascheln von Seiten und leises Sprechen. Niemand hob die Stimme in diesem Tempel der Buchstaben, aber hunderte leise Geräusche verschmolzen zu gleichmäßigem Brausen. Jennys Ohren dröhnten.

Die Kuppel, die Remi ihr von Weitem gezeigt hatte, war nun direkt über ihrem Kopf und krönte den beeindruckenden Saal, in den Licht durch viele runde Spalten eindrang. Ganz hoch über ihnen tanzten Staubkörnchen in der sphärischen Weite. Die Bibliotheksangestellten saßen an einer Wand hinter einer hohen Theke. Hinter ihnen waren Reihen von Regalen aneinandergereiht, aus denen Buchrücken glänzten. Remi steuerte sicher durch die Menge. Eingeschüchtert folgte Jenny ihm und presste ein Lederfutteral mit der kostbaren Abbildung des Silbersterns an ihre Brust. Die murmelnden Paare wirbelten in ihrem ausgefallenen und endlosen Tanz herum. Ein paar Mal entging Jenny nur knapp einem Zusammenstoß. Schließlich zeigte ihr Remi ein dünnes, langnasiges Mädchen in einem strengen schwarzen Kleid, das bis unter das Kinn zugeknöpft war. Sie hatte die Augen zusammengekniffen und betrachtete die zahlreichen Besucher. Vor ihr war ein Schild mit der Aufschrift „Auskunft" platziert. Jenny, die unter dem unfreundlichen Blick der knochigen Bibliotheksangestellten unsicher geworden war, zog das Blatt aus dem Futteral.

„Sehr geehrte Dame, bitte helfen Sie mir. In welchem Buch könnte sich ein solches Blatt befinden? Das ist äußerst wichtig ..."

„Das gehört nicht zu meinen Aufgaben", unterbrach sie die Bibliotheksdame kurz angebunden. „Sind Sie in unsere Listen eingetragen? Nein? Dann bitte ich Sie, sich einzuschreiben, danach haben Sie freien Zugang zur Suche dieses besagten Buchs."

Jenny sah Remi flehend an. Sie verstand kein einziges Wort.

Remi setzte eine gönnerhafte Miene auf und sagte: „Jenny, könntest du irgendwo am Fenster warten?" Er stieß sie zur Seite und zischte mit schrecklicher Stimme: „Was soll das? Darf man etwa so reden? Hier ist das nicht üblich. Geh und störe mich nicht, die Situation richtigzustellen."
Jenny war erschüttert und entfernte sich, während Remi, seine dicke Brust an die Theke gelehnt, liebenswürdig lächelnd begann, auf das Mädchen einzureden. Einzelne Worte konnte Jenny verstehen: „... also völlig unwissend, vor drei Tagen vom Lande ... Nichte meines Vorgesetzten ... ich wäre nicht mit ihr gegangen, wäre es nicht eine Anordnung Seiner Gnaden gewesen ..."
Gut, dachte Jenny. Ich werde dich an jedes deiner Worte erinnern, und zugleich dreifach an jedes Wort, das ich nicht verstanden habe. Warte nur, wenn du mir das Buch, das ich brauche, nicht findest. Jenny sah sich um und fand es schade, dass die Bibliothek nicht im Nord-West-Bezirk war. Dort wären dieser Informationsdame Unannehmlichkeiten sichergewesen.

Jenny musste lange warten und ihr wurde langweilig. Insbesondere, weil es hier nichts gab, was man anschauen konnte. Langweilige Leute, die sich über langweilige Sachen unterhalten, dachte sie. Ausgenommen waren vielleicht zwei zerzauste junge Männer, die an ihr vorbeigingen und einander die Neuigkeiten aus Grandelin mitteilten, sich ereifernd und gegenseitig unterbrechend. Beide versuchten, ihre Gerüchte als etwas Überwältigendes darzustellen. Soweit Jenny die Unterhaltung mitverfolgte, war das Wesentliche, dass die Vorhut der Armee von Eweron schon auf die Frontlinien der Vertreiber des Windes getroffen war und in der nächsten Zeit mit bedeutenden Ereignissen zu rechnen war.
„,Der scharfäugige Herold', ha!", orakelte der eine.
„Kann man denn diesem Klatsch glauben?"
„Nein, natürlich nicht", sagte der Zweite bissig.
„Glauben kann man nur dem ‚Eweroner Abend', den dein Papa liest. Eine defätistische Zeitung!"

Die streitlustigen jungen Männer entfernten sich. Jenny sah genervt zur Theke der Bibliotheksdame. Erstaunt stellte sie fest, dass das strenge Fräulein lachte, als sie Remi zuhörte. Beide schienen zufrieden, beiden gefiel die Unterhaltung, sodass diese sich fortzusetzen drohte. Jenny seufzte und wartete. Sie wühlte eine Weile in der Schutzhülle herum, die sie sich vom Kwentins Tisch angeeignet hatte, um den Beweis hineinzustecken und zog das rote Lutschbonbon heraus, den sie mitgenommen hatte. Der süße Geschmack versöhnte sie ein wenig mit der traurigen Wirklichkeit.

Irgendwann machte Remi Jenny in ihrer Verbannung am Fenster ausfindig und erklärte stolz: „Wir haben Glück gehabt, dass heute ausgerechnet Elsbetinora Dienst hat! Sie ist damit einverstanden, uns zu helfen. Das ist so liebenswürdig, findest du nicht?"

„Elsbetinora", wiederholte Jenny erschüttert.

„Erbarme dich meiner, Trochomor, so ein Name passt zu einem Troll. Ich werde ihr mein Koboldmesser zeigen müssen, das gleicht die Chancen ein wenig aus."

Remi hörte nicht zu, er strahlte.

„Sie ist bereit, uns zu helfen", wiederholte er entzückt.

„Sie sagte, dass sie einige Bücher mit Illustrationen auf solchem Papier im Kopf habe. Sie wird sie sich noch heute ansehen. Wenn sie nichts findet, sucht sie weiter. Letzten Endes sieht das Papier ziemlich neu aus, man müsse nur alles überprüfen und von den neuesten zu den älteren Ausgaben übergehen. Es werden kaum über hundert sein."

„Hundert? Ach ... Bleib nur ruhig. Das sind Kleinigkeiten, das sind Kleinigkeiten, das sind Kleinigkeiten."

„Natürlich, Betti ist mit ihrer Arbeit beschäftigt und kann der Suche keinen ganzen Tag widmen, aber ..."

„Das sind Kleinigkeiten."

„Was murmelst du da dauernd?"

„Beachte das nicht, ich gehe auf dem Weg des Chogort."

„Nun, unwichtig", fuhr Remi fort.

„Ich werde jeden Tag kurz zu ihr kommen und sobald Betti das benötigte Buch findet, werde ich dir sofort Bescheid geben. Sprich nur mit deinem Onkel, dass man mir das erlaubt."

Er hält sich für schrecklich pfiffig, dachte Jenny. Statt des langweiligen Sitzens im Keller, tägliche Treffen mit der kultivierten und gebildeten Elsbetinora, deren langer Name mit der Länge ihrer Nase konkurriert. Doch in Wahrheit war es Jenny egal.

„Ich gebe dir sogar Geld für einen Kutscher und die Leckereien des Gebieters des Feuers für Betti. Finde nur das Buch", murmelte sie.

„Und möglichst schnell."

***

In der Präfektur ging es laut zu. Wachsoldaten legten Rüstungen und Helme an, wobei sie sich dieses Mal nicht mit Keulen, sondern mit Kampfwaffen wappneten. Auf die Fragen antwortete Kwestin nur mit einem müden Seufzer: „Der Befehl lautet, uns zu rüsten und die Nacht in Kampfbereitschaft und in Erwartung eines Kommandos zu sein. Heute werde ich nicht zu Hause übernachten."

„Aber warum? Was ist passiert?"

„Es gibt Gerüchte über Kämpfe zwischen unserer Armee und den Antreibern des Windes, darüber, dass ihre Flotte die Häfen verlassen hat und an unseren Küsten gesichtet wurde. Aber nichts wird zuverlässig mitgeteilt. Deshalb wird befohlen, den Gerüchten keinen Glauben zu schenken. Mach dich bereit, Jenny, ich fahre dich in die Blumenstraße. Wir werden essen und ich kehre dann in die Präfektur zurück."

Morko hatte auch gehört, wie Nachbarn verschiedenen Unsinn gerufen hatten, aber auch ohne Befehl glaubte er den Gerüchten nicht. Der Kobold servierte ungerührt das Essen. Nachdem Kwestin gegessen hatte, fuhr er zur Dienststelle zurück. So erzählte ihm Jenny nichts von ihrem Besuch in der Bibliothek. Ganz offensichtlich ist jetzt nicht der passende Augenblick dafür, dachte sie, bevor sie in ihr Zimmer ging und ins Bett fiel. So sehr sie sich auch bemühte, sie konnte nicht einschlafen. Angst und Erinnerungen bedrängten sie. Draußen riefen sich die Nachbarn allerlei Dinge zu, gewöhnlich taten sie das am frühen Morgen, aber heute hatte es niemand eilig, ins Bett zu kommen. Ihrem Geschrei entnahm Jenny, dass sie einen Angriff der Antreiber des Windes auf den Hafen erwarteten.

Dann marschierte die Wache mit der Rüstung klirrend unter den Fenstern vorbei und die Nachbarn hielten endlich den Mund. Jenny hatte sich mindestens eine Stunde lang schlaflos im Bett gewälzt, als an die Haustür geklopft wurde. Leise, vorsichtig und nicht sehr deutlich in der nächtlichen Stille. Das Stoßen einer Prothese drang an ihr Ohr, über den Flur stampfte Morko, die Tür quietschte. Jenny schlich sich nach unten, um nachzusehen. Der Butler sprach erneut mit dem in einen dicken schwarzen Mantel gehüllten Abgesandten, der erst vor einigen Tagen vor ihrer Tür gestanden hatte. Die Kobolde unterhielten sich, Morko brummte: „Ich werde auf jeden Fall da sein" und schlug die Tür hinter dem Gast zu.

„Morko!", rief Jenny.

„Ich habe zufällig gehört, dass jemand zu dir gekommen ist. Machst du dich auf zum Tal der hundert Tempel? Ich gehe mit dir!"

„Schlaf, Jenny. Nachts gehe ich sicher nirgends hin. Aber morgen ... Ich werde dich mitnehmen, wenn Herr Kwestin nichts dagegen hat."

Der Präfekt erschien erst in den frühen Morgenstunden, böse und gereizt. Die Gerüchte waren Gerüchte geblieben, fremde Schiffe waren nicht an den Ufern von Eweron erschienen. Doch die Wache war die ganze Nacht durch die Straßen gezogen. Der Präfekt schimpfte auf die Obrigkeit, die selbst nicht wusste, was sie wollte. Kurz darauf rief draußen ein Zeitungsjunge: „Der ‚Scharfäugige Herold'! Kaufen Sie das Extrablatt! Eine große Schlacht! Unsere ruhmreichen Soldaten weichen keinen Schritt zurück! Vor den wilden Barbaren! Der Feind erleidet Verluste! Lesen Sie von den Heldentaten der Verteidiger des Vaterlandes!"

Jenny überlegte, inwieweit der Artikel über den Tod Burmals der Wahrheit entsprach. Denn wenn der Verfasser des Artikels genauso mit den Fakten umgegangen war, dann ... es schauderte sie vor unguten Vorahnungen. In Grandelin ging etwas Schreckliches vor sich. Nun, gelobt sei Trochomor, dass es so weit weg ist, dachte sie.

„Werden wir keine Zeitung kaufen?", wollte Jenny wissen.

„Na, um die Wahrheit zwischen den Zeilen zu lesen?"

Der Präfekt war in seine Gedanken versunken und schenkte der Frage keine Aufmerksamkeit. Dafür begannen die Nachbarn von Neuem zu schreien. Der fehlende Nachtschlaf hatte die Leistungsfähigkeit ihrer Stimmen nicht im Geringsten beeinflusst. Aus dem Geschrei schloss Jenny, dass sie Ausgaben des ‚Scharfäugigen Herolds' gekauft hatten und den Leitartikel über die Siege diskutierten. Nun wusste Jenny zumindest, was ein Leitartikel war.

Währenddessen erzählte Morko Kwestin von dem nächtlichen Besuch und bat ihn um die Erlaubnis, sich entfernen zu dürfen.

„Ich denke, dass ich dieses Mal etwas über Jack Jack erfahren werde. Man hat mir Einzelheiten über die Geschichte mit Bod Kambala versprochen."

Der Präfekt nickte.

„Damit wenigstens etwas klar ist. Obwohl das kaum der Ermittlung hilft. Mit der Ermittlung läuft es, ehrlich gesagt, schlecht. Gegen Lord Marian gibt es nur sehr wacklige Beweise. Damit kann ich nicht vor Gericht ziehen. Ich kann gar nichts machen."

„Und wenn die Beweise besser wären?", fragte Jenny.

Sie hatte ohnehin nur eine schwache Vorstellung davon, was man mit Beweisen anstellen konnte. Wenn es nach ihren eigenen Wünschen ginge, so hätte sie sich selbst gerächt. Morko war offensichtlich auf ihrer Seite.

„Zur Geheimwache, natürlich", antwortete der Präfekt.

„Gegen die Gebieter des Feuers können nur sie etwas unternehmen. Aber nur in dem Falle, wenn die Beweise stichhaltig sind."

„Zu dieser widerlichen Tante gehen?"

Jenny rümpfte die Nase.

„Zu Ursula?"

„Wenn Marian schuldig ist, dann ja. Der Onkel von Ursula ist einer der Führer der Friedenspartei in der Kammer der Lords. Er wird froh sein, sich von Marian zu trennen und seine Nichte wird froh sein, ihm zu helfen."

Das gefiel Jenny nicht. Wenn sie jetzt Schuldbeweise nicht gegen Marian, sondern gegen jemanden aus der Friedenspartei erhielten? Was dann? Mussten sie sich ganz zurückziehen? Kwestin erriet ohne Mühe, woran sie dachte.

„Nein, wie der Fall auch liegt, wir verzichten nicht auf Vergeltung", erklärte er.

„Dann muss man andere Wege finden. Zum Beispiel können wir uns an die Zeitungen wenden. Selbstverständlich nicht an den ‚Scharfäugigen Herold'. An eine anständigere. Gewöhne dich daran, Jenny aus dem Nirgendwo, das ist Politik. So werden die Dinge hier in Eweron geregelt."

„Ach ja", erinnerte sich Jenny, „Bei mir können sich auch noch Neuigkeiten ergeben. Dafür muss Remi die Bibliothek aufsuchen. Erlauben Sie das?"

Der Präfekt nickte zerstreut.

„In Ordnung. Wenn er nur dazu in der Lage ist. Nachts machte er Dienst wie die anderen. Er saß heute in der Präfektur und ist eingenickt. Ich denke, heute will er ausschlafen. So werden wir deine Neuigkeiten wohl morgen erfahren."

***

Der ehrwürdige Ingwar hockte wie üblich auf der Bank und blickte seelenruhig unter seiner Kapuze auf die Sumpflandschaft. Jetzt ähnelte er mehr als je zuvor dem kleinen Gott über dem Eingang des Tempels. Natürlich nicht auf Grund der äußeren

Gestalt, sondern durch die Stimmung, die seine ruhige Haltung ausstrahlte. Ohne eingeladen zu werden, plumpste Jenny auf der Bank neben ihm nieder.

„Ah, mein Gemeindemitglied!", freute sich der Geistliche. „Der große Chogort möge dich segnen, als Freund all derer, die auf dem richtigen Wege wandeln."

„Und woher weißt du, dass ich auf dem richtigen Wege wandle?", erkundigte sich Jenny.

Es war einfach gut, für kurze Zeit allen Wirrwarr zu vergessen und mit jemandem zu plaudern, der die Einzelheiten nicht kannte, aufgrund derer Jenny schon ganz verwirrt war.

„Die richtigen Wege führen zum Tempel von Chogort", belehrte sie der Ehrwürdige.

„Du bist hier. Dein Weg war richtig."

„Hört sich gut an. Und Zeitungen liest du nicht mehr? In der heutigen Sonderausgabe waren viele Neuigkeiten."

„Das sind Kleinigkeiten. Ich habe alles aus den Erzählungen der Pilger erfahren, sie haben sich nur darüber unterhalten. Naja, die Armee Ewerons ist zerschlagen worden. Das ist das Schicksal jedes Heeres, das den Feind unterschätzt. Die Antreiber des Windes sind sehr gefährliche Gegner. Man hätte sie nicht unterschätzen dürfen."

„Das bedeutet trotzdem, dass die Armee zerschlagen ist ...", sagte Jenny gedehnt.

„Und du weißt es genau? Oder hast du es zwischen den Zeilen gelesen?"

„Warum kann das, was ich zwischen den Zeilen lese, nicht die Wahrheit sein?", sagte Ingwar verwundert.

„Übrigens sind auch das Kleinigkeiten. Ich will nicht daran denken."

„Ich brauche einen Rat", sagte Jenny und kam zur eigentlichen Sache.

„Chogort kann mir helfen, irgendeinen Unsinn zu verstehen. Und die Fähigkeit, zwischen den Zeilen zu lesen, wäre auch sehr hilfreich. Kannst du aus einer herausgerissenen Seite auf den Titel eines Buches schließen?"

Ingwar wandte schließlich sein unter der Kapuze verborgenes Gesicht dem Mädchen zu. Bis jetzt hatte er seine Haltung nicht verändert.

„Ah, ein Buch! Du bist wirklich auf dem richtigen Weg, wenn wir von den Zeitungen zu Büchern übergehen. Kann ich mir die Seite mal ansehen?"

Jenny reichte ihm das Blatt. In dem Moment, als der Ehrwürdige das Papier in den Händen hielt, zeigte Ingwar erstmals eine Gemütsbewegung. Seine bedächtige Ruhe verschwand. Er sah Jenny kurz an, wobei in jenem Schatten, der den oberen Teil des Gesichts verbarg, zwei blaue Punkte aufblitzten.

„Woher hast du das? Was bedeutet das?"

Erstaunt bemerkte Jenny, dass Ingwar das Blatt in der linken Hand hielt, während seine rechte Hand unter seinen weiten Umhang glitt. Ingwar schüttelte den Kopf, warf die Kapuze ab und sah sich um. Der Sumpf ringsum war ruhig, einige Kirchgänger schlenderten zum Tempel des Trochomor an der kleinen Insel vorbei, die Chogort gehörte. Sie warfen Ingwars Tempel nicht einmal einen Blick zu. Für alle Fälle rückte Jenny auf das äußerste Ende der Bank und sah Ingwar unverwandt an. Endlich sah sie ihn richtig.

Er war hellblond und hatte durchdringende blaue Augen. Seine fast weißen Locken umrahmten sein Gesicht. Nun hatte er nicht mehr die entfernteste Ähnlichkeit mit einem Geistlichen. Hätte Jenny jetzt den Prinzen eines Märchenlandes beschreiben sollen, so hätte sie in Ingwar das ideale Vorbild gehabt.

„Woher hast du das?" Ingwar hob beschwörend das Blatt mit der Zeichnung hoch.

Und Jenny erzählte ihm die ganze Geschichte. Sie fasste sich kurz, ohne sich in Einzelheiten zu verlieren. Dass das Blatt gestohlen worden war, erwähnte sie nicht, sie nannte es nur einen Beweis. Während Jenny erzählte, beruhigte sich Ingwar. Schließlich zog er die rechte Hand aus dem Umhang und hörte auf, was auch immer dort verborgen war, zu umklammern.

Er bewegte sich wieder langsam und entspannt und zog sich schließlich die Kapuze über.

„Das ist alles", schloss Jenny ihre Erzählung ab.

„Ja, eine interessante Geschichte." Ingwar versuchte zu lächeln, aber es gelang ihm nicht besonders gut.

„Das heißt, dass die Kerze, die nicht brennen wollte, Erik repräsentieren sollte. Den Jüngsten deiner Brüder? Das denkst du? Nun, mit Chogorts Gnade versuche ich dir einen Rat zu geben."

„Es ist nicht nötig, alle Bücher zu durchsuchen. Die Geschichte, die dir einen Anhaltspunkt geben kann, geschah vor weniger als zwanzig Jahren. Versuche die Erzählung über Lady Ametilda zu finden. Über ihre Heirat."

In Jennys Kopf drängten sich ihr tausend Fragen auf. Wer war diese Lady Ametilda? Welche Heirat? Welche Verbindung bestand zwischen diesem Ereignis und dem Medaillon? Und warum erregte dieses Bild Ingwar so auf?

Jenny zog das Bild vorsichtig aus Ingwars Fingern und erklärte: „Es ist Zeit für mich zu gehen. Vielen Dank für die Hilfe."

„Im Namen Chogorts", murmelte Ingwar. Er war wieder wie zuvor und lächelte.

„Mein Interesse in dieser Sache hat dich nicht verunsichert? All das sind Kleinigkeiten, nur dass einige Kleinigkeiten einen stärker aufregen als andere. Vergiss nicht. Lady Ametilda ist aus der Familie der Istrigsi. Komm wieder, Jenny. Ich werde immer froh sein, dir Antwort auf deine Fragen zu geben. Wenn möglich, dann erzähl mir, wie deine Geschichte geendet hat. Ich meine, wenn sie irgendwann vorbei ist."

Jenny stieß nachdenklich mit den Schuhen einige Steinchen beiseite, die die Kirchgänger am Eingang von Chogorts Tempel hingeworfen hatten und an denen ihr allzu weiter Rock hängen blieb. In ihrer Erinnerung tauchten Ingwars leuchtend blaue Augen auf. Dann verschwanden sie wieder im Schatten der Kapuze und Jenny war sogar erleichtert. Eine Aufregung weniger, dachte sie. Sie spürte schon, dass dieser Blick ihr überall hin folgen würde.

„Auf Wiedersehen, ehrwürdiger Ingwar. Wenn die Geschichte ... gut endet, werde ich dir berichten. Verrate es nur niemandem, es ist ein Geheimnis!"

„Und es ist in vertrauenswürdigen Händen", versicherte Ingwar, dessen Lächeln augenblicklich verschwand.

„Wenn ich dir helfen kann, so lass es mich wissen. Ich spreche nicht nur von den Fragen. Der Beistand des mächtigen Chogort bedeutet etwas, glaub mir. Und ich wünsche mir, dass diese Sache gut ausgeht."

***

Dieses Mal kehrte Jenny als Erste zur Wegkreuzung zurück, Morko verspätete sich. Doch sie musste nicht allzu lange warten.

„Wir können den Herrn Präfekten beruhigen, mit Jack ist nichts Besonderes. Er ist nur ein erfolgreicher, gerissener Kerl."

„Nun gut", antwortete Jenny nur. Sie dachte wieder an die blauen Augen, die ihre so fixiert hatten.

„Mir schien, als würde es dich interessieren", bemerkte der Kobold.

„Chogort lehrt, dass das Kleinigkeiten sind. Man muss sie wissen, aber ruhig mit ihnen umgehen. Ich gehe jetzt in einen anderen Tempel, nicht zu Trochomor. Dort erklärt man mir verschiedene interessante Dinge. Ich fürchte, ich werde noch vor Weisheit platzen. Es wird nötig sein, Kwestin öfter Ratschläge zu geben, damit sich die aufgestaute Weisheit nach außen ergießen kann. Außerdem habe ich etwas erfahren, nur, dass es noch überprüft werden muss. Jetzt gehe ich zur Präfektur. Also los, was ist mit Jack? Erzähl es mir und ich werde bei dieser Gelegenheit Kwestin alle Neuigkeiten mitteilen."

Am Ende des Weges gab es keine freien Kutscher, die auf Passagiere warteten. Jenny und der Kobold mussten sich also zu Fuß auf den Weg machen. Unterwegs erzählte Morko die Geschichte des Agenten Jack Jack und eigentlich war es eher die seines verstorbenen Anführers Bod Kambala.

„Allgemein hielt man Bod für einen Dummkopf", erzählte der Kobold. In kleinen Banden wäre das oft so. Anführer wurde der mit den stärksten Fäusten und nicht der mit mehr Verstand. „Bei uns war es anders", fügte Morko hinzu. Jenny schwieg in Erwartung einer Fortsetzung. Öffnet sich da noch eine Seite der Vergangenheit? Doch der Butler kehrte zur Mitteilung der frischen Ereignisse zurück.

„Also, Bod war dumm und hitzig. Alles, was die Bande gewann, verspielte er. Seine Partner waren seriöse Leute. Nun, auch andere Kobolde. In der Hafengegend fand jemand als Lastträger sein Auskommen, dann brachte er einen anderen mit ... so begannen unsere Leute nach und nach dorthin zu ziehen, in die Elendsgegend am Hafen."

Jenny nickte. Es gab hier wenig Kobolde, sie hatte nur wenige Male welche gesehen. Morko war natürlich eine Ausnahme, umso mehr mit seinem sauberen weißen Oberhemd. Ein solcher Kobold wäre wahrscheinlich auf der ganzen Welt nicht zweimal zu finden.

Irgendwann hörte Jenny nur noch mit halbem Ohr zu. Immer wieder kreisten ihre Gedanken um Ingwars rätselhaftes Verhalten. Nun, und auch ein wenig um seine blauen Augen. Ja, und was war dort unter seinem Priestergewand verborgen gewesen? Wonach hatte er gegriffen, als er die Zeichnung mit dem Stern gesehen hatte?

„Einmal verspielte Bod zu viel und geriet in eine missliche Lage. Er versprach, fristgerecht zu zahlen, aber irgendetwas ist mit der Kasse seiner Bande passiert. Du musst verstehen, in jeder ordentlichen Gesellschaft gibt es eine gewisse Summe, die für den Notfall zurückgelegt wird. Sagen wir, um einen Rechtsanwalt oder noch irgendeine andere Hilfe in Anspruch zu nehmen. Für den Fall, dass jemand in Schwierigkeiten ist. Doch um seine Spielschuld zu bezahlen, hatte Bod beschlossen, sich diese Notreserve unter den Nagel zu reißen."

„Und dann ist etwas mit der Spardose der Diebe passiert?"
„Kurz gesagt, man hat sie geklaut. Der Anführer der Bande wurde auf seinem eigenen Territorium bestohlen. An dem Ort, den er selbst als sicherstes Versteck ausgewählt hatte."
„Und das war natürlich Jack Jack."
„Beweise hat niemand. Aber die Fakten sprechen für sich. Jack ist geflohen, hat sich versteckt, ist jetzt damit einverstanden, für die Wache zu arbeiten und übernachtet in einer Gefängniszelle. Ein gutes Versteck vor der Rache der Komplizen. Das muss man ihm schon lassen, klug ausgedacht. Und dreist."
„Ja, diese Sache mit dem Diebstahl der Bandenkasse passt gut zu Jacks kuriosem Charakter", stimmte Jenny zu.
„Schade, dass alles eine so simple Erklärung findet. Kein großes Geheimnis. Und Bod?"
„Er konnte nicht zur festgesetzten Frist zahlen", sagte der Kobold und zuckte die Schultern. „Sein Ende war zu offensichtlich, als dass eine weitere Erklärung nötig wäre."
„Und wurde er deswegen getötet?", fragte Jenny verwundert. „Obwohl man wusste, was ihm passiert war? Ich meine den Diebstahl."
„Naja", murmelte der Kobold nachdenklich.
„Niemand mochte ihn. Einem anderen hätte man ein paar Tage Frist zugestanden, um das Geld zu beschaffen ... Und dann war da noch irgendeine Frau im Spiel ..."
„Los, los, erzähl!", sagte Jenny und wurde wieder munter.
„Das erwies sich auch als wichtiger Umstand. Ein Streit wegen einer Frau, die Schande eines Anführers, den man auf seinem eigenen Territorium übervorteilen konnte ... Kurz und gut, es kamen einige Gründe zusammen und zack! Mit Bod Kambala war es aus."

Über die Frau konnte Morko nichts berichten, er interessierte sich nur für die wichtigen Fakten, unbedeutende Einzelheiten verschmähte er. Das beunruhigte seine Begleiterin. Denn gerade in dieser Geschichte gab es einen wirklich wichtigen Moment.

Aber das waren Kleinigkeiten, wie der große Chogort lehrte. Viel interessanter war, was der ehrwürdige Ingwar unter seinem Gewand versteckt hielt. Ein Pferd und eine Rüstung, die eines Prinzen würdig waren, dachte Jenny.

KAPITEL 10

Die Vertreter der Obrigkeit

In der Präfektur herrschte die übliche Betriebsamkeit. Die Aufregung der Nacht war schon längst vergessen. Erstaunlich war jedoch, wie das Gerücht von der Niederlage der Armee in der Hauptstadt Panik hervorrief. Es ist doch auch eine wichtige Lehre, dachte Jenny bei sich. Denn allen kam zu Bewusstsein, wie angreifbar Eweron war, eine Stadt, die noch einen Tag zuvor unerschütterlich mächtig zu sein schien. Die Wachsoldaten empfanden das sogar noch stärker als das einfache Volk, weil sie um ihren Schlaf gebracht worden sind. Allmählich legte sich die Aufregung und der Dienst verlief in gewohntem Rahmen. Jenny suchte das Arbeitszimmer von Eduard Kwestin auf, um die Geschichte vom unglücklichen Bod Kambala und dem schlauen Jack zu berichten. Doch sie kam nicht dazu.

Jack war höchstpersönlich bei Kwestin erschienen und erzählte lang und breit eine Geschichte. Jenny vernahm schon im Flur seine Stimme. Auch Donald Kuber saß im Arbeitszimmer und schwieg. Als sie eintrat, senkte der Sergeant den Blick und der Präfekt deutete durch ein kurzes Nicken auf einen Stuhl und wandte sich wieder Jack zu.

„Nun", sagte Jack und kehrte zu seinem unterbrochenen Bericht zurück, „Er isst jeden Tag zur selben Zeit am selben Ort zu Abend. Ich habe mich nicht näher an ihn herangemacht, um den Vogel nicht aufzuscheuchen, habe ihn aber durchs Fenster gesehen. Er sitzt am Tisch in der Ecke, ganz einsam. Wie der Vulkan. Er ist in der Wirtschaft wohl bekannt. Ich bin übrigens davon überzeugt, dass er auch heute dort auftaucht."

„Gut", nickte Kwestin.

„Das hast du gut gemacht, Jack, jetzt kannst du dich ausruhen. Aber verschwinde nicht. Wie es aussieht, wirst du heute Abend etwas zu tun haben."

„Ich stehe für Euer Gnaden immer zu Diensten bereit", plapperte Jack großspurig, als er verschwand. „Treu und ehrlich, das bin ich. Immer froh, jeden Befehl auszuführen. Sogar die schwierigste Sache. Sagen Sie nur, was nötig ist und Sie werden sich selbst überzeugen können."

Die letzten Worte sagte er, als er schon draußen und dabei war, die Tür zu schließen.

„Ein mustergültiger Angestellter", brummte Kwestin. „Man möchte ihn schon den anderen als Beispiel vorhalten. Jenny, heute ist ein sehr wichtiger Tag. Ich hoffe, dass du schon heute Abend erfährst, wer schuld am Untergang deiner Familie ist."

„Wirklich? Aber wie kann das sein, wir haben nichts Interessantes erfahren? Wir haben doch keine heiße Spur. Habe ich etwas verpasst?"

„So gut wie nichts", beteuerte der Präfekt.

„Heute kam eine winzige Kleinigkeit zu unserer Faktensammlung hinzu. Unsinn. Ein winziger Umstand, der kaum Beachtung verdient hat."

„Der große Chogort lehrt, dass alle Dinge gleichermaßen winzig sind, weshalb man sich jedem Ding mit gleicher Aufmerksamkeit zuwenden muss. Oder gleich unaufmerksam, je nachdem, wie weit man auf dem Weg Chogorts fortgeschritten ist", sagte Jenny deutlich, Silbe für Silbe betonend. Diese Worte hatte Ingwar zu ihr gesagt.

„Chogort? Das ist so eine kleine nordische Gottheit?" Kwestin zog die Augenbrauen hoch.

„Ich weiß nicht, woher er stammt, aber das sind Kleinigkeiten", antwortete Jenny genauso sicher.

„Nun, los, erzählen Sie mir Ihr neues Faktum. Ich höre."

„Donald hat sich an das Verhör unserer Verhafteten gemacht. Ich meine die Leute, die an den Ausschreitungen beteiligt gewesen sind, du erinnerst dich? Als das Parlament die Kriegserklärung verkündet hat. Du musst dich erinnern, Morko und du waren auch betroffen."

„Natürlich, ich erinnere mich. Und was ist nun passiert? Haben sie etwas Wichtiges erzählt?"

„Bis jetzt habe ich nur einige von ihnen vernommen", sagte der Sergeant leise, den Blick noch immer auf den Boden gerichtet. „Aber zwei erinnern sich an einen Mann mit einer Narbe."

Jenny rührte sich nicht von der Stelle und wartete auf die Fortsetzung. Doch die Männer schwiegen. Dann hielt sie es nicht länger aus: „Ist das alles?"

„Du hast schwindelerregende Neuigkeiten erwartet?" sagte der Präfekt missmutig lächelnd. „Das ist alles, Jenny. Aber es ist wichtig. Nun können wir den Mann mit der Narbe verhaften. Unser Verdacht bezüglich des Medaillons aus ‚Drejkenser und Compagnons' erscheint im Protokoll überhaupt nicht. Aber dieser Mensch wird wegen Aufwiegelung zum Aufstand verhaftet werden. Krawall, Widerstand gegen die Wachsoldaten und so weiter. Und das wird absolut gesetzlich sein. Und wenn man dann dieses Subjekt hinter Gitter bringt, dann ..."

„Dann erscheinen die Rechtsanwälte seines Herrn und er wird im Handumdrehen in Freiheit sein!", unterbrach ihn Jenny erregt. Da sie schon ganze Tage in der Präfektur zugebracht hatte, hatte sie schon von ähnlichen Geschichten gehört.

„Nicht im Handumdrehen, Jenny, nicht sofort", versicherte Kwestin.

„Uns bleibt genügend Zeit, bevor sein Auftraggeber es erfährt und zu handeln beginnt. Gleichzeitig erfahren wir den Namen der Person, die sich um den Verhafteten bemüht. Und überhaupt sind die Perspektiven ausgezeichnet, vertraue meiner Erfahrung. Wenn der Mensch in unserem Keller ist, kann in ihm ganz plötzlich die Bereitschaft zur Mitarbeit an der Ermittlung entstehen. Ganz plötzlich!"

„Wenn Sie erlauben, Herr Präfekt, werde ich meine Vernehmungen fortsetzen", sagte Donald. „Wir brauchen so viele Zeugen wie möglich."

Als er fortgegangen war, schwieg Kwestin lange. Dann sah er Jenny an: „Hast du nicht den Eindruck, dass der Sergeant sich in den letzten Tagen merkwürdig verändert hat? Er ist gar nicht mehr er selbst."
„Wahrscheinlich ist er müde", antwortete Jenny, ohne zu überlegen. Sie dachte an etwas anderes. Donald war männlich und zuvorkommend ... aber seine Augen waren nicht blau, sondern braun wie bei den meisten Einwohnern Ewerons.

***

Während der Präfekt sich mit Vorbereitungen beschäftigte, stieg Jenny ins Archiv, um Remi neue Anweisungen zu geben. Doch er war nicht da. Er hatte es wohl eilig, die Erlaubnis sich zu entfernen zu nutzen, und war in die Bibliothek gerannt. Währenddessen rief Kwestin zwei Dutzend Wachsoldaten zusammen. Jenny schienen das zu viele zu sein, um einen einzigen Menschen zu verhaften. Aber sie sagte nichts und sah nur zu. In der Truppe war auch Merwin, der dicke Gefängnisaufseher. Aus irgendeinem Grund gab Kwestin besondere Anweisungen bezüglich seiner Teilnahme.

Die Leute formierten sich in einige Gruppen und brachen in Richtung Stadt auf. Laut Plan sollten sie sich auf verschiedenen Straßen fortbewegen wie die Patrouillen, die in der Nacht zuvor die Stadt durchstreift hatten, als ein Angriff auf die Flotte durch die Antreiber des Windes erwartet worden war. Schließlich sollten sie sich an der Taverne „Der fröhliche Fresssack" sammeln, wo laut Jack Jack die verdächtigte Person immer zur selben Zeit erschien. Donald war nach dem Gespräch abmarschiert und seitdem hatte ihn niemand mehr gesehen. Jenny dachte nicht zu viel darüber nach, denn sie freute sich schon darauf, den Namen des Gebieters des Feuers zu erfahren, der mit der Truppe fertig geworden war. Je näher der Abend kam, desto stärker wurde ihre Aufregung. Sie saß in der Ecke von Kwestins Arbeitszim-

mer, ballte die Fäuste, betastete den Griff des unter ihrer Kleidung versteckten Messers, das der Kobold ihr geschenkt hatte und unterdrückte nur mit Mühe den Wunsch, Kwestin noch einmal zu fragen, ob sie bald abmarschieren würden. Sie hatte schon zehn Mal gefragt. Jenny nahm an, dass der Präfekt sie mitnehmen würde. Ihre Andeutung war klar und Jenny murmelte: „Weil es mit mir viel lustiger ist."
Dann verstummte sie. Schweigend zu warten, erwies sich als noch schwieriger. Doch was macht man nicht, um alles mit eigenen Augen sehen und die Neuigkeiten früher erfahren zu können.

Gegen Abend erschien Remi wieder im Archiv, rief Jenny aus Kwestins Arbeitszimmer und begann, ihr zu erklären, dass die Suche sich hinzog. Dass er sich noch ein oder zwei oder auch mehr Male mit Elsbetinora treffen müsse.

„In Ordnung, triff dich mit ihr", versicherte sie ihm.

„Kennst du die Geschichte von Lady Ametilda aus der Familie der Istrigsi?", sagte sie dann und änderte schlagartig das Thema.

„Der Name kommt mir bekannt vor", überlegte Remi.

„Ich erinnere mich nicht genau. Mir ist, als hätte ich etwas über diese Person gehört, aber ... Nein, ich erinnere mich nicht."

„So wirst du ihre Geschichte in deinem Gedächtnis aufleben lassen. Es wäre gut, wenn du irgendein Buch über sie mitbringen könntest. Mit Bildern!"

Remi wunderte sich, aber er versprach, ein solches Buch zu suchen.

Das Gespräch mit ihrem ungleichen Freunde machte das Warten für Jenny etwas erträglicher. Und nachdem sich der Tag zäh dahingezogen hatte, kam endlich der Augenblick, als Jenny und der Präfekt dem Ausgang zugingen. Der eiserne Wagen wartete bereits. Kwestin erklärte dem Kutscher den Weg und sie fuhren los. Die Straßen sahen wie immer aus, es war ein ganz alltäglicher Abend in Eweron. Aber Jenny erschien alles voller Vorzeichen und Andeutungen. Ein Mann sah dem Wagen auffallend aufmerksam hinterher und ein Häuflein Rattler schwatzte zu lebhaft. Um sich abzulenken, erzählte sie dem Präfekten die Geschichte von Bod Kambala. Doch Kwestin hörte nicht aufmerksam zu, er hing seinen Gedanken nach und erst jetzt merkte Jenny, dass auch er aufgeregt war. Nur, dass er seine Gefühle besser verbarg. Natürlich, wie viele Jahre wartet er schon auf ein Treffen mit dem Mörder, dachte Jenny. Heute ist es durchaus möglich, dass sein Name genannt wird. Jenny legte unwillkürlich die Hand auf das Mieder ihres Kleides, weil ihr Herz plötzlich schneller schlug.

Der Kutscher zog die Zügel an und der Wagen wurde langsamer. Der Präfekt schaute aus dem Fenster und wunderte sich laut: „Was soll das? Wir sind noch nicht am Ziel!"

„Da draußen sind unsere Leute, auf der anderen Seite der Straße", erklärte Jenny, die durch das Gitter ihrer Wagenseite sah. Sie bemerkte Wachsoldaten, die eng zusammengedrängt auf dem Bürgersteig standen. Über ihnen ragten zwei Reiter auf hochgewachsenen Pferden und in Rüstungen aus schwarzem Stahl auf. Die Passanten schauten neugierig mit scheelen Blicken auf die Szene. So ein Schauspiel bekam man in Eweron nicht oft zu Gesicht. Kwestin betrat schon das Straßenpflaster. Sofort eilte ein Sergeant zu ihm, der den Trupp der Wachsoldaten befehligte.

„Sie lassen uns nicht durch, Euer Gnaden", beschwerte er sich und zeigte auf die Männer vom Geheimdienst der Lords.

„Die beiden da! Sie sagen, es wäre ein Befehl von Lady Ursula."

Kwestin nickte und befahl dem Kutscher, um die Männer herumzufahren. Der Wagen begann sich schwerfällig zu drehen und fuhr dann los. Er donnerte über eine Seitenstraße, auf der die beschlagenen Räder besonders laut auf das Pflaster schlugen und kam unbehindert auf eine andere Straße. Jenny erblickte eine Gruppe bekannter Soldaten, neben denen sich schwarze Reiter wie hohe, düstere Silhouetten unbeweglich positioniert hatten. Unter den Soldaten stach Merwin durch seine Größe hervor. Der Dickwanst glotzte mürrisch auf die Leute der Lords und tätschelte seine breite Handfläche mit seinem geliebten Knüppel. Anders konnte er seine Unzufriedenheit nicht ausdrücken. Die Stadtwache musste sich den Leuten in Schwarz genauso unterordnen wie den eigenen Vorgesetzten.

„Im Namen aller Götter", brummte Kwestin.

„Das ist kein Zufall! Das verdammte Luder hat etwas gerochen ..."

Jenny fragte nicht, wen er meinte. Natürlich spielte er auf Lady Ursula an.

Plötzlich erschien hinter dem Gitter des Fensters an ihrer Seite ein Gesicht. Jenny erschrak und wich zurück. Der Mensch war zu unerwartet aufgetaucht. Einen Augenblick später erkannte sie Jack Jack, der auf dem Trittbrett der Seite des Wagens stand, der den Blicken der Soldaten in Schwarz verborgen war. Er flüsterte: „Euer Gnaden, Euer Gnaden. Die Sache stinkt. Die Geheimwache hat den Befehl erhalten, niemanden in der Uniform Eurer Zunft durchzulassen. Und in ihrer Zentrale ist es schwarz wie die Nacht. So viele Soldaten der Geheimwache habe ich noch nie an einem Ort gesehen. Und unser Klient ist dort mittendrin. Fahren Sie zur Seite und steigen Sie aus Ihrer Stahldose. Sie sind nicht in Uniform, vielleicht lässt man Sie durch. Schauen Sie sich wenigstens an, was die Schwarzmäntel da angestellt haben."

Kwestin nickte und Jacks Gesicht verschwand hinter dem Gitter. Der Präfekt öffnete seine Tür, lehnte sich heraus und befahl dem stummen Kutscher, in eine Gasse zu fahren. Der Wagen drehte wieder schwerfällig um. Als die Ecke eines Hauses ihn vor den Reitern verbarg, stieg der Präfekt aus und Jenny folgte ihm. Sie gingen langsam zur Kreuzung und bogen erneut zur Taverne ab. Jack hatte Recht gehabt. Der Eingang der Wirtschaft war durch eine Formation von Geheimgardisten versperrt. Der Wagen ihrer Vorgesetzten stand an der Seite. Es war niemand in der Nähe der schwarzen Linie, die von den Wachsoldaten gebildet worden war. Die Rattler waren wie vom Wind verweht und die Passanten machten einen Bogen um die schwarz gekleideten Männer.

Der Präfekt blieb stehen und stützte sich auf seinen schweren Stock, als er durch das Fenster der Taverne spähte. Die Wirtschaft hieß „Der fröhliche Fresssack" und der dicke Mann, der mit einem Hühnerbein in der Hand auf dem Schild über dem Eingang prangte, erinnerte leicht an den großen Chogort. Außer, dass der konzentrierte Ausdruck der pausbäckig dargestellten Fratze davon zeugte, dass der fröhliche Fresssack den Weg Chogorts noch nicht zu Ende gegangen war und noch nicht allem Irdischen entsagt hatte. Er hat noch nicht begriffen, dass gebratene Hähnchenschenkel Kleinigkeiten sind, die keine größere Aufmerksamkeit verdient dachte Jenny. Da öffnete sich die Tür der Taverne. Kwestin lehnte sich vor und drückte das Ende seines Stocks stark in das Straßenpflaster. Jenny hielt den Atem an. Die Wagentür der Lady Ursula ging auf und die Dame beugte sich bis um Gürtel aus der Dunkelheit. Ein Soldat in Schwarz erschien. Er blieb stehen und hielt die Tür auf. Nach ihm trat ein schlanker Mann ans Licht, der ihm folgte. Dann erschienen zwei weitere Wachsoldaten. Ihre Schwerter waren blank und die Spitzen berührten den Rücken eines Arrestanten. Streng wurde er auf die Straße geführt. Ein Wachsoldat trat ihm mit einer schweren Kette entgegen. Der Unbekannte hielt die rechte Hand hin und eines der Stahlarmbänder schnappte zu. Jenny betrachtete das Gesicht des Verhafteten. Sie kannte ihn nicht. Doch auf seiner linken Wange stach ihr eine lange Narbe ins Auge, die bis zum Kinn verlief. Während sie sich zu erinnern versuchte, ob sie diesen Mann nicht doch zuvor gesehen hatte, verpasste Jenny den Augenblick, als er loslegte. Die Bewegungen des Unbekannten waren blitzschnell und kraftvoll.

Der Wachsoldat, der ihn gefesselt hatte, krümmte sich und stürzte vor die Füße des Mannes. Offenbar hatten die beiden anderen, die hinter dem Rücken des Unbekannten gestanden hatten, in ihrer Wachsamkeit etwas nachgelassen. Denn der Gehorsam des Fremden hatte die Soldaten getäuscht. Als er spürte, dass die Schwertspitzen sich nicht mehr unter seinen Schulterblättern in die Haut bohrten, versetzte er dem Soldaten vor ihm einen Schlag. Dann drehte er sich abrupt um, holte mit dem Arm aus und eine Stahlschlange, die in dem nicht geschlossenen Fesselarmband endete, peitschte über die Helme der Soldaten. Beide wurden wie von einem Wirbelsturm weggeschleudert. Der eine schlug mit dem Rücken gegen die Tür des „Fröhlichen Fresssacks" und stürzte nach innen. Der zweite kroch noch immer an der Hauswand entlang. Doch der Mann mit der Narbe rannte bereits die Straße hinunter. Die Kette drehte sich klirrend über seinem Kopf.

Mehrere Wachen eilten dem Flüchtenden entgegen und ein Dutzend weitere, die die Formation durchbrachen, jagten hinterher. Lady Ursula kreischte: „Fangt ihn! Haltet ihn auf!"

Der Unbekannte schwang jedoch seine Kette und schlug damit dem Soldaten, der hinter ihm her war, die Waffe aus der Hand. Dann tauchte er unter eine sich ihm bedrohlich nähernde Klinge, rammte seine Schulter in eine schwarze Rüstung und warf den Gegner auf das Straßenpflaster. Als er weiterlief, hatte er schon ein fremdes Schwert in der Hand. Die Verfolgungsjagd wurde kurz durch einen gefallenen Soldaten aufgehalten. Entlang der Straße versuchten zwei weitere Reiter dem Mann mit der Narbe den Weg abzuschneiden, doch die Menge, die sich mittlerweile gebildet hatte, hinderte sie daran.

„Haltet ihn!", ertönte wieder der durchdringende Schrei von Lady Ursula.

Reiter lenkten die Pferde durch die Masse. Einige Bürger wurden zu Boden geworden. Hinter ihnen rannten die Soldaten des Präfekten in Rot. An der Spitze lief Merwin, der bereits zuvor den Knüppel über seinem Kopf geschwungen hatte. Doch weder den Reitern noch den Fußsoldaten gelang es, den Flüchtenden zu stellen. Er war in einer Gasse untergetaucht, die Reiter eng auf seinen Fersen. Die von den Pferden gequetschten Gaffer schimpften und die Zuschauer, die nahe am Geschehen waren, stöhnten und brüllten wild. Jenny merkte plötzlich, dass ihr Mund vor Erstaunen offenstand. Sie beobachtete, dass alle, die näher an den Ereignissen dran waren, wie vom Donner gerührt dastanden und ohne die Augen abzuwenden, auf das unglaubliche Geschehen starrten.

„Fräulein, jetzt habe ich dich erkannt", erklang ein Flüstern an Jennys Ohr. Diesmal war es ihr gelungen, nicht zusammenzuzucken, als sich Jack Jack unbemerkt von hinten angeschlichen hatte.

„Ich habe dich erkannt", wiederholte er.

„Das warst du damals im ‚Glück'. Nicht umsonst habe ich damals diese Kneipe mit diesem Namen aufgesucht. Es ist tatsächlich glücklich ausgegangen. Also reg dich nicht auf, ich nehme dir nichts übel. Wenn dieser Zufall nicht gewesen wäre, wäre ich dann etwa in den Wachdienst aufgenommen worden? Niemals! Aber mach das nicht noch einmal. Ein zweites Mal wäre zu viel."

Jenny suchte nach einer passenden Antwort, doch Jack war schneller verschwunden, als er aufgetaucht war.

Da näherte sich Lady Ursula. In großen Schritten stürmte sie über die nun menschenleere Straße. Der enge schwarze Rock straffte sich und raschelte laut bei jeder Bewegung. Die Chefin des Geheimdienstes blieb vor ihnen stehen und stieß zwischen den Zähnen hervor: „Präfekt Kwestin."

Obwohl ihre Worte an Eduard gerichtet waren, sah sie nur Jenny an. Sie starrte sie so intensiv an, so aufmerksam, dass Jenny den Wunsch kaum unterdrücken konnte, sich hinter dem Rücken ihres vermeintlichen Onkels zu verstecken.

„Lady", der Präfekt verneigte sich leicht.

„Für mich ist es eine große Ehre und ein Vergnügen, eine der glänzendsten Operatorinnen des Dienstes zu beobachten."

„Diese Sache ist noch nicht erledigt."

Ursula hörte auf, Jenny anzustarren, und wendete sich Kwestin zu.

„Sie können zu Ihren Verpflichtungen zurückkehren, die Vorstellung für das Publikum ist beendet."

Dann heftete sie ihren Blick noch einmal auf Jenny, der es vorkam, als spiele ein rotes Leuchten in der Tiefe ihrer schwarzen Pupillen. Die Anwesenheit von Lady Ursula löste eine Welle heißer, brennender Furcht in Jenny aus.

„Und denken Sie daran, der Geheimdienst weiß alles", zischte die schwarz gekleidete Geheimdienstchefin, bevor sie verschwand.

TEIL 3

Die Abhänge des Vulkans

KAPITEL 11

Die Geheimnisse der Familie Istrigsi

Auf dem Rückweg schwieg Kwestin. Immer noch presste er die Hand auf den Knauf seines Stocks und betrachtete düster die Wagenwand gegenüber, als hoffte er, Geheimbriefe auf dem genieteten Stahl zu lesen.

„An was denken Sie jetzt?", fragte Jenny. Sie ärgerte sich über sich selbst. Dass sie sich so erschrecken musste. Lady Ursula hatte ihr Angst eingejagt. Für gewöhnlich fürchteten die Normalsterblichen die Gebieter des Feuers, aber wahrscheinlich hatte die hinterhältige Geheimdienstchefin gerade das beabsichtigt. Jenny Angst zu machen. Es war ihr gelungen, das war das Ärgerliche. Obendrein hätte sie noch weinen können. Denn es gab keine Möglichkeit mehr, den Namen des Feindes zu erfahren. Die Chance war dahin, hatte sich aufgelöst, verflüchtigt, war ihr wischen den Fingern zerronnen.

„Ich denke, dass wir großes Glück gehabt haben", antwortete der Präfekt und erklärte, bevor Jenny ihr Unverständnis äußern konnte: „Die Einmischung von Lady Ursula hat uns eine schändliche Niederlage erspart. Dieser Mistkerl mit der Narbe wäre auch meinen Leuten entkommen. Aber jetzt fällt die ganze Schande auf die Geheimwache."

Jenny begann über diese Schlussfolgerung nachzudenken, doch der Präfekt fuhr fort: „Sehr stark, sehr geschickt, entschlossen und kaltblütig ... solche Krieger sind selten."

„Und sind Sie vielen von ihnen begegnet?"

„Einem. Nur heute."

„Das kann nicht sein!"

„Naja, Merwin hätte sich vielleicht ein bis zwei Minuten gegen ihn behaupten können", sagte der Präfekt nach kurzem Nachdenken.

„Und Morko an seinen besten Tagen."

„Hm …"

Jenny dachte daran, dass Erik sehr geschickt gewesen war. Wäre er stärker gewesen, hätte er auch so etwas fertigbringen können. Sie hatte mehrmals gesehen, wie ihr Bruder es geschafft hatte, einer Menge Verfolgern zu entkommen. Die Geschicklichkeit, die Erik im Wirtshaus „Glück" an den Tag gelegt hatte, war nicht auf einmal da gewesen, sondern erst nach zahlreichen, nicht immer erfolgreichen Versuchen. Ja, Erik war geschickt. Aber man hatte ihn in jener Nacht schnell fesseln können. Das musste bedeuten, dass auch sein Gegner nicht zu unterschätzen war. Das beweist natürlich nichts, aber immerhin, dachte Jenny.

„Wenn es ein Mann aus der Bande gewesen wäre, dann hätte ich das gewusst", überlegte der Präfekt in der Zwischenzeit laut.

„Aber mir ist von ähnlichen Menschen in meinem Territorium nichts bekannt. Er ist kein Bandit, er dient irgendeinem Lord, das weiß ich. Ich werde Morko fragen, aber er wird mir kaum etwas Neues über die Verbrecherwelt des Nord-West-Bezirks berichten können."

Morko konnte nicht weiterhelfen, wie es der Präfekt vermutet hatte. Als er das Abendessen servierte und aufmerksam der ausführlichen Erzählung des Präfekten über die Geschehnisse am Eingang zum „Fröhlichen Fresssack" lauschte, fragte Kwestin, ob der Butler nicht ein paar geniale Vermutungen über die Identität des Flüchtigen hätte. Statt einer Antwort nahm der Kobold einen kleinen verschlossenen Krug und zwei Trinkgläser aus dem Küchenschrank. Damit kehrte er zum Tisch zurück.

„Und ich?", fragte Jenny sofort. Während des Gesprächs hatte sie geschwiegen.

„Ich muss auch zur Ruhe kommen, sonst werde ich nicht schlafen."

Die Bemerkung wurde durch ein langes Gähnen widerlegt, das sie nicht unterdrücken konnte. Sie war müde und wollte eigentlich unbedingt schlafen. Diese langen Gespräche bei einem Glas Brandy konnten bei der Suche nach Erik überhaupt nicht

helfen. Obwohl sie jetzt nach dem Treffen mit Lady Ursula besser verstand, warum die Wache so lange brauchte, Verdächtige festzunehmen und zu versuchen, die Wahrheit herauszufinden.
Lady Ursula konnte allein mit ihrem Blick grenzenlose Furcht einflößen. Gegen so jemanden konnte man nicht in der Öffentlichkeit vorgehen. Bei der Suche winziger Anhaltspunkte und den Vernehmungen der Eweroner Diebe konnte Jenny nicht helfen. Sie hatte auch nur aus Eigensinn und um nicht allein zu bleiben nach einem Schluck Brandy gefragt.
Der Versuch zu bleiben scheiterte kläglich. Der Präfekt warf ihr einen langen Blick zu und Jenny stand vom Tisch auf. Kwestin und der Butler blieben sitzen und überlegten, wie sie etwas über den Mann mit der Narbe in Erfahrung bringen konnten. Etwa indem sie alte Verbindungen von Morko nutzten. Andererseits bedeutete das, dass Morko sich von Neuem zur Betrachtung des Schmutzes aufmachen und sie mitnehmen würde. Und sie würde den ehrwürdigen Ingwar wieder treffen. Wie könnte sie ihn dazu bringen, die Kapuze abzuziehen? Mit all diesen Gedanken schleppte sich Jenny erschöpft in ihr Zimmer, das voller fremder Sachen war.

***

Als Jenny morgens mit Kwestin auf dem Weg zum Dienst war, hörte sie das Schreien des Zeitungsjungen auf der Straße: „Der Scharfäugige Herold! Der scharfäugige Herold! Lesen Sie die Wahrheit über den Kampf in Grandelin! Gemeiner Verrat! Abtrünnige überließen den Antreibern des Windes die Pläne des Feldzuges!"
Schon zweifelte niemand mehr daran, dass die Schlacht im Süden ganz und gar verloren war. Jetzt stritt man über die Ursachen und wie üblich beeilte sich der „Scharfäugige Herold", seine Version zu verbreiten. Kwestin hörte nicht hin. Das bedeutete, so schloss Jenny, dass der Betrug nicht der Wahrheit entsprach, dass die Wahrheit zwischen den Zeilen lag.

In der Präfektur war nur die Rede vom gestrigen Durcheinander. Viele hatten die Flucht des Unbekannten gesehen und berichteten den Übrigen gerne darüber, wobei sich alle Schilderungen unterschieden. Aber so war es sogar noch interessanter. Das zweite wichtige Thema war der Leitartikel des „Scharfäugigen Herolds". Einige hatten es geschafft, eine frische Auflage zu kaufen und nun gingen die Zeitungen von Hand zu Hand. Es war ein üblicher Tagesbeginn. Bis die Soldaten für die heutigen Posten eingeteilt wurden, drängten sie sich am Eingang und tauschten Neuigkeiten aus. Jenny hielt nach Kuber Ausschau, aber da kam Remi mit einem dicken Buch unter dem Arm auf sie zu.

„Jenny!", rief er.

„Wie konntest du das wissen? Woher?"

Sie wollte nicht, dass die Soldaten von ihrer Suche in der Bibliothek erfuhren, und packte den erstaunten Remi am Ärmel, um ihn zur Seite zu ziehen.

„Was ist?", flüsterte sie, als sie die Menge der Soldaten hinter sich gelassen hatte.

„Dir wurde ein Geheimauftrag von besonderer Wichtigkeit anvertraut und da brüllst du vor allen los!"

„Das habe ich nicht gewusst." Remi war baff.

„Du hast nichts von besonderer Wichtigkeit gesagt ..."

„Wenn ich mich damit befasse, bedeutet das besondere Wichtigkeit", erklärte Jenny würdevoll. „Nun, was hast du gefunden?"

„Hier!" Remi wies auf das Buch. „Hier ist alles."

„Kurz zusammengefasst? Mit deinen Worten?"

„Dieses Medaillon ... naja, oder was auch immer er ist. Es gehörte dem Prinzen Grenwej, es ist das Emblem seines Hauses, der Eis-Stern. Der Prinz war einst Botschafter der Herren des Eises in Eweron. Hör mal, sag doch, woher wusstest du das? Ich habe es nicht erkannt. Elsbetinora auch nicht, aber du hast es sofort erraten!"

„Ich verstehe nicht ganz", begann Jenny unsicher.

„Was habe ich denn gewusst? Was habe ich erraten?"

„Eben dieser Grenwej hat und Lady Ametilda von der Familie Istrigsi verführt und ausgeraubt. Sie ist mit ihm davongelaufen, nachdem ihre Familie ihr verboten hatte, sich mit dem Prinzen zu treffen. Er wollte sie heiraten und sie hat eingewilligt. Aber die Familie war dagegen. Da sind sie geflohen. Damals war das ein großer Skandal. Doch seither sind fast zwanzig Jahre vergangen. Jetzt denkt kaum noch jemand daran. Woher wusstest du von Lady Ametilda?"

„Ich betete zu den richtigen Göttern", antwortete Jenny langsam, während sie fieberhaft über die ihr offenbarten Fakten nachdachte.

„Das heißt, Lady Ametilda aus der Familie Istrigsi und der Eis-Prinz Grenwej ... Gib das Buch her!"

„Die Istrigsi waren eine einflussreiche Familie. Sie versprachen dem, der sie zu den Flüchtigen führen würde, tausend Goldstücke", sprudelte Remi hervor.

„Aber lange Zeit konnte man keine Spur finden. Man hat sich gesagt, dass Lady Ursula die Leitung der Geheimwache übernommen hatte, um ihre verschwundene Schwester zu suchen."

Jenny war wie vom Donner gerührt. Mit einem Schlag waren sowohl die fröhlichen Schreie der Soldaten, als auch das Gebrabbel des dicken Archivaufsehers verstummt. Ihre Ohren waren wie mit Watte verstopft und die Gedanken kreisten in ihrem Kopf. Lady Ursula war aus der Familie der Istrigsi, aus der Familie des Mädchens, das mit einem Fremden davongelaufen war. Mit dem Botschafter der früheren Feinde Ewerons. Das Medaillon des Prinzen, dachte Jenny. Ursula wusste davon, hatte Wind davon bekommen. Darum hatte sie den Mann, der an dem Geschehen teilgenommen hatte, fassen wollen, bevor er in die Hände der Stadtwache fiel. Jenny schmerzte der Kopf.

„Jenny! Wo bist du?"

Die Stimme von Sergeant Kuber drang zu Jenny durch. Er stand plötzlich lächelnd neben ihr, in der schönen Uniform der Stadtwache. Ein Bild von einem Mann, dachte sie. Dann kehrte Jenny langsam in die Wirklichkeit zurück. Und die war dank Trochomor und dem unvergleichlichen Chogort heute ganz und gar nicht schlecht.

„Donald ..."
Jenny wusste nicht, was sie sagen sollte. Schon lange hatte sie den Sergeanten so sehen wollen, fröhlich und freundschaftlich. Die Umstände mussten so unglücklich fallen, dass er gerade jetzt in ihrer Nähe auftauchte, wo sie äußerst dringend mit dem Präfekten sprechen musste.

„Donald, ich ..."

„Belästigt dich dieser Kerl etwa?"

Kuber sah Remi streng an.

„Aufseher, du musst zu dieser Zeit im Archiv sitzen und den Katalog in Ordnung halten. Schnell, an die Arbeit! Marsch, marsch!"

Remi war verblüfft, denn gewöhnlich sprach man nicht so mit ihm. Seine Selbstbeherrschung reichte gerade noch, um sich würdevoll vor Jenny zu verbeugen und sich gemessenen Schrittes zu entfernen.

„Du hättest nicht so zu ihm sein sollen", sagte Jenny vorwurfsvoll.

„Er hat mir sehr geholfen und etwas Interessantes gefunden."

„Nichts da, er muss wissen, wo er hingehört. Er ist nur ein Praktikant und du bist die Nichte des Präfekten. Manchmal ist es gut, jemanden wie ihn den Unterschied fühlen zu lassen. Und was hat er für dich herausgefunden? Bezieht es sich auf unsere Sache? Auf den Banditen, der der Geheimwache entwischt ist? Erzähl es mir, mich interessiert das auch!"

Unter anderen Umständen wäre Jenny dahingeschmolzen und hätte sich beeilt, Kuber ihre Entdeckungen mitzuteilen. Doch gerade in diesem Augenblick erschienen ihr das Lächeln des herrlichen Donalds und sein Interesse nicht ganz echt zu sein. Früher war er nie so gewesen.

Kuber machte noch einen Schritt auf sie zu. Jenny spürte, dass er ihr näher kommen wollte. Doch anstelle von Freude, bekam sie ein dumpfes Gefühl in der Magengrube. Sie kannte sich selbst nicht wieder. Gerade davon hatte sie noch gestern geträumt. Auch wenn er keine blauen Augen hatte ...

Sie hielt das Buch wie einen Schild vor sich und stammelte: „Darin sind sehr schöne Bilder. Viele Damen in prächtigen Kleidern, und ich wollte sehen, was man in der Hauptstadt trägt."
„Ausgezeichnet!"
Donald strahlte über das ganze Gesicht.
„Wenn du willst, begleite ich dich in ein Atelier, wo modische Kleidung gefertigt wird. Ich kenne mich besser mit Herrenschneidern aus, aber für dich erkundige ich mich nach Adressen von Schneiderinnen für Damenkleider."
Er rückte noch ein bisschen näher, sodass er mit seiner Brust fast das Buch berührte, das Jenny an sich presste. Sie wich einen Schritt zurück und murmelte: „Schneiderinnen und Weißnäherinnen, ihre Finger sind von den Nadeln zerstochen und sie beten zum großen Chogort wegen ihrer unter den Tisch gerollten Fingerhüte. Ja, natürlich. Danke, Donald. Aber nicht jetzt. Jetzt ... versteh doch ... jetzt habe ich anderes zu tun. Ich muss zu Kwestin, wegen einer wichtigen Sache. Und du hast Dienst. Wir hören uns später, einverstanden?"
„Natürlich! Wie du möchtest!"
Jenny rannte schneller vor Kuber davon, als Remi es getan hatte. Das Verhalten des Sergeanten verwirrte sie. Und sie konnte sich selbst nicht erklären, was es eigentlich genau war, dass ihr Bauchschmerzen bereitete. Doch dafür hatte sie jetzt keine Zeit. Sie musste mit dem Präfekten sprechen.

***

Kwestin hatte soeben die morgendlichen Anordnungen getroffen, die Offiziere zu ihren Aufgaben abkommandiert und saß mit der Durchsicht von Papieren beschäftigt in seinem Zimmer. Die Ordnung auf dem Tisch hatte nicht zugenommen. Eher das Gegenteil war der Fall. Doch der Präfekt legte Listen von einem Stapel auf einen anderen. Mit der Überzeugung eines Menschen, der sehr gut weiß, was er tut. Als Jenny anklopfte und das Arbeitszimmer betrat, hob der Präfekt nicht einmal den Kopf. Er sagte nur: „Nicht jetzt. Lass mich erst in diese Dokumente Einsicht nehmen. Dann werden wir uns unterhalten."

Jenny setzte sich auf den Rand eines Stuhls. Sie hielt Ausschau nach einem Platz, wo sie das Buch deponieren konnte, doch alles war mit Kwestins Papieren belegt. Der Tisch war seine ungeteilte Domäne. Ihr blieb nur, im Buch zu blättern, das sie auf den Knien ablegte. Eine Zeitlang knisterten beide mit Papier. Kwestin beschäftigte sich mit Berichten, Jenny blätterte die Buchseiten um. Dann sagte sie laut und deutlich: „Oho!"

Der Präfekt reagierte nicht.

„Oha!"

Der erneute Versuch war auch nicht von Erfolg gekrönt.

„Wer hätte sich das gedacht! Jetzt verstehe ich endlich, warum Lady Ursula so einen Tumult veranstaltet hat!", spielte Jenny jetzt ihren größten Trumpf aus.

Das wirkte. Kwestin riss sich von seiner Beschäftigung los und sah Jenny an. Sie steckte ihm sofort das Buch unter die Nase, das auf der entsprechenden Seite aufgeschlagen war. Eine Minute lang betrachtete er die Abbildung, dann heftete sich sein Blick auf die Unterschrift.

„Lady Ametilda und Prinz Grenwej ... ja. Ich erinnere mich an diese Geschichte."

„Und auf der Brust des Prinzen ist das bekannte Medaillon", setzte Jenny fort.

„Mit dem schönen Stern."

„Und die ältere Schwester Ametildas ist unsere gute Bekannte", murmelte Kwestin unterdessen. „Sie hat versucht den Mann zu fangen, der dem Medaillon nachjagt, das bei ‚Drejkenser und Compagnons' hinterlegt ist.

Der Präfekt hörte nicht, was Jenny sagte. In seinem Kopf bildeten sich dieselben einfachen Schlussfolgerungen, die sie am Abend zuvor gezogen hatte.

„Das Medaillon mit dem Stern. Grenwej hat es getragen, es war das Zeichen seiner Zugehörigkeit. Zu seinem Haus. Was ist mit den Flüchtigen geschehen? Grenwej ist nie nach Hause zurückgekehrt, jedenfalls ist darüber nichts bekannt. Wo ist er also? Und wo ist Ametilda?"

„Eine gute Frage, Onkel", stellte Jenny fest. „Soviel ich weiß, hat man sie nie auffinden können. Und Ametildas Schwester leitet nun die Geheimwache, um die Suche fortzusetzen."

„Aber wo ist hier eine Verbindung mit Burmals Schauspielertruppe?"

Jenny stieß einen tiefen Seufzer aus. Man sah sofort, dass Kwestin keine Schwäche für Liebesgeschichten hatte. Na, wie kann man nur so schwer von Begriff sein, dachte sie genervt.

„Das Medaillon hatte einer von uns. Einer von den Waisenkindern, die Papa unterwegs aufgenommen hat", erklärte sie.

„Wir haben es immer wieder im Leihhaus versetzt. Die Lords müssen davon erfahren haben. Und einer ist bei der Vorstellung erschienen.

„Das Blut ist sichtbar, die Herkunft ... die Rasse ist darin zu spüren ...Nun? Ist es jetzt klar?"

„Nicht ganz", sagte Kwestin ohne Überzeugung.

Jenny verdrehte die Augen. Unglaublich! Wie begriffsstutzig er doch war.

„Einer von uns ist das Kind von Ametilda und Grenwej, Kwestin! Das ist Erik. Deswegen haben sie ihn entführt. Einer der Gebieter des Feuers trachtet nach dem Leben des Sohnes vom Prinzen des Nordens und der Lady aus dem Geschlecht der Istrigsi. Verstehen Sie jetzt?"

„Oh", sagte Kwestin und nickte langsam.

„Es wäre logisch gewesen, anzunehmen, dass das Lady Ursula ist. Aber wir wissen, dass Erik nicht bei ihr ist. Sie ist selbst auf der Suche nach ihm."

„Und glaubt, wir stünden ihr im Wege!"

„Nein, nein, wir müssen nicht übertreiben. Sie selbst kann die Fährte nicht finden, deshalb folgt sie uns, um die Beute zu erwischen. So ist es wohl richtiger."

„Gestern hat sie die Beute nicht gepackt", erinnerte Jenny.

„Diese böse Alte wird uns auch weiterhin verfolgen. Eigenartig, dass sie Wind davon bekam, dass wir den Mann mit der

Narbe gefangen nehmen wollen. Sie wusste schon alles im Voraus! Sowohl wo er zu Mittag aß, als auch wann wir kommen würden, um ihn zu verhaften. Wie das? Woher wusste sie das?"
Kwestin zuckte die Schultern und schob das geöffnete Buch beiseite. Jenny betrachtete die Abbildungen erneut. Lady Ametilda war klein und schmächtig. Frauen wie sie erregen kein besonderes Aufsehen, obwohl sie eine Lady aus dem bekannten Geschlecht der Gebieter des Feuers war. Der Mann aus dem Norden neben ihr sah stattlich und schlank aus. Blondes Haar fiel um sein Gesicht, das ebenmäßige Züge hatte. Er war ansehnlich. Ähnelte Erik einem von ihnen? Erik hatte dunkle Haare und seine Gestalt erinnerte mehr an Ametildas. Obwohl es durchaus möglich war, dass er in ein paar Jahren größer und breitschultriger werden könnte. Ja, es war durchaus möglich, dass Erik ihr Sohn war.

„Steht jemand in der Präfektur im Dienst des Geheimdienstes?", sagte Kwestin, der seinen Gedanken nachhing.

„Wie können wir ihn ausfindig machen? Ob unser treuer Jack vielleicht einen neuen Auftraggeber gefunden hat? Einen solchen, der ihn besser vor seinen alten Freunden schützt?"

„Jack weiß ziemlich viel", stimmte Jenny zu.

„Aber wir selbst haben ihn doch in unsere Sache hineingezogen. Damals, im Wirtshaus ‚Glück'. Das kann kein abgekartetes Spiel sein, ganz bestimmt nicht!"

„Er könnte seine Dienste auch Lady Ursula angeboten haben, nachdem er bei uns erschienen ist. Denn er hat als erster die aus dem Buch gerissene Seite gesehen, auf der das Medaillon mit dem Stern abgebildet war."

„Das passt nicht zu ihm", seufzte Jenny.

Ein Dieb, der ein so heuchlerischer Verräter wäre, hätte ihr nicht gesagt, dass er sich an das Treffen im Wirtshaus ‚Glück' erinnerte. Nein, Jack wollte ihr gegenüber ehrlich sein und Klarheit bewahren. Er war kein Verräter.

„Zu wem dann?", antwortete Kwestin mit einem Seufzer.

Der Gedanke, dass sich unter seinen Untergebenen ein Spion des Geheimdienstes befinden könnte, bedrückte den Präfekten. Doch woher hatte Lady Ursula erfahren, wo und wann sie den Verdächtigen suchen musste?

„Weißt du was?", fragte Kwestin und zog nach einer kurzen Pause Bilanz: „Wir werden von jetzt an niemanden mehr in diese Sache einweihen. Niemanden von den Angestellten der Präfektur. Ich habe mir überlegt ... Remi war nicht den ganzen Tag hier. Ihn könnte man auch verdächtigen, obwohl ich bis jetzt überhaupt keinen Anlass dazu habe, an diesem jungen Mann zu zweifeln. Und Sergeant Kuber. Er ist von Anfang an dabeigewesen und hat sich bis jetzt auch als mustergültiger Wachsoldat erwiesen. Und Brem Bork, dem ich nicht zu viel gesagt habe? Der alte Bork ist genügend erfahren, als dass er sich selbständig viele Details erklären kann. Gar nicht zu sprechen davon, dass jeder beliebige meiner Männer einfach zufällig etwas erfahren hätte. Beim Mithören eines fremden Gesprächs."

„Was nun? Sind alle verdächtig?"

„Das fällt in meine Verantwortlichkeit", antwortete der Präfekt.

„Denk nur nicht, dass mir das gefällt. In Zukunft gilt für uns, dass wir kein Wort mehr zu anderen sagen."

Jenny dachte an den ehrwürdigen Ingwar. Von ihm wusste auch Kwestin nichts. Und warum sollte er auch? Er würde Jenny am Ende nur schelten, weil sie geschwatzt hatte. Laut sagte sie: „Aber was sollen wir jetzt tun? Wir haben alle Fäden verloren, durch die Sie diesen Wirrwarr von Rätseln lösen wollten!"

„Das ist aber auch alles!", versuchte der Präfekt sie zu trösten.

„Nur den einen Faden, wenn auch den dicksten. Ich hatte sehr gehofft, die Wahrheit über den Mann mit der Narbe herauszubekommen."

Jenny wurde plötzlich klar, dass sie nichts herausfinden würden. Es gab nichts, an das man sich halten konnte. Sie würde bei Kwestin und Morko bleiben. Zu dritt würden sie von Ausweglosigkeit geplagt werden, untaugliche Rachepläne aushecken und allmählich alt werden. Kwestin muss nicht einmal mehr alt werden, dachte Jenny. Soll das etwa mein Leben sein?

„Ich muss sofort etwas tun!", erklärte sie entschlossen.

„Sonst werde ich vor Wut platzen."

Kwestin lächelte verständnisvoll und Jenny fühlte sich durch sein Verständnis noch schlechter. Er kannte sowohl diese Wut schon lange, als auch die Enttäuschung und die Trauer. Deshalb verstand er gut, was Jenny durchmachte.

„Du musst dir Eweron genauer ansehen", erklärte der Präfekt. „Du bist schon lange in der Stadt, aber du hast außer der Präfektur nichts gesehen. Das ist für langweilig. Geh zum Hafen, bewundere die Schiffe. Wir müssen jemanden finden, der dir Gesellschaft leistet."

„Donald wollte mich mit Schneidern bekanntmachen", überlegte Jenny laut.

„In der Tat", sagte sie dann.

„Ja, ich muss mich um Kleidung kümmern, um dem sich nähernden Alter würdig zu begegnen."

Kwestin zog die Augenbrauen hoch.

„Das Alter? Denkst du nicht etwas zu früh daran?"

„Nun, stellen Sie sich meine Zukunft vor", begann Jenny ihre Befürchtungen zu beschreiben.

„Ich bleibe bei Ihnen, wie es auch mit Morko war. Werde Haushälterin, Bedienstete ... ja sogar Nichte! Ich werde geduldig warten, ob sich nicht irgendwelche neuen Ansatzpunkte ergeben, irgendwelche Beweise, die auf den Mörder hindeuten. Ich werde darauf warten, dass Sie vom Dienst kommen, zunächst noch auf Neuigkeiten hoffen, dann später nur noch aus Gewohnheit fragen. Aber es wird keine Beweise geben und ich werde warten, warten, warten. Und dann alt werden. Alt, alt, alt. Man wird beizeiten mehr Häubchen nähen lassen müssen. Nach den alten Damen zu urteilen, die ich in der Stadt gesehen habe, kommen die Hauben nie aus der Mode."

„Nun reicht es aber!", sagte der Präfekt streng.

„Wir haben immer die Möglichkeit, den Zeitungsleuten das mitzuteilen, was wir bereits entdeckt haben. Sie werden sich auf diese Informationen stürzen. Naja, ein Nachkomme des Herrn des Eises und der Gebieterin des Feuers. Du kannst sicher sein, dass sie es verstehen, mit dieser Geschichte Staub aufzuwirbeln, sie wieder aufleben zu lassen. Dieser Nachkomme ist hier, in Eweron. Und wurde entführt! Wir werden die ganze Stadt in Aufregung versetzen, alle werden nur noch von Erik sprechen. Es ist sehr wahrscheinlich, dass dieser Schritt den Mörder dazu bringt, sich zu verraten."

„Nun, dann mal los!", sagte Jenny, die Feuer gefangen hatte. „Los! Worauf warten wir?"

„Es ist ein sehr gefährlicher Weg. Ich gehe ihn im äußersten Notfall. Wie lange bringst du es fertig zu warten, bevor du zu altern beginnst?"

„Naja, eine Woche werde ich es schon noch aushalten", versprach Jenny unsicher, „vielleicht sogar zwei."

„Das heißt, wir werden warten. Aber morgen gehst du zur Schneiderin und nicht in die Präfektur. Und Samstag begleitet dich Donald Kuber zum Hafen, um die Schiffe anzusehen."

„Und in der Zwischenzeit machen Sie ...", begann Jenny und sah den Präfekten abwartend an.

„Ich durchsuche die Unterlagen über das Verschwinden von Lady Ametilda. Vielleicht gelingt es mir, etwas Wesentliches zu finden. Das wird kaum Zeit beanspruchen. Es gibt wenige Informationen, der Geheimdienst hat sich doch schon mit allem beschäftigt. Und außerdem sagst du zu niemandem ein Wort. Falls sich ein Spion Ursulas bei uns eingenistet hat, dann werden alle Untersuchungen von jetzt an ohne Helfer stattfinden."

***

Am nächsten Tag fuhr Jenny nicht mit dem ratternden Wagen in die Präfektur, sondern machte sich auf die Suche nach einer Schneiderin. Donald war liebenswürdig wie am Tag zuvor, aber da es um ein neues Kleid ging, entschied sich Jenny, auf seine Hilfe zu verzichten. Sie beschloss sogar, ohne Begleitung durch Eweron zu streifen. Dabei fühlte sie sich wie ein Ritter, der die Höhle eines Drachens betrat. Morko wollte sie zuerst nicht gehen lassen. Nur mit großer Mühe hatte sie ihn überreden können.

Auf der Blumenstraße fanden sich keine Schneiderwerkstätten. Aber Jenny ging bis ans Ende des Weges und ihr geschah nichts. Weder geriet sie unter ein Pferd, noch trat sie auf einen Rattler und sie wurde auch nicht vom Geschrei der Passanten taub. Ha! Eure große Stadt ist doch nicht so schrecklich, meine Herren Hauptstädter, dachte sie. Irgendwann fand Jenny die Werkstatt einer Damenschneiderin in einer Nachbarstraße und ihr Vorhaben verlief ohne Schwierigkeiten. Eine ältere Frau nahm in der Schneiderwerkstatt ihre Maße und jammerte lange, dass Jenny mehr essen müsse. Als Jenny eine Anzahlung machte, wollte sie wissen, zu welchem Gott die verehrte Meisterin beten würde, wenn ihr Fingerhut unter den Tisch rollte.

„Ich denke eher an Wesper", gestand die Frau.

Wesper war der Name eines bösen kleinen Gottes, der für alle möglichen Gemeinheiten, Täuschungen und Lügen zuständig war. Er war äußerst populär bei denen, die Streit liebten.

„Und Chogort?", fragte Jenny hartnäckig.

Sie konnte die Weißnäherinnen nicht vergessen, die den Tempel des ehrwürdigen Ingwar besuchten. Deshalb interessierte es sie, ob Chogort ebenso beliebt bei den Schneidern war.

„Chogort ...", überlegte das Tantchen.

„Ja, so einen gibt es. Aber er ist nicht unser Gott, kein hiesiger."

Dann besprachen sie die Machart des Kleides und Jenny wählte die einfachste. Die Schneiderin schlug eine raffiniertere Variante vor und wies darauf hin, dass ein bauschiges Mieder mit Falten Jennys Figur vorteilhafter zur Geltung bringen würde. Nach unten sollte es weiter sein, so, dass der Rock von der Taille sofort weit aufsprang. Denn Jenny hätte eine schlanke Taille und es gebe nichts Besseres. Doch Jenny bestand auf ihrer Meinung und bat um eine möglichst schnelle Anfertigung.

„Du kannst es morgen abholen", seufzte die Schneiderin.

„Ich werde es schnell nähen. Aber es wird nicht so toll aussehen! Also, überhaupt nicht toll!"

Doch Jenny ließ sich nicht umstimmen und zog das einfache Kleid vor, selbst wenn es die bittere Wahrheit nicht verbarg. Dafür würde sie sich in so einem Kleid wie gewohnt fühlen und frei bewegen können. Zwar würde sie in absehbarer Zukunft wohl kaum auf einem Seil tanzen, aber wer weiß, welche Abenteuer ihr noch bevorstanden?

Auf dem Rückweg überlegte Jenny, wie sie Morko Gutschich am geschicktesten darum bitten konnte, sie mitzunehmen, wenn er wieder zum Gebet ging. In dem Moment entdeckte sie auf der Straßenseite eine gebückte Gestalt, die in einen dunklen Mantel gehüllt war. Irgendetwas kam ihr dabei bekannt vor. Jenny verlangsamte ihre Schritte. Auch der Unbekannte ging zögerlicher. Sein Gang, das war es! Sie machte kehrt und ging entschlossen auf die Gestalt zu.

„Morko! Warum gehst du hinter mir her? Warum spionierst du mir nach?"

„Ich bin nur spazieren gegangen", antwortete der Kobold ungerührt, der auf frischer Tat ertappt worden war.

„Du kannst darüber denken, was du willst. Das ist mir ganz gleich."

„Ich brauche keinen Schutz!"

Empört stampfte Jenny mit dem Fuß auf.

„Du mir immerhin dieses Messer geschenkt."

„Das Messer. Das war das Beste, das ich hatte. Gut, dass du es bei dir hast. Das heißt, das Schlimmste wird dir auch nichts ausmachen."

„Na gut", erbarmte sich Jenny schließlich.

„Aber dafür musst du bezahlen."

Dann marschierten die beiden los. Die Frage darüber, wohin sie gingen, entschieden sie ohne Worte. Sie waren auf dem Weg zum Tal der hundert Tempel.

***

Beim Abendessen erzählte Kwestin: „Die Antwort auf eine meiner Fragen ist da. Außer, dass Jenny uns geholfen hat, die Sache mit dem Medaillon aufzuklären, habe ich die übliche Untersuchung vorgenommen. Eine langweilige Prozedur ... man kann sagen, eine dienstliche Routine."

Jenny nickte eifrig. Sie wusste, dass der Präfekt besonders ihretwegen so ausführlich erzählte. Morko war ohnehin über die Arbeit der Wache unterrichtet. Nachdem Kwestin sich davon überzeugt hatte, dass man ihm aufmerksam zuhörte, fuhr der Präfekt fort: „Der Gebieter des Feuers hat auf dem Platz der tausend Pfähle die Hälfte seiner Schläger niedergemetzelt. Er hat nicht viele Umstände gemacht, woraus ich schloss, dass es nicht seine Leute gewesen sind. Wie verrückt er auch gewesen sein mag, so grausam wäre er wohl kaum mit seinen Hausdienern umgegangen."

„Danach wären ihm wohl kaum viele Hausdiener geblieben", stellte Morko fest.

„Sie wären geflüchtet. Nein, natürlich waren das Söldner, käufliche Mörder."

„Dieser Meinung war ich auch", sagte Kwestin zustimmend.

„Außerdem dürften sie kaum von hier gewesen sein. In diesem Falle hätten in Eweron Gerüchte kursiert. Sieben Tote! Du hättest sicher davon gehört, Morko."

Der Butler stimmte diesmal Kwestin zu.

„Also dachte ich mir, diese Leute mussten in die Stadt gebracht worden sein. Aber von wo, habe ich mich gefragt. Aus diesem Grund habe ich Anfragen an die Präfekturen der umliegenden Städtchen geschickt. Und um Information darüber gebeten, ob vielleicht Personen aus der Verbrecherwelt dieser oder jener Gemeinde fehlen würden. Ein paar Stunden Fahrt von Eweron entfernt, nicht weiter. Einer der Gebieter des Feuers hat Burschen angeworben, die nicht zum ersten Mal für ihn gearbeitet hatten. Könnt ihr mir im Großen und Ganzen folgen?"

„Dann kam die Antwort aus den anderen Präfekturen", drängte der Butler ungeduldig.

„Was stellte sich dabei heraus?"

„In der Stadt Wekset kann man junge Männer, Verschwundene, seit ein paar Wochen nicht finden. Der Präfekt von Wekset war eigentlich ganz glücklich darüber, denn diese Leute hatten einen schlechten Ruf. Insgesamt ging es um zwölf Männer."

„Diebe aus Wekset, Lumpenpack", erklärte Morko streng.
„Dort waren nur diese Leute, von unseren niemand. Eine schwache Bande."
„Und jetzt gibt es sie nicht mehr", erklärte Kwestin wichtig.
„Zwölf Männer sind dort wie vom Erdboden verschluckt worden. Wir haben sieben davon später beerdigt. Wo sind die übrigen fünf? Nach Wekset sind sie nicht zurückgekehrt."
„Ich werde mich erkundigen", sagte der Kobold.
„Aber die Burschen aus Wekset dürften kaum in eine der Eweroner Bruderschaften eingetreten sein. Wer würde sie hier haben wollen?"
„Ich kann mir schwer vorstellen, dass sie bis jetzt Gäste bei einem Gebieter des Feuers sind", fuhr Kwestin fort.
„Deshalb bat ich um eine Audienz beim Rattenkönig. Er meinte, die Rattler hätten fünf Leichen gefunden."
Jenny zog fröstelnd die Schultern zusammen. Kwestin zählte die getöteten Banditen mit unerschütterlicher Ruhe auf. Natürlich waren es Schufte und Bösewichte gewesen. Sie hatten Burmals Truppe überfallen, waren schuldig, aber ... Jenny verscheuchte den Gedanken.
„Aber wer ist denn der Rattenkönig?", fragte sie, um nicht weiter an die toten Schurken zu denken.
„Das Oberhaupt der Rattler, der König in ihrem unterirdischen Reich", antwortete der Präfekt.
„Manchmal rufe ich ihn zur Hilfe. Er versteht, dass es besser ist, eine gute Beziehung mit der Wache der Präfektur zu unterhalten. Bis zu einem gewissen Grad kann man seinen Worten vertrauen. Wenn es ihn nicht persönlich bedroht und wenn eine Lüge nichts Gutes verheißt, wird er die Wahrheit sagen."
„Und was jetzt?"
„Der Rattenkönig lässt ausrichten, dass er bereit ist, mich zu empfangen. Das wird im Laufe der nächsten Tage so weit sein."
„So lange!"
„Auf die Audienz eines Königs kann man schon einmal warten."
Jenny wusste nun nicht, ob Kwestin scherzte, oder ob er tatsächlich vor dem Titel des obersten Rattlers Achtung hatte.

„Und was wird uns das bringen? Nun, wenn er etwas über die Toten erzählt?"
„Möglicherweise bringt es nichts. Möglicherweise wird es maßgeblich helfen. Wir wollen nicht rätseln, Jenny. Und für dich ist es am besten, wenn du dich ein bisschen ablenkst. Morgen hat Kuber frei und ich habe ihn gebeten, dich zum Hafen zu begleiten. Du schaust dir den Hafen an und lenkst dich ab. Ja, und Donald tut es auch gut, sich auszuruhen. In letzter Zeit ist er ein wenig ... seltsam geworden. Ich glaube durch Übermüdung und das, was er erlebt hat. Ich habe ihn, ohne zu fragen, in die Geschichte reingezogen und ihm eine große Verantwortung aufgebürdet. Er soll sich nun erholen."
Kwestin zwinkerte. Er kommt sich schrecklich scharfsinnig vor, dachte Jenny. Da kann man nichts sagen, ein wirklich fürsorglicher Onkel, der seiner Nichte ein Treffen mit einem jungen Mann ermöglicht, der ihr gefällt. Wie konnte er das merken? Sie hatte sich doch durch nichts verraten, oder?

***

Donald erschien gegen Mittag. Jenny hatte morgens, kurz nachdem der Präfekt in seinem eisernen Wagen zum Dienst gefahren war, die Schneiderin aufgesucht und ihr bestelltes Kleid entgegengenommen. Die Frau brauchte das Geld offenbar, denn sie hatte die anderen Näharbeiten beiseitegelegt und das schlichte Kleid eilig geholt. Jenny hatte sich später in der Neuerwerbung vor allen Spiegeln gedreht, die sie im Haus des Präfekten entdecken konnte, schließlich würde sich ein Kavalier einstellen. Morko, der Jenny zur Schneiderin begleitet hatte, sperrte die Tür nicht ab, wie er es gewöhnlich tat, sondern blieb in der Türöffnung stehen. Er sah den Sergeant aufmerksam an und wandte den Blick erst ab, als das Paar in der Kutsche Platz genommen hatte.

„Dein Kobold hat mich irgendwie seltsam angestarrt", bemerkte Donald.

Er trug heute keine Uniform und fand ihn nicht so eindrucksvoll wie sonst. Obwohl er anziehend war, bedauerte sie es, dass er keine blauen Augen hatte. Denn so wäre er für sie ganz und gar vollkommen gewesen.

„Er ist ein treuer Diener und achtet aufmerksam auf den Besitz seines Herrn", antwortete ihm Jenny.

„Alles, was das Haus verlässt, muss unbeschadet an seinen Platz zurückkehren!"

„Ja, aber wie er mich angeschaut hat ... Du weißt, wie er war, bevor er die Stellung als Butler im Haus von Kwestin angenommen hat?"

„Ich weiß, ich weiß", beteuerte Jenny.

„Er ist ein verwunschener Prinz. Wenn er sich gut benimmt, werde ich ihn küssen und er wird seine vorherige Gestalt wieder annehmen. Nun, du weißt, blonde Locken, blaue Augen, ein Pferd, eine Rüstung und so weiter. Er wartet auf den Kuss und nichts bedroht mich. Also reg dich nicht auf. Solange ich mich nicht über dein Benehmen beklage, bist auch du nicht bedroht. Und nun genug vom Kobold."

„Ja, in der Tat", besann sich Donald.

„Genug vom Kobold. Kwestin hat mir gesagt, du willst den Hafen sehen?"

„Er war es, der wollte, dass ich den Hafen sehe. Und ich weiß bis jetzt nicht, wie interessant es dort ist."

„Du wirst schon sehen", sagte der Sergeant und lächelte schließlich. Heute war er zurückhaltender und das gefiel Jenny.

Der Kutscher fuhr um den Vulkan herum und der graue Koloss des Berges hing beständig über ihnen, düster und drohend. Jenny ertappte sich hin und wieder bei dem gedankenlosen Wunsch, in die Richtung zu sehen, während Kuber dem Berg überhaupt keine Aufmerksamkeit schenkte. Wahrscheinlich waren die hiesigen Bewohner an dieses bemerkenswerte Detail der Landschaft gewöhnt, denn der Vulkan war von überall aus zu sehen, von jedem Punkt der Stadt. Für Jenny war es interessant, wenn man sich bemühte, das Gefühl der Gefahr zu verdrängen, das vom Vulkan ausging. Ebenso spannend fand sie, wie sich die Geschichte des Volkes der Gebieter des Feuers auf dem Berghang abzeichnete. Die Seite, die dem Festland zugewendet war, war abschüssig und steil, aber auf der Seite zum Meer zeigte sich der Vulkan sanfter. Ohne Mühe erkannte Jenny Linien quer über dem Berghang, in denen die Bauten auf dem Berg entstanden waren. Die Stadt breitete sich in konzentrischen Schichten aus, wie die Jahresringe eines Baums. Die ältesten Gebäude befanden sich am Gipfel, über dem ein Wulst gelblicher Ausdünstungen hing.

Jedes Mal, wenn die Gebieter des Feuers sich ein neues Stück Territorium der umgebenden Welt einverleibt hatten, waren Steine eines etwas anderen Farbtons verwendet worden. Die neuen Häuser unterschieden sich durch ihre Farbe von vorherigen. Am Fuße des Berges, wo der Vulkan zum Meer abfiel, verlief der Hang terrassenförmig und so fließend in die Stadtviertel über, dass keine Grenze zwischen dem Vulkan und der Stadt mehr zu erkennen war. Zwischen roten Ziegeldächern, grünen Baumkronen und weißen Kolonnaden schimmerten die Kleider der Städter in leuchtend bunten Farben.

Als er bemerkte, wohin Jenny blickte, erklärte Donald: „Diese Gegend zwischen dem Vulkan und der Unterstadt dient den Stadtbewohnern als Erholungsgebiet. In den Gärten, die für den allgemeinen Besuch geöffnet sind, gehen sie spazieren und zerstreuen sich. Näher an den Gebietern des Feuers ist die Aussicht wunderbar. In diese Gärten gehen wir gerade. Im Hafen riecht es nach Fisch und die Anlegestelle mit den Schiffen kann man auch von den Terrassen gut betrachten. Du wirst alles sehen können, was du möchtest!"

Da wendete die Kutsche und Jenny erblickte das Meer. Natürlich hatte auch Burmals Planwagen Ortschaften am Meeresufer besucht und Jenny hatte mehrmals die unendliche blaue Weite gesehen und ihre Füße in der salzigen Brandung benetzt. Aber eine Fischersiedlung, in der überall Fässer mit gesalzenem Stockfisch und Körbe mit Tintenfischen standen, war eine Sache. Eine ganz andere war Eweron, wo Handelsschiffe aus der ganzen Welt eilten.

Die Kutsche hatte begonnen bergan zu fahren und bereits einige Serpentinen auf den krummen Straßen der östlichen Stadt hinter sich gebracht. Nun tat sich aus der Höhe für Jenny ein weites Panorama auf. Am Ufer traten anstelle der Ziegeldächer Bretterschuppen und lange Lagerhallen. Hunderte von Leuten liefen geschäftig umher. Noch weiter entfernt befand sich die Anlegestelle, Molen, die weit in das grünliche Wasser der Bucht hineinreichten. An ihnen waren lange Galeeren vertäut, über die Gangways huschten Schauerleute, Dutzende von Karren nahmen Waren entgegen. Über die mit Sonnenlichtern und schäumender Kräuselung bedeckte, von Wellen gesäumte Weite der Wasserfläche glitten Schiffe und breiteten ihre Segel wie Flügel aus. Große und kleine Boote, in allen möglichen Farben, mit vergoldeten Statuen, die das Bugspriet stützten. Schiffe mit unzähligen Rudern oder von Schleppbooten gezogene Barkassen. Jenny war außer sich von diesem unglaublichen Bild. Ein leichter Wind voll salziger Frische blies ihr ins Gesicht und ihr Herz schlug anders als sonst. Donald murmelte etwas, Hufschläge ertönten, Räder knirschten, aber Jenny hörte nichts mehr. Sie war vertieft in den Anblick des weiten Meeres. So starrte sie unverwandt und in der Kutsche stehend nach draußen, bis eine Kurve das zauberhafte Bild vor ihren Augen verbarg.

Über das unebene Pflaster donnernd bog die Kutsche noch einige Male ab und hielt schließlich an einer Säulenhalle aus weißem Marmor, die im Dickicht weitverzweigter grüner Bäume versank. Jenny betrat den mit rosafarbenem Sand bestreuten Weg. Während Donald den Kutscher entlohnte, sah Jenny sich um. Hinter der Säulenhalle sah man einen Park, akkurate Reihen geschnittener Sträucher, spazierende Paare, Statuen an den Gehwegen und keinen einzigen Rattler.

„Nun, so sind wir am Ziel", erklärte Kuber, als er auf Jenny zukam.

„Das ist der traditionelle Erholungsort. Gehen wir!"
Er reichte seiner Begleiterin den Arm und führte sie zur Säulenhalle, hinter der die Fußwege fächerförmig auseinanderliefen. Als der weiße Marmor der Säulen hinter ihnen lag, sah sich Donald unruhig um.

„Ist es dir unangenehm, dich mit mir vor den Leuten zu zeigen?", fragte sie. „Hast du Angst, dass einer deiner Bekannten dich sehen könnte?"

Donald errötete. Zuvor hatte es Jenny gefallen, wenn er rot wurde, doch jetzt bereitete ihr das nicht das geringste Vergnügen.

„Nein, nein", sagte der Sergeant eilig.

„Das ist ... so eine Gewohnheit. Sich am Ort umzusehen, ob auch keine Gefahr droht."

„Nun ja, Gefahren sind überall. Du führst doch jetzt eine besonders wichtige Aufgabe des Präfekten aus. Übrigens, wie gefällt dir mein Kleid?"

Kuber überlegte. Es schien, als würde es ihm schwerfallen, Jenny ein Kompliment für das neue Kleid zu machen.

„Sehr hübsch", brachte er schließlich heraus.

„Aber für gewöhnlich trägt man in den Gärten etwas ...", sagte er und zögerte kurz, „Eleganteres."

Dann fügte er schnell hinzu: „Eine raffiniertere Machart hätte deine wunderbare Figur betont. Aber auch dieses Kleid ist hübsch. Sehr sogar."

„In Ordnung", sagte Jenny gnädig.

„Ich weiß auch selbst, dass mein Kleid kein Musterstück der Eleganz ist. Ich werde mich allmählich an die städtische Mode gewöhnen. Nach dem Kostüm einer Seiltänzerin fällt es mir schon nicht leicht, dieses Kleid zu tragen."

Sie sah sich um und ergänzte dann: „Bring mich dorthin, wo man das Meer sehen kann, bitte."

Langsam schritten Jenny und Donald über den Weg. Unter ihren Sohlen knirschte die unwahrscheinlich ebene Sandschicht. Ideal geschnittene Sträucher wechselten mit weißen Marmorstatuen, die berühmte historische Persönlichkeiten abbildeten.

Fast alle waren in Rüstungen abgebildet, was bedeutete, dass hier Gebieter des Feuers vergangener Jahre dargestellt waren, die die Staatsgrenzen erweitert hatten. Oder berühmte Politiker, die Reformen durchgeführt hatten. Das war auch nicht ohne Blutvergießen vor sich gegangen, weswegen die Darstellung der Kriegsrüstung angebracht war.

Hin und wieder bat Kuber Jenny, langsamer zu gehen, weil es nicht üblich wäre, in den Gärten zu eilen. Auf den Alleen schlenderten Paare müßiger Städterinnen und Städter. Manchmal blieben sie stehen, wenn sie Bekannte trafen, und unterhielten sich. Ältere Herren diskutierten Neuigkeiten und schwenkten zusammengerollte Zeitungen. Hier las man nicht den „Scharfäugigen Herold", das Papier in den Händen der alten Herren leuchtete weiß. Doch dann hörte Jenny einen Zeitungsjungen schreien. Es war ein anderer Junge, nicht der, der morgens in der Blumenstraße auftauchte. Aber er kreischte genauso, in einem bekannten Tonfall: „Eweron am Abend! Lesen Sie die Rede von Lord Sertias Istrigsi! Man hat uns in ein gefährliches Abenteuer gezogen, aber Eweron wird daraus als Sieger hervorgehen! Die einstige Friedenspartei nimmt die Militäraktion selbst in die Hand! Lord Sertias sendet seinen ältesten Sohn mit Verstärkungen nach Grandelin! Ein Übersichtsartikel des Chefredakteurs, der die Gründe für das militärische Versagen analysiert. Die Nation schließt sich im Angesicht des Krieges zusammen, das sagte Lord Sertias!"

Plötzlich huschte im Wirbel der bunten Kleider und fremden Gesichter etwas Bekanntes vorbei. Inmitten der flanierenden Pärchen tauchte Remi mit seiner gebildeten Elsbetinora auf.

„Schau mal, da ist Remi", sagte Jenny und zog ihren Gefährten an der Hand.

„Hallo, Remi! Remi!"

Aber Donald schien sich nicht darüber zu freuen, Bekannte zu treffen.

„Was tust du hier? In der Dienstzeit?", fuhr er den Dicken ohne Grund an. Remi zuckte zusammen, ganz wie ein Untergebener bei einer Schelte seines Vorgesetzten. Aber er war in Begleitung einer Dame und konnte unmöglich klein beigeben. Er riss sich zusammen und zählte mit monotoner Stimme einige Paragraphen der Satzung der Wache auf, laut derer er nicht verpflichtet war, vor einem Sergeanten Rechenschaft abzulegen, der nicht in Uniform war. Und im Übrigen habe er laut einer Verfügung Seiner Gnaden des Präfekten Kwestin frei.

Jenny war die Sache unangenehm und sie wollte die gespannte Situation entschärfen.

„Donald hat einen unglücklichen Scherz gemacht", erklärte sie. „Wie ich sehe, hat mein Onkel heute die halbe Präfektur aufgelöst. Ich möchte den Hafen und die Schiffe sehen. Wollt ihr nicht mitkommen?"

Remi und Elsbetinora sahen einander an.

„Wir gehen zur Balustrade", fügte Donald freundlicher hinzu, den Remis Worte offenbar überzeugt hatten.

„Wenn ihr wollt, dann kommt mit."

„Wir werden etwas später gehen", antwortete Remi.

Als sie etwas zurückgeblieben waren und Remis Begleitung annahm, dass man sie nicht mehr hören konnte, flüsterte sie ihrem Kavalier zu: „Du hast einen sehr unangenehmen Dienst. Aber du bist so männlich. Wie du die Paragraphen abgespult hast, einfach klasse!"

„Irgendjemand muss auch den unangenehmen Dienst zum Wohle Ewerons ausüben", murmelte Remi wichtigtuerisch. Er war kein bescheidener Held und Jenny hatte ein feines Gehör.

Etwas später begann Donald zu reden: „Du musst vorsichtiger sein, Jenny. Du verstehst einfach nicht, wie gefährlich deine Lage jetzt ist. Der Präfekt Kwestin wäre ein guter Schutz, wenn dein Feind ein gewöhnlicher Bandit wäre, von denen es in Eweron leider nicht wenige gibt. Aber dir droht etwas viel Schrecklicheres. Und Kwestin wird kaum helfen, wenn Lord ... du verstehst, von wem ich rede? Also, wenn dieser Lord etwas von dir erfährt, so kann ihm Kwestin nichts entgegensetzen. Es ist einfach ein Wunder, dass du jene Nacht überlebt hast, aber Wunder wiederholen sich nicht."

„Und ... was bedeutet das? Worauf willst du hinaus?"

Sie schlenderten auf dem Weg, auf beiden Seiten raschelten die Blätter der geschnittenen Büsche und wenn ihnen Fußgänger entgegenkamen, dann verstummte Kuber und wartete, bis sie weitergingen. So hatte er auch jetzt geschwiegen, bevor er antwortete: „Du freundest dich zu leicht mit Leuten an. Mit diesem Jack Jack, zum Beispiel. Oder mit Remi. Du solltest niemanden zu nah an dich herankommen lassen. Wenn dich etwas beunruhigt, wenn du etwas entdeckt hast, dann sage es besser mir."

„Aber es kann sein, dass du nicht in der Nähe bist. Manchmal schien es mir, als ob du mir aus dem Weg gegangen wärst", beklagte sich Jenny.

„Das habe ich absichtlich getan. Niemand sollte wissen, dass zwischen uns eine Verbindung besteht, dass wir gemeinsame Geheimnisse haben. Es ist nicht, weil ich fürchte, im Augenblick einer Gefahr zur Stelle zu sein. Wenn etwas Ernstes passiert, kannst du dich auf mich verlassen. Aber dafür muss ich für deine Feinde nicht wahrnehmbar sein, verstehst du? Und ich muss alles wissen, was vor sich geht, um für eine neue Gefahr vorbereitet zu sein."

„Ich glaube, das verstehe ich", sagte Jenny verwirrt.

„Aber das ist so kompliziert. Und Jack Jack hat sich doch als prima Kerl herausgestellt. Remi ist eigentlich eine Seele von Mensch und ein empfindsamer Tollpatsch. Welche Gefahr kann von ihm ausgehen?"

Aber Kuber war unerbittlich.

„Meine Liebe. Er ist ziemlich dumm, er kann sich verplappern und ringsum gibt es immer fremde Ohren. Vertraue mir, ich werde da sein, wenn ein Unglück geschieht. Und die anderen muss man nicht in diese Angelegenheiten einweihen."

Da tauchte vor ihnen ein weißes Marmorgeländer aus feinen Flammenzungen auf, dahinter erstreckte sich der Himmel mit flatternden Möwen. Es war das Ende der Terrasse und von hier aus öffnete sich den Besuchern der Blick auf das Meer und den Hafen. Jenny riss sich los, raffte ihre Röcke zusammen und lief zum Ende der Allee. Kuber erreichte sie an der Balustrade, wo Jenny sich an der Abzäunung festhielt, sich weit vorlehnte und das unermessliche Panorama bewunderte, als wolle sie die riesige Menge der Eindrücke in sich aufnehmen. Von hier war die Sicht viel besser als von der Kutsche aus, die auf der Straße gefahren war. Der Himmel vor Jenny war blau und nicht gelblich, wie er aussah, wenn man ihn von der Stadt aus betrachtete. Das Meer funkelte in den Sonnenstrahlen, schaumbedeckte Wellenkämme brachen sich an der Mole und der Bordwand der vertäuten Schiffe. Lastträger liefen hin und her, Fahnen flatterten an den Masten und die Vergoldung an den Tanks der Kriegs- und Handelsschiffe glänzte. Es ist einfach unbeschreiblich, dachte Jenny.

***

Donald sagte halblaut etwas, wobei er die anderen Spaziergänger im Auge behielt, die sich versammelt hatten, um das Meer zu betrachten. Doch Jenny hörte nicht zu. Ein Schrei ganz in ihrer Nähe riss sie aus ihrer verzückten Betrachtung.

„Seht! Kriegsschiffe! Das sind unsere Helden!"

Der Schrei kam von einem Mädchen in einem dunkelgrünen Kleid, das mit dem Finger auf das weite Meer wies. Jene Leute, die an der Balustrade standen, drehten sich um, und starrten gebannt in die Richtung, auf die das Kind zeigte. Jenny zählte fünf Schiffe, die in regulärer Formation in den Hafen einliefen. Über ihnen konnte man scharlachrote Banner mit weißen und blauen Borten, die Farben der Eweroner Flotte, erkennen.

Am Rand des Platzes begannen sich Neugierige zu versammeln, die vom Schrei des Mädchens angelockt worden waren. Bald drängten sich einige Dutzend Menschen an der Marmorbarriere zusammen, die die sich nähernden Kriegsschiffe beobachteten. Das dauerte lange, aber niemand ging fort. Natürlich sah auch Jenny zu. Sie bemerkte, dass sich am Rande des Horizontes, dort, wo die Schiffe aufgetaucht waren, ein dunkler Streifen abzeichnete. Entlang der ganzen Linie, wo Meer und Himmel verschmolzen, verlor der Himmel sein festtägliches Blau. Es schien, als würde niemand außer ihr das unheilvolle Zeichen bemerken. Während die Schiffe die Mole erreichten und vertäut wurden, unterhielten sich die Zuschauer lebhaft und beobachteten die Manöver der Seeleute.

„Unsere tapferen Soldaten!"

„Beschützer des Vaterlandes!"

Der Wind wurde nun stärker, aber die Deck-Kommandos rafften schon die Segel. Sie warfen den herbeieilenden Schleppbooten Trosse zu und diese schleppten die Schiffe zum Anlegeplatz. Schließlich wurden vom Flaggschiff Gangways herabgelassen und einige Matrosen liefen hinunter. Dann kamen Menschen aus dem Inneren des Schiffs. Jemand wurde auf einer Bahre getragen, jemand humpelte an Krücken, die er behutsam auf die abschüssigen Bretter der Gangway aufsetzte, ein anderer hielt im Gehen vorsichtig seinen bandagierten Arm. Das zweite Schiff wurde vertäut, das Bild wiederholte sich. Die Schiffe brachten diejenigen aus Grandelin zurück, die nicht mehr kämpfen konnten. Die Zuschauer verstummten.

Jenny hob schnell den Kopf, streckte ihr Gesicht dem erstarkten Wind entgegen und sah, dass der dunkle Streifen schon ein Viertel des Himmels verhüllte.

„Donald, was ist das? Schau, was ist mit dem Himmel? Was ist das?"

Die Antwort kam von Remi, der mit Elsbetinora gekommen war, um die Kriegsflotte zu betrachten.

„Das sind die Antreiber des Windes, das ist ihr Werk. So führen sie Krieg. Jetzt wird es in Eweron oft regnen. Betti, wir sollten besser gehen."

Das Pärchen entfernte sich wieder und die Menschenmenge an der Balustrade begann, sich aufzulösen.

„Sollten wir auch besser gehen?", fragte Jenny Kuber.

Der zuckte die Schultern.

„Vor uns liegt noch ein halber Tag. Aber wenn du die Nase voll hast ..."

„Nein, nein! Ich freue mich sehr, dass wir hier sind."

Der Wind wurde jedoch immer kälter, die Böen heftiger und der Himmel verfinsterte sich erschreckend schnell.

Jenny und Kuber wurden immer schneller auf ihrem Weg. Der Himmel schien mit jedem Schritt dunkler zu werden und der Wind blies mit kalten, heftigen Stößen und warf Jennys ungewöhnlich langen Rock auf. Am Ende hing über ihren Köpfen eine bleigraue Masse, in der seltsame, fantastische Wolkengebilde entstanden und sofort wieder zerfielen. Die Baumkronen schaukelten, der Wind knickte Äste und selbst die Marmorstatuen der Herrscher Ewerons sahen nicht mehr erhaben aus. Das Lächeln auf den steinernen Gesichtern wirkte hysterisch.

Nur der Vulkan trotzte den Wolken, drohend und fest. Sie türmten sich am Gipfel auf, umflossen ihn, verschlangen den gelben Dampf, der aus dem Berg hervorquoll, konnten aber dem unverrückbaren Koloss nichts anhaben. Die roten Villen sahen im Nebel wie Augen von Ungeheuern aus, die mit fauler Neugier die Anstrengungen der Antreiber des Windes betrachteten. Regen peitschte, als die Fliehenden die Marmorkolonnaden am Ende des Parks erreichten.

In der Säulenhalle hatte sich eine Menschenmenge versammelt. Die Damen wimmerten, die Herren zogen mürrisch ihre Köpfe ein und betrachteten den Himmel, der mit schweren Wolken verhangen war. Das Dach der Säulenhalle schützte nicht besonders gut vor dem Regen, der Wind schleuderte kalte Tropfen in die Menge. Als eine Kutsche heranrollte, stürzten sofort einige Männer auf sie zu, stritten und beschimpften sich und kamen dann überein, gemeinsam zu fahren. Auch Donald erkämpfte zwei Plätze unter dem Wagendach und sie fuhren los. Der Kutscher krümmte sich zusammen und machte ein finsteres Gesicht, ihn schützte kein Verdeck. Der Regen peitschte über seinen gebeugten Rücken, er fluchte und trieb das Pferd voran. Doch es war alt und müde. Es schleppte sich phlegmatisch und langsam unter dem strömenden Regen und den Peitschenschlägen seines Herrn dahin. Sowohl der Regen als auch die Peitsche waren ihm gleichgültig. Das Rauschen und Plätschern des Regens nahm den gesamten Raum zwischen Himmel und Hausdächern ein. Auf dem Straßenpflaster überholten Ströme von schmutzigem Wasser den langsamen Klepper. Jenny drückte sich völlig durchnässt an Donalds Schulter. Er hatte ihr bereits in der Säulenhalle seine Jacke über die Schultern gelegt, doch der dünne Stoff des modischen Kleidungsstücks hatte sofort die Feuchtigkeit aufgesogen und bot keinerlei Schutz gegen Kälte und Nässe.

Der Vulkan lag nun hinter ihnen und der Kutscher fuhr über menschenleere Straßen. Nach gefühlten Ewigkeiten erreichten sie schweigend die Blumenstraße. Man sah weder Fußgänger, noch Rattler oder Zeitungsjungen, hier und dort lagen regennasse Seiten des „Scharfäugigen Herolds" herum, schimmerten gelb auf dem Straßenpflaster, wurden allmählich weich, saugten die Feuchtigkeit auf und verwandelten sich in Schmutz. Am Haus vierundachtzig zog der Kutscher die Zügel an und das Pferd machte mit hängendem Kopf noch ein paar Schritte, bevor es stehen blieb. Es schüttelte seinen schweren Kopf und das Regenwasser spritzte von der herunterhängenden Mähne in die Pfütze an den Beinen des Kleppers. Der Regen hatte etwas nachgelassen, er fiel nun leise und gleichmäßig auf Eweron. Am Himmel war nicht die kleinste Aufhellung zu sehen. Stattdessen sah Jenny flaches Grau, das wie die Decke einer monströsen Säule von dem Bergkoloss gestützt wurde. Jenny kletterte aus der Kutsche und stapfte über die nassen Steine zur Tür. Donald bezahlte den Kutscher und holte Jenny an der Treppe ein. Jenny gab ihm seine Jacke zurück. Ihre Finger berührten sich und Kuber versuchte, ihre Hand in seiner zu halten. Sein Händedruck war feucht und glitschig. Jenny schaute Donald in die Augen. Dort war weder böser Glanz wie bei Lady Ursula, noch kalte Fröhlichkeit wie beim ehrwürdigen Ingwar. Aber dort lag auch keine naive Neugier wie in Remis Augen, noch erkannte sie Wärme, wie in den Augen von Eduard Kwestin. Dort war nichts. Überhaupt nichts.

„Ich gehe", sagte Jenny leise. „Danke für diesen Tag. Es ist nicht deine Schuld, dass er verdorben wurde."

„Wenn du Hilfe oder Rat brauchst ... musst du nur ..."

Donald beendete den Satz nicht. Jenny klopfte, hinter der Tür hörte man das Stoßen von Morkos Holzbein und sie schritt durch die Tür.

„Wir sehen uns morgen, wenn Kwestin mich zum Dienst mitnimmt", sagte Jenny und schlüpfte an Morko vorbei.

Beim Abendessen bemerkte Kwestin, dass Jenny schniefte. Er befahl ihr ein bisschen Brandy zu trinken, um einer Erkältung vorzubeugen. Der Alkohol rutschte wie Feuer aus der Kehle in den Magen und hinterließ eine feurige Bahn in ihrer Brust. Jenny wurde zugleich warm und traurig zumute. Sie seufzte niedergeschlagen und fragte: „Warum musste das ausgerechnet heute passieren? Dieser Regen, den die Antreiber des Windes geschickt haben?"

„Wahrscheinlich wollten sie, dass das Unwetter den Flotten-Konvoi während der Überfahrt erreicht", antwortete Kwestin.

„Sicherlich bereiten sie dieses Regenband schon lange vor. Als sie die Schiffe entdeckt haben, haben sie die Winde wohl in Gang gebracht."

Aber Jenny hörte nicht zu.

„Aber warum gerade heute? Gerade dann, wenn ich mit einem Kavalier im Park spaziere!"

Bitterkeit erfüllte sie und der Brandy half, diese herauszulassen. Doch der eigentliche Grund war nicht der missglückte Spaziergang mit Donald. Nein, der wahre Grund war, dass sie Kuber in die Augen gesehen und dort diese Leere entdeckt hatte. Der Präfekt jedoch deutete ihre Worte auf seine Weise.

„Sei nicht traurig, Jenny aus dem Nirgendwo", erklärte er gekünstelt aufmunternd.

„Es wird noch Spaziergänge im Park geben, alles wird es geben. Es wird dir noch zu viel werden. Und du wirst noch anfan-

gen, dich vor den Kavalieren zu verstecken! Lass uns nur diesen Antreiber des Windes finden ..."
„Wenn es regnen wird, ist es sinnlos ins Tal der hundert Tempel zu gehen", stellte Morko fest. „Es werden keine Treffen stattfinden und man kann niemanden fragen."
Jenny zog wieder die Nase hoch und sie wurde ins Bett geschickt. Der Präfekt und der Kobold blieben mit den Resten des Brandys sitzen, um Pläne zu schmieden. Jenny wollte an den Erfolg ihres Vorhabens glauben, aber sie vertraute nicht allzu sehr auf die traditionellen Ermittlungsmethoden, denen Kwestin anhing. Er suchte schon so viele Jahre nach dem Mörder seiner Frau! Und was? Alles ist umsonst, dachte Jenny bekümmert.

Am nächsten Tag ließen sie Jenny zu Hause bleiben. Es war langweilig, der Regen trommelte hin und wieder gegen das Fenster, braune rostige Tropfen liefen über das Gitter, auf der Straße blähten sich in den Pfützen Blasen auf und Jenny schien es, als würde das ganze Leben so vergehen, mit Warten. Nicht einmal der Zeitungsjunge erschien. Sie ging durch das Haus, half Morko Ordnung zu schaffen, inspizierte sogar den Dachboden und nieste durch den allgegenwärtigen Staub. Dann setzte sie sich mit dem Kobold auseinander, der ihr Niesen für das Symptom schrecklicher Krankheiten hielt und überlegte, diese Tatsache einem Arzt zu schildern.

Kwestin kam nicht zum Mittagessen, was den Tag noch länger und langweiliger machte. Doch dafür erschien der Präfekt zum Abendessen. An seinen strahlenden Augen merkte Jenny sofort, dass etwas passiert war. Etwas Gutes.
„Nun?!", sagte sie und stürzte sofort zum Präfekten.
„Nun? Was ist geschehen? Ich sehe doch, es gibt gute Neuigkeiten!"
„So ist es, Jenny."
Kwestin stritt es nicht ab, er selbst war froh, sich mitteilen zu können.

„Der Rattenkönig ist mit einem Treffen einverstanden. Über den Termin der Audienz wird man mich noch zusätzlich benachrichtigen."

Jennys Freude erlosch ein wenig, sie hatte auf mehr erhofft. Aber Morko war zufrieden.

„Und natürlich wird das nachts sein", brummte er. „Der König liebt Effekte über alles, nachts kann man das Treffen leichter so gestalten, wie es ihm gefällt. Also, ich gehe mit euch."

„Es kann sein, dass das dem Rattler nicht gefällt."

Kwestin runzelte die Stirn.

Jenny war erstaunt.

„Betrifft das Morko persönlich? Oder mögen die Rattler einfach keine Kobolde?", fragte sie.

Morko verzog den Mund zu einem Grinsen.

„Sowohl das eine wie auch das andere. Nur der Schmutz weiß, wie sehr die Stämme meines Volks während der Zeit erleiden mussten, bevor die Lords des Vulkans sie unter ihren Schutz genommen haben."

„Ja, und du, mein Freund, bist ihnen gut bekannt", fügte der Präfekt hinzu.

„Aber ich bin einverstanden, gehen wir zusammen. Deine Gegenwart betont nur die speziellen Wünsche des Königs, verleiht ihnen zusätzlichen Glanz. Und mir hilfst du, die richtigen Fragen zu stellen, weil du besser weißt, wovon die Rede ist."

„Nun, wenn alle gehen, dann gehe ich auch mit", erklärte Jenny. „Sonst sterbe ich vor Neugier. Während ihr euch an diesen ... speziellen Effekten ergötzt. Und was Theatervorstellungen betrifft, so weiß ich so viel wie jeder andere!"

KAPITEL 12

Der Rattenkönig

Am nächsten Tag blieb Jenny zu Hause. Das Wetter war etwas besser geworden, es regnete weniger und die Rattler zeigten sich auf den Straßen. Nass und strubblig wuselten sie wieder auf den Straßen herum. Jenny betrachtete sie jetzt mit anderen Augen, immerhin konnte einer der grauen Arbeiter ein Stückchen des schrecklichen Geheimnisses kennen. Dann wurde ihre Aufmerksamkeit durch ein Geräusch über ihrem Kopf von den Rattlern weggelenkt. Diese Laute kamen ganz sicher nicht von den Regentropfen, dachte das Mädchen. Jemand ging auf dem Dach umher.

Sie suchte nach Morko und wollte wissen, was er über diese Feststellung dachte. Zu ihrer Enttäuschung blieb der Kobold unbeeindruckt.

„Das ist der Schornsteinfeger. Ein Faulenzer und Blödian, ich kann mich nicht daran erinnern, dass er den Kamin auch nur einmal anständig gereinigt hätte."

Jenny ging zurück auf ihr Zimmer und zog aus purer Langeweile ihr altes Schauspielerkostüm an und kletterte auf den Dachboden. Das war wenigstens eine gewisse Ablenkung, umso mehr als der Regen aufgehört hatte. Die Dachfenster waren winzig und durch obligatorische Gitter versperrt. Doch Jenny hatte ihre Körpermaße abgeschätzt und war sicher, dass sie sich durch die Gitterstäbe hindurchzwängen konnte. Es kostete einige Mühe, aber es gelang ihr. Schließlich waren die Fensterchen in der zweiten Etage von Burmals Wagen nur unwesentlich breiter gewesen. Sie und Erik hatten sie benutzt, um auf das Wagendach zu klettern. Im Planwagen waren die Gitter anders, aber ein Künstler muss seine Tricks vervollkommnen, dachte sie. Dieses Mal waren es eben Gitter.

Das Dach erwies sich als nass und rutschig, aber das verunsicherte Jenny nicht. Angenehm war es dagegen, an die Vergangenheit zu denken. Ach, man müsste nur herausfinden, wohin Erik verschleppt worden war, müsste ihn befreien und dann wären sie wieder zusammen. Aus irgendeinem Grund war Jenny gerade jetzt, während sie auf dem Dach stand, ganz sicher, dass Erik noch lebte. Sie würden sich wiedersehen. Das musste sie einfach glauben. Dann sah sie den Schornsteinfeger, der die Leiter an die Wand stellte und nach oben kletterte. Er befand sich auf der anderen Seite des Daches. Der Schornstein verdeckte Jenny und der Mann in Schwarz schaute nicht zur Seite. Er band sorgfältig ein Seil um sich, nachdem er damit den Schornstein umschlungen hatte, kramte in seinen Instrumenten und machte sich daran, an die Arbeit zu gehen. All seine Gerätschaften waren mit Schlaufen versehen, durch die er seine Hände bei der Arbeit steckte. Denn wenn Bürsten und borstenbesetzte Kugeln an Ketten am Handgelenk gehalten wurden, so fielen sie nicht vom Dach, wenn der Schornsteinfeger aus irgendeinem Grund den Griff fallen ließ. Zum Beispiel, wenn er neben sich auf dem Dach ein Mädchen sehen würde. Jenny wollte an Ort und Stelle prüfen, ob der Kaminfeger die Bürste fallen lassen würde oder nicht und ging kurz entschlossen um den Schornstein herum.

„Hallo!"

Der Schornsteinfeger zuckte zusammen, als er Jennys Stimme vernahm. Natürlich glitt die Bürste aus seinen Fingern, fiel nieder und begann, über die Dachziegel zu rutschen. Doch das Seil hielt sie auf.

„Wie kommst du denn hierher?", flüsterte der geschockte Schornsteinfeger. Jenny wunderte sich darüber, warum er so leise sprach. Vielleicht hatte ihm der Schreck die Stimme verschlagen.

„Wie meinst du das? Es hat doch geregnet!" Jenny zuckte mit den Schultern.

„Hast du denn nicht bemerkt, dass aus den Wolken junge Mädchen herunterrieseln?"

Der Schornsteinfeger zwinkerte schweigend.

„Das heißt, du hast nichts bemerkt", stellte Jenny zufrieden fest.

„Unser tückischer Plan ist wunderbar geglückt!"

„Was für ein Plan denn?", brachte der Mann mit gepresster Stimme hervor.

„Nun, welcher? Die Antreiber des Windes jagen die Wolken nach Eweron und in den Wolken fliegen schreckliche, todbringende Mädchen. Wir lassen uns mit dem Regen auf den Dächern nieder und bringen als Erstes die Schornsteinfeger um ... Halt! Was machst du?"

Der Schornsteinfeger ging in die Knie, verdrehte die Augen und wäre nach seinem Besen nach unten gefallen. Natürlich gelang es ihm, sich am Schornstein festzuhalten, ja und auch Jenny half ihm dabei, indem sie ihn am Kragen packte.

„Für einen Menschen ohne Sinn für Humor bist du übertrieben empfindlich", sagte sie, als der arme Kerl wieder fest auf seinen Füßen stand.

„Das war doch nur ein Spaß. Ich wohne hier, in diesem Haus und hatte Langeweile. Ich wollte auf dem Dach spazieren gehen. Kapiert? Eine ganz normale Sache! Auf dem Dach spazieren gehen! Hörst du mich?"

Der Mann nickte ungläubig. Wahrscheinlich hatte Morko Recht und vor Jenny stand tatsächlich ein Blödian.

„Beruhige dich, sage ich dir. Dir passiert nichts ... natürlich vorausgesetzt, dass der Schornstein gewissenhaft gereinigt ist."

Nachdem sie auf demselben Weg durch das Dachbodenfensterchen wieder ins Haus zurückgekehrt war, lief sie zuallererst los, um sich die Hände zu waschen, die vom Kragen des Schornsteinfegers ganz schwarz waren. In der Küche schimpfte Morko, dass der Kamin diesmal so drastisch gereinigt wurde, dass der Ruß wie ein Regen niedergegangen wäre. Ein Platzregen!

Kwestin kam wieder nicht zum Mittagessen, wodurch Jenny mit großer Ungeduld auf seine Rückkehr am Abend wartete. Aber auch dieser Tag brachte keine Neuigkeiten. Natürlich versuchte der Präfekt Tatendrang auszudrücken und zwinkerte Jenny sogar verschwörerisch zu. „Donald hat sich nach deiner Gesundheit erkundigt! Er bedauert, dass du seinetwegen krank geworden bist."

Aber das täuschte niemanden und Jenny antwortete: „Morgen werde ich ihn selbst trösten. Ich werde mich hier nicht länger langweilen, ich gehe mit Ihnen. Morko erlaubt mir nicht, Hausarbeit zu machen und da ist nichts, womit ich mich beschäftigen könnte."

Kwestin weigerte sich zunächst noch einige Minuten, gab aber zu guter Letzt nach und versprach, dass sie morgen zusammen in die Präfektur gehen würden. Aber der Dienst rief ihn schon vor dem Morgengrauen.

Jenny erwachte durch ein hartnäckiges Klopfen an der Eingangstür. Draußen war es dunkel, aber über den nächtlichen Himmel liefen karmesinrote Blitze. Der Präfekt kleidete sich schnell an und eilte zur Tür. Morko kam ihm mit klopfender Prothese nach. Im Laufen spannte er die Armbrust.

„Eure Gnaden, öffnen Sie! Es ist eine dringende Sache!"

Vor der Tür stand ein Wachsoldat, Kwestin erkannte ihn und schob den Riegel zurück. In der Stadt hatten Unruhen begonnen, etliche Häuser standen in Flammen und die Wachen wurden in die Präfektur gerufen. Jenny und Morko sahen aus dem Fenster, wie der Wagen abfuhr und hörten, wie die durch den Trubel wach gewordenen Nachbarn sich etwas zuriefen und wie rot erleuchtete Schatten über die Hausdächer in der Stadt hin und her liefen. Ausgerechnet in dieser Nacht regnete es nicht und das Feuer musste ohne die Hilfe der Natur gelöscht werden.

Am Morgen kehrte Kwestin nicht zurück. Er erschien nur zum Mittagessen und erklärte, dass er sich heute ausschlafen wollte. In die Präfektur könnten sie auch ohne ihn gehen. Die Brände konnten ohne besonderen Schaden gelöscht werden und die Bewohner hatten sich beruhigt. Auf die Frage nach den Gründen der Unruhen lächelte er traurig.

„Ein neuer Irrsinn unserer guten Landsleute. Irgendwo entstand das Gerücht, dass mit dem Regen in Eweron Mörder auftauchen würden. Sie würden vom Himmel kommen und versteckten sich auf den Dächern, um nachts auf die Straßen zu gehen und ihre Messer zu benutzen. Hunderte Menschen kletterten auf die Dächer, um die Übeltäter zu fangen. Hunderte! Mindestens ein Dutzend hat sich verletzt, sie stürzten von den rutschigen Dächern, sechs Häuser brannten durch unvorsichtigen Umgang mit Fackeln ab ... und dann ist da auch noch ein verletztes Rattler-Pärchen, das man in der Dunkelheit und Panik für vom Dach gestiegene Bösewichte gehalten hatte. Ein wahres Wunder, dass es keine Toten gibt! Gelobt seien alle Götter, so viele es im Tal der hundert Tempel gibt!"

Kwestin seufzte müde und sagte zum Schluss: „Nun seid so gut, mir zu erklären, woher solcher Unsinn kommt? Ich verstehe es nämlich nicht."

„Man muss nachsehen, was der ,Scharfäugige Herold' gestern geschrieben hat", sagte Morko grinsend.

„Wahrscheinlich findet sich dort das übliche Lügenmärchen, das die Leute auf die Idee bringt, Mörder auf den Dächern zu suchen. Alles Böse kommt aus den Zeitungen."

Jenny sagte nichts, obwohl es dieses Mal Argumente zum Schutz der Presse gab. Sie wusste sehr gut, dass dumme Gerüchte durchaus nicht immer auf gelbe Seiten zurückgingen. Manchmal dachten Leute sie sich einfach aus. Jedenfalls war sie entschlossen, zu schweigen und bei Gelegenheit in der Präfektur verlauten zu lassen, ob man nicht den Bösewichten, die Reue zeigten, gewisse Vergünstigungen gewähren sollte. Ich muss Remi fragen, er studiert ja doch Jura und sollte es wissen, dachte Jenny. Für sich war sie der Meinung, dass sie ihre Schuld nicht deshalb verbarg, weil sie Vergeltung fürchtete, sondern weil sie diese Geschichte einfach für den Fall aufbewahrte, wenn Kwestin sie nicht zum Dienst mitnehmen wollte. Denn dann könnte sie ihr als Beweis dafür dienen, dass es wesentlich gefährlicher wäre, sie zu Hause zu lassen. Wenn Jenny sich langweilte war Eweron bedroht.

Nach dem Abendessen berichtete Kwestin die letzten Neuigkeiten. Sie betrafen jedoch nicht den Lord, der Jennys Familie getötet hatte. Es war den Menschen gelungen, diese Geschichte zu vergessen, da nach der tragischen Nacht so viele schreckliche und aufregende Ereignisse passiert waren. Die Schiffe hatten Einzelheiten der unglücklichen Schlacht gegen die Antreiber des Windes aus Grandelin gebracht. Die Armee Ewerons war siegreich durch die öde Steppe bis zum Gebirgsvorland marschiert, ohne auf Widerstand zu stoßen. Sie waren zu den Bergen gekommen, wo sich die Silberbergwerke befanden, derentwegen der Krieg entbrannt war. Die Armee hatte die umstrittenen Bergwerke unter Bewachung nehmen sollen. Die Antreiber des Windes hatten unterdessen ihnen unterstehende Stämme gerade aus dem Gebirgsvorland eingezogen, wo es genügend Wasser für eine große Armee gab. Die Niederlage war vollständig und vernichtend gewesen. Die Antreiber hatten die Besiegten bis ans Meer gejagt, wo sich die erschöpften und ausgedünnten Truppen in den Küstenfestungen eingeschlossen hatten. Das berichteten die verwundeten Soldaten. Zumindest diejenigen, die noch gehen konnten. Diejenigen, die sich vom Krankenhaus bis zur Kneipe schleppen und sich einen Becher Schnaps verdienen konnten, indem sie von ihren Heldentaten erzählten. Natürlich berichteten sie von allen möglichen Wundern, sodass die Einwohner Ewerons, die ihren Erzählungen gelauscht hatten, auch an Mörder auf den Dächern glaubten.

Es war logisch, dass das Thema des Kampfes in Grandelin vom Gespräch über brennende Dächer ablenkte. Kwestin kam nach der nächtlichen Aufregung zur Ruhe und Jenny atmete erleichtert auf. Wenigstens musste sie heute wegen der Geschichte mit dem Schornsteinfeger keine Buße tun. Sie ging in ihr Zimmer und setzte sich aufs Bett. Der Regen trommelte gegen das Fenster, in der Küche plätscherte Wasser und leise klirrte Geschirr. Dann verstummten auch diese Geräusche, Morko hatte seine Hausarbeit verrichtet und sich in seine Kammer zurückgezogen. Offenbar schärft er Messer, dachte Jenny. Womit beschäftigt er sich wohl sonst in seiner Freizeit? Andere Neigungen hatte sie an dem Kobold nicht bemerkt.

Jenny lauschte, im Haus hörte sie keinen Laut. Was, wenn sie zur Zimmertür des Butlers schleichen und horchen würde? Wäre aus seinem Zimmer das Geräusch eines Schleifsteins zu hören? Das wäre doch einmal interessant! Denn sonst gab es absolut nichts, womit Jenny sich beschäftigen könnte. Sie stahl sich langsam und vorsichtig über den Flur, damit die Dielenbretter nicht knarrten. So vorsichtig sie auch auftrat, hin und wieder hörte sie ein Knarren und Knirschen. Als würde das Geräusch nicht von ihr rühren, sondern käme von unter dem Fußboden. Welch ein Unsinn, dachte Jenny, die schon dabei war, über die eigene Ungeschicklichkeit zu schimpfen. Als sie bereits umkehren wollte, klopfte es laut unter ihren Füßen. Es war ein Geräusch, als würde etwas Schweres unter dem Haus umfallen. Plötzlich wurde Morkos Zimmertür aufgerissen, jedoch ohne den geringsten Laut. Die Türangeln waren gut geölt. Der Kobold stand mit der gespannten Armbrust in seinen Händen auf der Schwelle und die Spitze des Bolzens war direkt auf Jennys Bauch gerichtet. Wieder, schon das zweite Mal!

„Ich hatte gehofft, dass diese Armbrust nie auf mich gerichtet werden würde", stammelte sie und ging rückwärts.

„Was tust du hier?", fragte Morko leise und senkte die Waffe.

„Ich ... ähm ... unten ist so ein Geräusch. Ich dachte ... also es wurde interessant, das heißt rätselhaft, und da ..."

„Aha."

Morko legte seinen unförmigen Kopf schief, beugte sich und horchte. Das Gepolter wiederholte sich nicht, aber von unter dem Boden ertönte ein gleichmäßiges Rascheln und Knirschen.

„Kein Zweifel! Sie sind es."

„Wer?"

„Die Rattler. Das bedeutet, dass die Audienz heute sein wird. Wecke den Präfekten und ich mache mich fertig."

Jenny begab sich sofort in die zweite Etage, um Kwestin zu benachrichtigen. Morko zog sich in sein Zimmer zurück und sofort begann, mit Eisen zu klirren. Kwestin wurde nicht gleich wach, Jenny musste lange klopfen. Doch kaum war er munter, wurde er sofort aktiv. Er sagte, er würde in einigen Minuten herunterkommen. Tatsächlich erschien er schneller als gedacht. Jenny brauchte nicht lange, um sich die Männerkleidung überzuziehen, die sie zuvor für ähnliche Fälle vorbereitet hatte. Alles war in dunklen Farbtönen gehalten, ein Oberhemd aus grobem Stoff sowie Jacke und Hose mit dicken Lederstücken an Schultern, Ellbogen und Knien. Und weiche Stiefel. Denn sie mussten unter die Erde gehen, wo es schmutzig und feucht war. Die Sachen waren etwas zu groß, auf die Schnelle angepasst und Jenny hoffte, dass sie in dieser Kleidung kriegerisch und nicht lächerlich aussah. Es stimmte zwar, dass diese Hoffnung nicht wirklich begründet war, da es doch auch nur Kleinigkeiten für den waren, der Chogorts Weg ging. Die Hauptsache war es, dass die Kleider bequem und dunkel waren, was wichtig war, wenn man diesen Weg nachts und heimlich gehen musste.

Morko nahm die Armbrust mit und seine schwere Jacke bauschte sich an den Seiten durch die Griffe der Messer auf, die er am Gürtel befestigt hatte. Die Kleidung Kwestins klimperte im Gehen leise und Jenny wurde klar, dass er unter der Jacke ein Kettenhemd trug. Sie runzelte die Stirn. So sollte man sich ihrer Meinung nach nicht auf den Weg zu einer Audienz bei einem König machen. Hinter der Küche befand sich eine kleine Abstellkammer. Natürlich hatte Jenny sie sich angesehen, weil es dort nichts Interessantes zu finden gab. Die Geräusche unter der Erde kamen von der anderen Seite, aber der Kobold und Kwestin zwängten sich in die Kammer. Der Butler ging als Erster. Kwestin rieb einen Feuerstahl. In seinen Händen glomm Licht auf und er zündete eine Lampe an. Jenny schaute Kwestin über die Schulter und sah, wie Morko einen kleinen Teppich runterzog und zusammenrollte, um den Fußboden freizumachen, der mit breiten und schweren Steinfliesen gepflastert war. Dort zeigte sich auch eine mit starkem Riegel versperrte Luke. Vor Anstrengung ächzend öffnete Morko den Deckel.

Kwestin leuchtete und Jenny blickte Stufen, die nach unten führten.

„Was ist das?"

„Der Keller meines Hauses", sagte Kwestin und blickte über seine Schulter zu ihr.

„Ich wusste nicht, dass es hier einen Keller gibt."

„Das ist irgendwie sogar richtig", brummte der Kobold. „Der Keller wird nicht genutzt."

„Warum?"

„Du wirst es gleich sehen."

Jenny stieg nach den Männern die Treppe hinunter und Kwestin hob die Lampe, damit sie sich umsehen konnte. Der Bereich konnte nur unter großem Vorbehalt Keller genannt werden. Rundum lagen Steinbrocken und der Boden bestand aus festgetretener Erde. Jetzt, wo die Antreiber ihren Krieg begannen und Regenwolken nach Eweron schickten, sickerte Wasser in das unterirdische Gewölbe. Der Boden war an manchen Stellen weich und nass. Jennys Stiefel waren bereits über und über mit Schmutz bedeckt.

„Naja", murmelte sie.

„Man hätte doch den Boden mit einem Belag versehen und das alles besser einrichten können?"

Es kam keine Antwort. Im Nachbarzimmer des unterirdischen Hohlraums, der durch eine dicke Wand vom Abstieg getrennt war, wurde Jenny klar, warum Kwestin den Keller nicht nutzen wollte. Als das Licht der Lampe dorthin fiel, wurde es im Raum lebendig. Dutzende Rattler stürzten zu den Wänden, quiekend und mit den Vorderpfoten ihre Augen verdeckend. Sie hatten hier gearbeitet und einen Tunnel unter der Wand gegraben. Unter der Steinmauer gähnte ein beträchtliches schwarzes Loch, das noch weiter nach unten führte. Als sich das Getümmel unter den Erdarbeitern gelegt hatte, näherte sich ein mächtiger Rattler und verbeugte sich geziert vor Kwestin. Jenny erfuhr zu ihrem Erstaunen, dass er zu einer anderen, ihr nicht bekannten Art gehörte. Solchen Kreaturen war sie auf den Straßen nicht begegnet. Das Wesen war größer als die Arbeiter in den orangefarbenen Westen, hielt sich aufrechter und die Visage ähnelte mehr einem Menschen, wenn auch einem missgestalteten, der mit grauem Fell behaart war. Auf der Schnauze und um die Augen herum hatte er jedoch fast keine Haare. Dafür waren sie im unteren Bereich des Gesichts umso dichter und länger, wodurch der Eindruck eines Bartes entstand.

„Seine Majestät erwartet euer Kommen im Münzensaal", schnarrte der menschenähnliche Rattler.

„Folgen Sie mir."

Kwestin wandte sich zu Jenny um und sagte: „Du solltest besser hier bleiben. Unter der Erde ist es nicht angenehm und solche Wanderungen sind nichts für Mädchen."

„Bleiben? Allein?", Jenny schrie beinahe. „In einem Haus mit aufgegrabenem Keller? In einem Keller voller Rattler? Auf keinen Fall!"

Nachdem sie sich beruhigt hatte, fügte sie mit fast normaler Stimme hinzu: „Und dann ist es gefährlich, mich allein zu lassen. Es endet damit, dass Eweron brennt. Wegen ist nachts der Tumult losgegangen. Ich hatte einfach nicht gedacht, dass so etwas geschehen würde. Ich werde dann alles erzählen, ehrlich! Habt Mitleid mit der Stadt und nehmt mich mit."

Der Rattler, der im Namen des Rattenkönigs gesprochen hatte, stand am ausgehobenen Einstiegloch und schaute ungeduldig auf die Eingeladenen.

„Seine Majestät wartet nicht gerne", sagte er und erinnerte an die Dringlichkeit.

Kwestin gab ihm ein Handzeichen.

„In Ordnung."

Die arbeitenden Rattler strömten lebhaft zum Loch unter der Wand. Den Geräuschen nach zu urteilen, erweiterten sie eilig den Durchgang für die Größe der Gäste und trugen die ausgehobene Erde weg. Hinter den Rattlern versank die andersartige Rattenkreatur in der Dunkelheit. Der Kobold, der Präfekt und Jenny, die sich an Kwestins Ärmel klammerte, folgten ihm. Zuerst mussten sie durch das frisch ausgegrabene Loch gehen. Unter ihren Füßen zerbröckelten weiche Erdklumpen, hin und wieder fiel ihnen bröseliger Schmutz auf den Kopf. Vor ihnen gruben die Rattler weiter und schleppten das Erdreich weg. Jenny trippelte ihren Begleitern nach und ließ den Ärmel des Präfekten nicht los, während sie auf das vor ihnen flackernde Licht der Lampe sah, die der Kobold trug. Dann bückte Jenny sich, folgte den anderen und schob sich durch eine Lücke zwischen herausgerissenen Steinplatten.

Sie landete in einer Säulenhalle, die schon vor langer Zeit angelegt worden sein musste. Durch den Graben in der Mitte des Durchgangs floss schmutziges Wasser, entlang der Wände verliefen mit Steinplatten gepflasterte Wege. Rattler liefen überall umher und zogen den Belag von den Wänden. Unter dem Deckengewölbe klebten Flecken eines trüben, grünlichen Lichts. Entweder sind das Pflanzen oder etwas Übleres, dachte Jenny. Sie fragte nicht, weil sie vermutete, gar nicht wissen zu wollen, was da unter der Erde leuchtete. Die Luft war schwer und feucht, es roch nach fauliger und nasser Erde. Niemand beachtete die Ankömmlinge, die dem großen Rattler unbeirrt folgten. Die Bewohner der Dunkelheit setzten ihre seltsamen Beschäftigungen fort. Zumindest waren sie aus Jennys Sicht seltsam. Sie selbst hielten sie wohl für normal, so, als führten sie ganz gewöhnliche Arbeiten durch. Der Durchgang machte eine Biegung, es gab Kreuzungen, ein paar Mal kamen die Wanderer durch geräumige unterirdische Hohlkammern. Überall begleitete sie ein grünliches Licht. In höheren und breiteren Durchgängen klebten öfters größere Lichtflecken unter dem Gewölbe.

In einer großen Säulenhalle blieb Morko stehen und wartete auf seine Gefährten. Er flüsterte Jenny zu: „Ein erstaunlicher Bau, diese unterirdische Stadt. Die Rattler belüften sie, spürst du den leichten Wind?"

In der Tat, manchmal fühlte Jenny einen Lufthauch. Doch die bemerkenswerte Konstruktion der Wohnstatt interessierte sie jetzt am wenigsten. In diesem Augenblick wünschte sie sich mehr als alles wieder auf der Erdoberfläche zu sein.

„Müssen wir noch lange gehen?", fragte sie.

„Nein, wir haben das Ziel schon fast erreicht. Die Städte stehen mit den Höhlen unter dem Vulkan in Verbindung."

„Die Städte? Und was ist das hier?"

„Bestenfalls die Umgebung. Bald beginnt das Interessanteste!" Jenny teilte Morkos Begeisterung überhaupt nicht. Gerade hätte sie sich lieber gelangweilt, aber niemand fragte sie nach ihrer Meinung. Nach einer Weile endete die lange Säulenhalle mit dem mittigen Graben. Nun gingen sie durch große und kleine Säle. In Schlangenlinien bewegten sie sich fort und bogen ständig ab. Die Rattler waren hier mal zu sehen, mal nicht und alle waren schrecklich aktiv, huschten in verschiedene Richtungen hin und her, quiekten, ächzten und liefen geschäftig herum. Sie machten Halt, um die Ankömmlinge zu betrachten und beeilten sich dann wieder, um ihren Arbeiten nachzugehen. Fast alle waren bekleidet, aber nicht mit orangefarbenen Westen, wie die Arbeiter in der Oberwelt, sondern mit den verschiedensten Lappen. Ihre Äugelchen glänzten im trüben Licht, sie sträubten die Schnurrhaare, das feuchte Fell glänzte auf ihren Nacken. Vom Flackern der zotteligen Körper wurde Jenny schwindelig, sie klammerte sich noch fester an die Ärmel des Präfekten, zwang sich, ihre Beine zu bewegen und nicht daran zu denken, auf was sie hier versehentlich treten könnte. Der Fußboden war nun glatt und sauber wie das Straßenpflaster in der Oberwelt. Hier unten gab es sogar weniger Schmutz als auf den Straßen von Eweron. Nur muss man sich ständig bücken, dachte Jenny. Nicht, weil das Deckengewölbe niedriger war, im Gegenteil, die Gäste des Rattenkönigs gingen jetzt durch genügend geräumige Säle. Doch über ihren Köpfen zog sich ein ganzes Spinnennetz an sich überkreuzenden Drähten und Seilen dahin, von dem schmutzige Lumpen herabhingen, an denen Wasser heruntertropfte. Die Luft war mit Feuchtigkeit getränkt und die leuchtenden Gerinnsel an den Gewölben waren fast nicht mehr zu sehen. Das Licht erzeugte jene grünlichen Flecken, die sich auf die nach oben in die Dunkelheit verlaufenden Säulen setzten. Jenny stellte fest, dass ringsum jetzt mehr

Rattler zu sehen waren. Viele liefen von Säule zu Säule und begleiteten die Ankömmlinge. Nahe bei den Menschen und dem Kobold war niemand, aber überall scharrten Pfoten. Von allen Ecken waren die zischelnden, piepsenden Stimmen der Bewohner der unterirdischen Welt zu hören.

Ihr Begleiter, der mächtige menschenähnliche Rattler, bemerkte diese ungebetene Gefolgschaft ebenfalls. Er blieb stehen und krächzte irgendetwas, das Jenny nicht verstand. Sofort erschienen Dutzende seiner kleinen Artgenossen aus dem Verborgenen. Sie drängten sich zusammen und ihre Augen funkelten in dem grünlichen Dämmerlicht. Wohin man auch schaute, krümmten sich die zottigen Silhouetten, auf dem gesträubten Fell glänzten Wassertropfen, überall hörte man Rascheln und Scharren. Morko hob die Lampe höher und betrachtete die Rattler. Jenny sah aufmerksam, wie er die Lampe in der linken Hand trug. Die Armbrust jedoch, die er mit der rechten festhielt, richtete er von einer Seite auf die andere. Doch was vermochte ein einziger Schuss gegen eine solche Menge auszurichten?

„Was ist mit ihnen?", flüsterte Jenny Kwestin ins Ohr.

„Ich weiß nicht", antwortete er genauso leise.

„Sie sollen verschwinden!", piepste es plötzlich aus der Dunkelheit.

Irgendwo in der Menge, begann ein weiterer Rattler zu schreien: „Unsere Welt! Unsere Besitzungen! Die Menschen sollen fort von hier! Wir wollen sie hier nicht!"

„Sie sind Gäste des Königs!", rief der große Rattler laut zurück.

„Entfernt euch, macht den Weg frei!"

Jenny war bestürzt, doch sie sah, dass der Präfekt und Morko sich nicht besonders aufregten. Da erinnerte sie sich, dass ihre Gefährten angesichts der bevorstehenden Audienz von besonderen Effekten gesprochen hatten. Vielleicht war alles normal? War es beabsichtigt, dass sie aufgehalten wurden?

„Was habt ihr dort geplant?", fragte Morko den Boten des Rattenkönigs gelangweilt.

„Soll ich ein paar verprügeln? Oder gehen sie auch so aus dem Weg? Beenden Sie dieses Affentheater, oder mir reißt die Geduld."
„Kobold! Kobold!", heulten die Rattler aus den hinteren Reihen.
„Die Kobolde sind noch schlimmer als die Menschen!" Die vorderen Rattler wichen jedoch zurück, bemüht, aus dem Lichtkreis der Lampe zu kommen, die der Butler hielt.
„Gut, gut!", schrie Morko ihnen zu.
„Ich werde also ein Dutzend verprügeln! Danach wird der König uns empfangen?"
„Morko Gutschich, Vorsicht!" brummte der Präfekt.
„Übertreib es nicht!"
„Lösegeld!", piepsten die Rattler.
„Wir lassen durch, wenn uns Lösegeld gegeben wird! Den kleinsten Menschen, wir sind mit dem kleinsten einverstanden! Der ist jung, zart und schmackhaft!"
Jenny wollte schreien, dass sie überhaupt nicht schmackhaft, sondern sogar giftig wäre. Aber sie schaffte es nicht. Die Rattler stürmten wie eine lebendige Welle vorwärts. Jenny sah ausgestreckte Pfoten mit Krallen, die sie festhielten, die nach ihr zogen. Im nächsten Augenblick wurde sie von Kwestin losgerissen und in die Dunkelheit gezerrt. Der Präfekt stürzte hinterher, schlug mit seinem Stock auf die Köpfe der Kreaturen, aber es war, als wüchse zwischen ihm und Jenny eine lebendige Wand. Jenny kreischte, versetzte einem einen Tritt, schüttelte einen anderen ab, schlüpfte aus ihrer Jacke, die die Rattler nicht losließen. Ihr Kopf blieb an einem der herumhängenden Stofflappen hängen, sie klammerte sich an ihn und zog sich in die Höhe. Sie kletterte nach oben und erreichte ein Seil, das über der wimmelnden Masse sanft hin und her schwang. Unter ihr waren Röcheln und dumpfe Schläge zu hören. Die Lampe, die Morko trug, war erloschen. Dutzende Körper balgten sich auf dem Boden im grünlichen Dunst. Jenny stand auf und balancierte mit Mühe über das schlecht gespannte Seil.
„Zurück! Aufhören!", zeterte der Rattler, der ihr Anführer zu sein schien.

Hinter den Säulen ergoss sich plötzlich Licht. Der Präfekt und Morko standen Rücken an Rücken und traktierten die gegen sie heranrückenden unterirdischen Bewohner mit Schlägen. Kwestin mit seinem schweren Stock und der Kobold mit der Armbrust, aus der er jedoch nicht schoss. Da strömte die Menge zurück. Als Quelle des Lichts entpuppten sich zwei Dutzend Lampen, die an den Helmen anderer Rattler befestigt waren. Alle waren ausgewählt, groß und mächtig und in Rüstungen gekleidet, echten Harnischen. Sie schienen aus vormals menschlichen Harnischen umgearbeitet worden zu sein. Natürlich hatte man sie an die buckligen Gestalten der unterirdischen Bewohner anpassen müssen, aber diese Armee sah furchterregend genug aus. Umso mehr, als sie sich, umflossen von Licht, zwischen den finsteren, dunklen Säulen durch die Höhle drängten, unter den sich kreuzenden Seilen, an denen sie nasse Lappen wie Kriegsfahnen schwankten. Die Rattler, die die Gäste angegriffen hatten, wichen zurück und ließen Morko und Kwestin mitten in dem leeren Raum allein.

„Was für ein Geräusch?", rief der Chef der unterirdischen Wache drohend.

„Wer wagt es, die Ruhe seiner Majestät zu stören?"

„Ich habe drei Gäste zum König geführt", antwortete der Rattler, als er neben den zwei zurückgebliebenen Schutzbefohlenen auftauchte.

„Aber das eifrige Volk ..."

„Drei?", unterbrach ihn der Chef der Krieger.

„Ich sehe nur einen Menschen und einen Kobold!"

Der Präfekt rief Jennys Namen.

„Wohin haben sie dich geschleppt? Wenn ihr ihr etwas getan habt ..."

Morko hob die Armbrust und richtete sie auf den haarigen Begleiter.

„Ich bin hier!", rief Jenny.

„Helft mir dabei, runterzusteigen! Ich weiß nicht, wie ich nach oben geraten bin. Das ist einfach passiert. Aber jetzt weiß ich nicht, wie ich wieder runterkommen soll."

Als Jenny endlich wieder auf dem Boden bei Kwestin und dem Butler angekommen war, fand sie sich gleichzeitig in Gesellschaft von einigen Dutzend mit Metall rasselnden Kriegern. Die weitere Wegstrecke war jedoch nur noch kurz, sie brachten sie unter Bewachung hinter sich und niemand beunruhigte die Gäste erneut. Das rechtzeitige Erscheinen der königlichen Garde ließ den Gedanken aufkommen, dass der Angriff inszeniert worden war. Es war eine solche Vorstellung wie die, die Burmal und seine Kinder auf den Plätzen vorgegaukelt hatten. Aber wozu denn? Jenny hatte nicht die Absicht, diesen dummen Schauspielern Münzen zu opfern, ihr hielt auch niemand einen Hut dafür hin. Das wäre ja noch schöner! Durch dieses Durcheinander war das Mädchen ganz nass geworden. Ihre Jacke hatte sie gefunden, aber sie war völlig zertrampelt, von den schmutzigen Pfoten der Rattler. Während Jenny nachdachte, zog die Prozession an einigen Fluren vorbei. Da war nun kein Konstrukt aus Seilen mehr, es fielen auch keine kalten Tropfen nach unten, die Durchgänge wurden schmaler und die Gewölbe niedriger. Überhaupt deutete alles darauf hin, dass sie sich jetzt in einem Wohnzimmer befanden. Schließlich machten sie vor einer massiven Doppeltür Halt, die den Durchgang komplett versperrte. Gewiss waren Türen eine Seltenheit in der merkwürdigen Welt unter der Erde. Bis jetzt hatte Jenny keine gesehen, man hatte ungehindert durch alle Räume gehen können.

„Der Münzensaal", murmelte Kwestin.

„Wir sind am Ziel."

Die bewaffneten Wachen unternahmen einen Stellungswechsel, was wahrscheinlich eine feierliche Zeremonie darstellte, die die Audienz einleiten sollte. Schließlich öffneten sich die Türen und die Gäste wurden in den Saal gebeten. Jenny war ängstlich zumute. Die vorausgegangenen Vorkommnisse hatten den Effekt des bevorstehenden Ereignisses etwas vermindert, aber es war trotzdem ein Treffen mit einem König. Einem echten König! Papa Burmal hatte manchmal in seinen Auftritten einen König dargestellt. Das waren im Allgemeinen äußerst unangenehme und jähzornige Typen gewesen, deren Wort genügte, um jemandem den Kopf abzuschlagen, ihn zu vertreiben oder ins Gefängnis zu werfen. Jenny hatte in der Präfektur die Keller gesehen, in denen die Verhafteten einsaßen. Aber hier, in den Räumlichkeiten der Rattler, sahen auch die üblichen Bereiche abstoßend aus. Allein die Vorstellung, wie das Gefängnis im Reich des Rattenkönigs aussehen würde, war schrecklich.

***

Bereits auf das Schlimmste gefasst, schritt Jenny in den Saal. Doch er ähnelte überhaupt keinem Gefängnis. Er war prächtig. Der Münzraum erstrahlte im Glanz riesiger Kerzen, die einfach überall an waren, an den Wänden, auf dem Boden und in den am Gewölbe aufgehängten Kerzenhaltern. Die Wände des Saales funkelten und waren bedeckt mit runden, metallischen Geldstücken. Hier gab es alles, Silber, Bronze, Gold. Münzen über Münzen, in allen Größen. Alte, unlängst geprägte, ausländische und solche aus Eweron. Mit Wappentieren, Profilgesichtern, Kronen, Schwertern und Äxten. Alles, was zu Ehren Chogorts auf das Straßenpflaster gefallen war, alles, was das Wasser in die Abflusskanäle gespült hatte, alles, was auf den verschiedensten Wegen in die verborgene Welt der Rattler geraten war, fand sich in der Auskleidung der Wände wieder.

„Eine interessante Art für Notzeiten zu sparen", staunte Jenny leise. Ihr Blick streifte über die prachtvollen Wände und fiel plötzlich auf einen Thron, der in der Mitte des Münzsaals auf einem hohen dreistufigen Podium emporragte. Waren die Wände des Saals prachtvoll, so krabbelte auf dem Thron die Inkarnation der Abscheulichkeit. Ein zotteliges, graues, feuchtes, schmutziges Durcheinander von Gliedmaßen bewegte und regte sich fortwährend und schaukelte, raschelte und knarrte auf dem gigantischen Thron.

„Eure Majestät", sagte der Präfekt und verbeugte sich tief auf seinen Stock gestützt. Zu Jennys Erstaunen folgte der Kobold seinem Beispiel. Bis jetzt hatte sie sich nicht vorstellen können, dass Morko sich vor irgendjemandem so tief verbeugen könnte. Sie verneigte sich ebenso vor dem Thron, um nicht neben ihren Begleitern aufzufallen. Zweifellos mussten sie ihre Gründe haben, um dem Rattenkönig solche Achtung zu erweisen.

„Ich meine Gäste", raunte eine tiefe Stimme aus der Richtung des Throns. Als sie den Kopf hob, stellte Jenny schockiert fest, dass der König sich scheinbar in Stücke aufgelöst hatte. Einen Augenblick später aber bemerkte sie, dass der König durchaus an seinem Platz geblieben war. Nur die winzigen Rattler, die bisher seinen Körper bedeckt hatten, waren zur Seite gesprungen, als er sprach. Der Monarch der Unterwelt war ekelerregend. Ein runder, formloser Klumpen aus Fett, aus dem ein Kopf herausragte, der im Verhältnis zum überbordenden Bauch viel zu klein war. Über dem Scheitel des Königs erhob sich ein dicker Nacken, sodass es aussah, als wüchse sein Gesicht entweder aus der Brust oder aus dem Bauch. Die Visage des Königs war rund, mit hängenden Wangen und wabbeligem Kinnladen. Er gehörte wie auch sein Gesandter, zu der Sorte Rattler, die menschenähnlicher war als die Mehrheit seiner Untertanen. Die winzigen Rattler trippelten zum Ausgang und tänzelten beflissentlich um die Ankömmlinge herum, während der König auf seiner Brust etwas zusammenraffte, das aussah, wie einen Kittel. Bewaffnete Wachen bezogen Posten am Thron.

„Ich werde alt, ständig friere ich", klagte der König.

„Diese wunderbaren Mädchen wärmen meinen armen Körper. Aber unterhalten wollen wir uns lieber ohne sie."

Mädchen, dachte Jenny. Niemals wäre ich darauf gekommen, dass das weibliche Rattler sind.

„Also, man hat mir ein Problem unterbreitet", fuhr der Rattenkönig fort.

„Ich freue mich immer, wenn ich guten Freunden helfen kann. Ja, ja. Mir wurde zugetragen, diese Reise durch die Besitzungen des Rattlervolkes wäre lustig gewesen und auch abenteuerlich?"

„Was tut man nicht alles, um zur Quelle der Weisheit zu gelangen", antwortete Kwestin.

„Eure Untertanen forderten mich auf, Euch meine Begleiterin anstelle von Lösegeld zu übergeben. Morko Gutschich und ich haben uns bemüht, sie nicht zu stark zu verprügeln, nur geradeso, um das Spiel mitzuspielen."
„Anstelle von Lösegeld?" Der König hob seine buschigen Augenbrauen. „Das ist natürlich eine pfiffige Idee. Oh weh, in unserer absolut nicht vollkommenen Welt ist jeder gewohnt, nur einen Vorteil zu suchen. Das haben die Bewohner der Oberwelt die einfältigen Rattler gelehrt. Vielleicht muss man von euch tatsächlich Bezahlung für Hilfe verlangen?"
„Du kannst mich mal ins Bein beißen", flüsterte Morko kaum hörbar, indem er die Prothese leicht nach vorne schob. Entweder hatte der Rattenkönig es nicht gehört, oder aber er ignorierte es und fuhr fort: „Königen steht Freigebigkeit gut zu Gesicht und mir sind angenehme Beziehungen lieber als Bezahlung. Außerdem habe ich schon alles. Alles, außer Jugend."
Mit einer ausladenden Geste wies er auf die mit Geldstücken übersäten Wände.
„Kann ich denn zu dieser Sammlung überhaupt noch etwas hinzufügen? Wohl kaum. Gute Beziehungen schätze ich viel mehr."
Der Rattenkönig bleckte lächelnd seine gelben Zähne und Kwestin verbeugte sich erneut. Der unansehnliche Herrscher nickte zufrieden und fuhr fort: „Nun zu eurer Frage. Den fünf Toten. Ja, gerade an jenem Tag war es gewesen und genau fünf hat es getroffen. Sie sind in ein Loch gefallen, in das üblicherweise das Spülwasser gegossen wird. Die Menschen sind so herrlich naiv. Die Bewohner unter Sonne und Mond nehmen an, dass ein solches Vorkommnis das endgültige Verschwinden der Körper bedeutet. Für uns, die wie näher dem Herzen der Welt wohnen, bedeutet das das Gegenteil. Nämlich ihr Erscheinen. Paradox, nicht wahr?"
„Der Körper?", fragte der Präfekt.
„Das heißt, sie waren schon tot, als man sie nach unten geschickt hat?"

„Ja, das war an ein paar Anzeichen nicht schwer zu erkennen. Also, da waren kleine Fingerzeige, wie eine durchschnittene Kehle. Ja. Sie waren tot, als sie sich auf die letzte Reise machten."

„Darf ich fragen, wo genau sich die erwähnte Öffnung befindet, durch die die Körper hierhergekommen sind?"

„Natürlich, natürlich! Es ist sehr interessant, wo genau die Reise begann. Weil sie immer in meinem Herrschaftsbereich endet und das versteht sich ohne Erklärungen. Aber wo sie beginnt ... Oh, in dieser Frage könnten Überraschungen verborgen sein. Kennst du so einen Ort, die ‚Stufe des Wahnsinns'? Einen Felsen auf dem nördlichen Abhang des Vulkans? Sie kennen ihn, natürlich kennen Sie ihn. Dort steht ein Turm aus schwarzem Basalt, geschmückt mit völlig geschmacklosen Skulpturen. Im unteren Teil dieses Baus ist eine Öffnung, für das Einfüllen von Unrat. Unterhalb der Stufe des Wahnsinns befindet sich ein Loch, das in meinen Herrschaftsbereich führt. Von dort fallen oft kuriose Sachen verschiedenster Art herein, denn der Turm ist bewohnt und sein Herr hat, soweit ich es beurteilen kann, eine äußerst blühende Fantasie. Eine durchschnittene Kehle, das ist, sozusagen, noch gar nichts. Er pflegt viel erfinderischer zu sein. Und fünf sind bei weitem nicht die größte Menge. Es kommt vor, dass er viel interessantere und wichtigere Botschaften in die Unterwelt schickt."

„Der Turm des Wahnsinns", wiederholte der Präfekt nachdenklich.

Morko fing seinen Blick auf und schüttelte kaum merklich und ablehnend den Kopf. Für beide bedeutete der Name etwas, aber Jenny hörte ihn zum ersten Mal. Ihre Gefährten hatten sie jedoch anscheinend vollkommen vergessen und tauschten vielsagende Blicke, wobei sie gar nicht bedachten, dass sie etwas hätten erklären müssen. Jenny wusste jedoch, dass dieser Augenblick für Fragen ganz und gar nicht geeignet war. Ihr blieben nur die Qual der Ungewissheit und das Warten auf eine passendere Gelegenheit.

„Ich habe nicht daran gezweifelt, dass du den Turm kennst", sagte der Rattenkönig erfreut. „Aber so oder so, die Angelegenheiten der Oberwelt überlasse ich euch."

„Und, wenn Eure Majestät erlauben, was kann man über diese Menschen sagen? Ich meine, die Toten. Die Körper sind natürlich nicht erhalten geblieben, aber es hat sie doch irgendjemand gesehen, wenn auch nur flüchtig?"

„Mein lieber Freund", begann der König und zog eine Grimasse, „Die Aufgaben eines Monarchen sind umfangreich und sehr unterschiedlich. Sie erlauben mir nicht, mich auf unbedeutende Lappalien wie die fünf Toten zu konzentrieren, die in das Loch für den Unrat gefallen sind. Dennoch habe ich einiges herausgefunden. Der Kleidung nach zu urteilen waren sie arme Leute. Aber auch keine Bettler. Sie schienen weder Dorfmenschen noch Einwohner von Eweron gewesen zu sein. Junge, starke Männer. Man konnte ihnen jedoch nicht ansehen, welchen Beruf sie ausübten. Vielleicht gar keinen? Händler, Landstreicher, doch man weiß nie." Der Rattenkönig hielt einen Moment inne.

„Dort, oben", sprach er weiter und nickte, als er nach oben zeigte, „gibt es so viele Müßiggänger. Bei uns, im dunklen Königreich, sind alle mit einer nützlichen Arbeit beschäftigt, aber bei euch ... Welchem Gewerbe sind die Fünf wohl in ihrem Leben nachgegangen?"

„Räubereien", antwortete Kwestin kurz.

„Aha!" Der Rattenkönig geriet in Entzücken und schlug sich im Übermaß seiner Gefühle mit den Pfoten auf seinen vorgewölbten Bauch.

„Na, siehe an! Ich hätte das erraten können, wenn sich ein Wachsoldat an mich gewendet hat, dann interessieren ihn die Räuber! Na also, eine Aufgabe ist gelöst."

„Ich würde versuchen, auch die anderen zu lösen, wenn ich etwas von den Sachen der Verstorbenen hätte", deutete der Präfekt vorsichtig an.

Der Rattler kniff seine verquollenen Äugelchen zusammen und drohte mit einem krallenartigen Finger: „Mein scharfsinniger Freund, worauf spielst an? Natürlich, ich befahl alles zu sammeln, was uns die Oberwelt durch das Loch unter dem Turm des Wahnsinns schickt. Besonders nach diesem Ereignis."

„Ich bin begeistert von der Weisheit Eurer Majestät", stellte der Präfekt in sehr ernstem Ton fest.

„Das ist äußerst umsichtig", fügte er noch hinzu.

„Ja, ja ... aber hier liegt das Problem. Ich habe alles, was meine Untertanen gesammelt haben, für dich bereitgelegt. Aber sie sind bei weitem nicht so scharfsinnig wie ihr König. Sie haben alles auf einen Haufen geworfen. Dort werden auch die Sachen der fünf Toten sein und das, was später dazukam. Nun kann man nicht mehr erkennen, was wem gehörte, nein. He, ihr! Bringt dem Präfekten Kwestin mein Geschenk!"

Der König hatte sich an seine Untertanen gewandt und sagte dann: „Ja, ich bin vorausblickend. Mein Rang verpflichtet mich, daran zu denke. Hin und wieder ist die Oberwelt nicht bereit, sich von dem zu trennen, was ihr gehörte und dann hierher gelangt ist. Ja, ja ... von Zeit zu Zeit muss man auch etwas zurückgeben."

„Ich bin Eurer Majestät sehr verbunden", sagte der Präfekt, als er sah, wie zwei Rattler ein Bündel aus Sackleinen herbeischleiften. Sie legten die Last zwischen dem Thron und den Gästen auf den Boden nieder, entwirrten die Knoten und rückten beiseite, um den Inhalt sichtbar zu machen. Wahrscheinlich hätte man den Rattenkönig um Erlaubnis fragen müssen, aber Jenny hielt es nicht mehr aus, sie hatte etwas erkannt. Sie warf sich auf die Beweisstücke, beugte sich über das ausgebreitete Sackleinenbündel, und zerfloss in Tränen, als sie sich an einen Hemdärmel von Erik klammerte. Für sie gab es da keinen Irrtum, wie oft hatte sie das Hemd des Bruders schon gewaschen und einmal auch geflickt, nachdem sie es selbst bei ihren kindlichen Spielen zerrissen hatte. Für Ausbesserung der Kleider war immer Anna zuständig gewesen, aber in diesem Fall hatte sie erklärt, dass Jenny das Hemd zerrissen habe und es selbst versuchen sollte. Hier sah sie nun ihre eigenen ungeschickten Nadelstiche. Nicht zu verwechseln mit der geschickten Arbeit der armen Anna. Immer noch auf den Knien hockend, zeigte sie dem Präfekten den Ärmel.

„Das ist von Erik! Von Erik, verstehen Sie? Sein Hemd ..."

Auf dem Oberhemd waren dunkle Flecken zu sehen, Blutspuren. Andere Sachen, Knöpfe, Stofffetzen, Gürtel und Schnallen, sagten Jenny nichts. Wahrscheinlich hatten sie den Banditen gehört.

„Wie rührend das ist", bemerkte der Rattenkönig kalt. „Das Mädchen weint um ihren Geliebten. Die Welt ist voller Leiden und Genüsse und eines ist immer mit dem anderen verbunden."

„Dieser Gegenstand ist von ihrem Bruder", erklärte der Präfekt. „Gibt es noch etwas, das uns bei der Suche nach Antworten helfen könnte? Ich fürchte, ich habe Eure Majestät sehr viel Zeit gekostet und bin nicht sicher, dass meine Dankbarkeit einer derartigen Großzügigkeit eines Monarchen würdig ist."

„Hm, ja, natürlich. Meine Großzügigkeit ... nein, ich erwarte keine Bezahlung, ich helfe uneigennützig. Gute Beziehungen, das sage ich euch, Menschen und Kobolde aus der Oberwelt! Gute Beziehungen sind mehr wert als Geld."

„Genauso ist es", murmelte Morko.

„Die Münzen, mit denen ich die Wände verkleiden ließ, zeugen davon, dass Geld nicht der höchste Wert in meinem Königreich ist", bemerkte der König mit sichtlicher Zufriedenheit. „Wenn sich eine Gelegenheit ergibt, werden ich an meine selbstlose Hilfe erinnern und mir eine Gegenleistung erwarten. Und wenn nicht ... egal! Mir wärmt die Erinnerung an die gute Tat das Herz."

Der König kauerte sich zusammen und wickelte sich fester in seinen Kittel.

„Es stimmt schon, die Erinnerungen wärmen das Herz, aber nicht den Körper. Kehrt in eure Welt zurück, meine lieben Freunde."

„Jetzt sollten wir uns besser beeilen", flüsterte Morko Jenny zu und hockte sich neben sie über die zerstreuten Beweisstücke. Sie scharrten den Plunder zu einem Haufen zusammen, banden die Sackleinen zu und verabschiedeten sich vom Rattenkönig mit eiligen Verbeugungen. Der Alte schien die Achtungsbezeugungen sehr zu schätzen und Jenny bemühte sich, alle Verbeugungen und Knickse zu machen, derer sie fähig war und die ihre Fantasie und Erfahrung als Schauspielerin ihr eingaben. Sie war müde, aber sie spürte, dass sie nach Hause gehen würde und nur noch eine letzte Anstrengung nötig war. Das gab ihr Antrieb.

„Wunderbar, wunderbar", brummte der Rattenkönig. „Dieses liebe und höfliche Mädchen ist einfach herrlich. Meine Dienerschaft kann hier viel lernen. Eine erstaunliche Eleganz! Ich danke dir für das Vergnügen, meine Liebe. Ja, und da ist noch eine Kleinigkeit. Während der Unruhen vor kurzem ... nun, elf meiner Untertanen sind damals verschwunden. Prachtkerle, neugierig und unerfahren. Die Körper haben wir nicht gefunden."

„Vielleicht haben sie das Durcheinander genutzt und sind davongelaufen, um die Welt zu sehen?", äußerte Morko.

„Kobolde machen das oft."

„Möglich, möglich. Nur, dass sie nicht aus einer Kompanie waren, sodass sie sich kaum hätten verabreden können. Wenn ihr etwas über meine Jungen erfährt, dann lasst es mich wissen. Und wenn ihr nichts erfahrt ... gut. Dann sei es, wie es sei. Dank der ewigen Nacht, vermehren sich meine Untertanen schneller als sie sterben."

Er klatschte laut in die Hände, die Türen des Münzensaals öffneten sich und den sich entfernenden Gästen stürzte ein ziepender Strom junger Weibchen entgegen, deren Aufgabe es war, den alten Körper des Königs zu wärmen.

***

Den Rückweg legten sie schweigend zurück. Die Gäste wurden von der Wache geschützt, einem halben Dutzend Rattlern in Rüstung, und niemand wagte die Fremdlinge aus der oberen Welt anzugreifen. Wenn Jenny in der Lage gewesen wäre zu überlegen, so hätte sie hier noch einen Beweis dafür gesehen, dass der vorherige Angriff mit Wissen des Rattenkönigs inszeniert worden war. Aber dazu war sie nicht in der Lage. Sie wanderte hinter Morko her, der das Bündel mit den Beweisen schwenkte und presste den wertvollen Ärmel von Eriks Oberhemd wie eine heilige Reliquie an ihre Brust. Während sie ging, weinte sie stimm. Deshalb merkte sie auch nicht, wie sie den gesamten Heimweg zurückgelegt hatten. Die bewaffnete Begleitmannschaft hielt an, der Stahl klirrte und die Lichter der kleinen Lampen, die auf den Helmen brannten, schwankten wie Federbüsche. Jenny wischte sich eilig die nassen Wangen ab. Die Gefährten hatten den Anschein gegeben, als bemerkten sie ihre Tränen in der Dunkelheit nicht, aber jetzt kehrten sie in ihre eigene, gut beleuchtete Welt zurück.

„Gute Reise, Menschen und Kobold", sagte der Kommandeur und zeigte mit der Pfote auf den vor kurzem gegrabenen Durchgang.

„Da geht es entlang."

Einen Augenblick später befand sich Jenny in Kwestins bekannten Keller.

„Jetzt verstehst du, warum wir den Keller nicht nutzen", erklärte Morko und schaute sich um. „Die Menschen leben dort oben und vermuten nicht, wie leicht die Rattler sie von unten erreichen können. In jedem Haus, in jedem einzigen! Kannst du dir vorstellen, wie das ist, wenn das nachts geschieht, wenn die Bewohner schlafen? Doch sie bemerken die Rattler nicht. Und niemand hat Angst. Doch das ist falsch. Denn mein Volk weiß, wozu sie fähig sind!"

„Eigentlich müssten wir, wenn der Rattenkönig nicht so friedliebend wäre, die ganze Stadt bewachen", stimmte der Präfekt zu.

„Die Bewohner des Vulkans natürlich ausgenommen. Die wohnen über einer Steinschicht, an sie kann man von unten nicht so leicht herankommen."

Als sie aus dem Keller gestiegen waren und Morko die schwere Luke geschlossen hatte, betrachtete Jenny ihren Fund erneut. Da konnte es keinen Zweifel geben, sie erinnerte sich ganz genau an dieses Hemd, von dem ein Ärmel abgerissen worden war.

„Es gehört Erik!", wiederholte sie laut.

„Warum haben wir uns denn nicht gleich an die Rattler gewendet. Dann hätten wir schon lange gewusst, wer für den Tod meiner Familie verantwortlich ist."

„Nicht so schnell, Jenny aus dem Nirgendwo", lächelte Kwestin müde.

„Der König hat nur aus dem Grund so schnell mit uns zusammengearbeitet, weil selbst ihm selbst genügend Fakten mitgeteilt haben. Sowohl die Information zur Zeit, als die Leichen heruntergefallen sind, als auch die Zahl der Toten. Er hatte nur Angst, dass wir mehr wussten, als wir ihm gesagt haben. Dann hat er sich beeilt, so zu tun, als wäre er ein Freund."

„Das stimmt", pflichtete ihm Morko bei.

„Denn es ist eine unklare Geschichte und er ist jetzt an ihr beteiligt."

„Aber meiner Meinung nach wirkte er zuvorkommend", sagte Jenny. Sie war müde und wollte nicht streiten.

„Allenfalls das Schauspiel mit dem Angriff war seltsam. Wofür sollte das sein, ich verstehe es nicht."

„Gerade das ist leicht zu erklären. Wenn man zu seiner Majestät ganz einfach gelangen kann, so hätte er keine Ruhe vor Bittstellern. Nein, das lässt er nicht zu. Er zeigt, wie schwer man in seinen Prunksaal gelangt, damit er seltener belästigt wird. Nur für einen äußerst wichtigen Anlass, da lässt er hinein."

„Und er hat von uns kein Geld für seine Hilfe genommen ..."
Jenny sprach nur weiter, weil sie nicht aufhören konnte. Erik musste leben. Sie überzeugte sich noch einmal davon, dass der Ärmel zu dem Teil der Sachen aus dem Bündel gehörte, der aus dem Turm des Wahnsinns geworfen wurde. Und zwar später als die Toten. Erik lebt und hat es jetzt nicht leicht. Das bedeutete, man musste ihn schnellstmöglich retten. Die Hauptsache war, dass er nicht gestorben ist und Jenny wusste, wo sie ihn nun suchen musste!

„Geld hat er nicht genommen, gerade das ist schlecht", erklärte Morko nachdenklich.

„Das heißt, er fordert etwas Ernsthaftes, wenn es soweit ist. Herr Kwestin kann es ihm nicht abschlagen. Aber was werden wir dann machen? Und was tun wir jetzt? Besuchen wir den Turm selbst?"

„Geduld, meine Freunde, Geduld!", sagte Kwestin beruhigend. „Ich, für meine Person, beabsichtige schlafen zu gehen. Bald dämmert es und ich muss morgen zum Dienst." Der Kobold zündete eine Lampe an und Jenny merkte erst jetzt, wie schmutzig, abgerissen und zerzaust sie aussahen.

„Morko, der Turm des Wahnsinns gehört Lord Marian", erinnerte der Präfekt.

„Ist er auf deiner Liste?"

„Nein", brachte der Butler zwischen den Zähnen hervor.

„Aber was ändert das?"

„Was für eine Liste noch?", fragte Jenny und gähnte.

„Ein Verzeichnis von denen, die von meiner Bande beraubt wurden", erklärte der Butler. „Marian ist nicht darauf, aber sein Bruder. Morgen Abend suche ich den nördlichen Abhang des Vulkans auf und sehe zu, wie man vom Fuß des Berges an den Wachposten vorbei zum Turm gelangen kann. Und am Tag werde ich in das Tal der hundert Tempel zurückgehen."

„Ich auch", sagte Jenny und gähnte noch einmal, dieses Mal länger.

„Und ich schicke etwas von diesen Trophäen", sagte Kwestin und zeigte auf das Bündel, das der Rattenkönig ihnen geschenkt hatte, „nach Wekset. Vielleicht erkennen sie dort etwas?"

„Wir sollten nicht in Erscheinung treten!", sagte Morko empört.

„Sie wissen nie, wer von dieser Geschichte mit den Habseligkeiten der Getöteten erfahren wird. Die Geheimwache ist schon so zu gut informiert."

„Ich schicke Kuber, er ist sowieso in unsere Geschichte eingeweiht. Der Weg nach Wekset dauert etwa eine Stunde, der Sergeant wird früh am Morgen aufbrechen. Zum Mittagessen wird er zurück sein und nirgends Aufmerksamkeit erregen. Ich befehle ihm, vorsichtig zu sein."

Jenny hörte den Streit zwischen Morko und Kwestin nicht bis zum Ende an. Sie ging ins Zimmer und zog die Tür hinter sich zu. Für sie und Morko war alles klar und verständlich. Erik lebte, sie hielten ihn in einem Turm gefangen. Sie fragte sich, wer schuld daran war. Lord Marian oder sein Bruder? Dafür mussten sie wohl in den Turm des Wahnsinns eindringen. Brr, was für ein Name, dachte Jenny. Sie mussten nur dort eindringen und den Bruder herausholen. Das war alles.

KAPITEL 13

Der letzte Tag

„Was denkst du über die Rattler?", platzte Jenny heraus und warf einen Stein neben Ingwars Füße.
„Ich freue mich auch, dich zu sehen", sagte der Ehrwürdige lächelnd.
„Guten Tag."
Ehrlich gesagt, der Tag sieht nicht gut aus, dachte Jenny. Er dachte nicht einmal daran, sich als solcher zu verstellen. Seit dem Morgen hatte es nicht geregnet, aber der Himmel blieb grau und ein kalter Wind jagte dunkle Wolken über ihnen hinweg. Der Sumpf des Tals der hundert Tempel sah finster und unfreundlich aus. Auf den Pfaden zwischen den Steinen, die die Pilger hierherbrachten, trat rostiges Wasser hervor, über den Inseln erhob sich Dunst. Je weiter vom Ufer entfernt sie waren, desto dichter erschienen die Ausdünstungen. Aus dem Nebel ragten die Spitzen der größten Gebäude und Jenny sah die vergoldete Kuppel von Trochomors Tempel und die steil gewölbten Brücken Grodofurs über dem Heiligtum der Trolle. Der ehrwürdige Ingwar saß nicht auf seiner geliebten Bank. Denn heute war sie nass und nicht gemütlich. Der Geistliche erwartete Jenny an der Durchgangstür und hinter seinem Rücken wartete die kalte Dunkelheit, die Jenny schon zuvor bemerkt hatte.
„Guten? Feuchten, nassen, regnerischen guten Tag."
Jenny versuchte in den Schatten unter der Kapuze zu blicken, glitzert da nicht wieder blaues Eis? Aber sie sah nur Finsternis, genauso feucht und dicht wie das Dunkel, das unter den Gewölben von Chogorts Tempel herabhing. Wie traurig, dachte sie. In den Augen kann man nicht schlechter als zwischen den Zeilen des „Scharfäugigen Herolds" lesen. Aber vielleicht ist das

sogar besser? Sie wollte von Ingwar mehr sehen, wissen und verstehen, aber fürchtete sich vor dem, was sie entdecken könnte.

„Das stimmt, in der Luft ist viel Wasser", stimmte der Ehrwürdige zu.

„Aber das sind doch Kleinigkeiten! Die Hauptsache ist, dass du gekommen bist. Nach deiner Erzählung habe ich viel nachgedacht, und am Ende begann ich, mich um dich zu ängstigen, Jenny. Du weißt natürlich selbst, dass du dich in großer Gefahr befindest."

„Auf einem gespannten Seil über dem Feuer ist es überhaupt nicht wie auf einem Weg Chogorts", murmelte Jenny vor sich hin. Ganz leise.

„Aber du bist gekommen. Ich habe mich gefreut, dass dir nichts passiert ist, doch du fragst mich nach allen möglichen Kleinigkeiten. Rattler ... Sie könnten beispielhafte Gemeindemitglieder in diesem Tempel werden, weil sie von verlorenen und fallengelassenen Dingen besessen sind. Aber, oh weh, weiter als bis zum Anfang von Chogorts Weg sind sie nicht gekommen. Sie haben einen anderen Pfad."

„Ich wollte fragen, warum sie einen so niedrigen Platz in der städtischen Hierarchie einnehmen. Sie haben Eweron gegründet, sie können in jedes Haus eindringen. Eigentlich sind sie die wahren Herren der Stadt. Sie könnten es zumindest sein, wenn sie es wünschten. Aber die Rattler nutzen ihre Überlegenheit nicht."

„Eindringen ... nicht in jeden beliebigen Ort, nein. Die Felsen über der Stadt und dieser Sumpf, das ist für sie unerreichbar. Die Lords und die Götter sind verlässlich geschützt", sagte Ingwar und sein Lächeln war seltsam undurchschaubar.

„Jenny, du bist erregt. Lassen wir die Rattler doch. Sag mir, was hast du über deinen Bruder erfahren?"

„Er wird im Turm des Wahnsinns gefangen gehalten. Der gehört Lord Marian. Lord Marian hat meinen Bruder entführt!"

„Lord Marian? Der Führer der Opposition im Parlament. Er wird kaum in der Nacht Räubereien begehen. Meiner Meinung nach irrst du. Lies besser den ‚Scharfäugigen Herold' ein wenig genauer."

„Ich habe meinen Bruder gefunden ... nun, fast gefunden. Und du schlägst mir diese widerwärtige Zeitung vor?", fragte Jenny und seufzte enttäuscht, blätterte dann aber gehorsam in dem Schundblatt.

„Und was soll ich hier lesen? Zwischen welchen Zeilen denn genau?"

„Beginne mit dem Leitartikel", riet ihr Ingwar.

Der Artikel auf der ersten Seite hieß: „Dienst am Vaterland" und teilte mit, dass die Familie Westoken, die sogar in Friedenszeiten an die Sicherheit Ewerons denken würde, von allen Seiten von Feinden umgeben wäre. Das Familienhaupt dieses Klans, Lord Marian, würde einen Gesetzentwurf für die Erhöhung der Armeeausgaben vorbereiten. Doch sein jüngerer Bruder, Lord Gregil, lebte angeblich seine Leidenschaft für die Wissenschaft auf die Vervollkommnung von Waffen und Rüstungen aus. Der Senior Westoken indes stellte dem besessenen Forscher indes den Turm des Wahnsinns für wissenschaftliche Labors zur Verfügung. Jennys Augen weiteten sich und sie hörte auf, zu lesen. Der Turm des Wahnsinns! Darum hatte sich Ingwar nicht gewundert, als er den Namen gehört hatte. Das Mädchen ließ die Zeitung sinken und starrte in das Dunkel unter der Kapuze des Ehrwürdigen.

„Wie du siehst, heckte Marian schon lange Pläne für einen Krieg mit den Antreibern des Windes aus", bemerkte dieser ruhig.

„Und der Turm des Wahnsinns wird, obwohl er ihm gehört, praktisch von seinem Bruder Gregil genutzt."

„Du wusstest es", brachte Jenny hervor.

„Warum hast du es mir nicht gleich gesagt? Dann hätten wir unsere Nase nicht in die dreckige Unterwelt stecken müssen und Kwestin wäre nicht in die Schuld des Rattenkönigs geraten."

Dann hielt sie erschrocken inne.

„Oh ... ich hätte das nicht sagen sollen ..."

„Ich wusste es nicht", entgegnete Ingwar mit weicher Stimme. „Ich hatte große Zweifel. Erst jetzt, nach deinen Worten, bin ich fast überzeugt. Zum Turm des Wahnsinns und zu Lord Gregil gelangte ich auf einem ganz anderen Weg, ich sammelte

Stückchen der Wahrheit und habe gar nicht damit gerechnet, dass ich diese Kleinigkeiten zu einem richtigen Bild zusammenfügte. Ja, jetzt bin ich fast sicher. Fast! Was deine Worte über die Rattler betrifft ... Reg dich nicht auf, ich rede viel, aber kann auch schweigen."

Er schaute über Jennys Kopf hinweg auf den mit Nebel bedeckten Sumpf und nickte: „Lass uns in den Tempel gehen. Im Gegenzug für deine Offenheit werde ich dir auch etwas erzählen. Dort. Drinnen, vor dem Angesicht des großen Chogort."

Und dort, wo niemand sich im Dunkel anschleicht, um zu lauschen, setzte Jenny in Gedanken hinzu.

Drinnen war es noch kälter als gewöhnlich. Eine klebrige feuchte Art von Dunkelheit, die Ankömmlinge verschluckte und über ihren Köpfen bedrohlich zusammenfloss. Jenny begab sich zu der bekannten Bank, ließ sich nieder und starrte auf das gedankenlose Lächeln des tönernen kleinen Gottes. Neben ihr raschelte der Umhang des Geistlichen.

„Jenny", fing er ungewohnt ernst zu sprechen an.

„Du darfst niemanden wissen lassen, von wem du das weißt, was ich dir sagen werde."

„Natürlich", sagte sie leise.

„Ich hätte dich selbst darum gebeten!"

„Und versprich mir, dass du dich nicht sofort zum Turm des Wahnsinns aufmachst. Was auch immer ich dir jetzt sage, beeile dich nicht. Handle nicht unbesonnen. Kleinigkeiten, Kleinigkeiten, wäge sie ab und beachte sie alle. Versprich, dich nicht zu beeilen. Glaube Chogort, er hat dir schon den richtigen Weg gewiesen, so gib ihm auch die Möglichkeit es noch einmal zu tun."

„Ja, ich verspreche es", knurrte Jenny, die langsam verärgert wurde. Ihre Hände und ihre Nasenspitze waren schon eiskalt.

„Damit du es weißt, man erlaubt mir nicht, mich zu beeilen. Auf Schritt und Tritt höre ich nur, dass ich mich nicht beeilen solle. Nur keine Hast, in Eweron würde man es so nicht handhaben ..."

„Gut. Ich sehe, auf dich geben richtige Ratgeber Acht."

„Trantüten. Und du bist übrigens auch keine Ausnahme!"

„Also, meine Weißnäherinnen ...", begann Ingwar, Jennys Seitenhieb erschütterte ihn nicht. „Du verstehst, einfachen Leuten ist der Zutritt zum Vulkan verboten. Die Auserwählten, die in den Dienst der Lords eingetreten sind, teilen nichts mit von dem, was sie da oben sehen. Das ist eine der Bedingungen ihres Lebens. Wahrscheinlich die wichtigste dieser Bedingungen. Aber an den Bergabhängen gibt es keine Werkstätten, in denen Schneiderinnen arbeiten und die Lords müssen unbedingt ehrbar aussehen. So laden sie die Schneiderinnen in die Villen auf dem Vulkan ein, damit sie ihre Arbeit machen, ihren Lohn entgegennehmen und verschwinden. Auch ihnen ist es verboten, über das zu schwatzen, was sie gesehen haben, weil den Näherinnen und Schneiderinnen große Schwierigkeiten drohen, wenn man verrät, von wem man die Kenntnis hat."

„Ja, ich habe verstanden!", unterbrach Jenny ihn unwirsch.

„Gut. Es ist für mich wichtig, dass du den Grund all dieser langweiligen Warnungen verstehst. Also, nun zu Lord Marian und Lord Gregil."

„Einst wurde Gregil beraubt, sein Haus wurde zerstört ... du kannst dir sicher vorstellen, was in einem Haus geschieht, in dem Kobolde leben?"

Ich lebe in einem solchen Haus, dachte Jenny. Da passierte nichts, manchmal war es sogar lustig. Doch laut erwiderte sie nichts, damit Ingwar nicht aufhörte, zu erzählen.

„Dort zu leben war unmöglich, erst recht nicht für eine verwöhnte, vornehme Person", fuhr der Geistliche fort.

„Gregil wandte sich also an seinen Bruder, während seine Villa in Ordnung gebracht wurde."

„Wahrscheinlich war er schrecklich wütend, dass man ihn aus seinem Haus getrieben hatte!", sagte Jenny, die es sich nicht verkneifen konnte, diese Vermutung festzustellen. Sie erinnerte sich an Morkos Schicksal und das seiner Bande.

„Und hat geschworen, sich an den Kobolden zu rächen, die dort gehaust haben."

„Daran hege ich keinen Zweifel, denn die Lords sind sehr rachsüchtig. Sie sind die Nachfahren und Erben eines erniedrigten Stammes. Und sie vergessen nichts. Aber kehren wir zu dieser alten Geschichte zurück. Die Brüder Westoken vertragen sich gut, was in den Familien der Gebieter des Feuers selten ist. Nichtsdestoweniger bedeuten gute Beziehungen ganz und gar nicht, dass sie unter einem Dach leben können. Marian überließ also seinem Bruder den Turm des Wahnsinns. Dieser gefiel ihm so gut, dass er darin wohnen blieb. Das ist etwas merkwürdig. Für die Leute wurde die Geschichte mit den Laboratorien erfunden, in denen Gregil angeblich an den Waffen für die Armee Ewerons arbeitet. Bis heute hat er kein einziges Waffenmuster aus seinem Labor vorgestellt."

Jenny kauerte sich zusammen. Die Feuchtigkeit kroch unter ihre Jacke. Aber das, was Ingwar erzählte, war lebenswichtig für Erik.

„Woher rührte überhaupt dein Interesse an Marian und Gregil?", fragte sie.

„Sie laden Schneiderinnen auf den Vulkan ein und wenn die Arbeit fertig ist, schickt der Lord einen vertrauenswürdigen Diener zu ihr. Es lohnt sich nicht, noch einmal jemanden von unten in die Villa am Hang des Vulkans zu bringen, verstehst du? Lord Gregil bevorzugt schwarze Kleidung, einen strengen Schnitt und rotes Futter."

„Und ist das wichtig?"

„Alle Kleinigkeiten sind wichtig, wie der unvergleichliche Chogort lehrt. Erinnerst du dich an den Umhang des Gebieters des Feuers, der deine Verwandten umbrachte?"

Jenny antwortete nicht, sie versuchte sich zu erinnern, aber in ihrer Erinnerung erschien nur eine tosende Flammenwand.

„Aber jetzt", fuhr der ehrwürdige Ingwar fort, „ist für uns etwas anderes wichtig. Für das fertige Kleidungsstück hat Gregil einen Mann mit einer Narbe auf der Wange geschickt."

***

Mit hochgestelltem Kragen spazierte Morko dort, wo jene Pfade, die zu den verschiedenen Tempeln führten, zusammenliefen. Die von den Gemeindemitgliedern mitgebrachten Steine knirschten unter seinem Holzbein.

„Nichts", brummte er.

„Ich habe nichts Neues erfahren. Wegen des Regens ist niemand gekommen. Die verfluchten Antreiber mit ihrer blöden Art, Krieg zu führen!"

„Der Regen hat die Kobolde erschrocken?", versuchte Jenny zu witzeln.

„Es stellt sich heraus, dass die Vertreiber gewonnen haben?"

„Wir kämpfen nicht mit dem Regen", brummelte Morko.

„Und wenn mir jetzt einer von denen in die Quere käme, würde ich ihn mit Vergnügen erwürgen. Mit riesigem, mit einfach unermesslichem Vergnügen!"

„Nun, aber ich habe etwas erfahren", prahlte Jenny stolz.

„Zu den Dienern des Lords Gregil Westoken gehört ein Mann mit einer Narbe auf der Wange. Und der ältere Bruder von Gregil hat ihm den Turm des Wahnsinns überlassen. Darüber wurde in den Zeitungen geschrieben. Was sagst du dazu?"

„Dass dieser Mensch bald noch mehr Narben haben wird. Alles fügt sich zusammen. Gregil steht auf meiner Liste, mehr noch, er war einer der letzten darauf! Das ist sein Werk."

„Und im Turm des Wahnsinns ist mein Bruder. Und ich erkläre schon im Voraus, dass ich keine Ermahnungen ertrage. Als wäre diese Sache zu gefährlich für Frauen! Dass du es weißt, Morko Gutschich, du wirst mich nicht los. Und versuch es nicht, sonst wirst du es bereuen!"

Der Kobold bleckte seine Hauer, was ein freundliches Lächeln bedeutete.

„Niemand wagt es, einem Kobold zu drohen. Und dies ist tatsächlich eine gefährliche Sache. Aber ..."

„Aber du selbst hast mir ein Messer geschenkt!"

„Deine Drohungen hebst du für Herrn Kwestin auf, er wird dagegen sein."

„Und du?"

„Ich nicht."
Der Kobold reichte ihr seine knorrige grüne Hand und sie drückte sie feierlich. Für die beiden war alles beschlossen. Nur deshalb war der Gebieter des Feuers Gregil Westoken schon verdammt. Jetzt mussten sie nur noch den Präfekten von ihrem unausgesprochenen Plan überzeugen.

„Weißt du was?", fragte Jenny.

„Lass uns dem Präfekten gar nichts sagen, wir erkunden den Aufstieg zum Turm selbst und bereiten uns vor ..."

„Ich habe kein Recht, Herrn Kwestin um seine Rache zu bringen."

„Eben! Wir nehmen ihn mit, wenn wir Erik befreien. Das wird eine würdige Geste!"

„Wir nehmen ihn mit, wenn wir Lord Westoken töten", wiederholte der Kobold für sich.

„Man kann denken, das eine stört das andere!"

„Es stört überhaupt nicht. Eher umgekehrt, das eine ergänzt bemerkenswert das andere. Ihr, die Menschen, gebraucht in solchen Fällen das Wort ‚Harmonie'. Das Wetter wird uns helfen. Wie es aussieht, wird es nachts regnen. Weder Mondschein noch Sterne am Himmel wird es geben. Warte, woher weißt du von dem Mann mit der Narbe? Ich denke nicht, dass die Gemeindemitglieder Trochomors darüber sprechen."

Jenny biss sich auf die Lippe. Sie hatte ihren Gleichgesinnten nicht einmal gesagt, dass sie ihren Schutzpatron gewechselt hatte.

„Ich habe es so gehört", murmelte Jenny ausweichend, „Man kann sagen, ich habe es zufällig mitbekommen. Ich hatte eine Offenbarung, von oben. Bezüglich Erik kam alles zusammen, nicht wahr? Sie haben seinen Ärmel aus dem Turm des Wahnsinns geworfen, sodass ich dieser Offenbarung nun auch glaube. Und ich frage ja auch nicht, mit wem du den Schmutz betrachtest!"

Der Kobold nickte. Es war alles gesagt. Sie gingen zu der Kreuzung, wo man einen Kutscher mieten konnte. Diesmal gerieten sie an einen gesprächigen Mann. Während er auf Passagiere wartete, blätterte er in einer Zeitung und hatte nichts Eiligeres zu tun, als

den Inhalt der Ausgabe mitzuteilen. Wie der überwiegende Teil der nicht so begüterten Eweroner las er den „Scharfäugigen Herold".
„Der Krieg zieht sich hin, sehr geehrte Fahrgäste, jetzt ist es offensichtlich. Und was? Der Herr Redakteur Ganderis schreibt ganz richtig, dass wir den Kampfgeist verloren haben. Seit langem schon hat Eweron nichts Großes mehr geleistet. Jetzt werden wir die Antreiber des Windes schlagen und das wird eine Sache sein, die das Volk von Neuem vereint. Ein reinigendes Feuer, so geruhte der Herr Redakteur sich auszudrücken. In den Flammen des Krieges wird die Stadt gehärtet und gereinigt. Selbst die feigen Anhänger des Friedens haben das jetzt verstanden. Sie eilen nun, um am Krieg in Grandelin teilzunehmen, damit sie ihre früheren Fehler wieder gutmachen. Auch sie haben mittlerweile erkannt, dass Lord Marian Recht hatte. Zuvor haben alle widersprochen, alle haben gestritten ..."

Es begann zu tröpfeln, die Passagiere schwiegen unter dem Wagenverdeck, aber der Kutscher, der auf seinem Bock nass wurde, beruhigte sich nicht: „Vielleicht haben sie gehört, dass Lord Sertias Istrigsi seinen ältesten Sohn in die aktive Armee schickt. Er fürchtet seinen Posten als Sprecher zu verlieren, wenn er in der schwierigen Zeit nicht den schuldigen Patriotismus zeigt. Nichts da, Megris sei mein Zeuge, dieser Posten gehört rechtmäßig Lord Marian! Wenn er Sprecher im Oberhaus ist, werdet ihr an meine Worte denken."

All diese Aufregung um den Posten des Chefs des Oberhauses musste eine Verbindung zu dem Überfall auf Burmals Truppe haben. Jenny verstand das teilweise, aber sie konnte den Zusammenhang zwischen den Ereignissen nicht finden. Sie erlebte schon im Voraus das Treffen mit Erik. Wie sie in den Turm eindrang, um ihren Bruder ausfindig macht, wie sie zu ihm sagen würde: „Los, ich werde dein Oberhemd wieder flicken. Ich weiß, dass du einen Ärmel verloren hast. Hier ist er!"

Sie werden lachen und weinen, dachte Jenny. Sie werden zusammen sein wie früher. Und dann wird sie niemand mehr trennen. Niemals! Der Kutscher riss sie aus ihren Gedanken, als er laut fragte: „Nun, und wohin soll es gehen?"

Jenny nahm an, dass der Kutscher schon einmal gefragt, aber keine Antwort erhalten hatte. Morko war ebenfalls in Gedanken vertieft. Die Kutsche ratterte über das Kopfsteinpflaster. Heute kehrten sie aufgrund des schlechten Wetters früher als gewöhnlich aus dem Tal der hundert Tempel zurück. Fast der ganze Tag lag noch vor ihnen. Kwestin hatte genügend Obliegenheiten in der Präfektur, er befasste sich bis zum Mittagessen mit Berichten. Und Sergeant Kuber war wahrscheinlich noch nicht aus dem Städtchen Wekset zurück.

„Wohin jetzt, Morko?"

„Hm ..."

Der Kobold überlegte kurz und sagte dem Kutscher dann, dass er sie zu Steinstraße fahren solle.

„Welches Haus?"

„Siebzehn", sagte der Kobold schnell. Doch Jenny erriet, dass er die Nummer aufs Geratewohl genannt hatte. Ein Haus am Anfang der Straße. Ein Ort, von dem der Kutscher nicht sehen konnte, dass sie den Turm des Wahnsinns betrachten wollten. Wenn es die Steinstraße ist, so bedeutete das, dass sie nicht weit von dem Steinbruch lag, wo man Steine zum Bauen gewann. Und das wiederum hieß, sie war am Fuß des Berges.

***

Morkos Holzbein klopfte hohl auf das Straßenpflaster, aber das Flüstergeräusch des Regens verbarg alle Geräusche, auch jenes der Prothese. Kaum hatten Jenny und der Kobold den Wagen verlassen und der Kutscher das Pferd gedreht, begann die hohe Gestalt des Kutschers in dem grauen Watteschleier zu schmelzen und sich aufzulösen. Eine Minute und er war verschwunden, verloren hinter einem Regenvorhang. Das Klappern der Hufe verschwand, das Knarren des Wagens hörte auf, wie auch das Rumpeln der Räder auf dem Pflaster.

Die Steinstraße war schmal und kurvig, sie sah wie ein Fluss aus, der zwischen den Ufern zusammengedrückt war. Nur, dass anstatt des Wassers feuchte, kühle Luft darin floss. Anders als gewöhnlich waren keine Fußgänger zu sehen und auch die Rattler versteckten sich unter der Erde. Die Straße stieg merklich an, ging hoch hinauf auf den Berg. Doch an ihrem Ende konnte man durch den Nieselregen eine Mauer erahnen, die einen engen Korridor zwischen den aneinanderklebenden Häuschen verschloss. Es war der Abhang des Vulkans. Mit jedem Schritt trat die Mauer deutlicher hervor und wurde dunkler. Als durch den Regen hindurch schon der glänzende, nasse Abhang zu sehen war, erstarrte Morko und sah auf seine Füße. Auch Jenny starrte auf die sich weit öffnende Steilwand vor ihr. Die letzten Häuser der Steinstraße hingen über einer alten Abbaugrube, aus der früher Steine für den Bau gewonnen wurden. Der Abhang des Vulkans wahrte immer noch die Spuren der Werkzeuge. Zwischen der Fahrdammkante und dem Steilhang lag der alte Steinbruch, auf dessen Grund langsam ein Strom mit schmutzigem Wasser floss. Regenströme, die vom Berg liefen, verwandelten die Grube in einen Wassergraben. Irgendwo in der Nähe rauschte der Strom lauter, der in die Erde floss, in das dunkle Reich der Rattler.

„Da ist er, der Turm des Wahnsinns", verkündete Morko mit düsterer Stimme.

Jenny sah sich um, der Kobold legte den Kopf in den Nacken und sah nach oben, zum Abhang des Vulkans. Er zwinkerte, wenn ihm die Regentropfen in die Augen fielen, aber starrte unentwegt auf die dunkle hohe Gestalt des Turms, die aus dem grauen Dunst hervorragte. Eine schwarze, düstere Silhouette. Der Turm erhob sich auf einem einsamen Felsen, aus dem Körper des Berges über dem verlassenen Steinbruch hervorstehend. Einst bedeckten die Regenströme den Sockel des Turms, damals sah es so aus, als hänge der schwarze Riese im leeren Raum und die geflügelten Statuen von Dämonen, die die Wände schmückten, trügen ihn durch die mit Feuchtigkeit gesättigte schwere Luft.

„Wie schrecklich er ist", sagte Jenny fasziniert.

„Der Name passt zu ihm."

„Er heißt Turm des Wahnsinns, seit der Architekt, der ihn gebaut hatte, sich von seiner Spitze in die Tiefe gestürzt hat", erklärte Morko nüchtern.

„Gerade dorthin, wo wir hier stehen, ist er gefallen, nehme ich an. Genau auf diesen Platz."
Jenny wich erschrocken zurück und schaute nach unten. Aber auf den Steinen waren natürlich keinerlei Spuren der Tragödie mehr zu sehen. Stattdessen waren sie nur von Wasser und Staub bedeckt. Den Kobold berührte der Tod des Wahnsinnigen vor sehr langer Zeit überhaupt nicht. Er betrachtete die Zugänge zum Turm. Das Bild war nicht erfreulich, von unten hinaufzugelangen, erschien vollkommen unmöglich.

„Morko wie bist du früher zu dem Vulkan hochgekommen?"
Der Kobold bleckte seine Hauer, als er sich erinnerte.
„Das war eine großartige Zeit. Was für einen Spaß ich damals hatte! Wir haben einen in Felsen gehauenen Durchgang ausfindig gemacht. Er musste aus jenen Zeiten geblieben sein, als die Gebieter des Feuers den Berg auf der Suche nach Würmern durchwühlt und einen sicheren Unterschlupf gesucht haben. Den bekamen sie von meinen Vorfahren. Der ewige Schmutz zeugt von ihren Demütigungen. Aber als ich diesen Durchgang im Felsen entdeckt habe, kehrten unsere früheren glücklichen Tage für kurze Zeit zurück. Wir waren für drei ganze Jahre der Schrecken der Lords. Wie viele Villen haben wir zerstört, wie viele Wachen und Diener haben wir zu Krüppeln gemacht. Ich war der Herrscher des Vulkans, ja! Die Gebieter des Feuers bliesen vor ohnmächtiger Wut Rauch aus ihren Ohren."

Jenny wunderte sich über die Leidenschaft, mit der der Kobold an seine Heldentaten dachte. Morko Gutschich ballte die Fäuste und starrte voller Hass durch den Regen hindurch auf den riesigen Vulkan. Er dürstete nach Rache.

„Können wir diesen Durchgang jetzt nutzen?", fragte Jenny eilig, um die Gedanken des Kobolds schnell von den grausamen Erinnerungen abzulenken.

„Nein", sagte Morko und senkte endlich den Kopf.

„Die Gebieter des Feuers haben unsere Höhle gefunden. Sie haben uns ausspioniert."

„Aber du erinnerst dich an den Gebieter, der deine Bande verbrannt hat?"

„Nein", der Kobold schüttelte erneut den Kopf. „Ich war überzeugt, dass wir nicht in Gefahr waren. Der Schlupfwinkel schien sicher zu sein, die zweite Etage eines achtbaren Hauses. In der unteren Etage war eine Juwelierwerkstatt und wir hatten die Zimmer darüber gemietet. Und dann begossen wir eines Abends unseren letzten Erfolg mit Wein."

„Du musst nicht weitererzählen", bat Jenny. Sie wusste, wie schwer das für den Kobold sein musste.

„Kwestins Frau hatte bei dem Juwelier eine Kleinigkeit bestellt", sagte Morko. „Zu ihrem Unglück kam sie ausgerechnet an diesem Abend in die Werkstatt. Nun und ... Das war es. Kwestin ist erschienen, als das Feuer schon fast gelöscht war. Er hat sich in die qualmenden Trümmer geworfen, als noch die verbrannten Zwischendecken herabstürzten, so wurde mir später berichtet. Er hat seine Frau gesucht. Aber am Leben war nur noch ich, der Kobold Morko Gutschich. Herr Kwestin hat mich gefunden und die schwelenden Kohlen auseinandergescharrt, bis heute hat er Narben auf seinen Handflächen. Ich kam zu mir und sah nichts, blind vom Rauch und halb tot von der Hitze. Ich begriff nur, dass man mich irgendwohin schleppte. Nun, ich habe mich an Kwestins Kehle geklammert. Ich war so schwach, dass es für ihn nicht schwer war, meine Finger von seinem Hals zu lösen. Er sagt heute, dass er so sicher war, dass ich noch lebte. Solange ein Kobold lebt, kämpft er. Solange ein Kobold kämpft, lebt er."

Jenny wusste nicht, was sie sagen sollte, also schwieg sie. Morko legte auch eine lange Pause ein, dann murmelte er leise: „Ich sehe nicht, wie wir dort hinaufkommen können. Aber es muss eine Möglichkeit geben. Es muss!"

Jenny starrte wieder auf den Abhang, über den trübe Ströme flossen. Regen, so fein wie Blütenstaub, rieselte vom grauen Himmel, durch seinen Schleier hindurch schienen die Fenster der Villen der Lords feuerrot. Tropfen liefen über Jennys Gesicht und blieben an ihren Wimpern hängen. Ihr Blick machte an einem felsigen Vorsprung Halt, der seitlich von dem Felsen aufragte, auf dem sich der Turm des Wahnsinns erhob. Näher an diesem Rand der Einbruchstelle, die den Vulkan von der Steinstraße trennte, war nichts zu sehen. Aber selbst bis zu diesem Ort war es ewig weit entfernt. Dann dämmerte es ihr.

„Morko Gutschich, ich weiß, wie man zu diesem Vorsprung da drüben kommt!", rief sie mit vor Aufregung zitternder Stimme.

„Schenkst du mir für diese Idee ein größeres Messer?"

Der Kobold zuckte zusammen und drehte sich jäh zu Jenny um. In seinen Augen wechselten Schreck und Hoffnung einander ab.

„Ich gebe den Schmieden den Auftrag, eine Klinge zu fertigen, die so lang wie ein Schiffsmast ist!"

„Ich habe nur eine Bedingung ...", meinte Jenny zögerlich.

„Einverstanden! Einverstanden!" Morko schrie beinahe.

„Sprich endlich!"

„In Ordnung. Die Bedingung ist, dass du keine Vorurteile hast. Mit Menschen kommst du zurecht, aber ich hole noch einen anderen zur Hilfe."

„Ich hoffe, nicht die Rattler?"

„Nein, nein! Du denkst zu schlecht über mich, Herr Gutschich. Die Rattler! Wie kleinlich das wäre. Ich habe Größeres im Sinn. Die Rattler, ha! Für eine solche Beleidigung muss man Konsequenzen tragen."

TEIL 4

Aufstieg auf den Vulkan

KAPITEL 14

Brodelnde Leidenschaften

Eweron war menschenleer. Auf der Steinstraße trafen Morko und Jenny niemanden, der Regen trommelte an die Fenster und floss in trüben Strömen über die Wände. In diesen Stadtteil fuhren nur wenige Kutscher und jetzt ließ sich überhaupt niemand von ihnen sehen. Sie mussten eine bedeutende Wegstrecke zu Fuß zurücklegen. Weiter unten am Abhang gab es Bewegung, zerzauste Rattler schwärmten am Wegrand und quäkten mit knarrenden Stimmen, die Schnauzen zum grauen Himmel gereckt. Es gab nun auch Passanten, aber so wenige, dass Jenny kaum angerempelt wurde. Schließlich zeigte sich eine freie Kutsche und die Wanderer begaben sich unter das Verdeck.

Als Erstes wurde Jenny in die Präfektur gefahren. Nachdem der Kutscher sie an dem Gebäude abgesetzt hatte, vor dem ein Wachsoldat in einem durchnässten und herunterhängenden Mantel patrouillierte, fuhr Morko nach Hause, um alles Notwendige für die Besteigung des Vulkans vorzubereiten. Jenny spazierte den leeren Korridor entlang, nickte dem Diensthabenden am Tisch zu und stieg in die zweite Etage. Kwestin saß am Tisch, er kam Jenny finster und bedrückt vor.

„Was ist passiert?", fragte sie sofort.

„Lady Ursula ist passiert", brummte der Präfekt.

„Sie ist wieder erschienen, dieses Mal ohne die Schar ihrer Banditen, mit nur einigen Wachen. Dafür forderte sie sofort die Herausgabe unseres wichtigsten Beweises, die Seite aus dem Buch. Die Abbildung des achteckigen Sterns, verstehst du? Sie weiß alles!"

„Ach wo, alles!" Jenny schüttelte den Kopf, dabei rannen Wassertropfen von dem überhängenden Rand ihres Strohhuts.

„Ich bin doch in Freiheit! Das heißt, zumindest jetzt noch ..."
„Bete zu deinen Göttern, Jenny aus dem Nirgendwo, bete zu Trochomor! Ich bin davon überzeugt, dass sie sehr gut weiß, dass du in meinem Haus gelandet bist. Sie spioniert uns nach, sobald wir irgendetwas aufstöbern, reißt sie uns die Beute aus den Händen."

„Von unserer nächtlichen Wanderung weiß sie nichts", erklärte Jenny energisch. Sie wollte dem Präfekten Mut machen, aber sie scheute sich, vorzeitig von dem bevorstehenden Abenteuer zu sprechen. Man konnte Eduard Kwestin mit solchen Neuigkeiten nicht belasten, wenn er schwermütig war. Außerdem ist es noch gar nicht sicher, ob es überhaupt gut ist, dachte Jenny. Er würde bestimmt anfangen, es ihnen auszureden. Und wenn er es ihnen auch nicht ausredete, so würde er ihnen doch auf die Nerven gehen, ja, auf die Nerven gehen, er war doch so stur.

„Ich hoffe, dass es so ist", sagte Kwestin und nickte ohne besondere Überzeugung.

„Und wie sieht es bei dir aus? Bist du mit deinen Göttern in Verbindung getreten? Hat Morko seine alten Freunde getroffen?"

„Ich habe mit ihnen kommuniziert und er hat niemanden getroffen", schnitt Jenny sofort alle Fragen ab.

„Aber im Großen und Ganzen ist der Fall abgeschlossen." Kwestin antwortete mit säuerlichem Lächeln.

„Glaubst du das nicht?" Jenny wurde wütend. Sie war einen halben Tag im Regen umhergezogen, müde und durchnässt. Sie hatte alles erfahren und jetzt musste sie es am zugemüllten Schreibtisch Kwestins langsam und Schritt für Schritt darlegen.

„Du glaubst es nicht?", wiederholte sie und gab sich große Mühe, ihre kriegerische Streitlust zu zügeln.

„Nun, dann höre zu. Im Turm des Wahnsinns hat sich der jüngere Bruder von Lord Marian, Lord Gregil Westoken, niedergelassen."

„Aha", brachte der Präfekt heraus.

„Nun ja, er steht auf Morkos Liste."

„Er steht nicht einfach auf der Liste. Er hat sich im Turm niedergelassen, der seinem Bruder gehört, nachdem die Kobolde bei ihm zu Besuch gewesen waren. Aus diesem Grund ist diesem so schrecklich in Wut geraten."

Letzteres hatte Jenny nicht wissen können. Doch sie fand die Geschichte passend. Umso mehr, als dass die Rede von einem Umstand war, der ausgezeichnet in das Gesamtbild passte.

„Außerdem trägt er schwarze Umhänge mit rotem Futter und das trug auch jener Lord an, der den Platz der tausend Pfähle damals besucht hat."

Auch das wusste sie nicht genau, doch sie fand, es klang überzeugend.

„Und schließlich", sagte Jenny und klopfte den letzten Nagel in den Sarg der Verurteilung von Gregil Westoken, „dient ihm der Mann mit der Narbe."

„Das sind alles indirekte Beweise", stellte Kwestin mit müder Stimme fest. Der Besuch von Lady Ursula hatte ihm stark zugesetzt. Jenny war ein wenig verwirrt. Wie konnte das sein? Hatte sie sich umsonst zurückgehalten? Hatte sie ihre Entdeckungen umsonst langsam und Schritt für Schritt vor dem Präfekten dargelegt?

„Dann werden Sie, Herr Präfekt des Nord-West-Bezirks", sagte sie und blieb mit letzter Kraft ruhig, „heute Nacht direkte Beweise erhalten, unwiderlegbare, harte, fundamentale ..."

„Wieso in der Nacht?"

„Gewichtige, wesentliche ..."

„Warte, Jenny!", bat Kwestin.

„Bedeutende, überzeugende ...", fuhr sie fort, ohne während ihrer Aufzählung Atem zu holen.

„Warte eine Minute!"

„... die Lady Ursula nicht wegnehmen kann", sagte Jenny schlussendlich. Dann seufzte sie. „Aber für die Beweise muss man durch den Regen spazieren. Sind Sie bereit?"

„Aber Ursula ..."

Jenny überlegte. Diese bösartige Frau hatte sie außer Acht gelassen. Wenn man ihnen tatsächlich nachspioniert hatte, hatte Lady Ursula sie vielleicht gesehen. Die Steinstraße war menschenleer gewesen. Sie war mit Morko lange durch die Straßen gewandert und davor genauso lange über den öden Weg. Zu der Zeit hatte Lady Ursula noch dem Präfekten einen Schrecken eingejagt, sie hatte gar nicht am Fuß des Vulkans sein können, neben dem alten mit Regenwasser überschwemmten Steinbruch. Es war sehr unwahrscheinlich, dass sie nun wissen sollte, womit sich Jenny beschäftigt hatte. Falls man es ihr zutragen würde, dann nicht sofort und dann brauchte es Zeit, um eine Entscheidung zu treffen. Jennys Gedankenstrom wurde durch ein Klopfen an der Tür unterbrochen. Jack Jack erschien. Jenny hatte ihn ganz vergessen, aber der frühere Kriminelle war noch im Dienst und beobachtete das Leihhaus „Drejkenser und Compagnons".

„Was hast du zu melden, Jack?", fragte der Präfekt mit deprimierter Stimme.

„Hat sich etwas ereignet oder warst du es nur satt, vom Regen nass zu werden?"

„Es hat sich etwas ereignet, Euer Gnaden, und was! Wieder geht es um die Schwarzen!"

„Die Geheimwache", sagte Jenny in ihrer Verwirrung laut.

„Genau die, mein Fräulein", bestätigte Jack.

„Sie kamen angestürmt und umzingelten das Leihhaus. Die Gnome haben geschimpft! Ich erschrak, als die Soldaten von überall anrückten. Der Regen, wenig Leute, jeder Passant zu sehen. Auch ich hänge dort gern in der Nähe herum. Und dann kamen sie aus allen Gassen, zu Fuß, zu Pferd, alles Mögliche. Ein Überfall von Wesper. Ich mal auf einer Seite, dann auf der anderen, doch sie kamen von überall, wie gesagt. Aber, gelobt sei Trochomor, es ging vorbei. Sie nahmen nur einen Burschen aus dem Kontor von Toms fest."

„Sie nahmen ihn fest?" Kwestin zog überrascht die Augenbrauen hoch.

„Höflich, Euer Gnaden, sie nahmen ihn höflich fest. Nicht so, wie man unsereins eingebunkert hat, sie wahrten die Form. Nach dem Motto, lass uns gehen, guter Mann, wir haben Fragen an dich. Das alles geschah um das Leihhaus herum. Die schwarze Geheimwache hat etwas beschlagnahmt, nehme ich an. Das vermute ich, weil einer unter dem Geheul des Bärtigen eine Schatulle heraustrug. Sie war nicht groß, etwa so", sagte Jack und zeigte die Größe, indem er seine Handflächen ausbreitete.

„Ich weiß nicht, was darin war, aber die Gnome zeterten ordentlich!"

„Dafür weiß ich es", brummte Jenny. „Wesper soll ihnen die Köpfe verwirren, den Soldaten der Geheimwache!"

„Ach, Fräulein", sagte Jack Jack und winkte resigniert mit der Hand ab. „Was willst du mit den Gnomen. Die können vielleicht fluchen. Oh, sie verfluchten die Schwarzen, sie zeterten endlos. Denn es tat ihnen um die Schatulle leid."

„Ich denke, dass mein Dienst beendet ist? Wegen dieser Sache in der Schatulle habe ich mich doch dort herumgetrieben, nicht wahr? ‚Drejkenser und Compagnons' ist nun wohl nicht mehr interessant?"

„Ja, Jack", sagte Kwestin bekräftigend.

„Du hast deine Arbeit erledigt. Die, wegen der ich dich eingestellt habe."

„Das ist gut", freute sich der ehemalige Dieb.

„Für mich haben sich nämlich neue Geschäfte ergeben, ja und ich habe auch ein Dach über dem Kopf ausfindig gemacht. Nach Jakorna werde ich jetzt nicht zurückkehren, ich habe ein neues Haus gefunden. Und eine Arbeit, eine gute, ehrliche! Ich werde nicht mehr unter dem Gesang von Merwin einschlafen, wenn Euer Gnaden mir erlaubt abzuhauen?"

„Ja, du bist frei, Jack. Ich hoffe, dass du uns keinen Anlass mehr gibst, uns zu treffen."

„Wie kann man das wissen, Euer Gnaden, wie kann man das wissen?" Jack lächelte rätselhaft und ging rückwärts zur Tür. „Vielleicht werden wir uns manchmal wiedersehen."

Als sich die Tür hinter Jack schloss, hob der Präfekt seinen müden Blick zu Jenny auf.

„Bitteschön, jetzt hat sie auch das Medaillon. Alles weiß sie alles."

„Alles, außer dem, was uns der Rattenkönig erzählt hat und dem, was ich heute erfahren habe, Onkel. Ist das etwa kein Grund, weiterzumachen? Richtiger, zum Abschluss zu kommen? Lady Ursula wird alles mit Verzögerung erfahren! Wenn wir uns beeilen, wird sie nicht mit uns Schritt halten können."
Kwestin dachte lange nach, dann lächelte er plötzlich breit.
„Weißt du, Jenny aus dem Nirgendwo, du hast Recht. Wenn wir schnell handeln, dann können wir es schaffen."
„Das heißt, heute Abend", schloss Jenny zufrieden.
„Muss ich mich vorbereiten? Irgendetwas ausfindig machen? Etwas mitnehmen?"
„Absolut nichts. Ich bin davon überzeugt, dass die Messer in Morkos Zimmer für uns drei reichen!"

***

Der Präfekt blieb in seinem Arbeitszimmer, um Papiere zu ordnen und Jenny gab an, das Archiv aufzusuchen, um zu sehen, ob sie etwas über den Turm des Wahnsinns finden konnte. Sie hoffte auf Baupläne des Gebäudes. Es würde nicht schaden zu wissen, wie der Turm konstruiert worden war. Dann wäre es einfacher, ihren Plan durchzuführen. Kwestin nickte zerstreut.

Als Jenny schon die Türklinke in der Hand hatte, fiel ihm noch ein: „Ach so, Sergeant Kuber ist bis jetzt noch nicht erschienen. Ich habe befohlen, ihn sofort zu mir zu schicken, wenn er aus Wekset zurückkommt. Er hätte schon erscheinen müssen, aber offenbar sind die Straßen aufgeweicht. Sonst wüsste ich nicht, was ihn dort aufhalten könnte."

Jenny antwortete nicht, ihr Interesse an Donald hatte nachgelassen. Vielleicht ändert sich daran etwas, wenn ich endlich meinen Bruder befreit habe, dachte sie.

Dann ging das Mädchen durch die merkwürdig ausgestorbene Präfektur. Man könnte denken, der Regen sei hierhergekommen und hat die Wachen erschreckt, die immer im Flur herumlungerten, dachte sie. Sie stieg in den Keller hinab und hielt sich an der Wand fest. An diesem regnerischen Tag schien die Treppe besonders dunkel zu sein, die Stufen besonders abschüssig und das alte Mauerwerk der Wand besonders glitschig. Als habe sich die ganze Welt verschworen, Jennys Stimmung vor der möglicherweise wichtigsten Nacht ihres Lebens zu verderben.

Remi saß wie immer am Tisch, die Lampe brannte, die Seiten raschelten und düstere Schatten huschten über die Regale mit staubigen Stapeln von Dokumenten. Als er Jenny erblickt, freute sich der Archivaufseher.

„Oh! Du warst schon lange nicht hier! Wohin hat es dich verschlagen, warum bist du nicht mehr zu Besuch gekommen?"

„Ich dachte, dass du vorzüglich mit der Bibliothek zurechtkommst und solcher Eifer muss belohnt werden", erklärte Jenny.

„Einige Tage ohne meine Späße sollten dich glücklich machen. Aha, du lächelst. Nun, dann mach dich bereit, ich werde jetzt scherzen."

Tatsächlich jedoch stand ihr der Sinn nicht nach Fröhlichkeit und ihr kam nichts Witziges in den Kopf. Dort war kein freier Platz, alles wurde vom Turm des Wahnsinns eingenommen und dem, was man in ihm finden konnte.

„Gut", Jenny winkte mit der Hand ab, „du hast Glück. Die Scherze fallen wegen des Regens aus. Gibt es in unserem Archiv etwas über den Turm des Wahnsinns? Die Lage der Räume, die Innenplanung, mich interessiert alles. Ich habe mich entschlossen, mich mit Architektur zu beschäftigen."

„Was für ein Turm des Wahnsinns?" Remi runzelte die Stirn.

„Scheint ein bekannter Name zu sein, aber ich kann mich nicht erinnern."

„Am Abhang des Vulkans, dort, wo die Steinstraße an ihn stößt."

„Ah, am Abhang! Diesen Bereich nutzen die Lords. Dort wohnen nur sie. Hier wirst du nichts finden. Der Stadtwache ist es nicht erlaubt, dort Durchsuchungen vorzunehmen, nur den Schwarzmänteln. Ja, ich erinnere mich! Ein unheimlicher Bau, dort gibt es noch geflügelte Statuen. Aber wozu brauchst du das?"

„Ich sage doch, für die Beschäftigung mit Architektur. Ich möchte etwas Leichtes und Fröhliches konstruieren. Der Turm des Wahnsinns wird als Negativbeispiel einbezogen."

„Sei vorsichtiger", sagte Remi beunruhigt.

„Man sagt, der Meister, der dieses steinerne Ungeheuer geschaffen hat, sei verrückt geworden und von der Spitze nach unten gesprungen, auf die Steine."

„Das ist richtig. Als echter Schöpfer war er einfach dazu verpflichtet, etwas zu schaffen, das den Namen des Turms rechtfertigt."

Ah", antwortete Remi tiefsinnig.

„Nun gut, wenn du nichts Passendes hast, werde ich gehen. Ich muss noch eine Brigade Bauarbeiter anwerben."

Jenny ging zwischen im Dunkeln versunkenen Regalen hindurch und machte vor der Treppe Halt. Oben stand jemand, sie erblicke die hohe Silhouette eines Mannes.

„Jenny, bist du hier?" Sie vernahm eine Stimme von oben. Sie erkannte sie, es war Donald.

„Ja, ich komme sofort!"

„Nein, warte, ich steige schon runter."

Die Silhouette des Sergeanten verschwamm mit der Dunkelheit, als er vorsichtig mit seinen Stiefeln die Stufen abtastend, die alte Treppe herabstieg.

„Bleib, wo du bist!", befahl er ihr.

Dann war neben ihr. Jenny fühlte seine warmen Hände auf ihren Schultern. Oh, das ist unerwartet, dachte sie. Wie ungelegen.

„Jenny", sagte Donald mit leicht heiserer Stimme.

Sie fühlte, dass sie zu zittern begann. Jenny kannte sich selbst nicht wieder, sie schwankte ein wenig nach vorne und drückte sich gegen die kalte, nasse Uniform des Sergeanten. Seine Hände waren feucht. Sie merkte es nicht gleich, weil sie selbst vor kurzem durch den Regen gelaufen war. Jenny begriff nicht, was mit ihr passierte, sie wurde von zwei Wünschen zerrissen. Sich noch fester an Donald zu pressen, oder sich loszureißen und wegzulaufen. Etwas Falsches, Unnatürliches lag in der Umarmung an der dunklen Treppe. Sie konnte nur nicht sagen, warum.

In der staubigen Dunkelheit raschelte die feuchte Kleidung und Donalds Hände glitten über ihre Unterarme, als versuche er, etwas zu ertasten. Jenny mochte das und fühlte gleichzeitig Angst. Was fürchtete sie? Nun, zum Beispiel seine Enttäuschung, wenn er fand, was er suchte und es nicht das war, was er wollte. Jenny wollte ihm gefallen. Aber warum passiert das ausgerechnet jetzt, wenn tausend dringende Dinge bevorstehen, dachte sie.

„Du bist aus Wekset zurück", flüsterte sie, um das bedrückende Schweigen zu unterbrechen. „Was ist dort los? Hast du etwas erfahren?"

„Soll es doch abbrennen, dieses Wekset", antwortete Donald heiser und Jenny stimmte ihm völlig zu.

„Nichts habe ich herausgefunden. Aber das ist unwichtig ..."

Seine Stimme wurde rauer, der Sergeant atmete schwerer und stoßweise, seine Hände strichen über die Falten der vom Regen feuchten Jacke und kamen ihrem Ziel näher.

„Nichts habe ich gefunden", wiederholte Donald und Jenny bekam die leise Befürchtung, dass er gar nicht die Zeugen des Verschwindens der damaligen Räuberbande meinte. Sondern, dass sich seine Worte auf die Suche bezog, mit der sich seine Hände beschäftigten.

„Aber was hast du gefunden? Mir wurde gesagt, du warst beim Präfekten und ihr habt etwas verabredet. Weißt du, wer der Verbrecher ist? Sag es mir, ich möchte alles wissen."

Irgendetwas stimmte nicht. Jenny konnte nicht sagen, ob es Donalds plötzlich heisere Stimme war, seine Hände, die frech und unsicher zugleich agierten, in dem Interesse an der Sache, das sich gerade jetzt zeigte, wo er eigentlich alles vergessen sollte. Jenny wünschte so sehr, dass er vergaß, damit auch sie sich selbst vergessen konnte. Nicht lange, einen Augenblick, eine halbe Stunde.

„Nein, nichts Neues", murmelte sie und versuchte, sich freizumachen. Doch Donald ließ sie nicht los. Im Gegenteil, er hielt sie noch fester.

„Jenny, bitte ... worum geht es? Warum willst du es mir nicht sagen? Ich kann doch helfen!"

Jenny schnaufte. Es gefiel ihr nicht, dass er sie nicht losließ. Sie stemmte ihre Arme gegen die Brust des Wachsoldaten und stieß ihn zurück. Doch es war vergeblich. Der Sergeant war stärker. Seine Finger hatten endlich ihr Ziel erreicht und Jenny fühlte, wie ihre Knie weich wurden und ihr der Schweiß auf die Stirn trat.

„Lass mich los", brachte sie mit letzter Kraft mit hoher, piepsiger Stimme hervor, die plötzlich aufgehört hatte, ihr zu gehorchen.

„Du musst mir alles erzählen", flüsterte Donald in der Dunkelheit.

„Du hast etwas entdeckt! Ich will ..."

„Lass mich los, sofort!", zischte Jenny wütend, nahm ihre letzten Kräfte zusammen und stieß den Sergeanten zurück, der plötzlich hartnäckig wie der Regen wurde, den die Antreiber des Windes geschickt hatten.

„Finger weg!"

Ihre Bemühungen führten zu nichts, alles, was ihr gelang, war, näher zur Treppe zu kommen, sodass Donald sich mit dem Rücken zum Archiv drehte und das schwache, aus dem Inneren dringende Licht die Konturen seiner großen Gestalt umriss. Er hatte nicht nachgelassen und hielt sie fest wie zuvor. Jenny wankte, mit dem Rücken an die rauen, kalten Steine gepresst, sie konnte nirgendwohin ausweichen.

Über Donalds Kopf huschte im Halbdunkel ein Schatten, man hörte einen lauten Schlag und Jenny fühlte, dass die Finger des aufdringlichen Sergeanten sich lösten und er selbst zur Seite sank. Dann fiel Kuber auf den Boden. An seiner Stelle tauchte eine andere Gestalt auf. An den weichen, rundlichen Umrissen erkannte Jenny Remy.

„Remi!", stieß Jenny erleichtert hervor.

„Womit hast du ihn …?"

„Mit der Sammlung der Korrekturen zur Strafprozessordnung für das eintausendeinhundertsiebzehnte Jahr seit dem Mahl des Salamanders", sagte der zukünftige Rechtsgelehrte und Archivaufseher in der Präfektur des Nord-West-Bezirks der Hauptstadt, ohne zu stottern.

„Die große Kraft des Gesetzes …"

Jenny stupste den bewusstlosen Körper auf dem Boden vorsichtig mit ihrem Schuh.

„Danke, Remi. Das war eine echte Heldentat. Und du hast keine Angst, dass er jetzt zu sich kommt?"

„Ich habe Angst", gestand er.

„Deshalb bringe ich jetzt meinen Onkel her. Er soll den Herrn Sergeanten hochschleppen, der in der Dunkelheit auf diesen Stufen ausgerutscht ist."

„Dann werde ich besser gehen", beschloss Jenny und stieg die glitschige Treppe hoch. „Wirklich, ich danke dir. Ich werde Betty von deinem Heldenmut erzählen."

Dann fügte sie, schon von den oberen Stufen, hinzu: „Ich habe ein Koboldmesser bei mir!"

Die alten Bräuche kommen im Gegensatz zu den Korrekturen zur Strafprozessordnung nicht in dicke Bücher, doch das bedeutete nicht, dass sie weniger todbringend warem. Es war nur nicht immer angebracht, sie zu verwenden.

***

Während Remi sah, wie sie die Treppe hochstieg und der diensthabende Wachsoldat am Ende des Flurs ihr nachblickte, nahm Jenny sich zusammen. Bewusst verlangsamte sie ihre Schritte und zupfte ihre zerzauste Kleidung zurecht, sodass möglichst nichts zu merken war. Aber als sie auf der Straße in den Regen kam, konnte sie nicht mehr an sich halten. Es war gut, dass der Regen ihre Tränen verbarg. Denn die Tropfen, die über ihre Wangen strömten, konnte man leicht für Regentropfen halten.

Als sie zum Betrieb des ehrbaren Tomas Bir kam, war auf ihrem Gesicht nichts zurückgeblieben. Hartnäckig wie Donalds Hände ergoss sich ein nicht endender feiner Nieselregen auf die Straßen von Eweron. Die Einwohner hatten sich schon daran gewöhnt, oder hatten zumindest aufgehört, auf ein Ende des Schmuddelwetters zu hoffen. Auf den Straßen war es belebt und laut, fast wie bei gutem Wetter. Auch auf dem Hof des Pferdezüchters war das Volk zu sehen. Dennoch konnte Bord in keiner Menschenmenge verloren gehen. Jenny erspähte seinen Kopf, der die Dächer überragte. Er hatte den Weg um die lange Stallwand eingeschlagen. In der Zeit, in der sie nicht hier gewesen war, hatte sich der Troll von Grund auf verändert. Statt der ärmlichen Lumpen, in denen er in Eweron erschienen war, trug Bordojmogorkimbach nun ehrenwerten Hosen und ein Oberhemd, das zwar nicht aus Stoff genäht worden war, sondern aus gegerbtem Leder, dafür aber mit giftigen grellen Farben verschönert worden war. Bei diesem Wetter hatte das Leder seine Vorteile, es ließ den Regen nicht durch. Als Bord Jenny sah, freute er sich über alle Maße und ließ sich vor ihr im Matsch nieder, ohne sich darum zu kümmern, dass er seine bunte Kleiderpracht beschmutzte.

„Wie geht es dir, kleine Frau? Ach, wie freu ich mich, dich zu sehen! Grodofur ist Zeuge, dass ich mich freue. Ist alles gut bei dir? Kränken dich die Wachsoldaten nicht?"

Bord schlug sich mit der Faust gegen die Brust, er fand keine andere Art, seine Freude auszudrücken. Dabei entstand ein mächtiges und hohles Geräusch wie das Getöse einer Kriegstrommel. Für einen Augenblick tauchte in Jennys Vorstellung das Bild Donald Kubers auf, wie er in Zwei-Mann-Höhe in der Luft baumelt, von der steinernen Faust des Trolls am Kragen gepackt wurde. Nur noch nicht jetzt, dachte sie. Auf dem Wege Chogorts vergisst man Kleinigkeiten nicht, sodass der unverschämte Sergeant noch seinen Lohn erhalten wird. Zuvor musste nur Erik aus dem Turm des Wahnsinns befreit werden. Er würde sich für Kuber etwas Amüsanteres ausdenken. Erik war ein Meister in allen Streichen.

„Bord", bemühte sich Jenny möglichst ruhig zu sagen. „Ich brauche deine Hilfe. Es ist sehr wichtig. Kannst du morgen Nacht in die Steinstraße kommen? Dort ist noch ein verlassener Steinbruch, wo die gepflasterte Straße endet."

„Nachts kann ich hingehen, wohin ich will, kleine Frau. Nur tagsüber habe ich Angst, auf jemanden zu treffen. Da sind zu viele Menschen! Aber nachts, wenn die Straßen menschenleer sind ..."

Da wurde dem Troll bewusst, dass gerade in der Nacht alle möglichen merkwürdigen und nicht immer gesetzlichen Dinge geschahen. Er wurde ernst und fragte, was er dort tun sollte. Er wäre zu allem bereit. Jenny hob die Hand und brachte seine laute Stimme zum Schweigen.

„Alles ist nicht nötig. Wohl aber genau das, um was ich dich bitte. Es ist eine Frage von Leben und Tod. Höre mir zu. Wir brauchen Bretter, Nägel, ein dickes Seil ... schau hier!"

Sie nahm einen Zweig und begann, etwas in den Schmutz zu zeichnen, das wie ein großer Jahrmarkt aussah, auf dem außer Burmals Kindern auch noch einige andere Truppen auftraten. Unter ihnen war eine große und offenbar sehr berühmte. So groß und berühmt, dass die Artisten für ihre Vorstellung ein Zelt aufbauten. Und um die Kuppel zu errichten, benutzten sie eine solche Vorrichtung. Sie hatten Seile mit Haken, Tore, Trommeln und viele solcher Geräte. Doch sie hatten keine Trolle. Damals ging es auf dem Jahrmarkt lustig zu. Erik hatte eine Ratte gefangen und sie in den Planwagen gesetzt, in dem die Frauen der großen Truppe gekommen waren. Bord studierte die Zeichnung im Schmutz aufmerksam, danach wischte Jenny ihr Werk sorgfältig mit den Schuhen weg. Der Troll versprach, um Mitternacht zur Stelle zu sein. Dann drückte Jenny feierlich mit beiden Händen seinen kleinen Finger und sie verabschiedeten sich.

KAPITEL 15

Die erste Brücke von Bordojmogorkimbach

Auf dem Heimweg machte Jenny in einem Konfektionsgeschäft Halt und kaufte einen Schornsteinfegeranzug. Ohne die erstaunte Verkäuferin zu beachten, wählte sie den kleinsten, es schien, als wäre er für einen Lehrling vorgesehen. Der Anzug war, gelinde gesagt, nicht stilvoll, aber Jenny schätzte die schwarze Farbe, nachdem sie auf dem Dach mit dem Arbeiter geschwatzt hatte, den sie so erschrocken hatte. Schwarze Farbe für die schwarze Nacht, dachte Jenny.

Als Morko Gutschich, unerschütterlich, wie es sich für einen musterhaften Butler gehörte, die Tür öffnete, schlüpfte sie als Erstes in ihr Zimmer und probierte die Neuerwerbung an. Nachdem sie sich mit Nähzeug versorgt hatte, fing sie an, die weite Hose an den Gürtel zu nähen. Gleichzeitig überzeugte sie sich davon, dass der ehrwürdige Ingwar auch hier Recht hatte. Die Finger der Weißnäherinnen mussten tatsächlich von der Nadel zerstochen sein. Und die Fingerhüte fielen oft auf den Boden und rollen an die unmöglichsten Stellen, wo man sie nur schlecht ohne die Hilfe der Götter herausholen konnte. Der Präfekt überraschte sie bei dieser Beschäftigung als er nach Hause kam. Beim Abendessen erklärte Kwestin: „Noch ein amüsantes Ereignis, die Geheimwache hat die Redaktion des ‚Scharfäugigen Herold' versiegelt. Die Angestellten wurden verhaftet und werden jetzt verhört."

„Ich hoffe, Herr Kwestin, das wird Sie nicht dazu bringen, die Sache abzusagen?" fragte Morko ruhig.

„Das überzeugt mich davon, mich sofort an die Sache zu machen", antwortete der Präfekt unwillig.

„Lady Ursula, die uns auf der Spur ist, sammelt Beweise. Sie tut alles, was ich tun würde, wenn ich nicht fürchten müsste, überflüssige Aufmerksamkeit zu erregen. Sie geht dort drauflos, wo ich mich drehen und wenden und Seitenwege finden musste. Das heißt, sie bereitet sich auf den letzten entscheidenden Schritt vor, genau wie wir. Das einzige Mittel, ihr zuvorzukommen, ist sofort zu handeln. In dieser Nacht."

„Wir bereiten uns vor, um genau das zu tun", ließ Jenny verlauten.

Zum Abendessen war sie in dem schwarzen Schornsteinfegeranzug erschienen. Natürlich nicht, um mit der Neuanschaffung anzugeben. Sie musste sich an den Anzug gewöhnen, um während ihrem Plan nicht aus der Fassung zu geraten. Kwestin sagte nichts, nickte nur und wendete sich dem Essen zu. Jenny wusste, woran er dachte. Was war mit dem Kobold? Sie riskierten nichts und niemanden, doch der Bezirkspräfekt war ein wichtiger Beamter. An ihn stellte man strengere Anforderungen, wenn Lady Ursula im unpassendsten Moment erschien und alles verdarb. Doch Eduard Kwestin war ein entschlossener Mensch. Jetzt oder nie. Er hatte lange auf diesen Augenblick gewartet, seinetwegen setzte er möglicherweise seine berufliche Stellung aufs Spiel, die er durch jahrelange Arbeit erreicht hatte.

Jenny hatte gedacht, dass sie aufbrechen würden, wenn es dunkel wurde, doch der Präfekt befahl, sich sofort nach dem Abendessen aufzumachen. Es war zwar so, dass es durch den Regen früher dämmerig wurde, doch der Grund war ein anderer. Kwestin erklärte: „Ich will nicht, dass uns die Geheimwache an der Tür festhält. Lady Ursula ist dazu absolut fähig. Stellt euch vor, sie nehmen uns fest, verhören uns wegen etwas Nebensächlichem und lassen uns gegen Morgen laufen, wenn alles zu Ende ist. Nein, ich bemühe mich, ihr diese Chance nicht zukommen zu lassen. Wir gehen sofort."

Jenny trug ein Kleid über dem Schornsteinfegeranzug, Morko ergriff eine gewaltige Reisetasche, nach der Größe zu schließen, passte seine Armbrust hinein. Kwestin hatte nichts außer seinem gewöhnlichen Gehstock dabei.

Der Kutscher fuhr sie um den Vulkan herum in die Hafengegend, wo nicht einmal die Regennässe den widerlichen Geruch der faulenden Fischeingeweide wegwaschen konnte. Dort saßen sie in einer ärmlichen Kneipe. Lastenträger und Seeleute warfen den Fremden unfreundliche, schiefe Blicke zu. Dann nahmen sie wieder einen Wagen und fuhren zu einem noch merkwürdigeren Ort, einer Taverne direkt am Hafen, wo die Besucher noch seltsamer aussahen. Waren das etwa Piraten? Ohne sich allzu lange aufzuhalten, gingen sie zu Fuß durch einige Stadtviertel. Morko führte sie, wobei sie einige Male Höfe durchquerten und dunkle Tore passierten. Jenny erriet, dass Morko Nachstellungen befürchtete und seine alten Fertigkeiten anwandte, um Verfolger abzuschütteln. Der letzte Kutscher brachte sie zum Nordhang und von dort begaben sie sich zur Steinstraße.

***

Als sie am Ort ankamen, war es bereits Mitternacht. Wie zuvor bedeckten Wolken den Himmel, aus denen feiner, anhaltender Regen fiel. Das Flüstern der Tropfen und das Plätschern der Flüsschen, die über den Abhang des Vulkans liefen, dämpften das Geräusch der Schritte. Die Steinstraße war leer, alle Türen abgesperrt, an allen Fenstern geschlossene Läden. Wenn örtliche Einwohner aus den Häusern erschienen, so ganz sicher nicht nachts und bei schlechtem Wetter. Die Troika der Komplizen gelangte zu den letzten Häusern, hinter denen die Einbruchstelle lag. Der ehemalige Steinbruch zur Gewinnung von Bausteinen. Jetzt stand diese Grube unter Wasser. Kwestin sah sich um, er war zum ersten Mal hier. Für ihn war alles neu. In der Höhe leuchteten die roten Villen der Gebieter des Feuers wie trübe Flecken durch den Regenvorhang. Am nächsten lagen die Schießscharten des Turms des Wahnsinns, einige blasse Rechtecke, eines über dem anderen gelegen. Außer den Fenstern der Villen war es bei solchem Wetter unmöglich, irgendetwas zu erkennen.

Der Präfekt maß mit seinem Blick die Höhe der steilen Wand vor ihm, horchte auf das Plätschern der Flüsschen, die mit trübem Wasser den verlassenen Steinbruch füllten, und schüttelte den Kopf.

„Jenny, was hast du dir ausgedacht? Wie kommen wir zum Turm?"

Sie antwortete nicht, weil sie zu beschäftigt war. Sie zog das nasse Kleid aus. Obwohl sie unter dem Kleid und der Jacke einen schwarzen Anzug aus grobem Stoff anhatte, war es Jenny peinlich, den Rock in Gegenwart zweier Männer auszuziehen. Die nasse Kleidung war hinderlich, sodass sich die unangenehme Prozedur lange hinzog. Jenny war froh, dass die Dunkelheit ihre unangebracht auftretende Röte verbarg. Dann ertönten in der Ferne schwere Schritte, dumpf gluckste das Wasser in den Pfützen. Die Geräusche näherten sich schnell. Da erschien im durchsichtigen, falschen Licht, das nur schwach aus den Fenstern des Turms des Wahnsinns sickerte, ein riesiger unförmiger Schatten. Auf der Steinstraße schritt Bord auf sie zu. Unter seinem linken Arm und auf seiner mächtigen rechten Schulter trug er dicke Bretter, die aussahen, wie ein Gertenbündel. Der Troll näherte sich dem Rand des Steinbruchs und legte seine Last sorgfältig ab, um keinen Lärm zu machen.

„He, was ist denn das dort unten?", fragte der Riese erstaunt.

Er zeigte mit dem Finger auf die Grube, wo das Wasser plätscherte. Von der Stelle, wo die Gruppe stehengeblieben waren, war die Wasseroberfläche nicht zu sehen. Der wesentlich größere Troll betrachtete jedoch aufmerksam die seltsam glatte Oberfläche, die in der Dunkelheit zu leuchten schien. Ohne lange zu überlegen, warf Jenny ein Steinchen nach unten. Dieses klickte tönend, rollte und hüpfte davon.

„Das ist Eis", meinte Morko Gutschich erstaunt.

„Wodurch ist diese Pfütze gefroren? Es ist doch gar nicht kalt."

Jenny setzte sich an den Rand des Steilhangs, um diese merkwürdige Naturerscheinung besser zu betrachten. Sie entdeckte eine stählerne Krücke, die in einer Spalte zwischen den Steinen steckte. Außer dem Troll drängten sich alle um ihren Fund. Bord, der zu schwer war, um sich dem Rand des Abgrunds zu nähern, sah durch ihre Köpfe hindurch und bat sie flüsternd, ihm zu erklären, was sie dort gefunden hatten. Von der Krücke nach unten zum gefrorenen Wasser verlief ein dünnes, starkes Drahtseil, als wäre jemand auf das Eis herabgestiegen. Wozu? Offensichtlich, um zum anderen Ufer hinüberzugehen, zum Vulkan. Aber ob das schmelzende Eis neue Fußgänger trägt, war unklar. Und würde es gelingen, vom Grund der Grube hochzuklettern? Überhaupt wurde beschlossen, den Plan nicht zu ändern und die Hilfe des Trolls zu nutzen. Aus den Brettern und dem Seilknäuel, das er angeschleppt hatte, bauten sie so etwas wie den Dreharm einer raffinierten Konstruktion, mit der die Schauspieler, die Jenny gesehen hatte, ihr Zelt errichtet hatten.

Der Troll stand über dem Steilhang und hielt die Konstruktion senkrecht. Das untere Ende, das auf dem Pflaster stand, stützte er mit seinen riesigen Füßen ab und begann dann langsam das obere Ende auf den Bergabhang aufzusetzen. Kurz darauf legte er das Ende des Bretts mit leisem Knirschen auf die Steine. Jenny kletterte sofort darauf und wartete nicht, bis ihre Komplizen sich streitend entschieden hatten, wer der Erste sein sollte. Es war in ihren Augen eine unnötige Diskussion darüber, wen die Brücke überhaupt halten würde. Denn es schien völlig klar, dass sie die Stabilität des Auslegers nicht abschätzen konnten, bevor sie sie nicht ausprobierten. Bald war sie auf den felsigen Vorsprung gekrochen und winkte von dort. Als Zweiter kletterte Kwestin, jedes Mal, wenn der Ausleger unter ihm etwas lauter knarrte oder ein bisschen stärker bebte, knurrte er besorgt und erstarrte, während er sich an das Brett klammerte. Der Letzte war der Schwerste, Morko. Die Bretter bogen sich und krachten, aber auch der Kobold schaffte den Übergang. Der Troll, der einsam zurückgeblieben war, brachte mit bewegter Stimme heraus:

„Gelobt sei Grodofur. Das ist meine erste Brücke. Wie schade, dass sie nicht lange stehen bleibt!"

„Danke, Bord", sagte Jenny. „Sei nicht traurig! Wir werden noch viele Brücken bauen, du wirst schon sehen. Aber jetzt räume hinter uns auf und gehe! Morgen komme ich zu dir, wegen dieser Kleider und erzähle dir, wie alles geendet hat."

Der Troll machte sich auf in die Dunkelheit, mit schweren Seufzern baute er seine erste Brücke wieder ab, während die drei anderen den Aufstieg über den Abhang begannen.

***

Sie mussten sich tastend vorwärts bewegen, mehr ihren Fingern als den Augen vertrauen. Wenn sie den Abhang am Tag und nicht im Regen hochgeklettert wären, dann wäre alles ohne Probleme möglich gewesen. Denn es war ein ausreichend sanfter Hang mit genügend Stellen, von denen man sich an einem breiten Vorsprung abstützen und verschnaufen konnte. Aber im Dunklen und mit dem Risiko, auf den nassen Steinen auszurutschen, war das eine andere Sache. Jenny leitete die Gruppe. Morko, mit seiner Prothese, blieb etwas zurück. Jenny entfuhr ein leiser Aufschrei, als ihre Hand auf etwas Glattes stießen, dass so kalt war, dass es beinahe auf der Haut brannte. Wieder ein Stück Eis, dachte sie. Jemand hatte auch hier in eine Spalte eine stählerne Krücke gesteckt und um sie herum war ein Eisblock erstarrt. Es folgte schwieriges Terrain und die Krücke erwies sich als hilfreiche Stütze für die Füße.

„Jemand ist hier kurz vor uns hinaufgestiegen", brummte der Kobold.

„Einer, der dem Herrn des Eises erstaunlich ähnlich ist."

Diese Bemerkung blieb ohne Antwort, was konnte auch hinzugefügt werden? Etwa, dass weder die Armee der Herren des Eises noch das ganze Heer der Antreiber des Windes sie auf ihrem Weg aufhalten könnten. Das brauchte nicht laut ausgesprochen werden, für Jenny war es auch so klar. Der Turm des Wahnsinns war nicht mehr weit entfernt, ab und zu wurde er von Vorsprüngen verdeckt, die unter den unvorstellbarsten Ecken aufragten. Jenny lief um die Klippe herum, die weit aus dem Körper des Vulkans hervortrat. Vor ihr öffnete sich der Blick in die Umgebung. Feuchte Lichtreflexe der nassen Steine umrissen die Oberfläche des Abhangs. Sie erblickte ein Dickicht von niedrigwüchsigen Büschen und den Weg, der sich durch das grobe Geröll schlängelte. Offenbar hatte der Aufstieg sie so abgelenkt, dass sie nicht gemerkt hatten, dass sie bereits oberhalb des Eingangs zum Turm gekommen waren. Der Weg, der etwas tiefer verlief, führte zu einem Portal, über dem Lampen flackerten. Weiter entfernt vom Abhang konnte man die roten Fenster der Villen sehen. Eines war ganz in der Nähe. Davor ging etwas vor sich. Um das Gebäude herum huschten Flämmchen, in den Fenstern bewegten sich Schatten. Höchste Vorsicht war geboten. Hier machte Jenny Halt und wartete auf ihre Gefährten.

„Was werden wir tun? Vielleicht einfach auf dem Weg gehen? Die Lords benutzen ihn doch und erwarten nicht, dass ein Fremder von hier kommen würde?"

Morko hustete heiser und spuckte aus.

„Das sollten wir nicht. Ob sie es erwarten oder nicht, es ist besser, sich nicht sehen zu lassen. Aber hier ist etwas interessant. In jede Villa kann man auch anders als durch den Haupteingang eindringen, so haben wir es auch gewöhnlich gemacht. Nur dieser Turm ... Hier gibt es keine normalen Fenster. Ich bezweifle, dass es eine andere Möglichkeit gibt, außer dieser Tür."

Jennys Blick glitt über die hohe schwarze Silhouette. Ja, es war tatsächlich eine Festung. Ein Loch hing über dem Abgrund, durch das sie die Körper der Getöteten aus Wekset geworfen hatten, aber es war von hier nicht zu sehen. Außerdem war es unwahrscheinlich, dass man dorthin gelangte. Eine andere Herangehensweise war erforderlich. Die Umrisse des Turms sahen durch die Steinmonster grotesk aus, die die Seiten schmückten. Fahnen waren an seiner Spitze angebracht und an Seilen aufgehängt worden, die sich bis zu dem Hang des Vulkans erstreckten. Es waren mehr Fenster in den oberen Etagen zu sehen, als Schießscharten unten.

„Ich habe eine Idee", erklärte Jenny, als die Gruppe die Umgebung beobachteten.

„Wir müssen noch höher steigen, von dort wandere ich zu den oberen Etagen, gehe nach unten und lasse euch durch den Haupteingang ein."

„Dort ist wahrscheinlich eine Wache", bemerkte Kwestin.

„Ich denke mir etwas aus. Im schlimmsten Fall kann ich den Turm auf demselben Weg verlassen, über eine der oberen Etagen. Dort sind die Fenster etwas größer, ich werde hindurchklettern können."

„Ich werde mich selbst dort kaum durchzwängen können", brummte der Kobold voller Bedauern.

„Aber wie willst du nach oben kommen?"

„So, wie ich viele Jahre hintereinander meinen Lebensunterhalt verdient habe, auf dem Seil. Da ist es, mit den Fahnen."

Die Fahnentücher, die in der Nacht schwarz aussahen, hingen im Regen traurig hinab, es war windstill und das Seil, das vom Turm zum Felsen gespannt war, schien ihr ein ausreichend sicherer Weg zu sein. Altgewohnt, das ist sicher!

Auf dem Streckenteil, an dem Jenny, Kwestin und Morko gestoppt hatten, war der riesige Berg keine durchgehende Erhebung. Es gab auch flache Bereiche und sanfte, steinige Einöden. Die weiträumigsten hatten vor sehr langer Zeit die Gebieter des Feuers besetzt, um ihre Villen zu bauen. Jenny erinnerte sich an die Geschichte. Die Lords mochten einander nicht, die Beziehungen untereinander waren immer angespannt. Da siedelten sie auf den Vulkan. Einst hatte die Bande von Morko Gutschich sich das zunutze gemacht, um die Besitztümer der Gebieter in deren Abwesenheit zu plündern. Niemand dachte daran, sich für die Geräusche beim Nachbarn zu interessieren. Wenn die Götter gnädig waren, hört auch jetzt keiner der Nachbarn etwas. Ja und das Wetter, das die Antreiber des Windes geschickt hatten, ist auch für Menschen mit bösen Absichten wie bestellt.

Die Trosse, an die der Bewohner des Turms des Wahnsinns seine Fahnen gehängt hatte, wurden in einem kleineren Turm befestigt, der höher am Hang lag. Morko Gutschich sah sich um und kehrte bald mit einer guten Nachricht zurück. Niemand war dort. Der kleinere Turm war vor undenklichen Zeiten als Teil der Einzäunung des Besitztums gebaut worden. Nun wurde der Zaun nicht mehr benötigt und der Zugang zum Turm wurde auch nicht bewacht. Jenny interessierte das nicht, mehr beschäftigte sie das Seil. Sie prüfte die Festigkeit. Sie untersuchte rostige, aber mächtige Haken und Stahlringe, die gut in die alte Wand eingemauert waren. Viel zuverlässiger als die Seile, über die sie auf den Jahrmärkten gegangen war. Das Seil war so stark gespannt, dass man darauf nicht nur gehen, sondern auch tanzen konnte. Während Kwestin und der Kobold die Halter befühlten und aufgeregt erörterten, wie man die Sache am besten anfassen solle, ging Jenny einfach los. Für sie war es eine ganz alltägliche Art sich fortzubewegen und fühlte sich nicht gefährlich an. Wie sehr das ihre Komplizen erstaunte, begriff sie erst, als sie ein Dutzend Schritte gemacht hatte. Der Präfekt und Morko waren völlig verblüfft. Die Worte hörte sie schon nicht mehr, aber ihre Stimmen hörten sich sehr aufgeregt an. Nun, was soll's, sie müssen sie sich daran gewöhnen, dachte sie.

Das Seil unter ihren Füßen hing nicht durch und bebte nicht, die vom Regenwasser aufgequollenen dunklen Fahnen zogen sie mit solcher Kraft, dass Jenny selbst beim besten Willen das Seil nicht zum Bewegen gebracht hätte. Kein Kunststück, sondern ein sorgloser Spaziergang, schoss es ihr durch den Kopf. Dann erreichte sie die Wand. Hier stieß Jenny auf die erste Schwierigkeit. Das Seil war in einer Schlaufe festgemacht worden, die aus der fensterlosen Wand herausragte. Bis zu den Fenstern war es zu weit, es war ihr nicht möglich, dorthin gelangen. Zum Glück verlief etwas tiefer ein Gesims von eineinhalb Handflächen Breite. Jenny klammerte sich an den nassen Steinen fest und kroch vom Seil auf das Gesims. Der Vorsprung führte um die abgerundete Wand, wohin er verlief, konnte sie nicht erkennen. Aber sie musste hier keine Wahl treffen. Bald stieß sie auf ein erstes Fenster. Es war dunkel. Innen brannte kein Licht und dass das Glas rot war, lässt sich in dieser feuchten durch den Regen gluckernden und rauschenden Dunkelheit nur erahnen. An die Wand gepresst, klammerte sich Jenny mit der linken Hand an einer Unebenheit fest, mit der rechten zog sie das Koboldmesser heraus. Das Fenster war genügend breit, als dass sie sich ohne besondere Anstrengung durchdrängen konnte. Doch es war verschlossen. Sie musste den Rahmen bearbeiten. Zum Glück war er nicht besonders fest und zudem alt und verrottet. Vier rechteckige Scheiben mussten herausgezogen werden, dafür musste sie die Leisten zerbrechen, die sie hielten. Die Sache klappte so gut, dass Jenny sich beeilte. Doch diese Eile rächte sich. Drei Scheiben entfernte sie ohne Mühe und legte sie auf das Gesims neben ihre Füße. Doch die vierte rutschte von selbst heraus, das morsche Holz hatte nicht gehalten. Jenny biss sich auf die Lippen, sie hörte, wie die verfluchte Scheibe fiel, an die Wand schlug und im Flug zersplitterte. Schließlich rollten die Splitter klirrend über die Steine am Fundament des Turms.

Im Inneren des düsteren Gebäudes war kein Ton zu hören. Aber jemand musste da sein, in den Fenstern der unteren Etagen brannte Licht. Aber das Geklirr und das Klopfen hatte niemanden alarmiert. Ob alle schlafen? Oder war es eine ganz gewöhnliche Sache, wenn jemand ein Fenster zerbrach? Doch es war schon zu spät, um aufzuhören. Jenny schaute in die Dunkelheit. Selbstverständlich sah sie nichts, sie bemerkte nur das kaum beleuchtete Rechteck einer Tür. Das bedeutet, dass das Zimmer, in das sie einsteigen würde, von außen nicht verschlossen war. Sie klappte das Messer zu, klammerte sich an den zerbrochenen Rahmen und zog hoch in die Öffnung hoch. Die Wand war so dick, dass die Fensteröffnung an eine enge Luke erinnerte. Sie musste auf der Seite liegend hindurchkriechen, anders konnte man sich nicht durchzwängen. Weder Morko, noch Kwestin hätten hier durchschlüpfen können. Als Jenny die innere Oberfläche der Wand erreicht hatte, streckte sie die Arme aus und rutschte auf den Boden. Sie setzte sich, mit dem Rücken an die Wand und unter das Fenster gelehnt. Draußen rauschte monoton der Regen, plätscherte in Strömen, die an den Seiten des Turms herunterliefen, aber von innen kam kein Laut. Sie mochte nicht aufstehen. Es war so leise, so ruhig in diesem leeren Zimmer. Es roch nach Staub, vom Fenster her zog feuchte Frische herein. Doch die Zeit verstrich unerbittlich, die Nacht würde nicht ewig dauern. Und irgendwo in der Nähe wartete Erik. Jenny erhob sich und zog das Messer hervor, das Geschenk von Morko. Es war Zeit.

***

Hinter der geöffneten Tür war eine Wendeltreppe. Jenny befand sich in einer der obersten Etagen, die Stufen führten nach oben und nach unten. Lichtquellen gab es nicht, aber irgendwo auf den alten Balken schimmerten trübe große Flecken von Schimmel. In diesem Licht erschien alles düster und geheimnisvoll. Nach dem Schmutz und dem Staub zu urteilen, die die Stufen und Wände bedeckten, und auch nach dem Schimmel, den niemand entfernt hatte, war diese Etage nicht bewohnt. Jenny versuchte, sich die seltsame Architektur des Turms ins Gedächtnis zu rufen. Er hatte ein sehr breites Fundament und eine Säule, die sich mit jeder Etage schnell verjüngte. Unten waren größere Räume, wahrscheinlich wohnte dort auch Lord Gregil Westoken. Die Spitze des Turms wurde nicht benutzt.

Jenny stieg langsam die Treppe hinunter, sie drückte sich dabei an die Wand und hielt das Messer in Bereitschaft. Sie brachte drei Treppen hinter sich, bevor sie in den breiten Teil des Turms gelangte, wo sich erstmals Spuren menschlicher Anwesenheit zeigten. Von der Treppe weg verlief ein kurzer Flur, dort brannten Lampen und man konnte verschiedene Türen erkennen. Nachdem Jenny sich davon überzeugt hatte, dass der Flur leer war, schlüpfte sie schnell durch den Ausgang der Etage und ging noch etwas weiter. Eine neue Etage eröffnete ihr einen Ausgang in einen anderen Flur, merklich länger als der in der Etage darüber. Auf dem Boden lag ein Teppich, die Wände waren bedeckt mit polierten Paneelen aus rotem Holz und die Lampen, die all diese Pracht beleuchten, brannten in schönen kupfernen Lampenschirmen, die mit durchbrochenen gebogenen Füßchen an der Wand befestigt waren. Aus einer einen Spalt weit geöffneten Tür drangen männliche Stimmen. Die Akustik hier war merkwürdig und Jenny unterschied perfekt jedes Wort, obwohl die Sprecher nicht laut sprachen.

„Ich habe alles versucht, Mylord. Ich habe verschiedene Methoden unternommen, die die vornehmen Menschen benutzen. Er äußert sich nicht."

„Versuche es weiter. Erfinde etwas Neues."

Am Ton des zweiten Mannes merkte Jenny, dass er lächelte.

„Ich weiß doch, dass du ein Meister in diesen Dingen bist. Versuche Zangen, glühendes Eisen ... du verstehst schon. Ich brauche es dir nicht beizubringen, nicht wahr, Wins?"

„Mylord, ich fürchte, ihn zum Krüppel zu machen."

„Richtig, fürchte dich. Ich brauche ihn lebend und gesund. Wenn die Zeit komm, oh, wenn endlich die Zeit kommt. Stell dir vor, wie unsere fetten Gänse im Haus der Lords gackern werden, wenn der Herr des Eises sie zu töten beginnt. Direkt in ihren Villen. Auf dem Vulkan. Im Herzen Ewerons!"

„Und wieviel werden sie dem zahlen, der sie rettet und beschützt!", sagte der, den der Lord Wins genannt hatte, kriecherisch.

„Man muss nicht alles in Gold messen, Wins. Ich denke an den Genuss. Und dann braucht mein Bruder ständig Quellen der Empörung gegen die Herren des Eises. Ich werde ihm vorzügliche Beweise liefern ... obwohl der Genuss an erster Stelle steht, natürlich, an erster!"

Die Stimme des Lords, Lord Gregil wie Jenny vermutete, erschien ihr sowohl bekannt als auch gleichzeitig unbekannt zu sein. Hatte er einst „Mir langt es!" auf dem Platz der tausend Pfähle geschrien? Möglich, sehr wohl möglich. Aber sicher war sich Jenny nicht. Die Intonation war anders, er war nervös und die Stimme brach in ein Gekreisch aus. Doch was sie genau verstanden hatte, war, dass das Gespräch um Erik ging. Denn Erik war ein Herr des Eises, der Sohn des Prinzen Grenwej. Lord Westoken wollte, dass der Herr des Eises in Eweron zu töten anfing, dafür brauchte er ihren armen Bruder. Aber was machte Wins mit ihm? Und wozu? Und das Wichtigste war, wo? All diese Fragen schossen durch Jennys Kopf. Sie versuchte, sich zu konzentrieren. Sie musste Kwestin und Morko Gutschich in den Turm einlassen. Zusammen würden sie eine Antwort auf alle Fragen finden. Zum Beispiel darauf, wie lange der jüngere Lord Westoken noch leben würde.

***

Jenny stieg eine Treppe tiefer. Hier traf sie wieder auf einen Flur und eine Reihe Türen auf beiden Seiten des Ganges. Aber die Zimmerchen waren, nach ihrer großen Zahl zu urteilen, eher klein. Auf dem Boden lagen keine Teppiche und es gab nur zwei Lampen für die ganze Etage. Die Zimmerdecken waren schlicht. Von unten kamen Essensgerüche, woraus Jenny schloss, dass dort die Küche war. Diese beiden Etagen ging sie beinahe ohne stehenzubleiben. Die wenigen Male, die sie innehielt, waren nur kurz, gerade lange genug, um zu horchen und sich davon zu überzeugen, dass sich ihr niemand auf der Treppe näherte.

Schließlich gelangte sie in die letzte Etage. Von unten schlugen ihr Kälte und Feuchtigkeit entgegen. Jenny spürte, dass ihre Beine in den durchnässten Hosen kalt wurden. Sie ging nun noch vorsichtiger, denn neben dem Eingang würde wahrscheinlich eine Wache stehen. Dort muss ein Wächter sein, oder sogar zwei. Doch wie sie auch horchte, außer dem gleichmäßigen Klopfen der Regentropfen war nichts weiter zu hören. Nun war sie an den letzten Stufen angelangt. Sie drückte sich in der Zugluft an die kalten Steine am Fuß der Treppe und hörte plötzlich ein ganz leises Geräusch. Jenny musste eine Entscheidung treffen. Sie sah in die Dunkelheit der ersten Etage. Dann wagte sie einen schnellen Blick und huschte zurück unter den Schutz der überstehenden Wand. Dort dachte sie über das undeutliche Bild nach, das sie in der Dunkelheit zu erkennen vermocht hatte. Ein Zimmer. Ein geräumiges Zimmer, das fast völlig in Finsternis getaucht war. Wie seltsam, dachte sie. Sie schlich näher an den Raum heran, um um besser sehen zu können. Sie spähte noch einmal in den Raum und zog sich dann wieder zurück. Hier stimmte etwas nicht. Warum sollte eine Wache im Dunkeln sitzen? Oder liegen. Denn dort hatte jemand gelegen, nicht weit von der Tür, deren Ränder milchig geschimmert hatten. Zu seltsam, dachte sie wieder. Da hatte sich tatsächlich ein Mann ausgestreckt auf den nassen Boden gelegt, in eine Pfütze, zu der Wasser gelaufen war. Er war bewaffnet gewesen, da war sie sich sicher. Denn neben ihm hatte so etwas wie eine Klinge gelegen und er hatte einen Helm getragen. Jenny hatte die Lichtreflexe auf der polierten Oberfläche bemerkt. Die Pfütze um ihn herum hatte ebenfalls geglänzt. Licht war von draußen durch den Türspalt gesickert, weil die Tür nicht fest im Rahmen gelegen hatte. Nun hier ist etwas los, entschied Jenny stumm. Wenn ich hier in Zweifeln hängen bleibe, geht die Sache nicht weiter, dachte das Mädchen. Sie sah noch einmal hin, in dem großen Vorraum hatte sich nichts verändert. Der Mann lag noch genauso an der Tür wie zuvor und machte keine Anstalten, das kurze, breite Schwert aufzuheben. In dem Spalt der nicht dicht geschlossenen Tür bewegte sich etwas und verschob sich in der Dunkelheit. Jenny sah, dass Wassertropfen auf dem Boden strömten und die große Pfütze füllten, in der der Wächter lag. Sie näherte sich dem unbeweglichen Körper vorsichtig, stieß ihn an und zog den Arm zur Tür. Längs des Türpfostens zog sich die dicke Schicht eines milchig-weißen Belages hin, er war kalt. Das ist Eis, dachte Jenny erschrocken.

Jenny vermied es, den Eisstreifen zu berühren, stieß die Türe des Turms auf und schaute nach draußen. Von der Tür aus verlief ein Weg in die Nacht, neben dem sich Steinbrocken auftürmten, die mit kümmerlichen Büschen bewachsen waren. Von oben floss Licht aus den Fenstern und in diesen Lichtstreifen waren silberne Linien des Regens zu sehen. Jenny sah sich um und hob den Arm in der Hoffnung, dass Morko und der Präfekt sie sehen würden.

Hinter den aufgetürmten Steinen tauchten zwei dunkle Gestalten auf und bewegten sich durch die mit Regenlinien durchbrochene Dunkelheit in Richtung des Turmes. Jenny trat in den Vorraum zurück und ließ ihre Gefährten ein. Der Präfekt und der Kobold beugten sich über den Wächter.

„Was hast du mit ihm gemacht?", flüsterte Kwestin.

„Ich war das nicht!", antwortete Jenny erschrocken.

„Sie war das nicht", echote Morko Gutschich.

„Der Herr des Eises hat ihn mit einem Eiszapfen durchbohrt, das Blut in der Wunde wurde mit Wasser verdünnt, sieh doch! Er hat die Tür geöffnet und das Wasser, das vom Türpfosten herunterlief, gefrieren lassen. So ist er hierher geraten."

„Oben sind Leute, der Lord und ein Diener, sie wissen nichts", stellte Jenny fest. Sie berichtete kurz das Gespräch des Lords mit Wins.

„Dann werden wir uns beeilen", beschloss Kwestin.

„Zuerst müssen wir Erik finden. Sie halten ihn wahrscheinlich im Keller gefangen. Hier muss irgendwo ein Zugang nach unten sein. Jenny, halte du dich jetzt zurück, du hast schon genug getan. Lass uns jetzt handeln."

Morko wusste, wie er sich an einem ähnlichen Ort verhalten musste, aber sie? Natürlich, jetzt ist es Nacht, die Diener des Gebieters des Feuers schlafen, aber er selbst ist hellwach und einige seiner Gehilfen auch, dachte Jenny. Dieser Wins.

Der Kobold ging mit gespannter, schussbereiter Armbrust zuerst. Trotz seines Holzbeins schlüpfte er lautlos in den benachbarten Raum und winkte die anderen mit Handzeichen zu sich. Die zweite Wache lag genauso kalt und tot direkt hinter der Tür. Auch er hatte sein Schwert nicht ziehen können. Die Waffe des

Herrn des Eises hatte ihn auf der Stelle niedergestreckt. Morko beschloss, die Kerze anzuzünden, die sie auf dem Tisch fanden. Im Flackerlicht des Kerzenstummels sah Jenny, wie das Blut sich mit dem aufgetauten Wasser in der Pfütze vermischte, die unter dem Körper auseinanderfloss. Die Waffe aus Eis war spurlos verschwunden, nachdem sie ihren Zweck erfüllt hatte. Sie betraten ein neues Zimmer, dort lagen die Waffe und die Rüstung. Schließlich gelangten sie zur Treppe, die nach unten führte, in das Herz des Vulkans. Das zitternde Kerzenflämmchen haltend kletterte Morko im ungleichmäßigen Takt eines Krüppels nach unten. Doch wie zuvor gab der Kobold keinen Laut von sich, als er über die Stufen schritt. Es gelang Jenny jedoch, zu erspähen, dass er einen Stofflappen um die Prothese gewickelt hatte. Kwestin hielt inne und gab Morko Zeit zur Erkundung. Jenny fragte den Präfekten flüsternd, ob er glaubte, dass der Herr des Eises hier lange gewesen wäre. Seine kalten Klingen waren schon getaut, weil das Blut sie überspült hatte, aber auf der Tür lag ebenfalls eine Eisschicht.

„Immer noch, du meine Güte", murmelte Kwestin und zuckte auf Jennys Frage nur mit den Schultern. Aber sie mussten nicht lange überlegen, denn Morko gaben ihnen das nächste Zeichen, nach unten zu kommen. Im Keller waren keine Wachen mehr. Sie konnten sich in Ruhe umschauen.

Der Turmkeller stellte in sich eine Fläche dar, in deren Boden man vier Öffnungen herausgehauen hatte, die vergittert waren. Drei von ihnen waren leer und das, wie es aussah, schon lange. Morko hielt den Kerzenstummel hoch, betrachtete den schmutzigen Boden, der mit wenig fauligem Stroh bedeckt war und ging weiter. Bei der vierten Grube machte er Halt. Jenny trat näher heran, um besser sehen zu können. Ihr war schrecklich und bitter zumute. Würde sie etwa ihren Bruder an einem solchen Ort antreffen? Was hatten sie mit ihm gemacht, wie hatte er die lange Zeit an einem so furchtbaren Ort überstanden? Erik, ein so fröhlicher, leichtsinniger, sonniger Mensch in diesem düsteren, dunklen Keller? Sie wagte es kaum, sich das vorzustellen. Auf dem Boden der vierten Grube lagen schmutzige Lumpen und abgenagte Knochen. Das Gitter war ein bisschen verschoben, gerade so. dass nur ein sehr dünner Mensch durch die Lücke hätte klettern können. Wem die Knochen wohl gehören, fragte sich Jenny schaudernd. Sie stellte keinen Versuch an, zu fragen. Morko jedoch war sich der Sache ganz sicher. An Kwestin gewandt sagte er: „Herr Kwestin, Sie können dem Rattenkönig mitteilen, dass wir seine verschwundenen Untertanen gefunden haben."

Der Präfekt brummte etwas Unverständliches. Und Jenny starrte Morko an. Was würde er als nächstes tun? Erik war nicht hier. Aber der Kobold ging schon zu einer anderen Tür, die in die Dunkelheit führte. Sie war geöffnet und der Riegel lag, groß und schwer, in der Nähe auf dem Boden, umgeben von einer Eiskruste. Unter dem Riegel floss eine Pfütze auseinander, das Eis war bereits geschmolzen. Morko löschte die Kerze und kletterte hinein. Ein wenig später klickte ein Feuerstahl hinter der Tür und das Flämmchen erschien von Neuem.

„Ich bin sicher, dass sie Erik hier gefangen gehalten haben", erklärte Morko.

Jenny stürzte zu ihm, fast hätte sie Kwestin umgerannt, der als Erster hineinging. Sie flog zu dem in den Felsen eingehauenen Raum, blieb stehen und schaute sich um. Morko, der die Armbrust unter seine Achsel geklemmt hatte, hielt die Kerze hoch, damit man besser sehen konnte. Hier gab es einen in den Felsens geschlagenen Vorsprung. Dort lag eine zerrissene Kette mit stählernem Halsband, an der wieder Eis klebte. Es gab ein erloschenes und erkaltetes Kohlebecken und einen Tisch, auf dem spitze Gegenstände aus Stahl schauerlich blinkten. Sie waren zu kurz, um als Waffe zu dienen. Dann lagen da noch eine kleine Säge, Zangen und ein Schraubstock. Jenny geriet ins Wanken, ihre Beine versagten. Ihr Atem stockte, sie konnte kaum etwas hervorbringen, als sie hauchte: „Was ... was ist das?"

„Nun, verstehst du ..."

Kwestin, der ihr gefolgt und hinter ihr stehengeblieben war, starrte auch auf den Tisch. „Das, das ... nun ..."

„Damit die Fähigkeiten eines Lords erwachen, muss der junge Aristokrat einen seelischen Schock erleiden", antwortete Morko kalt.
„Im Allgemeinen wird das dadurch erreicht, dass man dem zukünftigen Gebieter schwere Schmerzen zufügt."
„Normalerweise kamen sie immer mit einem kleinen Schnitt aus", fuhr Kwestin fort.
„Wahrscheinlich war es mit dem Herrn des Eises dasselbe. Falls Erik auf das traditionelle Ritual nicht reagiert hat, fügten sie ihm stärkere Schmerzen zu."
„Haben sie ihn hier gefoltert?", fragte Jenny mit leiser Stimme.

Oh, Trochomor und alle Götter, was hatte ihr Bruder in diesem Keller durchleben müssen, während sie sich ein neues Kleid nähte, Bonbons kaufte und mit schönen jungen Menschen flirtete? Jenny wurde schlecht. Sie war von sich selbst enttäuscht. Warum hatte sie so getrödelt? Warum hatte sie diesen Ort nicht früher entdeckt? Armer Erik ... wo war er nur? Der Herr des Eises, sie hatte es erraten. Diese Einsicht überkam sie und brachte sie dazu, wie gelähmt dazustehen. Morko und der Präfekt sagten irgendetwas, der Kobold ergriff das zerrissene Halsband und spannte die ratternde Kette. Drei Schritte. Nicht mehr als drei Schritte hatte der Gefangene an dieser Kette machen können. Jenny dachte plötzlich an blaue Augen, die Eisstückchen ähnelten. Sie erinnerte sich daran, wie sehr sich Ingwar damals aufgeregt hatte, als er das Wappen des Prinzen Grenwej gesehen hatte. Wie hatte er sich umgeschaut, überzeugt, dass nur Jenny sein Geheimnis kannte. Er hatte, dass die Zeichnung mit dem Stern eine Anspielung sei. Der Ehrwürdige, Schwachsinn! So schrie es in Jennys Gedanken. Deshalb hatte Ingwar Jenny auch geraten, sich nicht zu beeilen. Deshalb hatte er von der Macht Chogorts geschwafelt. Von der Macht des Herrn des Eises, wohl eher. Der ehrwürdige ...

„Der Herr des Eises", murmelte Kwestin, als würde er auf Jennys Gedanken antworten.

„Er ist gekommen, um seinen Verwandten zu holen. Nur von welchem Ort ist er nach Eweron gekommen? Und wie hat er erfahren, wo er suchen musste?"

Jennys Gedanken wurden immer unruhiger. Was sollte sie nun tun? Von Ingwar berichten? Oder besser schweigen? Was war schlimmer? Aber ihre Gefährten beachteten sie ohnehin nicht.

„Der Herr des Eises kümmert sich um Erik", erklärte der Kobold bestimmt.

„Aber wir haben noch nicht zu Ende geführte Aufgaben, nicht wahr?"

„Gehen wir", nickte Kwestin.

„Jenny, du verlässt den Turm und verbirgst dich. Oder noch besser, du suchst den Weg in die Stadt. Hier kann es bald sehr heiß werden."

„Auch das noch! Ich komme mit euch!", erwiderte Jenny protestierend.

„Keine Diskussion", sagte der Präfekt und sein Ton ließ keine Widerrede zu. Nie zuvor hatte er so barsch mit Jenny gesprochen.

„Du hast einen Bruder, den du noch finden kannst. Aber Morko und ich haben niemanden."

„Außer dir", stellte der Kobold fest und reichte ihr einen Schlüsselbund vom Haus in der Blumenstraße vierundachtzig.

„Denke an uns, falls wir uns nicht mehr sehen sollten. Es ist sehr wichtig, dass jemand sich an dich erinnert. Ich bitte dich sehr, denke an uns."

„Wir beide bitten dich darum", bekräftigte Kwestin in einem weicheren Ton.

„Aber jetzt geh. Bitte, geh, Jenny aus dem Nirgendwo. Ich werde ruhiger sein, wenn du möglichst weit von diesem schrecklichen Ort entfernt bist."

Jenny senkte den Kopf. Zu dritt überquerten sie das Zimmer mit den vier Gruben, stiegen dann die Treppe hinauf, gingen dann durch das Zimmer mit der abgelegten Waffe. Jenny schluckte die Tränen, die ihr über die Wangen liefen, hinunter und bemühte sich trotzdem nicht zu zeigen, dass sie weinte.

Kwestin und Morko mussten Ruhe bewahren. Natürlich würde sie nirgendwohin weglaufen. Tatsächlich wären der Kobold und der Präfekt ohne ihre Anwesenheit ruhiger und das war sehr wichtig für das Vorhaben, das sie geplant hatten. Ruhe. Doch wie sollte Jenny sie finden?

KAPITEL 16

Etwas Klarheit in den Beziehungen

Jenny ging schnurstracks zur Ausgangstür des Turms und ergriff die Klinke. Ihre Finger waren steif vor Kälte. Der Eisstreifen war immer noch dick, Tropfen von Tauwasser flossen darüber. Da ertönten Stimmen auf der Treppe, jemand stieg von den oberen Etagen herunter und diese Person war nicht allein, denn es waren mehrere Stimmen. Morko war augenblicklich neben Jenny und stieß sie nach draußen, um die Tür zu schließen. Dann schleifte er die tote Wache in die Dunkelheit, Jenny sah verängstigt durch den Türspalt. Der Kobold und der Präfekt löschten die Kerze und versteckten sich, um auf das Erscheinen der Gäste zu warten.

Drei Männer betraten den Vorraum. Einen von ihnen erkannte Jenny ohne Mühe. Einen hageren, langen Mann mit der Narbe auf der Wange. Auch eine weitere Stimme erkannte sie. Denjenigen, den Lord Gregil Wins genannt hatte. Hier passte alles zusammen. Der Zweite war stämmig und stark, mit einem rasierten Schädel. Er trug eine Lampe in der Hand. Den Dritten sah sie nicht, er ging als Letzter und blieb im Schatten, als Morko sich mit der Armbrust in den Händen hinter dem Tisch erhob.

Die Sehne klickte und blitzschnell zurücktaumelnd, packte Wins den Mann mit dem rasierten Schädel. Der Kraftprotz stolperte einen Schritt nach vorne und stöhnte auf. Der Pfeil hatte ihn in seinen fassförmigen Brustkorb getroffen. Kwestin sprang auf und schwenkte seinen Stock. Nie zuvor hatte Jenny gesehen, wie der bedächtige Präfekt sich so schnell bewegte. Der dritte Diener des Gebieters des Feuers, Jenny war es nicht gelungen, ihn zu Gesicht zu bekommen, und hob beide Arme, um sich zu schützen. Der Kupferknauf des Stocks schlug auf ihn ein. Ein Knochen krachte und der Diener heulte auf. Dann folgte noch ein Schlag.

Wins hatte inzwischen ein langes Messer gezückt. Er und Morko kreisten in der Zimmermitte umeinander, wo keine Möbel standen. Die Lampe, die der mit dem rasierten Kopf fallen gelassen lassen, war noch heil und nicht ausgegangen. Rötliches Licht ergoss sich über den Fußboden und spielte auf den Eisstückchen in der Pfütze. Das erinnerte Jenny an den Platz der tausend Pfähle, als sie wieder zu sich gekommen war, nach dem Überfall durch den Gebieter des Feuers. In der Pfütze hatte auch Eis geschwommen. Der Herrn des Eises musste ihr geholfen haben, das Feuer zu überleben. Aber wie und von woher war diese Kraft damals gekommen?

Sie dachte darüber nach, woher die Pfütze neben dem Planwagen gekommen war. Wahrscheinlich aus der Tonne, die der vorausschauende Pierre gefüllt hatte, um dann die Pferde zu tränken. Aber wie war das Eis in der Pfütze gekommen? Genau solches Eis wie hier, im Turm des Wahnsinns.

„Ich erinnere mich an dich, Kobold", zischte Wins. Er war allein übriggeblieben, sah aber nicht verwirrt aus, im Gegenteil. Er konzentriert auf seine Kräfte. Da griff der Mann mit der Narbe blitzschnell an, in seiner Hand blitzte Stahl.

„Ich erinnere mich auch an dich!", schrie Morko und wehrte den Schlag mit der Armbrust ab. „Möchtest du, dass ich dir noch ein ewiges Zeichen auf deine Fresse verpasse, damit dich niemals irgendjemand vergisst?"

„Versuch es nur", erwiderte der Diener mit spöttischem Grinsen.

„Es ist bloß so, dass sich seit unserem letzten Treffen die Zahl deiner Beine vermindert hat. Versuche es also nur, Grüner."

An der Treppe gurgelte der Mann mit dem rasierten Schädel und hustete stark, das Leben entwich durch die Wunde, die der Pfeil verursacht hatte. Doch er war ein sehr starker Mensch, umkrallte den Pfeil mit den Fingern und atmete noch. Sein Freund, der einen Schlag mit dem Stock auf den Kopf bekommen hatte, war auf dem Boden still geworden und gab kein Lebenszeichen von sich. Der Kobold schleuderte die Armbrust auf Wins und sprang hinterher. Wins duckte sich und wehrte den Angriff mit einem weiten Ausholen der Klinge ab. Stahl prallte auf Stahl und die Gegner wichen seitlich zurück. Als Morko erneut angriff, kam ihm Kwestin zur Hilfe. Er umkreiste Wins und stürzte sich von hinten auf ihn, mit dem Stock ausholend. Doch der Mann mit der Narbe bewegte sich unwahrscheinlich schnell und schaffte es, auch diesen Schlag abzuwehren und den Angriff des Kobolds abzufangen.

Jenny blinzelte nur mit den Augen, als sie die schnellen Angriffe und Manöver verfolgte. Einen Augenblick lang verteidigte sich Wins nur, er schätzte seine Gegner ab. Im nächsten Moment begann er, selbst anzugreifen und das war sagenhaft. Er bewegte sich immer schneller und schneller und brachte es fertig, gleichzeitig Morko und Kwestin zu bedrohen. Jenny überlegte, wie sie helfen konnte. Mit Geschrei in den Vorraum stürzen? Was würde das bringen? Sie würde sich lächerlich machen. Sie schwieg, mit den Fingern in die mit Eis verkrustete Tür gekrallt. Unter ihren Händen spürte sie das Tauwasser, ihr Rücken wurde vom Regen durchnässt, aber Jenny spürte die Kälte nicht, der spektakuläre Kampf forderte ihre gesamte Aufmerksamkeit. In dem falschen roten Licht warfen sich Schatten hin und her, schweres Atmen und Trampeln war zu hören. Dann krümmte sich einer der Schatten und taumelte zur Seite. Kwestin, der seinen Stock hatte fallen lassen und beide Hände gegen seinen Bauch presste, wich zurück. Wins warf sich auf ihn, um ihn zu erledigen. Morko fiel auf sein verkrüppeltes Bein, machte einen breiten Schritt und fast wären er und Wins unter dem Knirschen des Stahls zusammengeprallt. Sie erstarrten in ihrer gefährlichen Umarmung, drückten die Klingen der Messer gegeneinander. Beide hatten Todesangst, dem Druck nachzugeben. Wins taumelte schließlich zur Seite, riss den Kobold mit und stieß mit dem Knie gegen ihn. Morko trat zurück, stolperte und fiel zu Boden. Der Mann mit der Narbe stürzte sich von oben auf ihn, hob das Messer und die Schneide glänzte im Lampenlicht, dann senkte sie sich blitzschnell. Als der Mann mit der Narbe sie lautlos nach oben riss, glänzte die Klinge dunkel. Sie war blutverschmiert. Die grüne Hand des Kobolds flog hoch, umklammerte das Handgelenk von Wins, die Gegner erstarrten. Wins' Messer senkte sich ganz langsam. Kwestin kroch auf allen Vieren zu den Kämpfenden, aber er schaffte es nicht. Da warf sich Jenny auf die Gestalten. Sie kreischte, packte Wins an den Ohren und zog aus Leibeskräften. Das blutige Messer kam auf sie zu, aber Morko hielt Wins' Handgelenk fest und machte keine Anstalten, es loszulassen. Jenny hörte nicht auf zu brüllen, zog an den Ohren des Bösewichts und schlug mit dem Knie gegen seinen gekrümmten Rücken. Vor ihrer Nase sauste der schwere Stockknauf herab und schlug mit dumpfem Krachen auf Wins' Kopf. Jenny löste die Finger und trat schwer atmend zurück. Wins fiel auf Morko und rührte sich nicht mehr. Kwestin schwankte und ließ den Stock fallen, auch er war außer Atem und all seine Kräfte waren nötig, um näher zu kriechen und den letzten Schlag auszuführen.

„Hilf Morko, schau, was mit ihm los ist", krächzte er.

„Es hat ihn schwer erwischt."

Jenny löste mit Mühe die Finger des Kobolds, die noch immer Wins' Handgelenk umklammerten. An dem muskulösen grünen Arm war der Puls kaum spürbar.

„Was ist hier für ein Geschrei? Wer seid ihr?", donnerte plötzlich Lord Gregils Stimme.

Jenny schaute sich erschrocken um. Der Gebieter des Feuers stand auf der Treppe und betrachtete die auf dem Boden liegenden Körper seiner Diener und die ungebetenen Gäste. Seinem Gesichtsausdruck nach zu urteilen, gefiel ihm das Bild ganz und gar nicht. Ja, und er gefiel Jenny auch nicht. Ein dürrer, gebeugter, schwarzhaariger Typ. Ein völlig nichtssagendes Äußeres. Doch stechende, tiefliegende Augen mit darin tanzenden zornigen Flämmchen machten Gregil Westoken zu einer schrecklichen Gestalt. Er trug einen kostbaren, schwarzen Mantel mit roten Revers.

„Unwichtig."

Der Lord hob die Hände und richtete seine offenen Handflächen auf den Vorraum. „Unwichtig!", wiederholte er mit mehr Betonung.

In seiner Stimme schwang ein hysterischer Ton mit und Jenny war sich nun ganz sicher, dass es genau dieser Mann gewesen war, der auf dem Platz der tausend Pfähle „Mir reicht es!" geschrien hatte.

***

Die Hände des Gebieters des Feuers, der auf der Treppe stand, bewegten sich nicht. In den geöffneten Innenflächen der Hände glommen kleine Flammen. Jenny schloss angstvoll die Augen. Doch eine Sekunde nach der anderen verstrich und nichts geschah. Sie wagte es, ein Auge zu öffnen. Das andere öffnete sich vor Erstaunen von selbst. Lord Gregil schaute nicht auf die Einbrecher, sondern starrte auf die Tür. Auf der Schwelle stand Lady Ursula mit einem dicken Buch unter dem Arm.

„Niemand bewegt sich", sagte sie und ihre Stimme klang nicht nur bedrohlich, sondern auch müde. Die Chefin der Geheimwache trat ein. Hinter ihrem Rücken erschienen Soldaten in Schwarz. Brünierter Stahl klirrte auf ihren Schultern. Im Vorraum wurde es eng. Unter den Soldaten war ein würdevoller Adeliger mit einem länglichen, schmalen Gesicht. Er war wohl eine wichtige Person, doch ihm war anzusehen, dass er sich in Eile aufgemacht hatte. Dennoch wirkte er wie ein wirklicher Lord.

„Gregil, was geht hier vor?", fragte der Adelige mit gut artikulierter tiefer Stimme.

Der verwirrte Herr des Turms ließ langsam die Hände sinken.

„Schweigen Sie, Lord Marian", sagte Lady Ursula ausdruckslos. „Die Fragen stelle ich."

„Aber ich habe das Recht, zu wissen, was geschieht!", brauste der ältere Westoken auf.

„Sie dringen an der Spitze einer Truppe von Banditen in mein Haus ein, suchen irgendein Buch, zeigen mir ein ausgerissenes Blatt. Mir, dem Parlamentsabgeordneten, dem Fraktionsvorsitzenden! Einem Lord des Vulkans letztendlich! Ich habe das Recht, Fragen zu stellen."
Jenny begriff zu spät, dass sie kicherte. Sie war nicht fähig, ein hysterisches Lachen zu unterdrücken. Lady Ursula warf ihr einen missbilligenden Blick zu und auch die Soldaten schielten zu ihr hinüber. Doch Jenny war fürchterlich zum Lachen zumute. Ein Buch! Eine ausgerissene Seite! Ein wichtiger Beweis! Natürlich, jetzt wurde ihr klar, welches Treiben sie in der Villa gesehen hatte, die nahe am Turm des Wahnsinns lag. Hier hatte die Geheimwache die Bibliothek von Marian Westoken durchstöbert, auf der Suche nach dem Buch mit der ausgerissenen Seite. Und auf der Seite war das Wappen von Grenwej abgebildet gewesen.

Doch die stolze Lady war nicht nur in die Unterwelt der Rattler gestiegen, hatte nicht über dem ausgerissenen Ärmel von Eriks Hemd geweint, war nicht durch den Regen gelaufen und auf dem Seil über dem Abgrund gegangen, hatte nicht mit den Mördern im Dienste des Gebieters des Feuers gekämpft. Lady Ursula hatte indes das Medaillon im Leihhaus „Drejkenser und Compagnons" beschlagnahmt und die Mitarbeiter des „Scharfäugigen Herolds" befragt. Einer von ihnen hatte wohl gesungen und gestanden, dass er einem der Brüder Westoken mitgeteilt hätte, wo die Leiche Burmals zu suchen wäre. In der Bibliothek Marians hatte sie schließlich das Buch mit der ausgerissenen Seite gefunden. All die Beweise und trotzdem war Lady Ursula genau da gelandet, wo Jenny und ihre Freunde auch waren. Und nicht einmal als Erste. Sie war zu spät gekommen, sie war Zweite. Das war doch zum Lachen, fand Jenny. Lady Ursula wandte den Blick von der kichernden Jenny ab und starrte Gregil an.

„Lord, Sie sind verhaftet wegen des Verdachts auf mehrfachen Mord."

„Warten Sie", unterbrach sie der ältere Bruder Westoken. „Gregil hat gerade erklärt, dass er als Freiwilliger nach Grandelin geht. Den Freiwilligen wird Gnade gegenüber aller Verbrechen gewährt, das Parlament hat heute das entsprechende Gesetz verabschiedet. Eweron braucht Soldaten. Hörst du, Gregil? Du bist Kriegsfreiwilliger und fährst mit dem ersten Flottenkonvoi in den Süden. Jede strafrechtliche Verfolgung eines Freiwilligen muss eingestellt werden. Hast du mich verstanden?"

„Ich kehre mit dem Sieg zurück, Bruder!"

Der jüngere Westoken verbeugte sich heuchlerisch. Jenny hörte ein leises, altbekanntes Klicken. Den Bruchteil einer Sekunde später erschien in Gregils Brust ein kurzer, dicker Armbrustpfeil. Jenny hatte nicht gesehen, wie Morko zu sich gekommen war, wie er die Armbrust ergriffen und es geschafft hatte, sie schussbereit zu machen. Niemand hatte das gesehen. Sie stürzte zum Kobold, der wieder mit dem Gesicht nach unten lag und kein Lebenszeichen von sich gab. Doch Kwestin war es gelungen, ihr zuvorzukommen. Er fasste Morko an der Schulter und schüttelte ihn: „Morko! Lebst du? Antworte!"

Eine grüne Hand fuhr hoch und packte den Präfekten an der Kehle. Er fing an zu röcheln, ließ die Schulter des Hausdieners los und begann, dessen Finger von seinem Hals zu lösen. Jenny half ihm und hörte, wie der Kobold krächzte: „Nun, weder geben, noch nehmen, die alten guten Zeiten. Solange ein Kobold lebt, kämpft er!"

Lord Marian schrie unverständliche Worte, Lady Ursula wich erschrocken zurück. Jenny hörte nicht, was sie dort riefen. In gemeinsamer Anstrengung gelang es ihr und Kwestin, die grüne Hand vom Hals des Präfekten zu lösen. Da spürte Jenny, dass sich jemand über sie beugte. Sie sah sich ängstlich um und ihr Blick traf den von Lady Ursula.

Kwestin flüsterte schnell: „Wenn mit uns irgendetwas passiert, wird es morgen in allen Einzelheiten in den Zeitungen stehen. Ich habe schon vorgesorgt."

„Glauben Sie, ich habe vor dem Geschwafel der Zeitungen Angst?", zischte Ursula ebenso leise.

„Und wie kommen Sie darauf, dass ich Ihren Tod will? Jedenfalls heute?"

Sie richtete sich auf und sagte dann laut: „Sie können Ihren grünen Freund mitnehmen und von hier verschwinden. Natürlich müssen Sie morgen erklären, wie Sie in den Turm gekommen sind."

„Ich habe den Verbrecher verfolgt, den die Geheimwache entwischen ließ", antwortete der Präfekt. „Erinnern Sie sich an die Auseinandersetzung am ‚Fröhlichen Fresssack'? Da liegt er, Ihr Flüchtling. Seine Komplizen, wer sie auch gewesen sind. Aber es sind die, die versucht haben, die Festnahme zu verhindern. Sie sind bewaffnet gewesen und wir handelten in Selbstverteidigung."

„Ihr Eifer soll nicht unbeachtet bleiben, aber die weiteren Ermittlungen fallen in meine Zuständigkeit. Ein Vertreter der Stadtwache hat kein Recht, auf dem Vulkan Verhaftungen vorzunehmen. Das ist eine klare Überschreitung Ihrer Machtbefugnisse. Ich hoffe, Sie verstehen, dass Sie jetzt Ihre Stellung als Präfekt aufgeben müssen?"

„Das werde ich mit Freude tun", brachte Eduard Kwestin zwischen zusammengebissenen Zähnen hervor.

„Und mit dem Gefühl, meine Pflicht erfüllt zu haben."

Er warf einen schrägen Blick auf den Gebieter des Feuers. Lord Marian stand über seinen Bruder gebeugt, die Hände über der Brust gekreuzt und sah ohne das Gesicht zu verziehen zu, wie der aus der Brust des Toten ragende Schaft des Armbrustbolzens glomm und verkohlte. Über der Wunde tanzten winzige Flammenzungen. Morko stöhnte und öffnete die Augen.

„Steh auf, mein Lieber, wir gehen", der ehemalige Präfekt fasste den Kobold unter den Arm.

Der setzte sich auf und fragte als Erstes: „Mein Herr, sind Sie stark verletzt? Ich habe gesehen, wie dieser Mistkerl Sie mit dem Messer angegriffen hat."

„Blödsinn, ich trage doch ein Kettenhemd", versicherte ihm Kwestin.

„Lehne dich an meine Schulter an und lass uns gehen."

Der Kobold erhob sich mühsam. Der Präfekt hielt sich selbst kaum auf den Beinen, deshalb musste Jenny sich zwischen sie drängen und beide stützen. So aneinander geklammert drängten sie sich mühevoll zur Tür durch.

Draußen wimmelte es von Soldaten in Schwarz. Unter ihnen erblickte Jenny Donald Kuber. Der brünierte Stahl stand ihm gut zu Gesicht, er sah noch männlicher aus als in der roten Uniform. Ja auch schöne goldene Streifen zeugten von seinem Offiziersrang. Doch jetzt war klar, warum er so lange während seiner letzten Abwesenheit so lange weg gewesen war. Warum er Jenny so schöne Augen gemacht hatten, damit sie ihm die aktuellen Neuigkeiten der Ermittlungen erzählte. Jenny schüttelte den Kopf. Deshalb hatte er also seine Gleichgültigkeit überwunden und war im Archiv so nahegekommen. Jenny hätte vor Wut gezittert, aber zwei Verletzte lehnten an ihr, das bewahrte sie äußerst wirkungsvoll davor. Kuber kam den langsam humpelnden Dreien entgegen und sagte unsicher, im Wesentlichen an Jenny gewendet, die zwischen den beiden Verletzten eingezwängt war: „Ich ... verstehst du ... ich musste ... meine Bürgerpflicht."

„Der Offizierssold der Geheimwache", unterbrach ihn Kwestin.

„Ich will dich nicht mehr sehen, Verräter."

„Ich würde dir ein paar in die Fresse geben", erklärte Jenny, die Kuber zornig ansah.

„Aber du siehst ja, meine Hände sind nicht frei. Ich werde von zwei wunderbaren Kavalieren umarmt. Also geh aus dem Weg."

„Ich muss bemerken", erklärte Morko, sich vor Schmerzen krümmend, „dass Ihre Manieren nicht ..."

„Nicht einem wohlerzogenen Mädchen entsprechen?", sagte Jenny und griff den nicht beendeten Satz auf.

„Natürlich, ich gebe zu, ich habe einen Fehler gemacht. Denn du hast mir ein Messer geschenkt und ich bin nicht auf den Gedanken gekommen, es zu benutzen. So eine wohlerzogene junge Dame, wie hätte sie sonst Wins das Messer in die Rippen gestoßen!"

Kwestin gab einen glucksenden Laut von sich. Er lachte. Der Kobold brach auch in ein brüllendes Lachen aus und Jenny, außer Atem durch ihre schweren Begleiter, kicherte mit ihnen. Lachend humpelten sie an Donald Kuber vorbei auf dem Weg, der einen Bogen um den Abhang des Vulkans beschrieb und nach unten führte. Sie gingen an dem Trubel im Hof von Marians Villa vorbei, deren rote Fenster durch den Regen leuchteten. Sie schleppten sich lange über den Abhang, durch das Regenwasser patschend, das in Strömen vom Berg nach unten rann. Am Tor mussten sie halten. Die dortige Wache hatte den Befehl erhalten, niemanden durchzulassen. Sie mussten warten. Bis ein Bote zu Lady Ursula im Turm des Wahnsinns geschickt wurde, bis dieser mit der Erlaubnis für die Fremden zurückkam.

Auf der Straße hinter der Festungsmauer stand der eiserne Wagen. In seinen Mantel gehüllt döste der stumme Kutscher auf dem Bock.

„Ich scheide aus dem Dienst aus", sagte Kwestin zu ihm.

„Ich bin nicht mehr dein Vorgesetzter."

Der Stumme stieg auf die Straße hinab, öffnete die schwere Eisentür, half den Dreien einzusteigen und machte einige Zeichen mit seinen in Handschuhen steckenden Fingern. Jenny erriet, was er sagen wollte.

„Ich scheide ebenfalls aus dem Dienst aus."

KAPITEL 17

Die Rätsel der hundert Tempel

Sie saßen bis zum Morgen zusammen, hatten sich gewaschen, verbunden und waren sehr müde. Es war angenehm, sich wieder und wieder jede Antwort ins Gedächtnis zurückzurufen, jeden Schritt und jeden Schlag. Als die Dunkelheit draußen in ein graues Dämmerlicht überging, hatte Jenny schon zum hundertsten Mal erzählt, dass sie die Stimme von Gregil Westoken in dem Augenblick erkannt hatte, als er gekreischt hatte: „Nicht wichtig! Nicht wichtig!"

Sie ahmte den Schrei des Lords nach und schwenkte einen silbernen Becher, den sie gerade vom Tisch genommen hatte. Dabei verschüttete sie ein paar Tropfen Brandy.

„Du bist müde", sagte Kwestin mit weicher Stimme.

„Ja und auch ich fühle mich, ehrlich gesagt, nicht besonders nach einer Nacht. Wir haben Erik nicht gefunden." Jennys Herz zerriss fast beim Gedanken an ihren Bruder und sie wollte ihn sofort wieder vertreiben.

„Aber Ihnen hat es gefallen?", lenkte sie sich selbst mit der Frage an Kwestin ab.

„Sagen Sie es ehrlich, hat es Ihnen gefallen? Denn wenn Sie Nein sagen, wenn Sie sagen, dass mit den Abenteuern Schluss ist, dann weiß ich auch nicht, wie ich weiter leben soll."

„Aber die Abenteuer sind zu Ende", sagte Morko und schüttelte den Kopf.

„Wir haben vieles von dem erreicht, was wir erreichen wollten. Ich auf jeden Fall. Weißt du, Jenny, ich habe mir nie überlegt, was ich tun würde, nachdem ich den Gebieter des Feuers getötet habe. All meine Pläne gingen nicht über diesen Augenblick hinaus. Ich habe mich nicht gefragt, was ich danach machen werde."

Jenny betrachtete den Tisch, vollgestellt mit Schüsseln und an einigen Stellen mit Brandy aus ihrem Becher bespritzt. „Ich habe gehofft, dass du das Geschirr wegräumst", seufzte sie. „Ich hätte dir geholfen, Ehrenwort, aber aus irgendeinem Grund kann ich nicht aufstehen. Die Sache ist nicht zu Ende! Du und Herr Kwestin, ihr habt alles abgeschlossen, was ihr beabsichtigt habt, aber ich? Ich habe Erik noch nicht gefunden! Und was, wenn er in Gefahr ist? Was, wenn der Herr des Eises dasselbe wie der Gebieter des Feuers will?"

„Nein, warum sollte er?", wunderte sich Kwestin. „Ich verstehe die Beweggründe der Brüder Westoken. Sie sprachen immer wieder über die Kundschafter der Nordländer in Eweron. Ich weiß genau, dass Lady Ursula ganz ernsthaft nach ihnen fahndet. Wesper soll mich auf die Hörner nehmen, bis zur heutigen Nacht war ich davon überzeugt, dass das eine Lüge ist. Dass es keine Spione gibt. Dass die Spione der Nordländer ein Lügenmärchen sind, in die Welt gesetzt, um die militaristische Stimmung im einfachen Volk anzuheizen. Aber ich habe mit eigenen Augen das Eis gesehen. Ein Spion aus dem Norden ist tatsächlich in unsere Stadt eingedrungen. Er wird Erik jedoch nichts antun, wo auch immer er ist. Nicht deswegen hat er den armen Kerl aus dem Turm des Wahnsinns geholt."

„Aber ich denke, es wird sich ein Motiv bei ihm finden", fing Morko zu diskutieren an.

„Stellt euch vor, der Gebieter des Feuers beginnt seine Leute zu töten. Welche Aufregung wird dann in den Villen auf dem Vulkan ausbrechen! Die Lords streiten sich, schließen sich in ihren Villen ein, jeder wird seinen Nachbarn misstrauisch ansehen und niemand fährt nach Grandelin. Die Prinzen aus dem Norden sind an der Niederlage Ewerons interessiert. Wenn Erik der Sohn Ametildas und Grenwejs ist, dann hat er eher die Gabe der Mutter als des Vaters geerbt. Und ihn jetzt gegen die Gebieter des Feuers aufzuhetzen ist kinderleicht. Nachdem, was er im Turm des Wahnsinns durchgemacht hat. Ja, er wird glücklich sein, sich zu rächen, wissen Sie das nicht, Herr?"

„Ich habe nie bemerkt, dass du ein so starker in Politik bist", sagte der Präfekt mit einem unwilligen Lächeln. Er wollte Jenny beruhigen, aber der Kobold hatte seinen Plan durchkreuzt.
„Das ist keine Politik, das ist eine ganz einfache Sache. Wenn eine starke Bande sich gegen dich stellt, willst du ihre Mitglieder gegeneinander aufhetzen."
„Aber ich glaube trotzdem, dass der Herr des Eises gut zu Erik sein wird", erklärte der degradierte Präfekt.
„Abgemacht! Das heißt, morgen, noch eher heute, werden wir das klären", unterbrach Jenny ihren Streit. Sie trank den Rest des Brandys aus, der noch in ihrem Becher war, stand mit Mühe auf und hielt sich am Tisch fest, um das Gleichgewicht zu behalten.
„Oh, nie hätte ich gedacht, dass es so schwer ist, über den Küchenfußboden zu gehen. Morko, könntest du nicht ein Seil von hier zu meinem Zimmer spannen? Über ein Seil könnte ich mühelos gehen, ganz bestimmt."
„Warte mit dem Seil", warnte Kwestin.
„Was wollen wir klarstellen und wie?"
„Wir werden herausfinden, was der Herr des Eises mit Erik vorhat, was denn sonst?", murmelte Jenny, die wie ein Pendel hin und her schwankend sobald sie den Tisch losließ. Alles Übrige zitterte und wankte, besonders der Fußboden.
„Aber wie?"
„Wir werden einfach fragen. Höflich. Aber hartnäckig. Begleitest du mich, Onkel? Sonst habe ich mit der Hartnäckigkeit Probleme. Richtiger, mit der Standfestigkeit. Noch richtiger, mit beidem."
„Wen fragen wir?"
„Den Herrn des Eises", erklärte Jenny geduldig.
„Morko, das Seil! Bitte."
„Ich kenne eine einfachere Lösung!"
Er packte sie in seine Arme, warf sie über seine Schulter und ging zur Tür. Morko war nach seiner Verletzung schnell wieder zu Kräften gekommen, dachte sie. Warum hatte man ihr im Kampf keinen Messerstich versetzt? Wahrscheinlich hätte sie sich dann auch besser gefühlt. Ich hätte ohne Hilfe gehen

können, dachte sie trotzig. Über ein Seil. Das vom Küchentisch zu ihrem Zimmer, zum Bett, direkt zum Kissen gespannt war.

***

Am Morgen musste Jenny Rede und Antwort dazu stehen, was sie über den Herrn des Eises wusste, der sich irgendwo in Eweron verbarg. Da halfen keinerlei Ausreden. Jenny rechtfertigte sich damit, dass sie sich selbst nicht daran erinnern würde, was sie geschwatzt hätte. Dass sie, nach dem, was sie durchlebt hatte, nicht bei Sinnen gewesen wäre. Schlussendlich erklärte sie, dass man ihr Verrat unterstellen würde und das gemein wäre. Morko und Kwestin, die sich vorher abgesprochen hatten, lächelten nur und zwinkerten sich als Antwort auf alle Beschuldigungen verschwörerisch zu.

„Also gut", sagte Jenny und gab auf.

„Hört zu. Wisst ihr denn, dass die Wahrheit sich im Tempel offenbart? Wir begeben uns ins Tal der hundert Tempel. Werdet ihr den Weg dorthin schaffen? Nach dem, was gestern war? Ihr werdet es schaffen? Hm, so ein Pech."

Als sie aus dem Haus gingen, regnete es nicht. Außerdem war der graue Rauch über der Stadt dünner als zuvor. Hier und dort schien die Sonne durch. Man konnte sie sogar erkennen, eine schwach leuchtende Scheibe hinter den Wolken. Die Straße war voller Menschen, alle beeilten sich, die Unterbrechung des Schlechtwetters zu nutzen. Die Fußgänger liefen herum, die Rattler wuselten mit doppelter Energie umher, kauten und scharrten ihre Funde zu Haufen zusammen.

Sie mussten einige Stadtviertel zu Fuß durchqueren, bevor es ihnen gelang, einen Kutscher zu finden. Zum Glück waren sie an einen nicht gesprächigen Kutscher geraten, eher blinzelte er, wenn er in den Himmel blickte, der mit jedem Schritt seines schäbigen kleinen Pferdes heller wurde. Auf dem Platz bei den Geschäften mit Kerzen und Amuletten, wo der Weg endete, waren viele Leute. Viele Eweroner hatten gleichzeitig den Gedanken gehabt, den himmlischen Beschützern für das bessere Wetter zu danken, der Handel blühte. Die zahlreichen Götter, die die Stadtbewohner verehrten, forderten verschiedene Gaben, von lebenden Fröschen bis zu Kugeln aus Knochen und Mahagoni. Die Leute gingen in die Geschäfte, tauschten Begrüßungen aus, wenn sie Bekannte trafen, zeigten einander das Gekaufte, besprachen Neuigkeiten und alle hoben abwechselnd die Köpfe und schauten in die graue Wolkenschicht. Alle warteten darauf, dass die Sonne sich zeigte. Um den steinigen Platz herum, wo die Händler sich niedergelassen hatten, zog der Nebel sich zurück. Der heutige Tag war wärmer als gewöhnlich und über den Sümpfen stieg eine Schicht von Ausdünstungen auf. Die Gruppe ging um die Menge herum, alle hoben einen Stein auf und steuerten auf den Pfad zu, der zum Tempel Trochomors führte. Jennys Gefährten wunderten sich nicht über die von ihr gewählte Richtung, sie erblickten die vergoldete Kuppel in der Ferne. Nun, da Jenny mit ihrer Wandertruppe nach Eweron geraten war, war Trochomor auch ihr Gott. Sie verstummten und warteten, dass sich die Wahrheit, wie Jenny versprochen hatte, im Tempel offenbaren würde.

Nach ein paar Schritten in Richtung auf die kleine Insel, die Chogort gehörte, mussten sie anhalten. Hier hatte sich eine gehörige Menge versammelt, sodass der Platz auf dem Pfad nicht ausreichte und die, die am Rand standen, riskierten, in den nassen, moorigen Matsch seitlich des Pfades zu treten, der mit den Steinen der Pilger übersät war. Ursache für den Stau waren die Soldaten der Geheimwache, zwei davon standen in schwarzen Rüstungen auf dem Weg und ließen niemanden weitergehen. Die auf eine kleine freie Stelle zusammengedrängten Menschen waren empört, aber wie gewöhnlich entschloss sich niemand, gegen die Maßnahmen der Geheimwache zu protestieren. Deshalb richtete sich die geballte Wut gegen diejenigen, die weitergingen, sie schrien ihnen zu, nicht zu drängeln. Morko hörte sofort einige Zwischenrufe, die an ihn gerichtet waren. Wie zum

Beispiel, dass ein Kobold im Tempel eines Gottes der Menschen nichts zu suchen hätte. Der Kobold warf den Schreihälsen einen verachtenden Blick zu und nahm einen Stein in die Hand. Alle waren im Besitz von Steinen, aber niemand wollte sich mit dem Kobold in der Kunst des Werfens messen.

„Wohin ich gehe, überall ist die Geheimwache", sagte der Kobold und zog ein schiefes Gesicht. „Und auch ausgesprochene Dummköpfe."

Jenny hörte nicht hin, sie stieß sich energisch durch die Menge der Pilger, bis sie vor den Soldaten in Schwarz anhielt.

„Der Durchgang ist geschlossen, Fräulein", sagte der Wachsoldat steif. Diesen Satz hatte er heute schon fünfzig Mal gesprochen. Jenny schaute an ihm vorbei, am Tempel Chogorts standen Soldaten, hin und wieder ging jemand hinein oder kam heraus. Neben ihrer bekannten Bank trat Lady Ursula von einem Bein auf das andere. Sie wandte sich um und gab den Soldaten ein Handzeichen. Diese traten zur Seite und zogen sich zum Rand des Weges zurück.

„Das ist alles, Wache, Sie können Ihren anderen Aufgaben nachgehen."

Jenny suchte sich einen Platz, wo sie am Randstreifen ohne Gefahr für nasse Füße stehen konnte, bis die Menge sich zerstreut hatte und die Pilger Trochomors die Wegstrecke verließen. Sie selbst blieb auf ihrem Platz und beobachtete, wie Lady Ursula allen möglichen Kram untersuchte, den die Soldaten aus dem Tempel herausgeschleppt hatten. Die Durchsuchung war beendet, aber es fanden sich nur sehr wenige Trophäen, größtenteils Kultgegenstände wie Kerzen, abgetragene Umhänge mit Kapuzen, Schüsseln mit erstarrtem Wachsfluss, Statuetten, Kerzenständern aus Ton und Ähnliches. Dann trat ein Soldat aus der Tür, ging auf die Chefin zu und breitete schon im Gehen einen Fund aus. Ein Oberhemd, das mit dunklen Spuren befleckt war.

„Es ist nicht nötig, dass sie uns sehen", sagte Kwestin, als er zu Jenny ging.

„Lass uns gehen, bevor Lady Ursula in unsere Richtung blickt. Bist du schon dabei, uns zu Trochomors Tempel zu führen?"

„Nein", murmelte Jenny, „nicht zu Trochomor."

Sie wandte den Blick nicht von dem Fund der Geheimwache ab. Am Oberhemd fehlte ein Ärmel. Ursula ging mit dem Fund nicht besonders aufmerksam um und bedeutete dem Soldaten mit der Hand, ihn auf den Sammelhaufen zu werfen. Da bemerkte sie ihre alten Bekannten auf dem Weg. Sie zog ein böses Gesicht und winkte sie zu sich heran.

Kwestin brummte unwillig, Morko stieß einen tiefen Seufzer aus, aber Jenny war schon auf dem Weg zur gestrengen Chefin der Geheimwache. Sie wunderte sich über sich selbst, die Furcht vor Lady Ursula war verschwunden. Zumindest hatte sie keine Panik mehr vor dieser dünnen, kleinen Frau. Eher bedauerte sie sie. Sie hatte nicht einmal verstanden, was ihr der Soldat gebracht hatte! Jenny hatte die durchgemachten Schrecken derart vergessen, dass sie sogar vortrat, als die Gruppe vor Lady Ursula stand. Sie machte Halt, griff in den Ausschnitt ihres Kleides und zog ein akkurat gefaltetes, gewaschenes Stoffstück heraus, den Ärmel des Oberhemds. Seit der Ärmel Jenny in die Hände gefallen war, hatte sie sich nicht von ihm getrennt. Nun hielt sie ihn Lady Ursula hin und sagte: „Sie haben dort in dem Haufen das Übrige, deshalb können Sie auch dies hier nehmen …"

Die Chefin der Geheimwache blinzelte einige Male, als sie das Geschenk betrachtete. Dann warf sie schnell einen schrägen Blick auf den Haufen von Beweisen, die aus Chogorts Tempel herausgeholt worden waren, und fragte: „Was ist das?"

„Das ist der Ärmel von Eriks Oberhemd, er stammt aus dem Turm des Wahnsinns. Sie suchen Erik doch, meinen Bruder. Das ist der Ärmel von dem Oberhemd, das Sie im Tempel gefunden haben. Hat jemand Erik denn gesehen?"

Aus dem Nebel, der den Sumpf hinter dem Heiligtum bedeckte, tauchten plötzlich dunkle Gestalten auf, weitere Soldaten der Geheimwache. Sie waren mit Moorschlamm beschmutzt, nasse Grasbündel klebten an ihnen und Schlick bedeckte die prächtigen Rüstungen aus brüniertem Stahl. Ein Unteroffizier, der Dienstälteste unter ihnen, machte vor der Chefin Halt und schaute Kwestin, Jenny und Morko vielsagend an.

„Sprich", befahl Ursula. Ihre Wange zuckte nervös.

„Wir sind der Spur gefolgt, Mylady", berichtete der Unteroffizier. „Solange, bis wir bis zum Gürtel versanken. Heute ist ein warmer Tag und das Eis schmilzt schnell."

Der Wachsoldat war tatsächlich bis zum Gürtel im Wasser gewesen, das sah man unschwer an seiner Kleidung, die bis zur Taille nass war.

„Der Geistliche in diesem Tempel war ein Spion aus Morwen", erklärte Ursula zu Jenny gewandt. Es war unklar, weshalb sie sich zu Erklärungen herabließ.

„Er ließ Spuren im Turm des Wahnsinns zurück. Es gelang uns, einige Gegenstände zu finden, die uns hierher geführt haben. Als meine Leute zum Tempel gekommen sind, hatte er den Sumpf bereits in Eis verwandelt und ist über das Moor geflüchtet, das als unpassierbar galt. Herr Kwestin, Sie können wieder Witze über eine weitere glänzende Operation der Geheimwache machen."

„Das werde ich nicht tun, Lady Ursula", sagte Kwestin.

„Ich bin nicht mehr Präfekt und nicht verpflichtet, das Prestige meines Dienstes aufrechtzuerhalten."

„Bloß deswegen mussten Sie entlassen werden", stieß Lady Ursula zwischen den Zähnen hervor. Dann drehte sie sich zu dem Unteroffizier um und fragte: „Wie viele Flüchtlinge waren es?"

„Wir haben zwei Fußspuren gesehen."

„Er ist fortgegangen und Erik war bei ihm", schloss Jenny und ein Funken Hoffnung keimte in ihr auf.

„Erik, ja", sagte die Chefin der Geheimwache leise mit seltsamer nachdenklicher Intonation.

Der Unteroffizier verbeugte sich und zog sich eilig zurück. Wahrscheinlich war er froh, dass die Lady nachdachte und ihn nicht ausschalt.

„Erik, mein Neffe", wiederholte die Gebieterin des Feuers und sah Jenny an.

„Und du warst für ihn? So etwas wie ... eine Schwester?"
„Ich bin seine Schwester", berichtigte sie Jenny energisch.
„Und übrigens hat sich nichts geändert. Wenn Sie gestatten, dann gehen wir weiter, zum Tempel des Trochomor. Wir haben uns schon so aufgehalten. Und ich habe nichts mehr zu sagen."
„Gehen Sie", sagte die Lady und nickte ihnen zu.

Sie waren etwa ein Dutzend Schritte gegangen, als sie einen Schrei der Gebieterin des Feuers vernahmen.
„Bleiben Sie noch stehen, warten Sie!"
Lady Ursula trippelte mit einer ihrem Titel und ihrem Rang unwürdigen Geschwindigkeit über den Pfad, ihren engen schwarzen Rock mit beiden Händen festhaltend. Die von den Pilgern hingeworfenen Steine sprangen knirschend unter ihren Schuhen auseinander. Angekommen sagte sie mit unsicherer Stimme: „Kwestin, Sie wissen doch, dass die Familie Istrigsi für Auskünfte über meine Schwester tausend Goldstücke versprochen hat? Diese Zusage gilt auch weiterhin, jetzt umfasst sie auch die Kinder von Ametilda. Ein zweites Tausend füge ich hinzu. Wenn es Ihnen gelingt, etwas zu erfahren ... über meinen Neffen ..."
„Ich werde es Ihnen unverzüglich mitteilen, meine Dame", der ehemalige Präfekt verneigte sich.
„Zweitausend! In Gold!", krächzte Lady Ursula ihnen nach.

***

Die Steine, die Jenny und ihre Gefährten mitgebracht hatten, bekam dieses Mal Trochomor. Dem älteren Beschützer fiel ansonsten nichts zu, keine Gebete und nicht einmal ein Augenblick Aufmerksamkeit seitens der drei Pilger. Sie betraten den Tempel nur, um sich vor den Augen der Chefin der Geheimwache zu verbergen, die auf dem Weg stehen geblieben war und ihnen hinterher gestarrt hatte. Der Tempel des himmlischen Beschützers der Bettler war innen nicht weniger prächtig als außen. Überall gab es Vergoldungen, strahlende Farben und

hunderte Kerzen, um alles funkeln zu lassen. Jenny stand in der Menge der Pilger und bemühte sich flüsternd die Fragen zu beantworten, mit denen sie Morko und Kwestin überschütteten. Doch die Antworten kamen verworren und unverständlich heraus, sodass schließlich Kwestin mit der Hand abwinkte. „Wir werden das zu Hause besprechen. Wie es auch sei, die Mitteilungen, die du aus dem Tal der Hundert Tempel mitbrachtest, waren immer sehr wertvoll. Daran erinnere ich mich."
„Ich wusste selbst nicht, dass er ein Spion ist", seufzte Jenny. Welchen Unterschied macht das schon, ob er ein Spion ist oder nicht, dachte sie insgeheim. Die Hauptsache war doch gewesen, dass er war fröhlich und nett gewesen war. Dass er diese wunderbar blauen Augen gehabt hatte. Aber Morko und Kwestin interessierte etwas ganz anderes und Jenny wusste über den ehrwürdigen Ingwar kaum genug, um ihr Interesse zu befriedigen. Doch er schien tatsächlich bereit zu sein, sich um Erik zu kümmern, er hatte ihn aus dem Turm des Wahnsinns befreit, ihn mitgenommen, als er vor der Geheimwache flüchtete. Er hatte ihm wohl auch saubere Kleidung gegeben. Jenny hoffte, dass der Ingwar, den sie kannte, gut zu Erik sein würde. Andere Gründe für diese Annahme hatte sie nicht, aber diese schienen doch genügend verlässlich. Außerdem hoffte sie, dass ihr Bruder früher oder später von sich hören ließ. Sie hoffte, dass Ingwar ihm berichten wird, dass sie lebte. Dass sie in Eweron war. Natürlich würde das nicht sofort geschehen, da Ingwar sich vor der Geheimwache versteckte. Aber bei der ersten passenden Gelegenheit, dachte Jenny.

***

In Trochomors Tempel war es sehr voll und laut. Die Menschen, die teils in Lumpen, teils in Gold gekleidet waren, murmelten Gebete, zählten ihre an den hohen Beschützer gerichteten Klagen und Bitten auf, warfen Münzen in eine Opferschale und entzündeten Kerzen. Ein ausgezeichneter Ort, um in sich zu gehen, dachte Jenny bei sich. Hier herrschten so viel Trubel, Farben und Lärm, dass man darin eintauchen konnte. Jenny versuchte, sich in dem Getriebe aufzulösen. Als sie den Tempel verließen, hatte sich der Dunst zerstreut, die Sonne schien überall. Trotz des Gestanks, der über dem Tal der hundert Tempel lag, hatte sich die Stimmung auf einmal verbessert. Die Pilger lebten auf. Ab und zu blieb einer stehen, wandte sein Gesicht der Sonne zu und schloss die Augen.

Sie kehrten auf dem mit Steinen übersäten Weg zurück. Der Tempel von Chogort war menschenleer, die Geheimwache hatte sich zurückgezogen. Dann lag der Sumpf hinter ihnen und die Gruppe machten sich auf die Suche nach einem Kutscher.

„Was wird jetzt?", fragte Jenny.

Bis jetzt war ihr Leben einem Ziel untergeordnet gewesen, den Mörder zu bestrafen und Erik zu retten. Aber Lord Gregil Westoken war tot und Erik hatte der Spion mitgenommen, den Jenny unter dem Namen Ingwar kennengelernt hatte. Stimmte dieser Name überhaupt? Wahrscheinlich nicht. Wie sollte sie ihn nur finden? Es würde ihr allein kaum gelingen, wenn es sogar die Geheimwache nicht vermocht hatte.

„Was wird ...", wiederholte Kwestin nachdenklich.

„Was, Morko?"

„Heute gibt es Würstchen zum Abendessen", antwortete Morko ungerührt.

„Natürlich nur, wenn mein Herr nichts dagegen hat."

Jenny hatte schon längst gemerkt, dass Morko Gutschich von allen Küchenutensilien nur Messer vollkommen zu gebrauchen wusste. Aus diesem Grund zeichnete sich das Menü im Haus auf der Blumenstraße vierundachtzig nicht durch eine große Abwechslung aus. Würstchen servierte der Kobold ungefähr fünf bis sechs Mal in der Woche.

„Würstchen? Ausgezeichnet!", rief Kwestin sofort mit vorgetäuschter Begeisterung.

„Ich bin nun arbeitslos. Ob mir jetzt eine Pension zusteht? Bis heute habe ich darüber nicht nachgedacht. Ich muss mir eine Beschäftigung suchen, denn ich bin noch nicht alt genug, um von morgens bis abends im ‚Glück' herumzusitzen und mit anderen alten Dummköpfen die Leitartikel des ‚Scharfäugigen Herolds' zu diskutieren."

„Und ich ...", begann Jenny. Plötzlich wurde ihr klar, dass sie nicht wusste, was sie machen sollte. Sich einer Wandertruppe anschließen? Aber wenn Erik wieder auftauchte, wie würde er dann seine Schwester finden, wenn sie sich auf Wanderung begab? Sollte sie sich Arbeit in Eweron suchen? Welche Erfahrung hatte sie schon? Es würde wohl kaum jemand eine Arbeiterin brauchen, die auf einem Seil gehen kann und sich in den Feinheiten von Ermittlungen auskennt.

„Bitte sehr, ich bin bereit, die Hausarbeit mit dir zu teilen", wendete sich Morko an sie.

„Du hast die Prüfung bestanden. Vielleicht schaffst du das."

„Aber soll ich nicht ... muss ich nicht gehen?", brachte sie zögernd heraus.

„Ich habe Geld, ich könnte mir eine Bleibe suchen ..."

„Meine Nichte wird sich keine Bleibe suchen, solange ich ein Haus in Eweron habe", sagte Kwestin bestimmt.

„Umso mehr, weil Morko schon lange eine Hilfe braucht."

Jenny spürte, dass ihre Wangen rot wurden. Sie war froh und wollte das gastfreundliche Haus in der Blumenstraße vierundachtzig nicht verlassen. Aber trotzdem fühlte sie sich wie ein Schmarotzer bei dem Gedanken, beim ehemaligen Präfekten zu leben. Besonders da er gerade aus dem Dienst entlassen worden war. Da kam ihr plötzlich eine Idee.

„Ich weiß etwas!", verkündigte sie froh.

„Ich weiß, was wir machen werden. Das löst mit einem Mal eine Menge Probleme."

„Was hast du dir ausgedacht?", wendeten sich Morko und Kwestin fragend an sie.

„Wir gründen ein Detektivbüro. Das wird sehr lustig werden!"

Epilog

„Wir eröffnen eine Detektei!", wiederholte Jenny feierlich.

„Und wieso? Kwestin ist doch ein ausgezeichneter Spezialist und Morko verfügt über äußerst umfangreiche und nützliche Verbindungen. Nun, was meine Talente betrifft, heute hattet ihr die Chance, euch von mir zu befreien, aber ihr habt sie nicht genutzt."

Da kam ein Kutscher angefahren, ließ seine Passagiere aussteigen und die Gruppe begaben sich zum Wagen. Kwestin nannte eine Adresse, die Jenny nicht kannte, und der Kutscher ließ das Pferd laufen.

„Wohin fahren wir?", fragte Morko.

„Noch eine nicht zu Ende gebrachte Sache", erklärte der frühere Präfekt.

„Wir fahren ins Rattler-Kontor. Teilen seiner Majestät mit, dass wir die vermissten jungen Untertanen gefunden haben. Erinnert ihr euch an die Grube im Turm? Das ist das Letzte, was mir in meiner Eigenschaft als Präfekt zu tun geblieben ist."

Der Kutscher hielt an einem niedrigen Gebäude, dort befand sich der ständige Vertreter des Rattlerkönigs, nahm Anmeldungen entgegen und entschied alle möglichen Dinge mit den städtischen Beamten. Kwestin schickte sich an, über ihn dem Herrscher über das unterirdische Reich eine Botschaft zu übermitteln. Während er zu der Unterredung ging, überdachte Jenny die ganze Angelegenheit.

„Stellt euch vor", begann sie die lichte Zukunft auszumalen, als die Kutsche wieder anfuhr. „Über unserem Eingang wird ein schickes Schild sein. Den Namen habe ich mir noch nicht überlegt, wir müssen uns etwas Seriöses, aber Witziges ausdenken. Wir werden uns heute beim Abendessen beraten und dann entscheiden. Die Würstchen regen unsere Fantasie an. Das Zimmer neben dem Eingang richten wir für den Empfang der Klienten ein. Dort stellen wir einen Tisch hin, ähnlich dem Ungetüm im alten Arbeitszimmer von Kwestin in der zweiten Etage der Präfektur. Nur werde ich nicht zulassen, dass er mit Papier zugemüllt wird, ich werde jeden Tag aufräumen. Aber so sah dein Tisch, verehrter Onkel, einfach wie eine Filiale des Rattlerreichs aus. Eine solche Anhäufung von allem möglichen Kram, die gehört nur unter die Erde, wo die Sonne nicht scheint!"

Kwestin und Morko nickten einander vieldeutig zu. Doch Jenny, wieder zu Atem gekommen, fuhr schnell fort: „In meinem Zimmer richte ich ein Archiv ein, ich werde alle Dokumente von alten Fällen aufbewahren, um sie manchmal vor dem Schlafengehen zu lesen. Das ist ein hervorragendes Mittel gegen Schlaflosigkeit. Im Keller ... nein, den Keller werden wir nicht benutzen. Aber auf den Speicher kommen die Rattler sicher nicht und aller unnütze Kram kann dort ungefährdet lagern. Selbst die Schornsteinfeger werden ihre Nase nicht hineinstecken, das nehme ich auf mich. Also, auf dem Speicher wird die Ablage der Beweise und des stofflichen Beweismaterials sein. Wartet mal, warum streitet ihr nicht mit mir? Nun? Was ist das für merkwürdiges Lächeln? Ihr streitet anfangs doch immer, also los! Je früher ihr anfangt herumzustreiten, desto früher werde ich euch überzeugen."

„Also wir werden keinen Streit anfangen", antwortete Kwestin.

„Aber eine Privatdetektei ist eine sehr schwierige Angelegenheit."

„Als ob ich das nicht weiß!", sagte Jenny angriffslustig.

„Ich habe mich in Eweron doch nur damit beschäftigt!"

Einige Stadtviertel vor ihrem Haus entlohnten sie den Kutscher, um ein Stück zu Fuß zu gehen und ohne Zeugen zu sprechen, soweit das auf der belebten Straße möglich war. An ihnen lief ein Junge mit einer Tasche vorbei, die mit gelben Zeitungsblättern vollgestopft war.

„Der Scharfäugige Herold", schrie er.

„Neue Nachrichten! Die letzten Geschehnisse! Katastrophe auf dem Vulkan! Der unglückliche Lord Gregil Westoken verstarb durch einen unglücklichen Zufall! In seinem Laboratorium! Bei einem Versuch im Zusammenhang mit dem neuesten Modell einer todbringenden Waffe! Sein Bruder schwor, die Sache zu Ende zu bringen und den Forschungen den letzten Schliff zu geben!"

„Seltsam, dass sie nichts über die Herren des Eises schreiben, die den jähzornigen Forscher getötet haben", bemerkte Morko.

„Die Geheimwache verbirgt ihre Schande, denn sie haben einen Spion entwischen lassen. Wahrscheinlich ist das eine der Bedingungen für eine Einigung zwischen Ursula und Marian", schlug Kwestin vor.

„Kein Wort über den Spion, kein Wort über die am Tod wirklich Schuldigen, kein Wort über Erik Istrigsi, kein Wort über Gregils Verbrechen."

„Nicht vom Thema abschweifen", erklärte Jenny bestimmt. „Los, reden wir über das Detektivbüro!"

„Jenny, stell dir doch bloß vor, wie viele Detektivbüros es in Eweron gibt", seufzte Kwestin. „Das sind doch Konkurrenten! Zu uns wird niemand kommen."

„Auf der Blumenstraße werden wir die einzige Einrichtung dieser Art sein", schnitt Jenny ihm die Rede ab.

„Konkurrenzlos!"

Die drei bogen gerade in die Blumenstraße ein, wo es etwas ruhiger war. Da meinte Kwestin plötzlich übermütig: „Aber warum nicht? Denn in der Tat, wir müssen uns mit etwas beschäftigen. Nun was soll's, wenn uns niemand aufsucht? Zumindest werden wir mit dem Schild nicht wie Müßiggänger aussehen."

„Warum soll uns niemand aufsuchen?", fragte Jenny ehrlich erstaunt.

„Falls wir die Einzigen sein werden. Nein, ich will sagen, wenn wir die beste Detektei auf der Blumenstraße sein werden!"

Ihre Rede wurde durch einen fröhlichen Schrei unterbrochen.

„Ah, meine teuren Freunde! Meine ruhmreichen Bekannten! Wir werden jetzt Nachbarn sein!" Vor den dreien stand niemand anderes als der gute alte Jack Jack. Nur, dass man ihn jetzt beinahe nicht erkennen konnte. Der frühere Gesetzesbrecher sah adrett und erfolgreich aus.

„Ich habe ein Haus auf der Blumenstraße gekauft, um ein eigenes Geschäft zu eröffnen!", sprudelte er hervor, während er vor Jenny, Kwestin und Morko hin und her sauste, jedem der Reihe nach in die Augen blickte und einen quiekenden Rattler empört mit seinem Fuß wegstieß, der in einem sauberen neuen Schuh steckte.

„Jetzt sind wir Nachbarn und das ist herrlich. Weil unter den Nachbarn solche wunderbaren, bemerkenswerten Menschen ... und Kobolde, natürlich auch Kobolde, zu haben, das ist ein großes Glück. Schaut, meine Freunde, schaut! Hier ist das Haus, in dem Sie immer willkommen sind. Herzlich willkommen, sehen Sie sich an, wie ich mich eingerichtet habe, willkommen."

Jack Jack zeigte auf ein Gebäude mit einem neuen Schild in so schreienden Farben, dass einem die Augen schmerzten, wenn man das Wunderwerk betrachtete. Auf einer riesigen Platte stand in kalligraphisch ausgeführten riesigen Buchstaben: „PRIVATDETEKTEI!!! SCHARFBLICK UND DISKRETION!!! ALLES FÜR SIE!!! DETEKTIVBÜRO JACK JACK!!! MACHEN SIE EINEN VERSUCH, ES WIRD SIE VON DEN SOCKEN HAUEN!!!

Vor dem Gebäude standen sieben Männer und lächelten vergnügt, als sie ihrem Chef zuhörten. Unter ihnen stachen durch ihre Körpermaße zwei stämmige, kraftstrotzende Kobolde hervor. Alle waren anständig gekleidet, doch nur Jennys geübtes Auge sah, dass sie an solchen Kleidungsstil nicht gewöhnt waren. Flüchtig kam ihr sogar der unsinnige Gedanke, das wäre eine Schauspielertruppe, die für ihren Auftritt Bühnenkostüme anprobierte. Aber in Wirklichkeit war es natürlich nicht so.

„Ist das deine alte Bande, Jack?", fragte sie.

„Die Jungs von Bod Kambala?"

„Genauso ist es, Fräulein", bekräftigte dieser.

„Da Sie schon so viel wissen, sage ich gerade heraus. Ja, das sind sie. Ihnen hat, wie auch mir, die Warze auf Bods Nase nicht gefallen. Ich bin jetzt wohlhabend genug, um mein ehrliches Geschäft zu eröffnen und da habe ich beschlossen, ihnen eine Chance zu geben. Ihnen steht eine Teilhabe an meinem Erfolg zu, jeder hat einen Anteil im Unternehmen."

„Eine Aktiengesellschaft", half ihm Kwestin auf die Sprünge.

„Genau das! Ich habe eine Aktiengesellschaft registrieren lassen. Und seien Sie unbesorgt, wir sind gesetzestreuer Bürger Ewerons, immer bereit, mit der Stadtwache zusammenzuarbeiten. Treten Sie näher, Herr Präfekt, Sie werden in diesem Haus willkommen sein."

„Ich bin nicht mehr Präfekt", stellte Kwestin richtig.

„Ich wurde gestern entlassen. So musst du also, Jack, dich mit einem anderen anfreunden, wenn er sich auf meinem früheren Platz niederlässt."

„Das ist bedauerlich, Trochomor sieht, wie bedauerlich das ist", sagte der ehemalige Dieb und drückte eine Hand gegen seine Brust.

„In unserer Detektei ist es äußerst wichtig, sich mit dem Präfekten anzufreunden, das ist mir wirklich klar geworden."

„So, dass du nicht umsonst dein Quartier neben dem Haus von Herrn Kwestin eingerichtet hast", sagte Morko und fletschte seine Zähne.

„Der neue Präfekt wird wohl kaum dein Nachbar sein."

Aus dem Gebäude mit dem grellen Schild tauchte eine junge Frau auf. Rotwangig, rundlich und adrett, mit einem beeindruckenden Busen.

„Jack, mein Augenstern", sang sie mit einer tiefen Bruststimme.

„Wesper soll dich auf die Hörner nehmen! Du stehst auf der Straße herum und im Kontor ist nichts getan. Und auf was wartet ihr, Faulpelze? Denkt ihr, die Möbel stellen sich von allein auf? Schleunigst an die Arbeit!"

„Ich komme, meine Liebe", antwortete Jack Jack mit einem strahlenden Lächeln.

„Ich komme, mein Schatz, ich komme, Wilena möge dich belohnen!"

Belohnungen von Wilena bedeuteten in Eweron unansehnliche Krankheiten, aber die Frau fühlte sich durch diesen Wunsch nicht gekränkt. Im Gegenteil, sie reagierte darauf mit einem wohlwollenden Lächeln. Und Jacks Helfer stürzten mit lobenswertem Sturmschritt ins Kontor. In dieser Gesellschaft herrschten zweifellos Frieden und Harmonie.

„Und was sagst du jetzt, Jenny aus dem Nirgendwo?", sagte der Präfekt lächelnd.

„Es wird uns wohl nicht gelingen, die alleinige Detektei in der Blumenstraße zu sein!"

„Dann bleibt nur eins", stimmte Jenny gönnerisch zu, „die Beste zu werden."

Der Autor

Viktor Nochkin wurde 1966 in Charkiw, Ukraine, geboren. Nach Absolvierung seines Studiums war er 8 Jahre als Diplomingenieur im Maschinenbau tätig. Seine große Leidenschaft, das Schreiben, verhalf ihm schließlich zum Erfolg als Autor.

„Jenny aus dem Nirgendwo: Die Gebieter des Feuers" ist ein weiterer Fantasy-Roman des Autors, der sich in ein Schaffen von über 30 Büchern in den Genres Fantasy und Science-Fiction reiht.

Viktor Nochkin lebt heute in Köln, Deutschland.

Wenn Nochkin nicht an seinem nächsten Roman feilt, beschäftigt er sich mit weiteren künstlerischen Aktivitäten, dem Basteln und dem Sammeln. Der Autor ist verheiratet und hat zwei Kinder.

Der Verlag

novum VERLAG FÜR NEUAUTOREN

> *Wer aufhört*
> *besser zu werden,*
> *hat aufgehört*
> *gut zu sein!*

Basierend auf diesem Motto ist es dem novum Verlag ein Anliegen, neue Manuskripte aufzuspüren, zu veröffentlichen und deren Autoren langfristig zu fördern. Mittlerweile gilt der 1997 gegründete und mehrfach prämierte Verlag als Spezialist für Neuautoren in Deutschland, Österreich und der Schweiz.

Für jedes neue Manuskript wird innerhalb weniger Wochen eine kostenfreie, unverbindliche Lektorats-Prüfung erstellt.

Weitere Informationen zum Verlag und seinen Büchern finden Sie im Internet unter:

www.novumverlag.com